Von Muthasen, Fellnasen
und dem ganz normalen
Wahnsinn mit der Liebe

Roman

Franziska Erhard

FRANZISKA ERHARD

Von Muthasen, Fellnasen und dem ganz normalen Wahnsinn mit der Liebe

1. Auflage Mai 2018
Copyright © 2018 by Franziska Erhard

Korrektorat: Doris Eichhorn-Zeller, perfektetexte.coburg@gmail.com
Cover / Umschlaggestaltung: Buchgewand | www.buch-gewand.de

Ich freue mich über jede Rückmeldung.
Schreibt an franziska.erhard@gmx.de
Oder besucht mich auf Facebook: Franziska.Erhard.Autorin

Die nachfolgende Geschichte und ihre Protagonisten sind allesamt Produkte meiner Phantasie. Ähnlichkeiten mit real existierenden Personen sind rein zufällig und nicht beabsichtigt. Markennamen und Warenzeichen, die in diesem Buch verwendet werden, sind Eigentum ihrer rechtmäßigen Inhaber.

Alle Rechte vorbehalten. Übersetzungen und Nachdruck, auch auszugsweise, nur mit schriftlicher Genehmigung der Autorin.

Kapitel 1

»Ahhhh!« Frustriert trat ich gegen die braune Backsteinwand des Gebäudes, obwohl ich lieber meinen Kopf dagegen gerammt hätte, was ich mich aufgrund der vielen Passanten allerdings nicht traute. Musste ja nicht jeder wissen, was für eine dumme Person ich war.

Sofort zog ein stechender Schmerz durch meinen rechten großen Zeh, der in diesen eleganten Lederstiefeln nur unzureichend vor solchen brachialen Aktionen geschützt war. Gut so, dachte ich. Das hast du dir selbst zuzuschreiben. Da ist das neue Jahr gerade mal ein paar Tage alt und du hast es schon wieder geschafft, es zu vergeigen, aller guten Vorsätze zum Trotz. Dann wandte ich mich ab und humpelte langsam die Straße hinauf zu meinem kleinen Auto. Weg von Mr Timmens, weg von Mrs Banks und ganz schnell weg von Balou. Und leider auch weg von dem Arbeitsplatz bei COOVES, den ich unbedingt hatte haben wollen.

Ich hatte gerade das schrecklichste Vorstellungsgespräch meines Lebens gehabt. Und das, obwohl ich mich so gründlich darauf vorbereitet hatte und es eigentlich richtig gut lief. COOVES ist eine Firma, die Kosmetik herstellt und die eine neue Mitarbeiterin für die Buchhaltung suchte. Sachbearbeiterin, nichts Aufregendes, aber ich hatte sofort gewusst, dass ich diesen Job machen wollte. In meiner letzten Stelle war ich bei einer Firma, die elektrische Widerstände herstellte und vertrieb. Man kann nun natürlich sagen, dass es egal ist, was die Firma macht, und dass es egal ist, ob man Rechnungen für Widerstände oder für Lippenstifte schreibt. Doch das ist es nicht. Es ist um so vieles schöner, wenn man täglich mit tollen Produkten zu tun hat, die man versteht und die man liebt. Die man vielleicht sogar testen darf und deren Erfolg man gut nachvollziehen kann. In meinen Träumen sah ich mich schon Lippenstifte arrangieren, von einem hellen Rot bis hin zu einem verruchten dunklen, fast schwarzen Ton. Schließlich musste ich auf dem Laufenden sein, was es alles in unserer Produktpalette gab, und höchstwahrscheinlich gäbe es für die Mitarbeiter einen saftigen Rabatt. Ganz zu schweigen von den Sachen, die aussortiert wurden, weil die Hülsen einen Kratzer hatten oder der Aufdruck auf dem Rougedöschen verrutscht war. Und dann hatte ich es im Bruchteil einer Sekunde versemmelt. Aber komplett. Ich hatte die Kontrolle verloren und damit die großartige Chance verpasst, jemals für COOVES zu arbeiten. Ohne dass ich es verhindern konnte, rannen stumme Tränen meine Wangen hinab. Tränen der Scham, des Zornes und der Machtlosigkeit. Und der Wut, auf das Schicksal und auf mich.

Mein großer rechter Zeh schmerzte noch immer, als ich am nächsten Tag die paar Schritte zum Briefkasten ging. Ich nahm es als gerechte Strafe, dass eine erwachsene Frau so unbesonnen reagieren konnte. Obwohl ich wusste, dass dem nicht so war. Ich hatte nicht reagiert, nicht wirklich. Ich war ein Opfer gewesen, ein

Opfer der Umstände und der Tatsache, dass ich eben war, wie ich war.

Der gestrige Abend war ein echter Tiefpunkt gewesen. Als mein Mitbewohner Hugh abends in die Küche kam, hatte er mich strahlend angesehen und ich wusste natürlich, was kommen würde.

»Und? Hast du den Job in der Tasche?«

»Nein.«

Er sog überrascht die Luft ein. Wahrscheinlich weniger wegen der Antwort denn wegen meines Tonfalls.

»Was ist schiefgelaufen?«

Ich zögerte kurz. »Das war einfach nichts für mich.«

»Weshalb?«

»Ist halt so.«

»Aha.« Er ging zum Kühlschrank und nahm sich eine Flasche Wasser heraus. Hugh stand darauf, wenn das Wasser eiskalt war und er deponierte immer eine Flasche in der Null-Grad-Schublade. In seiner Null-Grad-Schublade. Neben dem Bier. In meiner lagen Karotten, Paprika und Salat. Noch so ein guter Vorsatz für dieses neue Jahr, das ganz besonders werden sollte und mir jetzt schon zeigte, was ich zu erwarten hatte.

Ich rührte konzentriert in der Kürbissuppe, die ich gekocht hatte, weil ich das dringende Bedürfnis nach etwas Warmem hatte.

»Magst du mitessen?«

Hugh und ich hatten eine WG. Seit ein paar Tagen erst, aber ich hatte mich schon gut hier eingelebt. Das lag natürlich daran, dass ich sowohl Hugh als auch dieses Cottage nur zu gut kannte. Wie er war ich hier in diesem kleinen Dorf namens Pemberton, mitten in den Cotswolds, geboren und aufgewachsen. Er war ein paar Jahre älter als ich, aber bei derart wenigen Einwohnern waren wir nicht so streng, was das Alter anging, und hatten immer einen Freundeskreis, der mehrere Jahrgänge umspannte. Zudem war er der beste Freund von Doug, meinem älteren Bruder. Anfangs war er bei uns gewesen, um sich mit Doug zu treffen, und als ich alt genug war, um abends auszugehen, war ich ohne Schwierigkeiten in die Clique gerutscht, war ständig mit ihm und den anderen unterwegs. Ich war sozusagen mit ihm aufgewachsen und manchmal hatte ich das Gefühl, zwei große Brüder zu haben.

Nach meinem Schulabschluss wollte ich weg aus der Enge des Dorfes und ging nach Plymouth, um eine Ausbildung als Industriekauffrau zu machen. Ich hatte mir Plymouth ausgesucht, weil meine Schulfreundin vor einem Jahr mit ihrer Familie dorthin gezogen war. Sie hatte immer wieder davon geschwärmt, dass wir eine WG gründen könnten und gemeinsam das Leben genießen sollten. Erin hatte sich wirklich ins Zeug gelegt, mir Adressen geschickt, wo ich mich bewerben könnte, und so lange einfach von nichts anderem geredet, bis ich nachgab. Ich hätte London oder auch Bristol viel spannender gefunden, aber ich hatte Angst davor, ganz alleine zu sein.

Die Zeit in Plymouth mit Erin war toll gewesen. Wir hatten beide unsere Ausbildung absolviert und dann gearbeitet, waren zusammen unterwegs gewesen, hatten das Leben genossen. Wir hatten uns beide gründlich verliebt, sie in Cody, ich in Seamus, und ein paar Jahre war alles perfekt. Dann fingen die Probleme an. Während sie mit Cody stetig weiterschritt auf dem Weg der Zweisamkeit, fingen Seamus und ich verwundert an zu bemerken, dass wir eigentlich ganz andere Prioritäten setzten. Er wollte die Welt bereisen, frei sein; ich hingegen musste zugeben, dass ich immer öfter an meine alte Heimat dachte. Ich sehnte mich zurück in die Cotswolds, zu meinen Wurzeln, zur Sicherheit der bekannten Gemeinschaft. Seamus lachte, als ich es ihm gestand, und ich zuckte mit der Schulter und versuchte ebenfalls zu lachen. Bei unseren kurzen Besuchen dort fiel mir auf, dass meine Mutter immer schmäler wurde, was mir Sorgen machte. Sie winkte ab, aber ich spürte, dass etwas nicht stimmte. Mein Wunsch, wieder zurückzukehren, wuchs. Sie war meine Familie. Mein Vater hatte sich schon vor zwölf Jahren von ihr getrennt, wollte frei sein, wie Seamus. Ich erkannte plötzlich, dass ich Seamus vielleicht aus den falschen Gründen anziehend gefunden hatte. Er hatte so viel von Dad und ich wollte, dass er mich liebte, als würde das die zu geringe Liebe meines Vaters ausgleichen. Meines Vaters, der gegangen war, als wir Teenager waren, seiner Meinung nach selbstständig genug, um ihn zu verstehen. Als ob man je verstehen könnte, dass der eigene Vater seinen Freiheitsdrang mehr liebt als seine Kinder.

Dann kam eine Zeit, die alles auf den Kopf stellte. Meine Mutter wurde in ein Hospiz gebracht und erst da teilte sie uns mit, dass sie an Krebs litt und die Heilungschancen nie besonders gut gewesen waren. Ich schluckte meinen Zorn hinunter, weil sie uns das verschwiegen hatte, und ließ mich beurlauben, um bei ihr zu sein. Wir hatten noch sechs Wochen, die ich voll und ganz ihr widmete. Dann ging sie, ganz friedlich.

Doug und ich kümmerten uns um alles, lösten den Hausstand auf, kündigten das Mietverhältnis ihres kleinen Häuschens. Ich war wie benebelt und ich war dankbar, dass Seamus mir zur Seite stand. Das Dorf wirkte anders ohne meine Mutter, anders ohne dieses Haus, das einst mein Heim war und nun eine fremde Familie beherbergte. Ich ging mit ihm zurück nach Plymouth und er war wirklich nett und geduldig mit mir, darum bemüht, dass ich diese Phase gut überstand. Aber je mehr Zeit verging, desto dringender wurde wieder sein Wunsch, in die Welt zu ziehen, und desto größer meine Sehnsucht nach den Cotswolds, trotz allem. Erin und Cody heirateten und leisteten die Anzahlung auf ein kleines Haus und Seamus schüttelte den Kopf, dass sich Menschen so sehr binden konnten. An einem stürmischen Herbstabend im Oktober, ein knappes Jahr nach dem Todd meiner Mutter, entschieden wir uns. Er würde seinen Traum verwirklichen und reisen, neue Länder entdecken und frei sein. Und ich würde endlich heimkehren, zurück zu meinen Wurzeln, in mein geliebtes Pemberton.

Es ging alles erstaunlich gut über die Bühne. Ich

hatte irgendwie immer gewusst, dass es so enden würde. Ich spürte keinen Groll gegen ihn, denn er hatte mich gerettet in der Zeit, als ich Rettung brauchte. Nun aber war ich seiner Meinung nach wieder in der Lage, alleine klarzukommen, und er hatte recht. Ich sprach mit Doug über meine geänderten Pläne und er bot mir an, bei ihm und Hugh in die momentan stark verwaiste WG einzuziehen.

»George ist vor ein paar Wochen ausgezogen und ich bin sowieso fast die ganze Zeit in Oxford. Ehrlich gesagt habe ich das Zimmer nur noch aus Nostalgiegründen und um ein Bett zu haben, wenn ich mal wieder nach Pemberton komme. Wirklich benutzt habe ich es schon lange nicht mehr. Hugh beschwert sich ständig, dass er jetzt ganz alleine ist. Ich frag ihn, aber ich bin mir sicher, dass er glücklich wäre, wenn du Georges Zimmer übernimmst.«

Und so hatten wir es gemacht. Ich kannte Hugh, ich mochte ihn und ich liebte Lavender Cottage. Es hatte einst Hughs Tante gehört und als sie es ihm vor vielen Jahren vermachte, hatte er es gründlich renoviert, ohne dass dabei der Charme des alten Gebäudes verlorenging, und dann mit seinen besten Freunden eine Wohngemeinschaft gegründet. Er war sofort begeistert, als Doug sagte, dass ich wieder zurückkommen wollte, und wir waren uns schnell einig gewesen. Noch von Plymouth aus hatte ich nach passenden Stellen gesucht. Und dabei zum ersten Mal nach den Sternen gegriffen. Wenn ich nun schon mein Leben änderte, dann bitte mit einem Job, den ich wirklich toll fand. Es sah gut aus, es gab einige Angebote, und zuversichtlich hatte ich meine jetzige Stelle und Seamus unsere Wohnung gekündigt. Ich hatte zwei Einladungen zu Bewerbungsgesprächen in der Tasche, die beide verheißungsvoll waren, als ich Ende Dezember endlich umzog.

Nun sah ich auf den Brief in meiner Hand. Der Vertrag, mein neuer Job. Ich hatte diese Zusage schon bekommen, ehe ich zu COOVES ging, und ich hatte gehofft, dass ich bedauernd absagen konnte. Doch COOVES hatte sich zerschlagen und mehr Optionen gab es im Moment nicht. Keine der anderen Stellen hatte sich als passend erwiesen oder ich hatte mich nicht als passend erwiesen. Und deshalb würde ich nun meine Stelle in der Buchhaltung einer Firma, die elektrische Widerstände herstellte, eintauschen gegen eine Stelle in der Buchhaltung einer Firma, die Feuermelder produzierte. Ich weiß, die Dinger sind wichtig und alles und sie können Leben retten, was ein Lippenstift vielleicht nicht kann. Aber es war ein Dämpfer, zumal ich nur einen winzigen Schritt von meinem Traumjob entfernt gewesen war.

Kapitel 2

»Also, erzähl. Was ist schiefgelaufen?« Hugh hatte meine Einladung angenommen und bereits seinen zweiten Teller Kürbissuppe vor sich.

»Hm.« Ich dachte nach, wie ich es ihm am besten sagen sollte. Am Anfang gar nichts, es lief prächtig. Mr Timmens war nett, wir hatten ein gutes Gespräch und ich spürte, dass ich ihn überzeugen konnte. Er war auf meiner Seite, auch noch, als wir zu einem Rundgang durch die Firma aufbrachen. Und dann zeigte er mir den Raum, in dem die Buchhaltung untergebracht war. Ein Großraumbüro, hell und freundlich, eine wunderbare Arbeitsatmosphäre. Vier Mitarbeiter waren hier beschäftigt, unterhielten sich zu zweit, tief über Papiere gebeugt, oder starrten mit gedankenverlorenem Blick aus dem Fenster.

»Und das ist Louise Banks. Ihr untersteht die Abteilung. Sie würden also mit ihr arbeiten.«

Louise sah auf und lächelte freundlich. Sie war in den Vierzigern, eine schöne Frau mit feinen Fältchen um die wachen Augen und einem modernen Kurzhaarschnitt. Und einem tollen Lippenstift. Doch ehe ich zurücklächeln konnte, bewegte sich etwas zu ihren Füßen und mein Lächeln starb, bevor es meine Augen erreichen konnte. Da war ein Hund. Ein kleiner weißer Terrier mit langem Fell, der zu ihren Füßen gelegen hatte und nun aufsprang. Er sprang einfach nur auf, kam nicht auf mich zu, aber mein Herz setzte einen

Schlag aus und ich hatte schlagartig Schwierigkeiten, Luft zu bekommen.

»Ahh.« Ich konnte es nicht verhindern, ich hatte schon aufgeschrien, noch ehe ich wieder atmen konnte, und ebenfalls einen Satz gemacht, nach hinten, Richtung Tür. Meine Hand legte sich an den Türrahmen und griff so fest zu, dass meine Fingerknöchel weiß wurden, und mein Blick hing starr auf dem Hund, der mich interessiert betrachtete.

»Und das ist Balou, ihr Hund.« Die Stimme von Mr Timmens war anders, langsamer, schleppender, vorsichtig und ein wenig besorgt. »Er ist unser Firmenhund, sozusagen. Ist das ein Problem?«

Ich versuchte meinen Kopf zu schütteln. Ehrlich, ich versuchte es wirklich, auch wenn mir kalter Schweiß auf der Stirn stand und es mich fast unmenschliche Kräfte kostete, hier zu stehen.

»Er ist ein ganz lieber Hund, Sie werden nicht einmal merken, dass er da ist. Was, Balou, du bist ein ganz Lieber, nicht wahr?« Bei den letzten Worten hatte er sich niedergebeugt und ein wenig mit der Hand gewedelt und der Hund, als hätte er auf dieses Zeichen gewartet, lief los, freudig mit dem Schwanz wedelnd. Ich reagierte spontan. In solchen Situationen kann ich nicht mehr denken, da passieren die Dinge einfach.

»Weg! Nimm ihn weg!«, schrie ich und machte im selben Moment einen zweiten Satz, hinaus auf den Flur und schlug mit einem viel zu lauten Knall die Tür zu. Ich sah noch seinen fassungslosen Blick, Louise Banks' Augen, die überrascht meinen Auftritt verfolgten, ehe die Tür ins Schloss donnerte. Ich hörte gedämpft, wie sie den Hund zurückrief, und ein Murmeln, das ich gar nicht verstehen wollte. Ich stand einfach da, an die Wand gelehnt, weil meine Beine zitterten, und keuchend, als wäre ich eben um mein Leben gerannt.

»Es tut mir leid, ich wusste nicht, dass dies eine, hm, schwere Situation für Sie ist. Ich hätte Sie warnen sollen. Aber Balou ist schon so lange hier und er ist so ein lieber Kerl, dass wir seine Anwesenheit meist einfach vergessen.« Mr Timmens hatte darauf bestanden, dass ich einen Kaffee in seinem Büro trinken müsse, um wieder ein wenig zu mir zu kommen. Beunruhigt sah er zu, wie ich die Tasse auf die Untertasse stellte. Es klirrte, weil meine Hände immer noch zitterten.

»Nein, das ist nicht Ihre Schuld.« Ich atmete tief ein. »Ich habe nur nicht damit gerechnet, hier einem Hund zu begegnen. Ich ... es tut mir leid, ich kann das nicht steuern. Hunde machen mir Angst und sie scheinen auch meinen Verstand auszuschalten.«

Er sah mich einen Moment nachdenklich an. »Balou ist schon seit Jahren hier. Er hatte eine Operation und damals bat Louise, ihn ein paar Tage mitbringen zu dürfen. Und als er wieder gesund war, war er bereits ein Teil des Teams. Die Mitarbeiter lieben ihn, sie gehen bei ihm vorbei, streicheln ihn, reden mit ihm. Unter uns, ich denke, er ist gut für die Stimmung und das Wohlbefinden.«

Ich verstand, was er meinte. Und natürlich hätte ich

auch nie erwartet, dass Louise ihren Balou in Zukunft daheim lassen müsste, nur damit ich hier eine Stelle antreten konnte.

»Meinen Sie nicht, wenn der erste Schreck einmal vorbei ist ...?«

Ich schüttelte entschieden den Kopf. »Es tut mir leid. Ich hätte diesen Job wirklich gerne gehabt. Aber das kann ich nicht.«

Er sah fast betrübt aus. »Und ich hätte Ihnen gerne die Stelle angeboten. Aber auch ich kann das nicht. Dann bleibt mir nichts anderes, als Ihnen alles Gute zu wünschen.«

Sein Händedruck war fest und warm und ich schaffte ein zittriges Lächeln. »Danke.«

Hughs Räuspern holte mich zurück in die Küche.

»Kennst du das Gefühl, wenn du auf jemanden triffst und gleich denkst, das passt nicht? Wir beide können nicht zusammenarbeiten, das wird nicht gut gehen?«

»Der Chef?«

»Nein.« Ich rührte langsam in meiner erkalteten Suppe. »Mrs Banks, die Leiterin der Buchhaltung.« Oder besser gesagt, ihr Hund.

»Und du denkst nicht ...?«

»Nein, das würde nicht gut gehen. Ich habe heute bei FireMeyr zugesagt.« Das waren die Rauchmelder. Mr Meyr war der Inhaber und Chef und der Name war seine höchsteigene Erfindung, wie er mir stolz mitgeteilt hatte.

»Dann haben wir ja was zu feiern. Wann fängst du an?«

»Am nächsten Ersten, also in zwei Wochen.«

»Na, dann hole ich doch mal den Sekt.«

Ich sah zu, wie Hugh zwei Gläser aus dem Schrank nahm und gekonnt eine Flasche entkorkte. Zum Glück entsprach es nicht seinem Naturell, allzu genau nachzufragen. Hugh Anderson war eher der lässige Typ, der alles nahm, wie es kam, sich durchs Leben lächelte und zwinkerte und immer Glück hatte. Er war über einen Kopf größer als ich und schlank, mit einem kräftigen Oberkörper und starken Armen. Seine Haare waren ein wenig länger als früher und sahen stets aus, als ob er keinen Kamm besaß. Aber auf eine gute Art, wenn ich ihn jetzt so ansah. Die braunen Haare lockten sich in den Spitzen leicht nach außen, hingen ein ganz klein wenig in seine Augen und bis knapp über die Ohren. Er sah aus, als hätte sie ihm eben jemand verwuschelt. Sein Gesicht war schmal und er trug seit Neustem einen Bart, kurz gestutzt, der bis hoch zu den Wangenknochen ging. Dichte, dunkle Augenbrauen lenkten den Blick aber zum Schönsten an ihm, seinen Augen. Hughs Augen waren das, was einem als Erstes auffiel. Erstens strahlten sie immer und zweitens waren sie in einem ganz seltenen Blaugrau, warm und dennoch kühl, und um die Pupillen zog sich ein brauner Ring. Es war, als hätte sich der liebe Gott nicht entscheiden können und ihm drei Augenfarben verpasst, perfekt angeordnet und arrangiert. Er schien einzig und alleine Spaß haben zu wollen, sich bloß nicht zu viele Gedanken zu machen. Dabei war er ganz bestimmt nicht gedankenlos. Er war einfach, nun ja, Hugh. Sein Geld verdiente er als Landschaftsgärtner und er liebte seinen Job. Draußen sein, anpacken, sagte er immer, das war genau richtig für ihn. Und er liebte Frauen. Alle Frauen, fürchte ich. Sein Charme machte es ihm leicht und er zeigte keinerlei Neigung, seine WG zugunsten einer festen Beziehung aufzulösen. Er war keiner von denen, die jeden Abend eine andere mitbrachten, das nicht, aber er hatte einfach kein Interesse daran, sich zu binden. Mir war es recht, so konnte ich nun in diesem wunderschönen Haus wohnen und ich freute mich schon auf den Sommer, wenn ich den liebevoll angelegten Garten nutzen konnte.

»Auf dich und auf FireMeyr.« Er hielt mir ein Glas entgegen und ich stieß lachend mit ihm an. Noch so was. In seiner Gegenwart wurde man fast immer gut gelaunt.

Zwei Stunden später hatte ich Balou vergessen und war mir sicher, dass mein neuer Job genau richtig für mich war. Er hatte recht, COOVES war in der Nähe von Oxford, das wäre eine immense Fahrerei gewesen. Nun musste ich nur nach Burford fahren, das war deutlich näher. Ich mochte den Ort, er war wirklich schön und Parkplatzprobleme gab es auch nicht, denn die Firma lag im Randbereich. Hugh hatte mir, ohne dass ich ihn darum bat, eine ganze Menge Gründe geliefert, weshalb es besser war, dort zu arbeiten. Er war nicht weiter auf meinen vermeintlichen Grund eingegangen, nicht bei COOVES zu arbeiten, obwohl ich so scharf gewesen war auf den Job. Stattdessen begann er, unser Leben hier zu planen, machte Vorschläge, wen ich unbedingt treffen musste, und berichtete, wer aus der alten Truppe sich irgendwie abgeseilt hatte.

»Ich bin froh, dass du wieder hier bist. Irgendwie hat sich alles verändert, obwohl äußerlich alles gleich geblieben ist. Fast alles. Harry fehlt mir, er war wie ich, aber nun ist er in Amerika und baut dort eine neue Niederlassung auf. Hättest du das gedacht? Harry mit seinem Job in der Futterindustrie, wir haben doch alle immer ein wenig darüber gelächelt, oder? Und plötzlich macht er Karriere. Und George ist mit Liz zusammen und er hat nur noch Augen für sie. Lucy und Sean werden, wie es aussieht, demnächst zum zweiten Mal Eltern werden und Dave und Charlotte ...« Er seufzte. »Kennst du Charlotte überhaupt? Nettes Mädchen, tolle Frau. Ich mag sie wirklich. Aber alle meine Kumpels sind plötzlich vergeben und es ist jedes Mal eine richtige Ackerei, sie spontan auf ein Bier in den Pub zu bekommen.«

»Aber Hugh.« Ich lachte. »Erzähl mir nicht, dass du einsam bist. Das warst du doch nie.«

»Nicht einsam. Nur eine Kuriosität, wie mir scheint. Aber hey«, plötzlich blitzten seine dreifarbigen Augen auf. »Es gibt auch gute Nachrichten. Dich zum Beispiel. Und Ana, die neue Pflegerin von Millie. Du weißt doch noch, Millicent Preston? Der Schrecken unserer Kindheit?«

Ich nickte. Millie war ein Original hier im Dorf. Eine

alte Lady, die sich mit ihrer herrischen und direkten Art mehr als Respekt verschafft hatte. Früher hatte sie es sich zur Aufgabe gemacht, nicht nur jede Aktivität des Dorflebens zu planen, zu leiten und zu überwachen, sondern auch dafür zu sorgen, dass wir übermütigen Teenager beim Sommerfest nicht ungestört in irgendwelchen dunklen Ecken verschwanden.

»Wie geht es ihr?«

»Na ja. Sie sitzt im Rollstuhl, schon eine ganze Weile. Und sie ist milde geworden für ihre Verhältnisse. Sie hat seit ein paar Monaten Pflegekräfte im Haus und vor ein paar Wochen kam Ana. Ich habe mich entschlossen, dem armen Mädchen zu helfen, hier ein wenig Abwechslung zu finden.« Er zwinkerte.

»Die wird sie auch brauchen, den ganzen Tag mit Millie alleine. Auch wenn ich nicht weiß, ob unser Dorfcasanova dafür der Richtige ist. Gute Nacht, Hugh.«

Er hob kurz die Hand, als ich das Zimmer verließ, und goss sich den Rest Sekt ein, der mittlerweile sicher ganz warm geworden war.

Kapitel 3

Zwei Tage später war Samstag und ich machte mich zurecht für das, was Hugh meinen Willkommensabend nannte. Am Montag hatte die Spedition meine Sachen aus Plymouth hier abgeladen, während ich bei Fire-Meyr saß und ein Vorstellungsgespräch hatte, das darin gipfelte, dass der Personalchef mir noch am selben Tag einen Vertrag zuschickte. Am Donnerstag war dann das Desaster bei COOVES und heute, am Samstag, sollte ich endlich wieder die ganze alte Truppe treffen. Hugh hatte sie alle in die »Betrunkene Ente« bestellt, den Dorfpub, und während ich mich fertig machte, merkte ich, dass ich mich darauf freute, sie alle wieder einmal zu sehen. Viertel vor acht trat ich vor den Spiegel und sah hinein. Ganz in Ordnung, zumindest für einen Abend im Pub. Ich bin eine von den Frauen, die eigentlich immer ganz in Ordnung aussehen. Nie wirklich schlecht, allerdings auch nie so richtig gut. Durchschnitt eben, auf der ganzen Linie. Mit meinen eins zweiundsechzig bin ich nicht besonders groß. Ich habe eine ganz normale Figur. Als Model könnte ich nicht arbeiten, aber das wollte ich ja auch gar nicht. Meine Beine waren in Ordnung, meine Hüften vielleicht ein wenig breiter als ich mir wünschte, dafür war die Taille okay. Meine Oberweite mochte ich, genau richtig, hatte Seamus immer gesagt. Was da zum Anpacken, aber nicht so viel, dass man nichts anderes mehr sieht. Die Haare hatte ich meinem Dad zu danken. Rot und glänzend, mit einem leichten Schwung. Nicht richtig gelockt, aber sie hingen auch nicht ganz glatt über meine Schultern. Eine sanfte Welle sorgte dafür, dass sie genug Volumen hatten. Mein Gesicht allerdings ... Nun ja, ich mochte meine Augen, schon immer. Sie hatten eine Form, die ich sehr schön fand, wie Mandeln, und das strahlende Blau sorgte dafür, dass ich stets wacher aussah, als ich manchmal war. Meine Nase war ebenfalls in Ordnung, klein und schön. Der Mund vielleicht eine Spur zu schmal, wenn ich keinen Lippenstift trug, aber dafür waren meine Zähne ebenmäßig und weiß. Nur die Sommersprossen hatten mich sehr lange gestört. Mein Gesicht ist übersät davon. Nicht nur der Nasenrücken oder die Wangen, auch die Stirn, das Kinn, mein Dekolleté und die Arme. Ich bin voller Sommersprossen und früher litt ich regelrecht ihretwegen. Auch mein Dad hatte sie und wie er sah ich ganz anders aus als die anderen hier. Selbst mein Bruder Doug hatte die dunklen Haare meiner Mutter und ihre grünen Augen. Bei mir aber hatte seine irische Herkunft sich voll durchgesetzt, zu meinem Leidwesen. Als ich endlich alt genug war, um geschminkt das Haus verlassen zu dürfen, trug ich jeden Morgen dicke Schichten Make-up auf, um meine Haut hell und makellos erscheinen zu lassen. In Wahrheit, das weiß ich jetzt, sah es einfach nur maskenhaft aus, doch mir war es egal. Ich wollte bloß nicht länger »Pünktchen« sein.

»Pünktchen«, so hatten sie mich manchmal genannt

in der Grundschule. Alle außer Todd, der sich einen Spaß daraus machte, mich mit »Hi, Feuermelder« zu begrüßen. Ich war nicht traurig, als er und seine Familie zum Ende der dritten Klasse nach Schottland umsiedelten.

Irgendwann hatten meine Freunde aufgehört, mich weiterhin Pünktchen zu nennen, wohl auf Dougs Bestreben hin. Inzwischen weiß ich, dass der Name nie eine Beleidigung sein sollte, sie es sogar süß fanden und dachten, es würde zu mir passen, aber als unsicheres Kind fand ich es einfach schrecklich. Sie benutzten ihn nicht mehr, seit sie wussten, wie ich darunter litt. Das war eigentlich der Kern und Angelpunkt meiner Kindheit hier, der Grund, weshalb ich tief im Herzen die ganze Zeit zurückwollte. Wir waren immer alle sorgsam miteinander umgegangen, jeder hatte seine Chance und bei Bedarf auch noch eine zweite. Es war einfach, hier dazuzugehören, weil wir aufeinander angewiesen waren und vorgelebt bekamen, dass man sich umeinander kümmert und hilft, wenn es nötig ist. Und heute? War es hier immer noch so oder war die moderne Zeit endlich auch in diesem Dorf angekommen? Hatten sie ihre Ellenbogen entdeckt, ihren eigenen Vorteil?

Bei unseren kurzen Besuchen hier hatte ich immer mal wieder den einen oder anderen Freund getroffen. In der Zeit, als meine Mutter schwer krank war, waren sie dagewesen, auch wenn ich kaum Augen für sie hatte. Es war wichtiger gewesen, so viel Zeit als mög1-

mit ihr zu verbringen. Und hinterher? Nun, wie es eben so war, man machte Pläne, telefonierte ab und zu, und dabei blieb es leider. Jetzt jedoch sollte ich wieder ein Teil von ihnen sein und ich fragte mich, ob ich noch dazu passen würde. Zumindest optisch war ich noch immer die Holly Reed, die damals hier weggegangen war, um mehr vom Leben zu sehen als diese kleine Ansammlung idyllischer Cottages. Und zumindest Hugh und Lucy, mit der ich am häufigsten telefonierte, waren wie früher.

»Bist du so weit?« Ein kurzes Klopfen an der Tür unterbrach meine Grübeleien. Ich warf einen letzten Blick in den Spiegel. Pünktchen ist wieder da, dachte ich. Vor ein paar Jahren schon hatte ich eingesehen, dass diese dicken Schichten Make-up nicht nur meiner Haut schadeten, sondern einfach nicht zu mir passten. Inzwischen durften meine Sommersprossen sichtbar bleiben und meinem sonst sehr hellen Teint ein wenig Farbe verleihen. Und ich muss gestehen, ich war auf dem besten Weg, sie zu mögen.

Manche Verbindungen sind so tief, dass es mehr braucht als ein paar Jahre Trennung, um sie zu kappen. Wir saßen zusammengedrängt an einem Tisch in der »Betrunkenen Ente«, lachten und redeten und es war fast wie früher. Fast, denn tatsächlich musste ich mich erst über die aktuellen Entwicklungen auf den neusten Stand bringen lassen.

Dass Lucy und Sean verheiratet waren, wusste ich

natürlich und ebenso, dass sie einen einjährigen Sohn namens Aaron hatten, der heute Abend von seiner Großmutter betreut wurde. Lucy sah aus, wie ich sie in Erinnerung hatte, wunderschön, strahlend, mit einer Energie, die sie unglaublich hübsch machte. So war sie schon immer gewesen, eine Schönheit, die sich nichts aus modischen Klamotten oder Make-up machte und dennoch oder gerade deshalb so unglaublich wirkte. Ihr Mann Sean passte hervorragend zu ihr. Die beiden waren bereits zusammen gewesen, als ich hier wegging, und jeder wusste, dass die beiden ein Paar bleiben würden. Er ergänzte sie perfekt. Groß, breitschultrig und mit schmalen Hüften war er vielleicht der Attraktivste von allen hier am Tisch. Seine schwarzen Locken trug er jetzt ein wenig kürzer als damals, was ihm gut stand, und nach wie vor steckte er in Jeans und einem karierten Hemd. Die beiden waren mit Leib und Seele Landwirte, was man gar nicht dachte, wenn man sie sah. Wer sie allerdings kannte, wusste, dass die beiden für dieses Leben geschaffen waren und nirgends anders ihre unglaubliche Energie hätten unterbringen können.

George hatte sich gar nicht verändert. Er sah aus wie damals, mit seinen blonden Haaren, dem leichten Bauchansatz und den kräftigen Beinen. Wie früher konnte er auch heute mühelos eine Runde in seinen Bann ziehen mit seinem Humor, seinen Sprüchen und seinem Charme. Liz hing an seinen Lippen. Sie hatte sich wohl am meisten verändert. Die langen Haare waren ab, sie trug einen modernen Kurzhaarschnitt, ihr schmales Gesicht sehr vorteilhaft betonte. Sie waren heller als früher, die Haare, meine ich, und Liz wirkte noch kleiner und zierlicher, wenn sie neben George stand. Dass die beiden einmal zueinanderfinden würden, hatte mich überrascht, doch nun merkte ich, wie gut sie zusammenpassten, wie wohl der eine dem anderen tat. George war ein rechter Hallodri gewesen, wie meine Mutter immer sagte, doch in Liz hatte er seine große Liebe gefunden. Und Liz ... nun, ich muss zugeben, dass ich sie stets für ein wenig einfältig hielt, nur an Jungs interessiert, doch sie schien ernsthafter als früher und was sie sagte, hatte Hand und Fuß.

Auf Dave hatte ich mich besonders gefreut, weil er früher der besonne und ruhige Part war in diesem Club, zumindest was den männlichen Teil anging. Er war Tierarzt, eine Berufswahl, die niemanden überrascht hatte, da er schon von klein auf lieber Tiere rettete, als sich blöde Streiche auszudenken. Und bereits jetzt war klar, dass er immer noch der alte Dave war, nett, witzig, freundlich. Sein Haar war ebenfalls anders, zwar noch dunkelblond mit einem ganz leichten Hauch Kupfer, aber es war anders geschnitten, moderner. Er trug auch kein kariertes Hemd, wie er das sonst getan hatte, sondern ein blau-weiß gestreiftes Langarmshirt, das ihm richtig gut stand. Und wenn ich mich nicht täuschte, waren das Jeans, die man nicht im Kaufhaus bekam, sondern nur in ausgewählten Boutiquen. Es stand ihm, keine Frage. Dave war immer schon attraktiv gewesen und wäre da nicht seine fatale Neigung zu Tieren im Allgemeinen und Hunden im

Besonderen gewesen, wäre ich als Teenager wohl Gefahr gelaufen, mich in ihn zu verlieben. Inzwischen wusste ich, dass es an seiner Art gelegen hatte, mich so zu mögen, wie ich war, und meine Sommersprossen hübsch zu finden.

Neben ihm saß Charlotte, die Einzige in der Runde, die nicht aus dem Dorf war und die ich noch nicht kannte. Charlotte war Millies Nichte oder so etwas Ähnliches. Edward, Millicents Bruder, war Charlottes Stiefvater und im Winter vor einem Jahr war sie gekommen, um sich um ihre Tante zu kümmern. Ich kannte die Geschichte nicht in allen Details, aber ich wusste, dass Charlotte sich anfangs gar nicht wohlfühlte hier und nebenbei die ganze Zeit darauf wartete, dass ihr Exfreund endlich kommen würde, um sie zurückzuholen. Doch als der das endlich begriff, hatte sich Charlotte hoffnungslos in Dave verliebt, auch wenn es wohl erst so aussah, als ob aus den beiden kein Paar werden sollte. Wenn man die zwei jetzt sah, konnte man das gar nicht glauben, dass sie sich nicht nach dem ersten Blick direkt aufeinander gestürzt hatten. Sie wirkten so eins, so verbunden miteinander. Erfreut sah ich, wie Charlotte Dave zulächelte, ein Lächeln voller Glück und Liebe. Dave hatte es verdient und sie schien genau die Richtige zu sein. Und ganz offensichtlich war sie der Grund für seine optische Veränderung. Charlotte war die mit Abstand am modischsten gekleidete Person hier am Tisch. Ihre braunen Haare waren durchzogen von honigfarbenen Strähnchen und glänzten gesund. Sie trug das Haar schulterlang wie ich, ihres jedoch war glatter und irgendwie raffinierter gestuft. Sie hatte eine tolle Figur, war an den richtigen Stellen gerundet, mit langen schlanken Beinen und einem Hals wie ein Schwan. Und sie trug die perfekten Jeans und ein Shirt, das ich auch gerne gehabt hätte. Am wichtigsten allerdings war, dass sie unglaublich nett wirkte.

Ich nahm einen Schluck Bier, lehnte mich zurück und sah mich um. Das hier war also mein neues Leben. Ich hätte es schlechter treffen können. Hugh zwinkerte mir zu, als könne er meine Gedanken lesen, und erhob sein Glas.
»Auf Holly. Willkommen zurück in Pemberton.«

Kapitel 4

Schneller als gedacht fühlte ich mich wieder ganz zu Hause. Meine alten Freunde zu treffen war der erste Schritt gewesen. In der folgenden Woche ging ich in der Metzgerei vorbei und in dem kleinen Gemischtwarenladen, der noch genauso aussah wie früher und in dem noch immer Mr und Mrs Bakers standen, Georges Eltern, und zu jedem Einkauf ein wenig Klatsch gratis boten, ob man wollte oder nicht. Ich muss gestehen, dass ich es mochte. Nach der Anonymität in Plymouth fand ich es wohltuend, mit Namen begrüßt zu werden, gefragt zu werden, wie es mir denn gehe.

Außer dem Laden und der Metzgerei hatte Pemberton nicht viel zu bieten. Wie gesagt, es ist ein wirklich kleiner Ort. Eine Kirche, ein Gemeindehaus, der Pub. Sogar die Einwohner blieben gleich. Es gab nicht viele Neuzugänge hier, deshalb hatte Charlotte damals auch für einigen Wirbel gesorgt. Hin und wieder kam durch Heirat jemand Neues ins Dorf und natürlich zogen junge Menschen weg, um neue Wege zu gehen. Es gab immer mal wieder Nachfragen von Maklern, allerdings kaum Angebote. Häuser wurden vererbt und von der nächsten Generation mit Leben gefüllt. Die weitläufigen grünen Wiesen, die das Dorf umgaben, waren Weideflächen und nur zögerlich wurde nach und nach ein wenig neues Bauland erschlossen. Man lebte von der Landwirtschaft oder hatte einen Job in einer der umliegenden größeren Städte. Für die echten

Pembertoner waren nicht Clubs, Läden und hippe Cafés das Wichtigste, sondern die Gemeinschaft und das Miteinander, mit allem Für und Wider.

»Warst du eigentlich schon unten am Eye?« Hugh sah mich fragend an, während ich die Sonntagszeitung langsam sinken ließ. Ich hatte nicht gehört, wie er das Wohnzimmer betrat.

»Nein.«

»Und? Hast du Lust? Wir könnten einen Spaziergang machen. Es ist ein schöner Tag, wenn auch kalt. Das sollten wir ausnutzen.«

Ich nickte langsam. Ja, ich wollte gerne wieder einmal hinunter zum River Eye, dem kleinen Seitenarm des River Windrush, der sich nahe dem Dorf malerisch durch die Gegend zog. Und mit Hugh zusammen …

»Dann los.« Er zog sich bereits seine derben Boots an und ich beeilte mich, ebenfalls geeignetes Schuhwerk anzuziehen, ehe ich es mir anders überlegte.

Ich mochte die Gegend um das Dorf, die sanften Hügel, grünen Weiden und ganz besonders den Fluss. Ich mochte es nur nicht, alleine dort herumzuspazieren. Selbst heute, in Begleitung, spürte ich, dass ich mich nicht wirklich der Landschaft hingeben konnte, dass ich immer nervös nach hinten und vorne spähte. Es wäre naiv zu denken, dass wir die Einzigen waren, die den Sonnenschein ausnützen wollten. Und es dauerte auch keine zehn Minuten, bis ich es sah. Vorne, vielleicht hundert Meter vor uns, waren zwei Menschen aufgetaucht. Und ein Hund, der übermütig um sie herumsprang. Ich sah mich um. Wir waren fast an der Abzweigung, die uns zwar weg vom Fluss, aber auch weg von diesen Menschen bringen würde.

»Lass uns hier abbiegen.«

»Warum?« Hugh sah überrascht auf mich herab. »Wir wollten doch zum Fluss. Hey, das da vorne sind doch Charlotte und Dave.« Er hob einen Arm und begann zu winken. »Komm schon, die holen wir ein.« Er marschierte zügig los und ich blieb, wo ich war, unfähig zu entscheiden, was ich jetzt tun sollte.

»Holly!« Hugh hatte angehalten, als er merkte, dass ich mich nicht rührte, sondern meinen Blick starr auf das Dreiergespann gerichtet hielt. »Was ist?«

Was ist? Herrgott, die hatten einen Hund dabei. Dave hatte früher einen gehabt, erinnerte ich mich, aber ich wusste, dass der nicht mehr lebte. Anscheinend hatte er einen neuen, ein großes, schwarzes Tier. Während ich noch nachdachte, wie ich aus dieser Situation kam, ohne zugeben zu müssen, dass ich vor Angst fast starr war, hob Dave den Arm und winkte munter. Der Hund sprang los, in unsere Richtung, und ich sah mich panisch um. Wo sollte ich hin? Dann stoppte das Tier plötzlich, drehte sich um und lief zurück zu Dave. Ich konnte sehen, wie er sich hinunterbeugte und dann, den Hund an seiner Seite, auf uns zukam.

»Dave hat wieder einen Hund?« Ich hoffte, dass man nicht hörte, wie atemlos und gepresst meine Stimme klang.

»Ja. Nun, eigentlich gehört er Charlotte und ganz eigentlich Millie. Sie kann nicht mehr mit ihm raus und sie hat entschieden, dass sich Charlotte und Dave um ihn kümmern. Sie meint, es reicht, wenn sie ans Haus gefesselt ist und leidet.«

Ich nickte leicht, den Blick immer noch starr auf die drei gerichtet. Ich sah eine Leine und versuchte, mich zu entspannen. Ich versuchte es noch, als sie gleichauf waren.

»Na, nutzt ihr auch die paar Sonnenstunden aus?« Hugh strahlte und der Hund begann, freudig an ihm zu schnuppern und an seiner Hand zu lecken. Ich trat einen Schritt zurück.

»Und du, alter Junge? Alles klar? Nehmen sie dich wieder an die Leine, du armes Tier?« Hugh kraulte den Hund und sah zu Dave. »Wieso lässt du ihn nicht springen?«

»Er hatte Auslauf. Und er ist es gewohnt, an die Leine zu kommen, wenn uns jemand begegnet.« Dave sprach lässig, aber ich spürte seinen nachdenklichen Blick auf mir. Allerdings war es mir jetzt egal, denn ich musste mich darauf konzentrieren, nicht zu schreien. In der Gegenwart eines Hundes bin ich einfach nicht mehr ich. Ich atmete flach und hastig und starrte nach wie vor auf das Tier, das jetzt den Kopf drehte und mich ebenfalls interessiert musterte. Er machte eine Bewegung in meine Richtung und ich war schon drei Schritte zurückgewichen, ehe ich wusste, was ich tat. Und hatte nun doch einen entsetzten kleinen Schrei von mir gegeben.

»Das ist Butler. Wir haben ihn von Tante Millie übernommen. Er ist ein lieber Kerl.« Daves Blick ruhte immer noch auf meinem Gesicht. »Aber ich meine mich zu erinnern, dass du Hunde nicht wirklich magst.«

»Das hat nichts … mit mögen … Es ist einfach …« Ich holte tief Luft. »Sie sind nicht meine Sache.«

»Das ist doch in Ordnung.« Daves Stimme klang weich und völlig unaufgeregt. »Muss ja auch nicht jeder. Butler, sitz.«

Der Hund, der inzwischen ein paar weitere Schritte zwischen sich und mir überwunden hatte und mit schief gelegtem Kopf darauf wartete, dass ich ihn begrüßte, nahm Platz und drehte seinen Kopf zu Dave.

»Holly, schön, dich zu treffen.« Charlotte mischte sich ein. Sie schob sich zwischen mich und Butler, nahm meinen Arm und ging mit mir ein paar Schritte, weg vom Hund und den Männern. »Wie sieht es aus, hättest du nicht mal Lust, uns zu besuchen?« Sie stockte kurz, sah zurück und lächelte dann. »Oder ich komm zu dir, ich mag Lavender Cottage. Wir könnten natürlich auch ganz übermütig sein und nach Witney fahren, da gibt es ein tolles Café.«

Ich nickte. »Das wäre schön.« Ich hörte selbst, dass es wenig begeistert klang, und das tat mir leid, denn Charlotte schien richtig nett zu sein und ich konnte mir vorstellen, dass ich in ihr eine gute Freundin finden würde. Eine, die zu mir passte, manchmal spürte man das ja gleich. Sie allerdings besuchen, das war etwas, das ich niemals tun könnte.

»Wann fängst du an zu arbeiten?«

»Morgen.«

Wir waren langsam weitergegangen. Charlotte hatte gewartet, bis die beiden Männer mit Butler ein paar Schritte vor uns waren, ehe sie mich mit einem leichten Druck ihrer Hand auf meinem Arm aufgefordert hatte, mit ihr hinterherzuschlendern. Sie plauderte munter neben mir und begnügte sich mit meinen kurzen Antworten. Ich hätte gerne mehr gesagt, wäre gerne lockerer gewesen, aber ich musste immerzu diesen Hund im Blick behalten, jede Geste Daves. Ich war unendlich dankbar, als wir die ersten Häuser erreichten.

»Wie sieht es aus? Es war doch ganz schön frisch. Wollen wir noch einen Tee trinken?« Dave drehte sich zu uns um. »Butler wird sich solange noch ein wenig im Garten die Beine vertreten.«

Hugh nickte zustimmend, ich jedoch schüttelte den Kopf. Auf gar keinen Fall würde ich das tun. Ich betrete nie ein Haus, in dem ein Hund ist. Draußen ist es schon anstrengend genug, aber ein Haus? Damit begab man sich in sein Revier, musste seinen Regeln folgen.

»Ich muss zurück. Ich habe noch ein paar Dinge zu erledigen.«

»Ich ruf dich an. Dann können wir nächste Woche ja mal abends losziehen.« Charlottes Lächeln war offen und freundlich und ich nickte knapp, ehe ich mich schnell davonmachte.

»Du hattest früher schon Probleme mit Hunden, oder?« Hugh sprach das Thema ganz beiläufig beim

Abendessen an und ich versteifte mich sofort wieder. Hatten sie sich über mich unterhalten? Gelacht, weil ich mich so blöd anstellte?

»Ich mag das einfach nicht. Dieses Hochspringen und Ablecken und Schnuppern.« Ich vermied es, ihn anzusehen.

»Butler ist ein ganz lieber Kerl. Und hervorragend erzogen. Dave und Charlotte waren bei einem Hundetrainer, weil es Charlottes erstes Tier ist und sie es unbedingt richtig machen wollte. Und Dave hatte ja schon immer ein Händchen für Tiere. Glaub mir, er springt dich nicht an. Er wird dich nicht einmal beschnuppern, wenn du oder Dave das nicht wollen.«

Ich zuckte mit der Schulter. Nein, ich wollte das nicht und nein, ich wollte auch nicht darüber reden.

Hugh betrachtete mich noch einen Moment aufmerksam, dann zwinkerte er kaum merklich mit den Augen.

»Also, Holly. Ab morgen bist du offiziell eine Mitarbeiterin bei FireMeyr. Wenn das der gute Todd wüsste ...« Er lachte und ich stimmte nach einem kurzen Zögern ein. Ein Themenwechsel war alles, was ich wollte. Und wenn das hieß, dass wir uns jetzt über die guten alten Zeiten, Todd und sein unsägliches »Hi, Feuermelder« unterhalten mussten, dann sei's drum. Alles besser, als darüber nachzudenken, wie sehr mir dieser Hund heute zugesetzt hatte.

Kapitel 5

Der Job bei FireMeyr war nicht so schlecht, wie ich gedacht hatte. Ich hatte eine nette Kollegin, Susan, die mich herzlich empfing. Das Büro war hell und großzügig, die Schreibtische recht modern und mein Aufgabenbereich klang vielseitig. Und es war absolut hundefrei. Ich begann mich selbst zu beglückwünschen, hier und nicht bei COOVES gelandet zu sein, und redete mir ein, dass jene Stelle sowieso nur einfache Tätigkeiten für mich bereitgehalten hätte. Das kannte man doch. In Stellenanzeigen hörten sich die Jobs immer spannender an, als sie waren, und die Anforderungen an den Bewerber immer höher, als es dann letztendlich nötig war.

Auch ansonsten begann ich, mich stetig wohler zu fühlen. Ich war tatsächlich mit Charlotte ausgegangen und hatte einen tollen Abend verbracht. Charlotte war eine unglaublich sympathische Person und ich mochte sie mit jedem Treffen lieber. Sie arbeitete in Witney in einer Boutique.

»Eingestellt bin ich als Einkäuferin und Trendscout«, hatte sie ganz lapidar erzählt. »Aber unter uns, so viele Messen, auf denen ich einkaufen kann, gibt es nicht. Zweimal im Jahr, wenn die Kollektionen wechseln, kümmere ich mich um die Order, und das macht mir wirklich Spaß. Aber Trendscout? Ich kann sagen, daran glaube ich, das nehmen wir oder nein danke, diese Pullis kommen uns nicht ins Regal, aber ich hänge natürlich voll an den Angeboten. Ich entdecke also keine Trends. Und die ganze restliche Zeit bin ich einfach eine Verkäuferin. Aber weißt du was?« Sie beugte sich vor und ihre Augen strahlten. »Es macht mir Spaß. Ich liebe es, jeden Tag. Und es kümmert mich überhaupt nicht, was die Leute dazu sagen, ob ich mich unter Wert verkaufe oder dass es nur ein besserer Hilfsjob wäre, Kleidung zu verkaufen. Das ist es nämlich nicht. Das ist es nur, wenn es dir egal ist. Ich aber liebe Mode, das war schon immer so. Und ich habe ein gutes Auge, wem was steht. Ich kann Frauen beraten, ihnen helfen. Und das ist auch eine Gabe.«

Sie hatte sich in Rage gesprochen, immer schneller und immer lauter, und ich fragte mich, was da wohl los war. Anscheinend gab es Menschen, die ihre Berufswahl nicht für gut befanden. Doch nicht etwa Dave?

»Hast du das gelernt? Ich meine, hast du das schon immer gemacht?«

»Nein.« Sie nahm einen Schluck Wasser und stützte ihr Kinn ab. »Ich war vorher die persönliche Assistentin des Chefs in einer Agentur für Events.« Sie sah, wie ich etwas ratlos dreinblickte, und seufzte leise. »Eine Firma, die Abenteuer vermittelt. Fallschirmspringen, Crime-Dinners, Managertraining im Hochseilgarten ... Denk dir was aus, wir hatten es im Angebot.«

»Cool.« Jetzt war mein Interesse geweckt. Das hörte sich in der Tat ganz anders an als ihr jetziger Job.

»Ja, voll cool.« Sie verzog das Gesicht. »Besonders wenn man von dir erwartet, den ganzen Mist selbst auszuprobieren. Weißt du, was eine Zipline ist? Nein? Das ist ein Stahlseil, das über eine Schlucht oder so gespannt wird. Und dann hängt man dich in ein Geschirr, das zwischen deinen Beinen durchgeht, hakt dich ein und du saust da runter, nur an diesem dünnen Seil, und schreist und schreist, bist du endlich ankommst und wieder Boden unter deinen Füßen hast.«

»Das hast du gemacht? Respekt.«

»Nein, blöd war das. Weil ich eine Scheißangst davor hatte, aber mich nicht traute, Nein zu sagen. Ich habe es gemacht, obwohl ich fast gestorben bin vor Angst, wie auch bei diesem blöden Tandemsprung. Nicht meins, glaub mir. Ich gönne es jedem, der es mag, aber ich werde es nie mehr tun.«

»Du hättest einen anderen Job suchen können. In einer anderen Agentur.«

»Hätte ich. Aber ich wollte schon immer etwas mit Mode machen. Und auch wenn meine alten Freunde mich belächeln, ich habe jetzt viel mehr Freude an meiner Arbeit. Obwohl ich weniger verdiene.«

»Das ist schön.« Ich fand ihre Geschichte spannend und auch motivierend. »Ich finde es toll, dass du nichts darauf gibst, was sie sagen.«

Charlotte lachte. »Interessant, dass du das sagst. Ich war die Vorzeigefrau für »machen, was die anderen erwarten«. Ich habe viel zu lange mein Leben nach dem gelebt, was von mir erwartet wurde. Und ich musste es auf die harte Tour lernen, dass man so nicht glücklich wird.« Sie starrte einen Moment aus dem Fenster, dann sah sie mich an. »Dave hat mir dabei geholfen. Und

Pemberton. Und Tante Millie. Du kennst meine Tante, oder?«

Ich nickte. Jeder im Dorf kannte sie. »Ich habe sie aber schon ewig nicht mehr gesehen. Geht es ihr gut?«

»Nicht wirklich. Sie hat Arthrose und sie kann nicht mehr gehen. In letzter Zeit ist sie sehr schwach geworden und sie scheint zu schrumpfen. Das Alter macht ihr zu schaffen und die Umstände, die sie zwingen, sich zurückzuziehen. Ich besuche sie, so oft es geht, und sie hat einen Rollstuhl, um am Leben teilzunehmen.« Charlotte rührte gedankenverloren in ihrer Tasse. »Ich mag sie wirklich. Wir hatten keinen guten Start, aber inzwischen mag ich sie sehr. Viel zu sehr. Ich finde den Gedanken erschreckend, dass sie immer mehr Krankheiten hat. Nun, sie ist immer noch Millicent, die Schreckliche, wenn sie will.« Ein kurzes Lachen. »Aber sie will nicht mehr immer. Allerdings ...« Erneut machte sie eine Pause. »Allerdings hat sie sich sehr dafür interessiert, dass du wieder da bist. Sie kennt dich und sie scheint dich zu mögen. Vielleicht hast du mal Lust, sie zu besuchen? Wir könnten gemeinsam einen Tee bei ihr trinken. Das macht mehr Spaß, als man meinen sollte, ganz besonders, wenn sie einen guten Tag hat.«

Ich nickte und versprach, darüber nachzudenken, was ich nicht vorhatte. Millicent kannte ich zu gut. Als Kind hatte ich sie gefürchtet, später respektiert. Aber Millicent war auch eine von denen. Denen, die immerzu Hunde um sich brauchten. Und wenn Charlotte zu ihr ginge, dann bestimmt mit Butler. Und wenn Butler dort wäre, konnte ich nicht da sein.

Charlotte schien zu spüren, wo mein Problem lag, und sie war taktvoll genug, es nicht anzusprechen und auch nicht ständig nachzufragen, ob ich nicht doch einmal bei ihr und Dave vorbeikommen wolle oder Millicent meine Aufwartung machen. Wir verabredeten uns weiterhin in irgendwelchen Cafés oder Pubs oder trafen uns mit den anderen in der »Betrunkenen Ente«. Sie begann außerdem, hin und wieder bei uns in Lavender Cottage vorbeizuschauen. Meist kam sie alleine, manchmal in Begleitung von Dave. Ich liebte ihre Besuche, denn Charlotte war erfrischend ehrlich und offen.

»Als ich sie kennenlernte«, Dave zwinkerte mir zu, »hat sie alles getan, um die Erwartungen zu erfüllen, die andere scheinbar in sie hatten. Sie hat die halbe Zeit nur damit zugebracht, zu rätseln, was man von ihr erwarten könnte.«

»Das stimmt nicht.« Sie sah ihn empört an.

»Und wie das stimmt. Du hast zum Beispiel jedes Mal Bier getrunken, wenn wir im Pub waren. Nur weil jemand sagte: »Hey, Charlotte, ich geb dir ein Bier aus«. Du hast nicht einmal gesagt, dass du es nicht magst.«

Charlotte starrte auf ihr Weinglas und ich zu Charlotte. Auch heute hatte Hugh ganz selbstverständlich Bier aus dem Kühlschrank geholt, als die beiden auftauchten, und es uns wortlos hingestellt. Charlotte hatte ihre Flasche zur Seite geschoben und ihn höflich gefragt, ob er vielleicht einen Weißwein hätte. Es war eine ganz normale Situation gewesen. Hatte ich gedacht.

»Nun, ich war vielleicht manchmal zu höflich.« Charlotte lächelte süßlich. »Und du solltest ganz froh sein, dass es so war. Denn sonst wäre ich nie nach Pemberton gekommen. Und du hättest mich nie kennengelernt.«

»Das wäre in der Tat furchtbar.« Dave beugte sich hinüber und küsste sie.

»Allerdings.« Hugh verdrehte in gespielter Verzweiflung die Augen. »Was hätte ich es vermisst, dich so zu sehen.«

Ich mochte diese Zusammentreffen. Es war fast ein wenig wie früher. Wir redeten, lachten und neckten uns gelegentlich. Meine Rolle beschränkte sich meist darauf, zuzusehen, wie Dave und Hugh sich die Pointen um den Kopf schlugen. Es wurde ein bisschen geküsst, und auch dabei sah ich zu. Und auch das war wie früher, als ich ewig Dougs kleine Schwester und somit unantastbar für seine Freunde war. Am Anfang, weil da die sechs Jahre Altersunterschied noch richtig was ausmachten, und später, weil ich so lange in dieser Rolle gewesen war, dass sie uns in Fleisch und Blut übergegangen war. Ich war tabu für romantische Treffen oder gestohlene Küsse hinter einer Hecke während des Sommerfestes. Meinen ersten Kuss bekam ich von einem Jungen aus dem Nachbardorf und meinen zweiten ebenfalls. Und als wir endlich so weit waren, diese seltsame Gepflogenheit infrage zu stellen, tat es niemand, weil niemand Interesse daran hatte. Und noch heute war es so, dass ich Dave, Hugh, George und die anderen immer nur als Freunde sah. Was das Küssen anging, würde ich wohl einen Ausflug nach Bourton-on-the-Water machen müssen, wenn ich dann so weit war, wieder daran zu denken. Im Moment reichte es mir allerdings, Dave und Charlotte dabei zuzusehen.

Kapitel 6

Ein paar Wochen später passierte dann etwas, das mein ganzes Leben auf den Kopf stellte. Es begann ganz harmlos mit einem Einkauf bei den Bakers. Ich hatte mir vorgenommen, nicht alles in Burford im Supermarkt zu kaufen, sondern die örtlichen Geschäfte zu unterstützen. Ich wusste von meiner Mutter, wie wichtig es war, solche Einkaufsmöglichkeiten zu haben, und ich mochte es, durch die engen Gänge zu gehen und Nudeln, Obst oder Salz in den kleinen orangefarbenen Plastikkorb zu legen, der an meinem Arm baumelte. Diese Körbe hatte es hier schon gegeben, als ich ein Kind war.

Dann hatte Mrs Baker persönlich meine Einkäufe in die mitgebrachte Stofftasche gepackt und mich dabei mit dem neusten Klatsch versorgt – wer schwanger war oder zumindest aussah als ob, wer in Rente gegangen war und so weiter. Ich schlenderte mit meiner Tasche die Dorfstraße entlang und überlegte, was ich wohl vergessen hatte. Ich hatte etwas vergessen, da war ich mir ziemlich sicher und in Gedanken ging ich das geplante Abendessen durch und hakte eine Zutat nach der anderen ab. Und plötzlich, ich war auf der Höhe des alten Cottages der Potters, die vor einiger Zeit weggezogen waren, passierte es. Hinter dem Holzzaun, der das Grundstück zur Straße abgrenzte, bellte ein Hund. Laut und wütend und völlig überraschend schlug er an. Und alles passierte gleichzeitig. Ich riss den Kopf herum, sah einen großen, braunen Hund mit gefletschten Zähnen aufgeregt am Zaun hochspringen, der mir plötzlich viel zu niedrig schien und keinerlei Schutz bot, wenn das Tier nur ein wenig Anlauf nehmen würde. Ich schrie auf, laut und unkontrolliert, und machte einen großen Satz, weg vom Zaun, weg von diesem Bellen und Fletschen. Und mitten auf die Straße. Reifen quietschten, ich fuhr herum und starrte auf einen großen, ziemlich dreckigen Jeep, der plötzlich und viel zu schnell vor mir aufgetaucht war. Unwillkürlich streckte ich die Hände aus, als könne ich den Wagen stoppen. Wie durch ein Wunder schaffte es der Fahrer, das Auto anzuhalten. Meine ausgestreckten Hände lagen auf der Motorhaube und nur wenige Zentimeter trennten die bullige Stoßstange von meinen Kniescheiben. Ich stand da, keuchte und starrte den Wagen an, ohne etwas zu sehen.

»Himmel, bist du denn ganz verrückt? Holly, was zum Teufel hast du dir dabei gedacht? Hast du mich nicht gehört?« Dave sprang aus dem Wagen, ziemlich aufgeregt und offensichtlich auch sauer. Ich schüttelte stumm den Kopf. Der Hund bellte und kläffte weiter und Dave schien zu verstehen.

»Steig ein. Ich fahr dich nach Hause. Nein, du steigst jetzt ein. Ich habe keinen Hund im Wagen, also los.«

Ich kletterte mit zitternden Beinen hinein und legte stumm den Gurt an. Auch Dave blieb stumm, auf eine sehr aufgewühlte Art. Ich sah sein Gesicht, finster, wie ich es noch nie gesehen hatte, und sein Atem ging ebenfalls schneller als gewohnt. Wenige Straßen später hielt er vor Lavender Cottage und ich beeilte mich, so schnell es mir in meinem Zustand möglich war, vom ihm wegzukommen.

»Holly«, begann er, als ich die Tür zuschlagen wollte, dann winkte er ab.

»Danke.« Ich konnte kaum sprechen, aber sein Nicken zeigte mir, dass er das geflüsterte Wort gehört hatte. Ich war schon an der Haustür, als er losfuhr.

Zwei Stunden später war er wieder da. Sein Gesicht war ernst, aber nicht mehr so verbissen und er sprach langsam und offensichtlich sehr bedacht.

»Holly, dieser Zwischenfall heute … das war kein Spaß mehr. Da hätte wer weiß was passieren können. Hätte ich nicht schon abgebremst, um dir Hallo zu sagen … Ich hätte keine Chance gehabt. Du hättest keine Chance gehabt.«

»Das weiß ich selbst. Ich war in Gedanken und habe mich erschrocken. Ich wusste nicht, dass da jetzt ein Hund ist. Wird nicht wieder vorkommen.«

»Du weißt, dass das nicht stimmt. Du hast ein Problem, ein größeres, als du zugibst.«

»Ich habe kein Problem. Ich habe es nur nicht so mit Hunden. Ich war überrascht.«

»Du hast Angst, Holly. Panische Angst.«

»Ihr Hundemenschen! Wieso ist das für euch so schwer zu verstehen, dass es auch andere gibt? Ich habe es einfach nicht so mit Hunden. Niemand in meiner Familie hat es mit Hunden.« Das war wahr und auch nicht. Niemand von uns war Hundehalter. Doug war ebenfalls nicht scharf auf sie und ziemlich vorsichtig, allerdings bei Weitem nicht so voller Angst wie ich. Meine Mutter jedoch hatte früher einen Hund gehabt, genauer gesagt ihre Eltern. Sie hatte nie Angst vor diesen Tieren gezeigt.

»Holly, du weißt, was ich meine. Das war schon bei unserem Spaziergang zu sehen. Du konntest kaum atmen oder reden und Butler war die ganze Zeit angeleint. Und heute … weißt du, was ich für einen Schreck bekommen habe, als du mir vor meinen Wagen gesprungen bist? Scheiße, Holly, ich habe dein Gesicht gesehen. Du warst total neben dir.« Er stand auf und ging ein paar unruhige Schritte durch das Zimmer. Dann blieb er hinter mir stehen und legte sanft seine Hand auf meine Schulter.

»Holly, du musst was dagegen tun. Du lebst jetzt hier und glaube mir, ich weiß, wie viele Hunde es hier gibt. Du kannst doch nicht immer in der Angst leben, dass dir unvermittelt einer begegnet.«

Da hatte er leider recht. Hier auf dem Land war die Gefahr deutlich größer, dass dir ein Hund entgegenkam. Ich hatte das nicht bedacht, als ich zurückkehrte.

»Es gibt Möglichkeiten. Es gibt da jemanden, einen tollen Mann, wie man hört. Er ist Ergotherapeut mit einer eigenen Praxis und er bietet eine hundegestützte Therapie an, genau für solche Menschen wie dich. Ich kenne ihn nicht persönlich, aber ein Freund von mir, der wie er als Hundetrainer arbeitet. Und ich weiß von ihm, dass dieser Mann sehr gute Erfolge hatte, wenn es um Angst vor Hunden geht.«

»Ich brauche keine Therapie. Ich bin nicht bescheuert oder so.«

»Keiner sagt, dass du bescheuert bist. Aber du brauchst Hilfe und er kann sie dir bieten. Was ist das denn für ein Leben, wenn du immer Angst hast?«

»Bisher war es gar nicht schlecht, herzlichen Dank.« Ich wusste nicht, warum ich derart bissig war. Ich mochte nicht, was er da aussprach, und ich mochte die Gedanken nicht, die er damit in Gang brachte. Bisher hatte ich das Gefühl gehabt, diese Sache recht gut im Griff zu haben. Nun, nicht immer. Als Kind war es schwerer gewesen und als Teenager ebenfalls. Ich hatte bei jeder neuen Schulfreundin erst herausfinden müssen, ob sie einen Hund hatte, und wenn ja, gar nicht erst zugelassen, dass die Freundschaft sich vertiefte. Ich war nie so entspannt wie die anderen, wenn wir am Fluss unten spielten oder später ein Open-Air-Konzert besuchten. Ich hatte sogar eine Einladung zur Geburtstagsparty bei Jason sausen lassen, in den ich in der Neunten verliebt war, weil ich wusste, dass die Familie einen Schäferhund hatte. Aber seit ich erwachsen war, hatte ich es im Griff. Ich konnte mir aussuchen, mit wem ich meine Zeit verbrachte, ich wechselte die Straßenseite, wenn mir ein Hund entgegenkam, und im Notfall ging ich eben einen kleinen Umweg, wenn ich sah, dass auf einer Straße ein Hund herumlief. Alles machbar. Und kein Grund für eine Therapie. Eine Therapie, in der ich mich am Ende mit einem Hund in einem Raum aufhalten musste. Vielleicht sogar noch das

Tier anfassen. Eine Therapie, die schlimmer sein würde als alles andere. Und die eventuell dafür sorgen konnte, dass ich irgendwann einmal einem Hund begegnete und dabei nicht in Panik verfiel …

»Holly.« Daves Stimme klang ganz sanft. »Ich weiß, dass ich da etwas vorschlage, das dir unmöglich erscheint. Aber ich würde es nicht tun, wenn ich nicht fest daran glauben würde, dass du das schaffst. Dass es dir hilft. Du musst das nicht sofort entscheiden. Aber denke bitte darüber nach.« Er legte eine Karte auf den Tisch.

»Kennst du jemanden, der das gemacht hat?«

»Ich kenne nur einen Fall, ein Kind, das panische Angst hatte. Mein Freund hat neulich davon erzählt. Der Erfolg war unglaublich. Die Familie hat mittlerweile sogar einen eigenen Hund.«

Ich lachte, wenn auch recht zittrig.

»Und wenn ich mich entscheiden sollte, nur wenn, kannst du dann da anrufen?«

»Nein. Das gehört dazu, dass du selbst den ersten Schritt machst.« Er ging zur Tür, verharrte einen Moment. »Du wirst dich schon richtig entscheiden, Holly. Das hast du immer getan.« Dann war er weg.

Ich zog die Visitenkarte zu mir, drehte sie eine Weile in den Händen, ehe ich den Aufdruck las.

»Mitch Cunningham. Hundegestützte Therapie. Hundetrainer.« Ein Wort angsteinflößender als das andere. Nun ja, der Name nicht, aber das war schon alles.

Ich ging früh zu Bett, schlief aber lange nicht. Die

Gedanken wirbelten in meinem Kopf und diese Möglichkeit, die Dave mir da aufgezeigt hatte, war so neu und überraschend, dass sie es schaffte, gegen meinen Widerstand Formen anzunehmen. Erinnerungsfetzen tauchten auf, von denen ich geglaubt hatte, dass ich sie erfolgreich verdrängt hatte. Bilder, die ich im hintersten Winkel meines Gehirns vergraben hatte, Emotionen, schwach wie eine Spiegelung auf einer öligen Pfütze. Und immer wieder der Gedanke, wie es sein mochte, ohne Angst einen Spaziergang zu unternehmen, nicht dieses ohnmächtige Gefühl zu haben, wenn irgendwo ein Hund auftauchte und ich einen Moment lang keine Luft mehr bekam, ehe die Panik in Wellen über mir zusammenschlug. Obwohl sich mein Verstand mit aller Macht wehrte, hatte Dave eine ganz zarte Pflanze in mir gesetzt, die tapfer versuchte, Wurzeln zu schlagen.

Kapitel 7

Drei Wochen lag die Visitenkarte auf meinem Nachttisch. Drei Wochen, in denen ich sie jeden Abend ansah, in den Fingern drehte und wieder weglegte. Es war mir unmöglich, den ersten Schritt zu tun, aber dennoch legte ich sie immer wieder gut sichtbar neben die kleine Leselampe.

Das Gespräch mit Dave hatte etwas losgetreten, das ich nicht einordnen konnte. Ich begann, mich selbst zu beobachten. Wenn ich in der Mittagspause in einem Café saß und durch die Scheibe zusah, wie ein Spaziergänger mit einem Hund vorbeiging, beobachtete ich das Gespann anders. Wenn ich sah, wie irgendwo ein Kind mit einem Hund spielte, überlegte ich mir, was genau meine Angst verursachte. Es war nicht wirklich toll, denn plötzlich war diese Angst immer da, nicht nur in direkten Hundesituationen. Es war zu weit an der Oberfläche, um es zu ignorieren. Ich sah die ganzen strahlenden Gesichter der Hundehalter, wenn sie sich zu ihren Tieren beugten, sie streichelten, sah, wie sie lachten, wenn die Tiere an ihnen hochsprangen und bellten, und fragte mich, wie das sein musste, wenn man so völlig unbeschwert war in diesem Moment. Ich sah viel mehr Hunde als früher, ständig schien irgendwo einer zu lauern. Und dann fuhr ich abends auf den Supermarktparkplatz in Burford, weil ich ein paar Dinge brauchte, die ich in Pemberton nicht bekam. Und als ich aussteigen wollte, sah ich im Rückspiegel einen

Mann, der vor dem Eingang herumlungerte. Er hatte eine Bierdose in der Hand und einen Hund bei sich, einen großen, rehbraunen Hund mit langem Fell. Der Hund sprang hin und her, lief zu einem Passanten, der desinteressiert seinen Wagen an den beiden vorbeischob, dann zu einer Frau, die eben das Geschäft verließ und die er an der Hand anstupste. Ich saß da und sah in den Spiegel. Der Mann trank seelenruhig sein Bier und kümmerte sich nicht darum. Ich wartete weiter, aber er schien es nicht eilig zu haben. Er stand in einer Seelenruhe da herum und sah zu, wie sein Tier einen Passanten nach dem anderen beschnüffelte.

Früher hätte ich einfach den Motor gestartet und wäre zum nächsten Supermarkt gefahren. Ich hätte dem Typen in Gedanken und wahrscheinlich auch laut die übelsten Beschimpfungen verpasst und wäre dann woanders einkaufen gegangen. Nun, das mit den Schimpfwörtern tat ich auch jetzt, nicht zu zimperlich und ziemlich laut. Aber heute war da noch etwas anderes. Zorn. Auf ihn und überraschenderweise auch auf mich. Zorn, dass ich mich so gängeln ließ. Dass ich nicht reagieren konnte, ihm nicht sagen, dass es nicht in Ordnung war, sein Tier einfach herumlaufen zu lassen. Zorn, weil ich nun genötigt war, meine Pläne zu ändern. Und Zorn, weil ich mich so in Schrecken versetzen ließ und keine Macht hatte, es abzustellen, weil ich den durchaus vernünftigen Gedanken, dass dieser Hund zwar angelaufen kam, aber anscheinend nur sehen wollte, wer da war, nicht nutzen konnte, um den Laden zu betreten. Zum ersten Mal richtete sich mein

Zorn gegen mich, weil ich so schwach war, so ängstlich, so beherrschbar.

Als ich nach Hause kam, stellte ich meine Einkäufe in der Küche ab und stürmte die Treppen hinauf. Die Karte lag da, klein und unauffällig neben dem Buch, in dem ich gerade las, und schien doch alles zu beherrschen. Ich atmete dreimal tief durch, dann wählte ich die Nummer.

»Mitch Cunnigham.« Eine leise Stimme in einer angenehm tiefen Tonlage.

»Hallo, hier spricht Holly Reed. Ich habe Ihre Karte von einem Freund bekommen, der meint, dass ich mal mit Ihnen reden sollte. Er sagt, Sie bieten eine Hundetherapie an, also eine Therapie, wenn man Angst hat vor Hunden.« Es klang wie ein einziger atemloser Satz.

»Das ist richtig. Hallo, Holly.« Mehr nicht.

Ich wartete einen Moment, ob er mir entgegenkommen würde, aber anscheinend wollte er das nicht tun.

»Also, ich habe Angst. Vor Hunden. Und ich möchte etwas dagegen tun.« Es war seltsam, was dieser Satz bewirkte. Es war, als fiele plötzlich etwas ganz Gewaltiges von mir ab, als würde alleine die Tatsache, es auszusprechen, es zuzugeben, schon alles verändern.

»Seit wann haben Sie Angst?«

»Eigentlich schon immer. Seit ich denken kann, machen Hunde mir Angst.«

»Und gab es jetzt ein Ereignis, irgendetwas, weshalb Sie gerade jetzt diese Angst bekämpfen wollen?«

Ich schüttelte den Kopf. »Äh, nein.« Wieder ein Moment Stille. »Nun, vielleicht schon. Ich möchte das nicht mehr. Ich will bestimmt keine Hundemutter werden, aber ich möchte nicht mehr jedes Mal in Panik verfallen, wenn ich ein Tier treffe.«

»Das ist gut.« Die Stimme klang nach wie vor ruhig und leise, im Gegensatz zu meiner, die schnell, laut und atemlos war. »Es ist gut, dass Sie das sagen und zugeben. Ich habe schon vielen Menschen geholfen, die dasselbe Problem hatten wie Sie. Und alle, ausnahmslos alle haben es geschafft. Und Sie können das auch.«

»Ihr Wort in Gottes Ohr. Sie haben ja keine Ahnung ...«

»Nein, ich habe keine Ahnung. Aber ich vertraue. Sie haben mich angerufen, Sie wollen das ändern. Das ist das Wichtigste.«

Dann begann er, mit seiner langsamen, ruhigen Stimme zu erzählen. Von seinem Hund, einem sechsjährigen Flat Coated Retriever namens Boomer. Von seiner Arbeit als Ergotherapeut, in der er teilweise mit dem Tier die Stunden machte, um Kindern zu helfen, die ängstlich waren, schüchtern oder Schwierigkeiten hatten mit ihrem Bewegungsapparat. Er erzählte, was für ein tolles Tier der Hund war und dass er neben seiner Hauptarbeit auch als Hundetrainer beschäftigt war. Dass er anderen Hundehaltern half, Tiere zu trainieren, ungewollte Verhaltensweisen abzulegen, auf Zuruf zu reagieren.

»Es sind ja ganz oft nicht die Hunde, sondern die Menschen, die Fehler machen. Die Halter, die dem Tier keine klaren Richtlinien aufzeigen.« Er redete und redete, bis ich mein Handy nicht mehr so krampfhaft umklammerte und mein Atem normal war. Ich musste nur ab und zu »hm« oder »stimmt« sagen, ansonsten hörte ich zu und beruhigte mich. Dann, als ich gerade dabei war, mich zu entspannen, begann er zu erzählen, wie diese Hundeangst-Sache ablaufen könnte. Dass ich nach und nach an den Hund gewöhnt werden sollte und dann nach und nach an andere Hunde, die er kannte. Dass ich lernen würde, ihn anzufassen, zu füttern und mit ihm spazieren gehen. Also, den Hund, nicht ihn. Dass ich lernen würde, wie ein Hund funktioniert. Na ja, er sagte es nicht wörtlich, er sagte »die Hundesprache« und »seine Reaktionen erkennen und einschätzen«. Es klang unglaublich und dennoch auf eine seltsame Weise aufregend, denn er sprach immer so, als wäre er fest davon überzeugt, dass ich all das lernen könnte, dass ich kein hoffnungsloser Fall war. Dass ich diese Sache irgendwann hinter mir hätte. Dann hörte er auf zu erzählen und eine Pause trat ein.

»Und nun?«, fragte ich unsicher.

»Nun liegt es an Ihnen, Holly.« Die Stimme klang, als lächelte er milde. »Ich habe Ihnen erzählt, wie ich das angehe. Sie entscheiden jetzt, ob Sie das wollen.«

»Ja.« Ich war selbst erstaunt, wie entschieden ich klang, zumindest für diese Umstände.

»Ja? Das freut mich. Dann würde ich sagen ...« Ich hörte ein Rascheln, als Papier umgeblättert wurde. »Ja, morgen Abend, 18.00 Uhr hier in der Praxis. Passt das?«

»Morgen schon?« Ich hatte damit gerechnet, dass

ich wochenlang auf einen Termin warten musste, so war das doch immer, wenn man einen brauchte. Ernsthaft, morgen schon? Das Zittern war schlagartig wieder da.

»Ich habe die Erfahrung gemacht, dass man in diesen Fällen besser nicht allzu viel Zeit gibt, um darüber nachzudenken. Also, lernen wir uns morgen kennen?«

»Hmm ... ja.«

»Toll. Ich freue mich. Darf Boomer dabei sein, wenn Sie kommen?«

»Ähh ... nein.«

»Das ist völlig in Ordnung. Geht es, dass er im Haus ist? In einem anderen Zimmer? Ich verspreche, dass die Tür geschlossen ist. Er wird zu uns kommen, aber erst, wenn ich ihn hole, wenn Sie mir sagen, dass ich ihn holen darf. Schaffen Sie das, Holly?«

»Das geht.« Ich atmete tief ein.

»Er wird bellen, wenn Sie kommen, weil er das immer macht. Geht das auch klar?«

»Natürlich.« Ich sank etwas zusammen. Himmel, was tat ich da nur?

»Gut. Dann sehen wir uns morgen. Ich freue mich.«

»Ich mich auch.« Es klang nicht so und er lachte.

»Glauben Sie mir, irgendwann werden Sie das tun. Irgendwann werden Sie sich darauf freuen, uns zu sehen.«

Ich lachte schwach. Was für ein Optimist.

Als ich auflegte, war ich total aufgedreht. Ich wählte Daves Nummer.

»Ich hab's gemacht! Dave, ich habe eben da angerufen, bei diesem Mitch Cunningham.«

»Holly, das sind gute Nachrichten. Das freut mich wirklich. Und?«

»Ich werde es versuchen. Ich werde versuchen, diese Therapie zu machen.«

»Großartig. Wann geht es los?«

»Morgen. Im Ernst, morgen, Dave. Das ist ...« Ich stieß die Luft aus, weil ich nicht wusste, wie das war, immer noch nicht.

»Das ist großartig. Und Mitch ist großartig. Du bist großartig. Ihr werdet das schaffen.«

Nach dem Gespräch rannte ich die Treppe hinunter. Hugh stand in der Küche, er hatte meine Einkäufe im Kühlschrank deponiert und besah sich gerade sein Fach, das ziemlich leer war.

»Hey, du hast nicht zufällig vor, etwas zu kochen und mich einzuladen?«

Ich war viel zu überdreht, um ans Kochen zu denken. »Nein. Hast du Lust, wir gehen in die »Ente«, da kannst du essen. Ich gebe dir ein Bier aus. Ich muss dir etwas erzählen.«

Kapitel 8

Gestern Abend war ich total aufgedreht gewesen, als ich mit Hugh in der »Betrunkenen Ente« saß. Ich hatte geredet und geredet, ihm erzählt von meinem Telefonat, als hätte ich etwas ganz Großes geleistet, und tatsächlich fühlte es sich auch so an. Dieser Mann, der gesagt hatte, dass er mir helfen könne, dass ich nicht alleine war und dass er an mich glaubte, hatte mir mehr Mut gemacht, als ich jemals zu haben dachte.

»Ich wusste nicht, dass es so schlimm ist. Deine Angst, meine ich. Ich meine, ich wusste, dass du Angst hast, aber ich wusste nicht, was das wirklich bedeutet, wie schlimm es dir geht.« Hugh sah mich an. »Du bist immer so tough gewesen.«

»Tough? Ich?« Mein Lachen war überdreht. »Wenn du wüsstest. Ich habe vor allem Angst. Dass ich meinen Job nicht gut mache und ihn verliere. Dass jemand krank wird, der mir am Herzen liegt. Dass einer der durchgeknallten Machthaber der Welt komplett durchdreht und auf sein rotes Knöpfchen drückt.« Und Angst, anzuecken, etwas Falsches zu sagen, hinter den Erwartungen zurückzubleiben. Angst davor, falsch zu reagieren, uncool zu sein. Aber das sagte ich nicht laut.

»Das sind auch alles Ängste, die durchaus berechtigt sind. Außer vielleicht wegen deinem Job.«

»Hast du das auch?«

»Nein.« Er rieb sich sein Kinn. »Nun ja, wenn ich zu viel getrunken habe, dann manchmal. Aber im Großen und Ganzen mache ich mir erst dann Gedanken, wenn es so weit ist. Nun gut, die Sache mit dem Knöpfchen, das ist natürlich etwas, um das man sich durchaus sorgen sollte.«

»Siehst du, das meine ich. Ich wäre gerne wie du, mutig und zuversichtlich, dass schon alles gut geht. Ich bin ein Angsthase. Und ich habe eine Heidenangst vor morgen, obwohl ich das Gefühl habe, das Richtige zu tun.«

»Angsthase? Dann würdest du diese Therapie nicht beginnen. Ich denke eher, du bist ...«, er sah mich an und lächelte, sein Hugh-Lachen, verschmitzt und voller Schalk. »Ich denke, du bist ein Muthase. Mutig genug, um Angst zu haben. Das ist sehr viel schwerer, als einfach nur draufloszurennen, weil man sich keine Gedanken darum macht, was passieren könnte.«

»Muthase.« Ich konnte nicht anders, als herzhaft zu lachen. »Danke, Hugh. Was habe ich nur all die Zeit ohne dich gemacht?«

»Das frage ich mich auch. Wird Zeit, dass du jemanden hast, der dir mal zeigt, wer du wirklich bist.«

»Muthase«, murmelte ich vor mich hin, als ich die Adresse der Praxis ins Navi eingab. Ich war in einer seltsamen Verfassung, den ganzen Tag schon. Einerseits unglaublich kribbelig, aufgeregt, fast so, als wäre ich auf dem Weg zu einem Date, voller Hoffnung und Vorfreude auf etwas ganz Neues, das mein Leben ändern sollte. Andererseits hatte ich eine Wahnsinnsangst vor dem, was ich da tat. Viel zu schnell hatte ich die paar Kilometer von Burford bis Northleach hinter mich gebracht. Die Praxis war gut zu finden, im Ortskern des 2000-Seelen-Ortes. In einer Häuserzeile, die eine Arztpraxis, eine Apotheke und eine Weinbar beherbergte, war Mitch Cunninghams Revier, sozusagen. Es war das mittlere der drei Häuser, das mit dem blau gestrichenen Erdgeschoss mit bodentiefen Fenstern, die fast die gesamte Front einnahmen. Auf der rechten Seite war eine weiße Holztür. Das Haus war modern, mit den weiß gestrichenen oberen Stockwerken und den großen Fenstern mit weißen Sprossen hob es sich von den beiden Backsteinhäusern ab, von denen es flankiert wurde. Ein verhältnismäßig großer Parkplatz auf der gegenüberliegenden Straßenseite war recht gut frequentiert, aber ich fand auf Anhieb eine Lücke. Einen Moment blieb ich sitzen und betrachtete das Haus. Unten die Weinbar, rechts die Apotheke. Es sah sehr einladend aus.

Im Autoradio begann die Werbung vor den Nachrichten und ich beeilte mich auszusteigen. Nur nicht denken. Muthase. Einfach drauflos und klingeln, auch wenn alles in mir auf Flucht stand und mein Herz polterte. Neben der Tür waren ein silberfarbenes Schild, auf dem in schlichten Lettern sein Name stand, und darüber der Hinweis auf seine Praxis. Ich registrierte, dass es zwei Klingelknöpfe gab. Beide trugen seinen Namen, einer, der untere, noch den Zusatz Praxis. Ich holte tief Luft, schüttelte meine Arme aus, schloss kurz die Augen und drückte den unteren Knopf. Fast im selben Moment, in dem die Klingel ertönte, hörte ich schon das Geräusch des Türsummers und just, als ich sie nach innen drückte, bellte oben ein Hund. Das Poltern meines Herzens wurde schlimmer und ich blieb erst mal, wo ich war, die Hand im Treppenhaus, die Füße sicher draußen auf der Straße. Das Bellen ebbte ab und Schritte erklangen, ein eiliges Trappeln auf den Treppenstufen, das einen Mann ankündigte, der mit ausgestrecktem Arm auf mich zukam.

»Holly, richtig? Schön, dass Sie da sind.«

Ich nickte. Er ist jung, dachte ich. Jünger als erwartet. Ich hatte mit einem Mann in den Fünfzigern gerechnet, wegen seiner Arbeit und seinem Namen. Mitch klang doch nicht jung, oder? Aber dieser Mann war in den Dreißigern und er sah nicht gemütlich und wettergegerbt aus, wie ich es mir ausgemalt hatte. Sportlich und wie ein Surfer, so sah er aus. Ich versuchte sein Gesicht wahrzunehmen, mich zu zwingen, an etwas anderes als meine Angst zu denken, als er weitersprach.

»Alles gut? Sie haben Boomer ja schon gehört. Er ist oben in meiner Wohnung und wir beide gehen in die Praxis, eine Etage darunter. Schaffen Sie das?«

Ich nickte wieder. Allerdings mit deutlich weniger Begeisterung. Himmel, was tat ich denn hier? Meine Konzentration schweifte ab. War ja auch egal, wie er aussah. Das einzig Wichtige war, dass er der Mann mit dem Hund war.

»Bitte schön.« Er machte eine einladende Handbewegung zur Treppe und trat ein wenig zur Seite, um mich durchzulassen, aber ich schüttelte den Kopf. Er lachte leise und ging zur Treppe voraus, ich langsam hinterher. Das Bellen hob wieder an, was den Aufstieg nicht gerade leichter machte. Spinnst du denn komplett, dachte ich plötzlich? Muss das denn sein? Es war doch gut, so wie es war. Als wir die eine Etage nach oben gestiegen waren, keuchte ich wie eine alte Frau und spürte, wie ich schwitzte. Er öffnete die Tür, eine Glastür, die in einen recht großen Raum führte, mit Garderobe und einem Zeitschriftenregal an der Wand. Links zweigte ein kleiner Gang ab, rechts war eine Tür, daneben standen in einer Nische zwei Stühle und ein kleiner Tisch.

»Kommen Sie.« Er führte mich zur Nische. Ich erhaschte einen Blick in einen weiteren Raum, viel größer als der, in dem wir waren. Ich sah eine Kletterwand, Sitzbälle, Schlingen und Tuchschaukeln, die von der Decke hingen und eine Art Parcours zu bilden schienen. Mitch Cunnigham stand höflich wartend vor dem Tisch. Eine Kamera lag dort, was mich ein wenig verwirrte.

»Nehmen Sie Platz. Das hier ist der Ort, an dem ich die ersten Kontakte mit meinen Patienten habe oder Gespräche mit den Eltern führe. Wir beide werden ebenfalls hier arbeiten, die meiste Zeit zumindest.«

Ich nickte. Verkrampft saß ich auf der vordersten Kante des Stuhls, meine Hände verschlungen, den Blick auf die Tischplatte gerichtet, und überlegte, wie ich am besten hier rauskam. Ich hatte gedacht, es wäre eine gute Idee. Nun merkte ich, dass es das nicht war.

»Möchten Sie ein Glas Wasser?«

Wieder nickte ich nur stumm. Er goss etwas in die bereitstehenden Gläser, schob eines zu mir und wartete kurz.

»Ist Ihnen seit unserem Telefonat noch etwas eingefallen? Ein Erlebnis, eine Sache, die wichtig sein könnte?«

»Nein.« Meine Stimme klang fremd.

»Das macht nichts. Ich denke, im Laufe der Therapie werden einige Erinnerungen hochkommen. Wenn Sie wollen, werde ich Ihnen jetzt Boomer zeigen.« Er machte eine kleine Handbewegung, als er mein Zucken sah. »Fotos. Ich werde Ihnen Fotos zeigen von Boomer und von Patienten, denen wir geholfen haben und die mir erlaubt haben, ihre Bilder zu zeigen und über sie zu sprechen.« Er verschwand kurz und tauchte dann mit einem Rechner wieder auf. »Hm. Ja, genau. Also, das ist Boomer.«

Ich warf einen vorsichtigen Blick darauf. Er hatte mir ja schon gesagt, um welche Rasse es sich handelte, und ich hatte natürlich im Internet nachgesehen, was mich erwartete. Ein großes Tier mit einem seidigen schwarzen Fell. Ein schmaler Kopf, Schlappohren und, natürlich, eine rosafarbene Zunge, die weit heraushing. Wache, fast schwarze Augen.

»Groß«, sagte ich, weil ich das Gefühl hatte, etwas sagen zu müssen.

»Ja, er ist groß.« Mitch schien sich von meiner Wortkargheit nicht beeindrucken zu lassen. »Ah, hier ist er mit dem kleinen Bertie. Bertie hatte auch Angst, so schlimme Angst, dass kaum mehr ein normales Leben möglich war für die Familie. Er wollte nicht mehr nach draußen, keine Spaziergänge machen, hatte Angst vor neuen Orten.«

Ich sah auf die Bilder und schluckte. Ein kleiner Knirps, sieben vielleicht, mit abstehendem schwarzen Haar und runder Brille, wie Harry Potter, aber ohne dessen Lächeln. Seine schmalen Wangen waren blass und er starrte ernst auf den Hund, der vor ihm saß. Auf dem nächsten Bild fütterte er das Tier und schließlich lagen sie nebeneinander auf dem Boden, Berties Arme von hinten um Boomer geschlungen.

»Wir haben intensiv zusammen gearbeitet. Bertie war toll, er hatte wirklich Mut. Nach zehn Stunden haben wir uns verabschiedet. Jetzt liegt er seiner Mutter in den Ohren, dass er einen eigenen Hund will, habe ich gehört.«

»Zehn Stunden?« Ich sah weiter auf die Fotos, die er langsam durchklickte. Bertie und der Hund beim Spaziergehen, beim Spielen, beim Kuscheln.

»Zehn Stunden«, bestätigte Mitch mit seiner leisen Stimme. »Und das können Sie auch.«

»Hm«, machte ich, weil ich nicht sagen wollte, was mir durch den Kopf ging. Ich wollte das gar nicht, nicht das Kuscheln und so. Ich wollte meine Angst hier abgeben und gut. Ich wollte mich im Griff haben, wenn ich einem Hund begegnete, und einkaufen können, auch wenn ein Tier neben der Tür saß. Und gleichzeitig wollte ich nichts lieber als weg, weg von hier, weg von der drohenden Gefahr, gleich einen Hund zu treffen. Mitch redete unterdessen weiter, ganz entspannt und in einem beruhigenden Tonfall. Er schien es nicht tragisch zu finden, dass ich keine Antwort gab. Er erzählte, wie Hunde reagierten in besonderen Situationen, wie man erkennen konnte, was sie empfanden. Die Worte rauschten durch, waren schon vergessen, ehe er den Satz zu Ende gesprochen hatte. Auch das schien ihm nichts auszumachen. Er redete und redete und irgendwann merkte ich, dass meine Hände sich nicht mehr so verkrampften, dass ich nicht ständig lauschte, ob ich irgendwo das typische Geräusch von Pfoten auf dem Boden hörte. Ich schwitzte noch immer, aber ich atmete ein wenig ruhiger. Die Zeit schritt voran, bald wäre eine Stunde um und ich hier raus. Entkommen. Es war eine Schnapsidee gewesen, hierherzukommen. Das war nicht ich. Ich war eben doch ein Angsthase, und das sollte ich akzeptieren.

»Und ich möchte Bilder machen, wenn das für Sie in Ordnung ist. Diese Bilder werden nur Sie und ich sehen. Aber ich weiß, dass es eine Hilfe ist, die Entwicklungen zu sehen. Betrachten zu können, was man erreicht hat.«

Ich nickte langsam. Auch das noch.

»Dann werde ich jetzt Boomer holen.«

Dieser Satz war der erste, der wirklich in meinem Gehirn ankam, und sofort verkrampften sich meine Hände wieder. Meine Atmung wurde wieder abgehackt, als wäre ich gerade um mein Leben gerannt, nur vom Gedanken an das Tier.

»Ich … vielleicht beim nächsten Mal.«

»Holly.« Mitch beugte sich vor, näher zu mir, und

sah mir in die Augen. Ich hatte zum ersten Mal den Blick gehoben, weil der Schreck zu groß gewesen war.

»Wir haben ausgemacht, dass Sie bestimmen. Wenn Sie glauben, dass Sie es nicht schaffen, dann lassen wir es. Aber unter uns, ich denke, dass es wirklich wichtig ist, ihn heute kennenzulernen. Ich kann ihn an die Leine nehmen.«

Ich nickte wie verrückt. Ich kann ihn an die Leine nehmen! Welche Option hatte er denn sonst geplant? Ihn nicht an die Leine zu nehmen? Ich sollte schleunigst verschwinden.

»Gut, dann warten Sie kurz.« Er sprang auf und ging zur Tür.

Ich saß da und fühlte mich wie ein Kaninchen vor der Schlange. Ich sollte zusehen, dass ich verschwand, raus und weg. Mein Herz raste und ich merkte, dass ich immer mehr Schwierigkeiten hatte zu atmen. Könnte ich das schaffen, die Treppe runter und raus, ehe er zurück war? Auf diesen Beinen, die wie Pudding waren?

Kapitel 9

Ehe ich auch nur ansatzweise eine Lösung gefunden hatte, hörte ich es. Dieses unverkennbare Geräusch. Pfoten. Schnelle Pfoten. Ich griff nach meiner Handtasche, presste sie eng an mich, die Beine zusammen, den Blick starr auf die Tür. Scheiße.

Boomer war wirklich groß. Sechzig Zentimeter, mindestens. Und schwarz. Und er freute sich ganz offensichtlich, hier zu sein. Sehr im Gegensatz zu mir.

Mitch hatte die ganze Zeit beruhigend mit ihm geredet. Nun warf er mir einen Blick zu und führte ihn ans Fenster, vielleicht drei Meter weg von mir.

»Das ist Boomer.«

Ich konnte nicht einmal mehr nicken. Ich starrte einfach und versuchte, weiterzuatmen.

»Platz.«

Boomer legte sich gehorsam hin.

»Schlaf.«

Boomer legte sich entspannt zur Seite und schien sich richtig wohlzufühlen.

»Holly?«

Was denn? Sollte ich jetzt auch Platz und Schlaf machen?

»Wie geht es Ihnen?«

»Nicht gut.« Ich starrte auf die Leine. Mitchs Griff schien mir viel zu locker. Tränen standen plötzlich bereit, die unbedingt geheult werden wollten, weil mich die Sache gerade echt fertigmachte.

»Denken Sie, dass Sie aufstehen können?«

Scheiße. Langsam erhob ich mich, die Tasche jetzt an die Knie gedrückt. Wenn ich auch nur ein Wort sagen würde, dann bräche alles aus mir heraus.

»Super. Atmen nicht vergessen.«

Blödmann. Und blöder Dave, der mir das eingebrockt hatte. In meiner Not begann ich, Schuld zu verteilen, wie so oft.

»Versuchen Sie doch einmal, ein paar Schritte näher zu uns zu kommen.« Mitch saß entspannt neben dem Hund auf dem Boden und streichelte sein Fell.

Ich machte einen zögerlichen kleinen Schritt. Boomer zuckte leicht und ich verharrte.

»Das haben Sie toll gemacht. Vielleicht können Sie noch einen Schritt näher kommen? Und die Tasche dürfen Sie gerne auf dem Tisch abstellen.«

Ich wollte die Tasche nicht auf dem Tisch abstellen, aber ich gehorchte, weil ich Angst hatte, es nicht zu tun. Noch schwieriger zu sein, als ich es eh schon war. Und weil ich unmöglich einer Diskussion standhalten konnte. Also Tasche weg, ein kleiner Schritt nach vorne. Und noch einer. Und Luft holen. Und noch ein Schritt. Boomer hob den Kopf. Ich erstarrte.

»Er interessiert sich natürlich dafür, wer da ist.« Mitch sprach ganz beiläufig, leise und ruhig, während er Boomers Kopf streichelte. »Schlaf.« Der Kopf sank auf den Boden zurück. »Da unterscheidet er sich nicht von uns Menschen. Wir sehen auch nach, wer sich in unserer Nähe befindet. Gut, Holly.«

Ich war jetzt fast dort und ich hatte das Gefühl, eine

stundenlange Wanderung hinter mir zu haben. Meine Stirn glänzte sicher vor Schweiß.

»Kommen Sie hierher, an meine Seite. So, dass er Sie sieht. Ja, Sie machen das toll.«

Ob er das auch gesagt hätte, wenn er meine Gedanken hätte lesen können? Ich glaube, ohne mein stummes Fluchen auf ihn wäre ich einfach umgefallen.

»Können Sie sich neben mich setzen?«

Oh nein, das konnte ich ganz sicher nicht. So entspannt auf den Boden zu sitzen und dann nicht schnell genug wegzukommen, was dachte er sich denn? Aber ich ging langsam in die Hocke, ganz langsam. Boomers Kopf zuckte wieder. Mitchs rechte Hand legte sich beruhigend auf den Schädel des Hundes, seine linke auf meinen Unterarm.

»Super, Holly. Atmen. Das ist toll. Sehen Sie ihn sich an. Ist er nicht wunderschön?«

»Hm.« Nicken erschien mir nicht mehr angebracht. Boomer zeigte zu viel Interesse an meinen Bewegungen.

»Sein Fell ist ganz weich und seidig. Seine Pfoten fühlen sich an wie Samt. Denken Sie, dass Sie sein Fell anfassen können? Oder ist das ein Problem? Empfinden Sie einen Hund als schmutzig oder ekeln Sie sich davor, ihn anzufassen?«

»Nein.« Ich war derart überrascht, dass ich noch ein winziges Stückchen näher kam. Seltsam, doch ich wollte nicht, dass er dachte, ich würde mich ekeln. Tat ich ja nicht. Ich hatte nur Angst, so große Angst, dass ich glaubte, ich müsse gleich losheulen. Aber irgendwie klang er, als würde ich mich vor ihm ekeln, und das wollte ich nicht.

»Versuchen Sie es, Holly. Ich bleibe bei seinem Kopf. Versuchen Sie es an seinem Rücken.«

Irgendetwas in dieser Stimme hatte mich gepackt. Ich wusste, dass ich ihm vertrauen konnte, jetzt und hier. Ich sah seine Bemühungen, seine Fürsorge und hatte wieder einmal das bescheuerte Gefühl, etwas schuldig zu sein dafür. Einen Versuch vielleicht. Langsam, ganz langsam streckte ich meine Hand aus. Und dann berührte ich einen Hund. Und mein Herz schlug weiter. Er hatte recht, das Fell war unglaublich seidig.

»Ich hoffe, es macht Ihnen nichts aus, ein paar Haare abzubekommen. Das lässt sich nicht vermeiden.«

»Nein.«

»Gut.« Mitch lachte leise und ich begann, ein wenig größere Bewegungen zu machen. Ein seltsames Gefühl durchströmte mich. Ein Hund. Meine Hand auf dem Fell eines Hundes.

Mitch redete wie schon zuvor, erzählte mir von der Fellpflege, der Zahnpflege, was weiß ich. Ich hörte seine Stimme, die mich beruhigte, und ich spürte die Wärme des Hundekörpers, der gleichzeitig beunruhigend und irgendwie tröstlich war. Und ich merkte, dass das Atmen weniger schwer wurde.

»Das war großartig, Holly. Eine fabelhafte erste Stunde. Wollen Sie zuerst aufstehen, ehe Boomer hochkommt?«

Ich nickte und richtete mich auf, trat rasch zurück zum Tisch. Rückwärts, den Blick auf den Hund gerichtet, aber immerhin. Mitch stand auf und gab ein leises Zeichen und Boomer sprang ebenfalls auf. Die Leine hing frei neben ihm, was mich nicht gerade freute. Ich keuchte schon wieder und Mitch sah es natürlich.

»Vielleicht können Sie Boomer zum Abschluss noch einmal streicheln?«

Ich starrte ihn an.

»Soll ich die Leine nehmen?«

»Ja.«

»Kommen Sie zu uns.«

Klar, kommen Sie zu uns. Ich ging langsam, aber der Hund stand brav da und sah mich nur treuherzig an. Anscheinend hatte er mich als langweilig eingestuft, was ich spontan toll fand. Ich näherte mich sorgsam in einem weiten Bogen um den Kopf, aber ich tat es. Ich streichelte noch einmal sein Fell, dann hob ich den Blick.

Mitch lächelte zufrieden. »Ich bringe Sie zur Tür.«

Er hatte mich nicht nur zur Tür gebracht, sondern runter zur Haustür. Er schien sich wirklich gut mit Menschen auszukennen, denn obwohl er den Hund oben hinter der geschlossenen Glastür zurückgelassen hatte, schien er zu wissen, dass es besser war, auch noch mit mir auf den Gehweg zu treten und die Eingangstür ins Schloss fallen zu lassen. »Sie waren großartig, Holly. Sie können richtig stolz auf sich sein.«

Ich atmete die klare Frühlingsluft ein und lachte, schlagartig so viel befreiter. »Danke.«

»Sie haben einen Hund gestreichelt.«

»Ja, ich habe einen Hund gestreichelt.« Ich grinste plötzlich wie verrückt.

»Super. Montag wieder, gleiche Zeit?«

Ich nickte zustimmend.

»Boomer wird dann schon da sein. Das schaffen Sie, oder?«

Ich nickte wieder. Ehrlich, im Moment hätte ich zu allem genickt, mir alles zugetraut. Meine Beine zitterten noch immer, aber ich fühlte ein Glücksgefühl, das mich berauschte und übermütig machte. »Das schaffe ich.«

Ich hatte gerade Lavender Cottage erreicht, als mein Handy klingelte. Eine Nachricht von Mitch.

»Sie waren großartig. Ich bin sehr stolz auf Sie. Boomer und ich freuen uns auf Montag.« Dann erneut ein Nachrichtenton und ein Bild erschien. Mitch hatte gesagt, dass er Fotos machte, doch ich hatte es vor lauter Konzentration nicht bemerkt. Die Kamera hatte auf dem Tisch gelegen, er musste es mit dem Handy gemacht haben. Ich sah Boomer, ganz entspannt, und mich, vor dem Hund in der Hocke, halb auf dem Sprung. Mein Gesicht sah konzentriert und ernst aus und meine Augen vorsichtig. Aber meine Hand lag auf dem Hundekörper, strich über das Fell. Ich grinste bis über beide Ohren, als ich die Haustür aufschloss.

Kapitel 10

Den restlichen Abend verbrachte ich wie in einem seltsamen Rausch. Ich meine, ich hatte einen Hund gestreichelt, also hallo! Ich hatte es überlebt, mit einem Hund in einem Raum zu sein, und nun fühlte ich mich wie Superwoman persönlich. Ich saß auf dem Sofa neben Hugh, der sich halb totlachte, weil ich so überdreht war, und die ganze Sache mit ausreichend Cidre noch aufheizte. Wir tranken, lachten albern und ich zeigte ihm zum bestimmt zehnten Mal das Bild, das Mitch Cunnigham mir geschickt hatte.

»Toll gemacht, Holly.«

»Das war echt unglaublich, Hugh. Ich kann es noch gar nicht fassen, dass ich das gemacht habe. Ich meine, ein Hund, du weißt ja, wie es mir damit ergeht. Aber irgendwie … Ich weiß auch nicht. Ich wollte kein Waschlappen sein, verstehst du? Und ich weiß auch nicht, dieser Mitch, der hat so was in seiner Stimme und in dem, was er sagt … Ich habe plötzlich einfach geglaubt, dass mir nichts passiert.«

»Das ist toll.«

Ich grinste und hielt ihm mein Glas entgegen. Ja, das war toll. Dieser Moment war toll. Ich oder besser gesagt meine Beine fühlten sich zwar immer noch wackelig an, ein wenig wie betrunken, und ich redete definitiv zu viel, aber es war toll.

Dieses Glücksgefühl begleitete mich das ganze Wochenende. Am Samstag, als ich mit Charlotte einen Einkaufsbummel machte, erzählte ich ihr alles und sie würdigte meine Leistung mit ausreichend Staunen und Begeisterung. Im Gegensatz zu Hugh verstand sie besser, was es mich gekostet hatte, und sie sah sich, ohne zu murren, das Bild, das mich mit dem Hund zeigte, ein weiteres Mal an.

Am Abend trafen wir uns alle in der »Ente« und auch da war ich noch in meinem Glücksrausch. George und Liz hörten höflich zu, Lucy und Sean versuchten, meinen Erfolg zu würdigen. Doch sie waren Tiermenschen mit ihrem Hof und den Schafen und Kühen und natürlich mit Cookie und Willy, den beiden Hunden, und konnten es nur schwer verstehen, wie man sich so fürchten konnte. Aber Dave und Charlotte zeigten genug Interesse für alle. Vor allem Dave fragte nach, hörte zu, wollte jede Einzelheit wissen und nickte zufrieden mit dem Kopf.

»Das ist ein toller Anfang, Holly. Super, richtig gut gemacht.«

»Holly wird jetzt ein Hundemädchen«, sagte Hugh zu Ana, die neben ihm saß und mit strahlenden Augen in die Runde blickte.

Ana war Millicent Prestons Pflegerin. Sie war erst seit ein paar Wochen hier und sie war hübsch genug, um Hugh sofort aufzufallen.

»Es ist unsere Pflicht, uns um sie zu kümmern, wie es Dave damals mit Charlotte gemacht hat. Wir können doch nicht zulassen, dass sie hier total vereinsamt, nur mit der guten alten Millie«, hatte er gesagt und sie angerufen, um sie ebenfalls einzuladen.

»So wie Dave es mit Charlotte gemacht hat?« Ich hatte Hugh frech angegrinst, als er auflegte. »Genauso?«

Hugh hatte frech zurückgegrinst. »Du kennst mich doch.«

Jetzt sah ich zu den beiden hinüber. Ana war eine hübsche Frau, ohne Frage. Sie war ein wenig älter als Hugh und sie entsprach genau dem, was man sich gemeinhin unter einer Krankenschwester vorstellte. Oder was Männer sich vorstellten, wenn sie an eine Krankenschwestertracht dachten. Große Brüste, lange Beine, die in einem kurzen Rock und den schwarzen Strumpfhosen hervorragend zur Geltung kamen. Große blaue Augen und volle rote Lippen. Sie trug eine dunkle Kunststoffbrille, die sie ein wenig streng machte, und einen hohen Dutt, der dies noch unterstrich, das Lächeln jedoch, das um ihren Mund lag, war sehr sympathisch. Ein ganz schwacher Akzent verriet ihre osteuropäische Herkunft und ich vermutete, dass sie ihn bewusst pflegte, denn sie sprach sehr gut Englisch. Aber er sorgte dafür, dass sie noch ein wenig interessanter wurde, als sie das eh schon war. Sie hatte sich gut eingefügt, mit allen ein paar Worte gewechselt, und nun galt ihre Aufmerksamkeit meinem Mitbewohner. Und der genoss diese Aufmerksamkeit in vollen Zügen. Seine Augen blitzten, seine weißen Zähne ebenfalls, wenn er lachte. Als wir uns auf den Heimweg machten, war es keine Überraschung, dass er den entgegengesetzten Weg wie ich einschlug und erklärte,

Ana noch eben nach Hause bringen zu wollen. Er bot höflich an, dass ich mitkommen könne, doch ich winkte ab. Ich wusste, wann ich überflüssig war, und ich würde die paar Meter alleine schaffen.

Es wunderte mich nicht, dass Hugh die Haustür erst aufschloss, als ich schon im Bett lag. Der Abend war mild und sternenklar gewesen, der Frühling lag in der Luft. Die Bäume begannen, ihre Triebe auszustrecken, und Hugh ... Nun, der brauchte dazu nicht die milden Sonnenstrahlen, der war, was das anging, winterhart. Ich kicherte leise und drehte mich zur Seite. Ich hatte definitiv die richtige Entscheidung getroffen, wieder nach Pemberton zu kommen.

Am Sonntag war ich eben dabei, meine Jacke anzuziehen, als Hugh die Treppe herunterkam.

»Spaziergang?«, fragte er gähnend.

»Nein. Ich habe eben mit Doug telefoniert und wir haben uns auf einen Kaffee verabredet.«

»Sag ihm Grüße. Ich habe den alten Knaben schon viel zu lange nicht mehr gesehen. Ich würde ja mitkommen, aber ich habe zu tun.«

Ich grinste. Ich konnte mir vorstellen, was er zu tun hatte. »Mach ich. Vielleicht in vier Wochen, an seinem Geburtstag?«

»Auf alle Fälle. Gute Fahrt.«

Ich hatte Doug auch lange nicht mehr gesehen. Seit wir alleine waren, hatte sich unsere Beziehung noch einmal verändert, waren wir uns noch näher als zuvor.

Und dennoch schafften wir es selten, uns zu sehen. Wir telefonierten regelmäßig, aber von Plymouth war es zu weit gewesen, um mal schnell auf einen Kaffee vorbeizuschauen. Von Pemberton jedoch konnte man schon mal eben nach Oxford fahren und ich hatte mir vorgenommen, dies in Zukunft öfter zu tun.

Mein Bruder erwartete mich auf dem Parkplatz des Campus. Ich war im ersten Moment überrascht, als ich ihn sah. Er war schon immer ein gut aussehender Kerl gewesen, doch irgendwie war es ihm gelungen, das noch zu toppen. Er trug ein Sakko und schwarze Hosen, ein weißes Hemd, dessen obere Knöpfe offen waren, und hatte eine neue Frisur, die ihn jünger aussehen ließ. Alles an ihm wirkte jünger. Ich hatte ja befürchtet, dass sein Job an dieser ehrwürdigen Universität ihn eher altern ließ, zu einem Cordsakko-Träger machen würde. Er lachte, als ich es sagte.

»Es gibt keine Regeln, dass man Sakkos mit Ellenbogenschonern tragen muss, weißt du. Ich unterrichte junge Menschen und ich bin gefühlt selbst erst vor ein paar Wochen noch auf dieser Uni gewesen. Kein Grund also, um Cord zu tragen.«

Dann führte er mich in eine zauberhafte kleine Teestube, die nach seinen Worten ein echter Geheimtipp war, weil sie abseits der gut besuchten Touristenstraßen lag.

»Was ist mit dir los, Doug? Du hast eine Frau kennengelernt, das ist es, oder?«

»Wie kommst du darauf?« Er lachte.

»Du bist anders. Du hast dich verändert. Optisch.

Da steckt meistens eine Frau dahinter.«

»Ich versichere dir, dass es nicht so ist.«

»Schade. Ich fände es toll, wenn du eine Frau kennenlernst. Und Kinder bekommst. Ich wäre gerne Tante. Ich wäre eine gute Tante.«

»Warum bekommst du keine eigenen Kinder?«

»Weil ich keinen Mann dazu habe. Du erinnerst dich, dass ich mich von Seamus getrennt habe?«

»Natürlich. Aber ich dachte, vielleicht hast du jemand Neues getroffen?«

»In Pemberton?« Ich lachte

»Warum nicht? Oder in Burford, was weiß ich.«

»Kein neuer Kerl in Sicht. Und ich bin sechs Jahre jünger als du. Es ist also an dir, vorzulegen.«

»Tja, leider kann ich dir damit nicht dienen.« Er drehte die Serviette in den Händen, dann lächelte er. »Wenn es dich allerdings beruhigt: Ich bin sehr glücklich so, wie es gerade ist.«

Es war spät, als ich heimfuhr. Wir schlenderten durch die Straßen und Doug bestand darauf, dass wir noch eine Kleinigkeit aßen, ehe ich mich auf den Weg machte. Die ganze Zeit beobachtete ich ihn heimlich. Da war doch etwas anders an ihm. Ich wusste nicht, was, aber Doug hatte eine neue Attitude. Er wollte es nicht zugeben, aber ich war mir sicher, dass er verliebt war, und so, wie es schien, sehr glücklich.

Kapitel 11

Am Montag war ich zum ersten Mal richtig froh, den Job bei FireMeyr bekommen zu haben. Das Treffen mit Mitch und vor allem Boomer beherrschte den ganzen Tag meine Gedanken und ich wäre verloren gewesen, hätte ich auch noch in der Arbeit mit der Angst kämpfen müssen, es nicht zu schaffen. Bei den Feuermeldern hatte ich diese Angst nicht, denn das, was ich hier tat, beherrschte ich. Und ich empfand sogar Freude dabei, es zu tun. Es war ein gutes Gefühl, in einem Bereich ohne große Anstrengungen etwas leisten zu können.

Je näher der Feierabend kam, desto unruhiger wurde ich. Mein Magen begann, sich auf seltsame Weise zusammenzuziehen, und ich hatte Schwierigkeiten damit, konzentriert zu arbeiten. Als ich endlich meinen Rechner herunterfuhr, war ich so weit, dass ich ernsthaft begann drüber nachzudenken, ob ich einfach anrufen und mich krankmelden sollte. Mein Magen, es wäre nicht einmal eine allzu große Lüge. Aber dann sah ich wieder Daves Gesicht, hörte, wie viel Respekt in seiner Stimme gelegen hatte, als ich ihm berichtete, dass ich Boomer gestreichelt hatte. Ich dachte an Charlotte, die mich mutig genannt hatte, und an Hugh, seinen Blick, als ihm bewusst wurde, wie weit meine Angst wirklich ging, was es mich gekostet hatte, diesen ersten Termin wahrzunehmen. Und ich dachte an den Moment vor dem Supermarkt, als ich gezwungen war weiterzufahren. Eine andere Erinnerung tauchte auf.

Meine ersten Tage in Plymouth damals. Ich war alleine losgegangen, um die Umgebung zu erkunden. Es gab ein paar kleinere Straßen, die man als Abkürzung nutzen konnte, und ich wollte mich mit ihnen vertraut machen. Ich marschierte also los, es war ein milder Tag, auch im Frühling. Ich trug ein Kleid, das ich damals sehr geliebt hatte. Es war knapp knielang, hatte schmale Ärmel und einen eckigen Ausschnitt. Das Tolle aber war der Stoff. Es war ein Strickkleid, sehr ausgefallen und auffällig, mit einem Zackenmuster in Braun, Beige und Weiß. Es sah cool aus und ich fühlte mich toll darin, wie in einem Designerteil. Keine meiner Freundinnen hatte etwas Ähnliches, aber alle wollten wissen, wo ich es herhatte, von welcher Marke es war.

Ich ging also in meinem schönen Kleid durch die engen Straßen, die für Autos gesperrt waren und die Hauptstraßen verbanden, als plötzlich aus dem Nichts ein alter Herr mit einem Pudel auftauchte. Der Hund sah mich, bellte und rannte los. Ich stand da wie erstarrt. Dann war das Tier bei mir und sprang bellend an meinen Beinen hoch. Und ich schrie. Schrie wie eine Irre, was den alten Knaben sichtlich aus der Fassung brachte.

»Machen Sie den Hund weg!« Ich war total neben mir und ehe der Mann etwas tun konnte, ließ das Tier von mir ab und zog sich zurück, offensichtlich erschrocken über mein lautes Gebrüll. Der Herr kam auf meine Höhe und der Hund stellte sich neben ihn.

»Halten Sie den Hund fest!«, verlangte ich noch einmal, immer noch panisch, immer noch mit einem Herzen, das mir jeden Augenblick aus der Brust zu springen schien.

»Der macht doch nichts. Und Sie sind selbst schuld. Was haben Sie denn da auch an. So was kennt mein Hund nicht.« Damit marschierte er los, an mir vorbei, die leere Leine baumelte an seiner Hand, der Hund noch immer frei.

Ich war so fassungslos und so verängstigt, dass ich nichts sagte. Ich meine, ernsthaft, diese Aussage hätte es verdient, dass man dem alten Kerl mal sagte, was Sache war. Aber er hatte einen Hund bei sich und ich war froh, als die beiden verschwanden. Für kein Geld der Welt hätte ich mich mit ihm angelegt. Aber der Zorn blieb. Jahrelang auf ihn, nun aber auch auf mich, dass ich in solchen Situationen nicht sagen konnte, was ich dachte, meine Meinung und meine Rechte nicht verteidigte.

Nein, es war keine schöne Erfahrung gewesen und ich wollte auch keine ähnliche mehr machen. Ich musste das ein für alle Mal in den Griff bekommen und Mitch schien mir dabei wirklich helfen zu können.

Und dennoch war ich bereits erledigt, als ich vor der Tür stand. Wenn der wüsste, was es mich an Kraft kostete, auch nur hier zu stehen, den Finger über dem Klingelknopf, und atmend. Atmend, um den Mut zu finden, die Klingel zu betätigen.

Der Hund bellte und sprang aufgeregt hinter der Glastür herum und ich stand da, keuchte und spürte, wie Schweiß auf meine Stirn trat. Mitch stand gelassen neben mir und beobachtete, wie ich litt. Er hatte mich unten an der Haustür abgeholt, versichert, dass die Tür oben geschlossen wäre, und mir bestimmt schon dreimal gesagt, dass ich ihm einfach vertrauen solle.

»Wie fühlen Sie sich gerade, Holly?«

War das eine Scherzfrage? Himmel, es war doch zu sehen, wie ich mich fühlte. Beschissen, um ehrlich zu sein.

»Nicht gut.« Ich konnte kaum reden.

»Vertrauen Sie mir.«

Noch ein Witz. Ich kannte ihn kaum, woher sollte ich mein Vertrauen nehmen? Weil er nett schien? Weil er eine so beruhigende Stimme hatte? Weil er es geschafft hatte, dass ich wieder hier war, dass ich bereits seinen Hund gestreichelt hatte?

»Können Sie mir vertrauen?«

»Ich ... ich versuche es.«

»Das reicht mir fürs Erste.« Ich konnte hören, dass er lächelte. Sehen nicht, denn ich musste den Hund anstarren.

»Schaffen Sie es, die Tür zu öffnen und hineinzugehen?«

Ich schüttelte vehement den Kopf.

»Boomer, aus. Korb.« Die Stimme war genauso leise wie vorher und die Tür war immer noch geschlossen, aber der Hund reagierte sofort. Das Tier verstummte, wurde ruhig und trabte dann los, in seinen Korb vermutlich. Leider konnte ich das nicht genau sehen.

»Holly, der Korb steht in der entgegengesetzten Ecke zum Tisch. Boomer wird den Kopf heben, aber nicht aufstehen, wenn Sie den Raum betreten. Ich bin direkt hinter Ihnen. Sie gehen einfach auf den Tisch zu, wie beim letzten Mal. Das ist alles.«

Ich hätte gelacht, wenn mir nicht so sehr nach Heulen zumute gewesen wäre. Das ist alles? Dieser Typ schien einen seltsamen Humor zu haben. Und dennoch legte ich meine Hand auf den Griff. Die andere umklammerte meine Handtasche, presste sie in Höhe meiner Beine fest an den Körper.

»Wollen Sie mir ihre Tasche geben?«

»Nein!« Ganz bestimmt wollte ich das nicht.

»Es wird Ihnen nichts passieren, Holly.«

Langsam drückte ich den Griff nach unten und öffnete die Tür. Nichts passierte. Ich trat einen Schritt in den Raum, suchte den Korb. Der Hund lag da, den Kopf erhoben, ein wacher Blick. Aber er blieb, wo er war. Und ich stelzte auf wackligen Beinen hinüber zu der Nische.

»Toll gemacht. Super, Holly.« Mitch strahlte mich an, als ich mich mit weichen Knien auf einem Stuhl niederließ. Auf dem, von dem aus ich den Korb im Blick behalten konnte.

»Wie geht es Ihnen jetzt? Auf einer Skala von eins bis zehn?«

»Elf.«

Mitch lachte, aber es sollte kein Witz sein. Dann begann er, wie beim letzten Mal, einfach zu reden. Er erzählte mir, dass Hunde sehr gut hören und man deswegen nicht die Stimme heben musste, wenn man mit ihnen sprach. Er berichtete von ihrem fantastischen

Geruchssinn, ihrer Freude daran, zu lernen, ihrer Treue und ihrer Liebe.

»Einem Hund ist es egal, wie Sie aussehen, was Sie beruflich machen, ob Sie das Leistungsziel erreicht haben. Ein Hund liebt Sie viel bedingungsloser als ein Mensch. Und er ist treuer als die meisten Menschen.«

Ich starrte nach wie vor auf den Hund. Ich hätte gerne sein Gesicht angesehen beim letzten Satz, denn die Betonung hatte sich ein wenig geändert, aber ich konnte nicht. Ich musste aufpassen, dass sich nichts tat. Ich zuckte bei jeder Bewegung zusammen. Doch Boomer schien zu wissen, was sich gehörte, und blieb, wo er war, bis mein Herz schließlich nicht mehr so hämmerte.

»Wie geht es Ihnen jetzt?«

»Acht.«

»Das ist ja toll. Dann wird es Zeit, dass Boomer zu uns kommt.«

Kapitel 12

»Rufen Sie ihn.«

Schon wieder ein Witz. Ich hob zum ersten Mal den Blick vom Hundekorb. Es gab nichts, was ich weniger wollte.

»Rufen Sie ihn. Vertrauen Sie mir. Wenn er nahe genug ist, sagen Sie »bleib«. Vertrauen Sie mir.«

»Boomer.« Meine Stimme klang gar nicht wie seine, nicht entspannt, nicht leise und schon gar nicht ruhig. Sie klang fremd und seltsam und schrill. Der Hund sprang auf und kam auf uns zu.

»Ahhh. Halt!« Noch schriller.

»Boomer, bleib.« Seine Stimme war wie stets ruhig und gelassen.

Der Hund, dem »ahhh, halt« egal gewesen war, stoppte eine Armlänge von mir und drehte den Kopf zu Mitch, der ihn mit gurrendem Ton lobte.

»Wo sind Sie jetzt? Auf der Skala?«

»Zehn.« Mindestens.

»Können Sie ihn wieder streicheln?«

»Ich weiß es nicht.«

Mitch stand auf und stellte sich neben mich. »Versuchen Sie es. Rufen Sie ihn.«

»Ich … ich sehe ihn an. Ich bin in einem Raum mit ihm. Das ist doch schon gut, oder?«

»Rufen Sie ihn.«

Da war es wieder. Er war der Typ mit dem Hund und ich die, die nicht sagen konnte, was sie wollte, nämlich raus hier und weg. Blöde Therapie, blödes Vertrauen. Boomer drehte den Kopf und sah mich an. Und ich ihn. Seine Augen, die wirklich schön waren. Ich atmete tief ein.

»Boomer.«

Und dann stand er vor mir, den Kopf erhoben, erwartungsvoll, und schob seine Nase in meine Richtung. Ich zuckte zurück und Mitchs Hand legte sich auf den Hundekopf. Seine andere schob das Tier ein wenig weg, dass es nun seitlich vor mir stand, die Schnauze nicht mehr so beängstigend nahe.

»Super. Holly, Sie machen das gut.«

Langsam streckte ich meine Hand aus und legte sie auf den Rücken des Tieres. Ja, ganz großartig. Und morgen hatte ich bestimmt einige graue Haare. Ich alterte hier regelrecht vor mich hin, so anstrengend war das alles.

Wieder begann Mitch zu erzählen, von seiner Methode, wie er Boomer trainierte, und es half auch diesmal. Ich hörte zu, bekam sogar einiges mit und streichelte das Fell.

»Versuchen Sie, ob er an Ihrer Hand riechen darf.«

Was? Ich war gerade dabei, das Streicheln zu verarbeiten.

»Sehen Sie, so?« Er hielt dem Hund seine Hand hin und Boomer schnupperte.

Ich streckte gehorsam auch meine Hand aus, Zentimeter für Zentimeter. Boomer wandte den Kopf und brachte seine Nase in meine Nähe. Meine Hand fuhr zurück.

»Das ist in Ordnung. Noch einmal.«

Wir machten bestimmt zehn Versuche. Boomer tat mir leid, er schien mich anzusehen und sich zu fragen, was ich wohl hatte, aber es ging nicht. Ich wollte es versuchen, aber es funktionierte einfach nicht. Dann, plötzlich, klappte es. Ich ließ meine Hand, wo sie war, und die feuchte Nase des Hundes stupste sie an. Ganz sacht, einmal, und plötzlich grinste ich. Was für ein Gefühl.

»Super.« Mitch gab Boomer eine Belohnung. Dann hielt er mir einen Hundekeks hin und ich fragte mich verwirrt, ob er erwartete, dass ich es nehmen würde, ob ich auch belohnt werden sollte.

»Probieren Sie es.«

»Hundefutter?«

Mitch lachte. »Nein, der ist nicht für Sie. Aber wenn Sie wollen, bekommen Sie nachher ein Gummibärchen. Nein, versuchen Sie, es ihm zu geben.«

Das Tempo hatte deutlich angezogen. War da nicht die Rede gewesen, dass hier alles in meinem Tempo passieren sollte? Dass ich bestimmen würde, was ich wann und wie machte?

»Das kann ich nicht.«

»Dann hiermit.« Mitch zog aus der Gesäßtasche seiner Jeans einen Plastiklöffel mit einem langen Stil.

Seufzend nahm ich ihn und legte das Leckerli darauf. Prompt fiel es zu Boden, weil ich so sehr zitterte. Boomer betrachtete es interessiert, rührte sich aber nicht. Mitch hob es auf und gab es mir wieder und ich probierte es erneut.

»Das Wort heißt »nimm«. Er frisst erst dann, wenn Sie es erlauben. Ich zeige es Ihnen.« Er sah Boomer an. »Aus.« Dann hielt er ihm den Löffel hin. Und wartete. Der Hund ebenfalls. »Nimm.« Der Hund fraß. »Es ist ganz einfach.«

Ich nickte ergeben. Ganz einfach.

»Aus.« Ich sah zu Mitch, der nickte.

»Jetzt den Löffel.«

Ich hielt Boomer den Löffel hin. Er zitterte und das Futter tanzte bedenklich. Boomer zögerte, dann schnappte er sich seine Belohnung.

»Sie müssen sicher sein. Er muss merken, dass Sie es ernst meinen. Hier, gleich noch einmal.«

Ich versuchte es gleich noch fünfmal. Erst beim letzten Mal wartete Boomer ab. Nicht, bis ich ihn fressen ließ, aber zumindest einen Moment. Ich hörte die Kamera klicken.

»Wollen wir es jetzt so probieren? Auf der Hand?«

»Nein.« Ich war erledigt für heute. »Ich glaube, mir reicht das.«

»Sie waren toll, Holly. Mittwoch, gleiche Zeit?«

»Mittwoch?«

»Ich denke, am Anfang wäre es gut, wenn wir die Abstände so kurz wie möglich halten.«

Ich nickte langsam. Boomer saß noch immer vor mir und schaute mich an. Dann legte er seinen Kopf schief und hob plötzlich seine Pfote. Er saß einfach nur da und schaute und hielt seine Pfote hoch. Und ich? Ich griff danach, ehe ich wusste, was ich tat. Ich fühlte mich unhöflich, wenn ich es nicht tat, und Boomer war heute so geduldig mit mir gewesen.

»Holly, das ist super. Toll.« Mitchs Stimme klang begeistert, echt begeistert. Ich ließ die Pfote los und nickte. Ja, das war toll gewesen. So toll, dass ich sogar noch kurz über den Hunderücken streichelte.

»Schicken Sie ihn zurück. Das Wort heißt »Korb«.«

»Boomer, Korb«, sagte ich gehorsam. Boomer trottete davon, ging zum Korb und sah mich an. Mitch ebenfalls.

»Ähh ...«

»Es heißt »Platz«.«

»Platz.«

Boomer legte sich hin. Ich stand auf, wackelig und seltsam aufgedreht zugleich. Mit der Tasche an meiner Seite, der Hunde-Seite, ging ich auf den Ausgang zu und atmete auf, als die Tür hinter uns ins Schloss fiel.

Auch diesmal begleitete Mitch mich hinunter und auch diesmal trat er auf die Straße und zog die Tür hinter sich zu.

»Das war eine tolle Stunde, Holly. Sie haben schon viel erreicht. Oder nicht?« Seine Stimme klang schon wieder begeistert.

»Ja. Das war ... huh.«

»Es wird besser. Jedes Mal, wenn Sie kommen. Ich verspreche es.«

Ich nickte. Seine Zuversicht hätte ich mir gewünscht. »Ich hoffe es. Bis übermorgen.«

Kapitel 13

Seltsam, gerade noch war ich so erledigt gewesen, dass ich dachte, die paar Schritte bis zum Auto nicht mehr zu schaffen, und dann, ganz plötzlich, kamen die Endorphine. Eine gewaltige Welle erfasste meinen Körper und ich hätte am liebsten einmal laut geschrien. Ich hatte es geschafft. Ich hatte es überlebt. Ich war verdammt gut gewesen, trotz allem. Kurz entschlossen lenkte ich meine Schritte weg vom Wagen und in den kleinen Park, der sich an den Parkplatz anschloss. Und der ein beruhigendes Schild hatte, auf dem Leinenpflicht angezeigt wurde. Wären meine Beine nicht so zitterig gewesen und hätte ich nicht Angst gehabt, dass mich alle anstarren, ich wäre wie ein Kind in diesen seltsamen Hüpf-Schritt verfallen. Ich musste jetzt einen Moment abwarten, genießen, ehe ich in den Wagen stieg. Auf meinem Gesicht lag ein Grinsen, als hätte ich eben eine Erbschaft gemacht. Ich ging bis zum Fluss und ließ mich dort auf einer breiten Holzbank nieder. In einiger Entfernung sah ich einen Passanten mit einem Hund. Ich sah auch die Leine und versuchte, ganz entspannt wegzusehen. Alles gut, ich mache das wunderbar.

Das Handy tönte und eine Nachricht kam.

»Sie waren sooo toll heute, Holly. Ich bin sehr stolz auf Sie.«

Ich kicherte überdreht. Wie seltsam diese Worte klangen. Ich meine, wer sagt einem denn heute noch, dass man etwas toll gemacht hat, dass man stolz war? Es war doch eher so, dass man erwartete, dass alles richtig gemacht wurde, toll war. Rückmeldung gab es erst, wenn man nicht mehr toll war. Dann ertönte wieder der Nachrichtenton und ein Bild kam. Ich sah es mir lange an. Das war ich, wieder recht blass, die Sommersprossen deutlicher zu sehen als üblich. Vor mir der Hund. Und seine Nase berührte meine Hand. Ich hatte nicht bemerkt, wie Mitch auf den Auslöser gedrückt hatte. Ich sah meinen Gesichtsausdruck, angestrengt, konzentriert. Und ich sah in meinen Augen die Überraschung und die Ungläubigkeit, dass ich das hier tat.

Ein Bellen ließ mich hochfahren. Vor Schreck fiel mir das Handy aus der Hand und schon wieder stieß ich einen kleinen Schrei aus. Der Passant war zügig näher gekommen und stand jetzt neben mir.

»Es tut mir leid. Hat Frodo Sie erschreckt?« Er bückte sich und hob mein Handy auf. Gleichzeitig schob er sich vor sein Tier, wie um mich abzuschirmen »Scheint alles noch heil zu sein.«

Ich nahm das Telefon, den Blick starr auf den Hund gerichtet, der jetzt ruhig hinter seinem Herrchen stand. Durchatmen, flüsterte ich mir zu. Der ist an der Leine. Er tut dir nichts. Das ist nur ein Hund. Ein recht großer Hund. Er sieht doch ganz schön aus mit seinem hellen Fell. Hellbraun, fast weiß. Beige. Sagt man das über Hunde? Beiges Fell?

Der Mann lachte. »Nein, man nennt die Farbe gelb, auch wenn es nicht zutreffend ist. Hallo. Ich bin Oscar.

Oscar Mannor. Und das ist Frodo, ein Labrador.«

Und ich bin die Verrückte, die anscheinend anfängt zu reden, ohne es zu merken. »Holly. Holly Reed.«

»Freut mich, Holly. Sie mögen Hunde nicht besonders, was?«

»Ich ...«, ich holte schon wieder tief Luft. »Ich habe Angst vor ihnen.« Das hätte ich vor ein paar Tagen nicht laut gesagt, aber jetzt erschien es mir richtig.

»Oh. Dann werde ich mich hier ans andere Ende der Bank setzen, um mich mit Ihnen zu unterhalten. Geht das?«

»Ich denke schon.« Ich war so überrascht, dass ich gar nicht weiter nachdachte. Wieso sollten wir uns auch unterhalten? Auch das tat man nicht, in den Park gehen und sich mit wildfremden Menschen unterhalten.

»Hatten Sie schon immer Angst oder erst, seit Ihnen etwas passiert ist?«

»Schon immer. Aber ich habe gerade eine Therapie begonnen. Gegen die Angst.«

»Das ist toll. Hunde sind etwas Wunderbares.«

»Hmhm.«

Er lachte. »Frodo hier ist mein treuer Begleiter. Er ist mein bester Freund, tatsächlich, und auf ihn ist immer Verlass. Er hat keine schlechte Laune, wenn ich abends heimkomme. Er freut sich immer, mich zu sehen, auch wenn ich ihm keine Blumen mitbringe. Er ist nicht sauer, wenn ich abends noch einmal meinen Computer anschmeißen muss, um zu arbeiten. Hunde sind in vielerlei Hinsicht die besseren Menschen.« Er klang nicht verbittert oder böse, sondern fast traurig, als er das sagte, was mich dazu brachte, ihn zu betrachten. Schon der zweite Mann heute, der so über Hunde sprach. Und bei dem ich das Gefühl hatte, dass er eigentlich über Menschen redete.

»Was machen Sie in dieser Therapie?«, fragte Oscar.

»Ich atme. Hauptsächlich atme ich. Ich meine, ich versuche, mich darauf zu konzentrieren, weiterzuatmen und nicht panisch zu werden.« So wie jetzt. Zwischen uns lagen bestimmt eineinhalb Meter, der Hund war an seiner Seite, weg von mir. Er saß am linken Ende der langen Bank, ich am rechten. Zwischen uns hätte bequem noch eine kleine Familie Platz gefunden, weshalb wir recht laut reden mussten.

»Und? Hilft es?«

»Irgendwie schon. Es ist alles, was ich tun kann.«

»Und wieso tun Sie es?«

Um genau solche Situationen nicht mehr zu erleben. Oscar Mannor war ein Mann, den ich nur zu gerne kennengelernt hätte. Bei dem ich mich wie verrückt gefreut hätte, wenn er mich bemerkte und ansprach. Groß, gut gebaut, in einer schwarzen Anzughose und einem grauen Hemd. Sicher hatte er bis eben auch noch eine Krawatte getragen, vielleicht eine grau gestreifte, und das passende Jackett zur Hose. Jetzt aber waren die Ärmel des Hemdes aufgerollt und er trug einen Wollpulli um die Schultern. Seine Haare waren schwarz und glänzten seidig. Fast wie Boomer, dachte ich. Dichte schwarze Augenbrauen über braunen Augen, die mich mit echtem Interesse musterten. Ein

Mann, dem man ansah, dass er erfolgreich war, seinen Platz gefunden hatte, und der dennoch entspannt wirkte. Und überraschend ehrlich war zu einer Wildfremden. Ich hätte gerne noch länger mit ihm geredet, aber sein Hund hinderte mich daran. Er tat nichts, außer da zu sein, was leider mehr als genug war. Ich hatte für heute meinen Vorrat an Hunde-Mut aufgebraucht. Und ich wollte gehen, solange ich noch einigermaßen tapfer war.

»Na dann.« Ich stand auf und lächelte kurz. »Schönen Abend noch.«

An diesem Abend lag ich im Bett und dachte über das nach, was ich erlebt hatte. Ich hätte meine Gedanken gerne bei Oscar festgehalten, aber sie wanderten immer wieder ab zur Therapiestunde. Wieso war es nur so schwer, sich einem Hund zu nähern? Wieso schaffte ich es nicht, einfach zu glauben, dass mir nichts passieren konnte?

»Was wäre das Schlimmste, das passieren könnte, wenn Sie jetzt da reingehen?«, hatte Mitch gefragt, als ich an der Tür stand.

»Dass er zu mir kommt.« Das war richtig, aber nicht alles. Dass er mich anbellte, mich ansprang.

»Und was würde Ihnen passieren, wenn er auf Sie zukommt?«

»Ein kleiner Herzinfarkt?« Ich hatte tapfer versucht, witzig zu sein. Es war blöd. Ich bezahlte Mitch für diese Therapie, und zwar recht gut. Ich wollte, dass er mir half. Ich vertraute ihm auch, dass er alles tun würde, damit ich mein Ziel erreichte. Und dennoch sagte ich nie, was wirklich Sache war. Ich spielte es herunter, diese Dinge, die mich wirklich fertigmachten. Ich sagte stets nur einen Teil oder etwas, von dem ich dachte, es sagen zu müssen. Mitch hatte mir beispielsweise erklärt, dass es sein könne, dass Boomer und natürlich auch jeder andere Hund an meinem Hintern schnüffeln würde oder versuchen könnte, seine Nase zwischen meine Beine zu schieben. Er würde das nur tun, weil Hunde so einen fantastischen Geruchssinn hätten und da eben die Eigengerüche sehr intensiv seien. Ich hatte dämlich genickt und »Oh. O.k. Kein Problem« gesagt, obwohl es das war. Ich wollte keine Hundenase an meinem Hintern und ich wollte gerne selbst bestimmen, wer irgendwas zwischen meine Beine schob, ob Mensch oder Hund. Aber ich sagte es nicht. Ich gab nicht zu, dass ich das nicht mochte, sondern versuchte, lässig zu sein. Ich traute mich nicht, wirklich ich zu sein. Damit er mich nicht für eine komplette Versagerin hielt, für eine ängstliche, verrückte Frau oder für zu kompliziert. Für jemanden, dem schon der Schweiß ausbrach, wenn ein Hund nur bellte, egal, wo seine Schnauze zu dem Zeitpunkt steckte. Was würde passieren, wenn Boomer mich anbellte? Eigentlich nichts. Man stirbt nicht, weil ein Hund bellt. Aber es ist wie ein kleiner Tod, dieser Moment, wenn du denkst, nie mehr Luft zu bekommen. Wenn du denkst, in einer Sache zu stecken, die du nie schaffen kannst. Und wenn du Angst hast vor dem Moment, in dem du das laut sagen musst, zugeben, dass es eine Nummer zu groß für dich ist. Ich sollte mich damit abfinden, dass Hunde und ich nie kompatibel sein würden. Und Menschen wie Oscar nie meine Freunde.

Kapitel 14

Zwei Tage später stand ich schon wieder vor der blauen Fassade und atmete. Atmete. Ich weiß, dass jeder atmet, wenn er irgendwo steht, alles andere wäre ziemlich schlecht. Aber bei mir hatte ich langsam das Gefühl, dass Atmen zu etwas Besonderem wurde. Ich hatte noch nie so bewusst geatmet, mit meinem Kopf und allem. Und mir dabei gewünscht, dass es besser half.

Wenn es möglich gewesen wäre, hätte ich gesagt, heute war es noch schlimmer. Ja, ich weiß, jammern hilft auch nicht, aber es war halt so. Ich hatte den ersten Schwung verloren und war irgendwie an einem Punkt angelangt, an dem diese Sache nicht richtig in Fahrt kam. Und was noch schlimmer war: Seit ich mit dieser Therapie zugange war, dachte ich ständig über Hunde nach. Was so schlimm war, was mir am meisten Angst machte. Ich sah plötzlich überall Hunde, an denen ich nicht vorbeikonnte, und nun störte mich das noch mehr als früher. Ich hatte ständig Flashbacks. Erinnerungen tauchten auf, die ich nicht mehr haben wollte, und Gefühle, die damit verbunden waren. Das machte alles noch schwieriger, denn wenn ich jetzt abbrechen würde, wäre ich schlechter dran als zuvor. Ich konnte nicht mehr damit leben, nicht so, aber ich schien auch nichts dagegen tun zu können. Das war nicht gerade motivierend.

Mitch holte mich wieder unten an der Tür ab, seine

fröhliche, sanfte Stimme war voller Zuversicht.

»Heute habe ich mal was Neues vor.«

»Schön.« Ich war wie stets recht wortkarg hier. Das lag nicht an ihm, sondern an den Umständen. Außerdem musste ich heute vor ihm die Treppe hinauf und ich hörte, dass Boomer ganz schön aufgedreht war. Und dann sah ich ihn. Er sprang hinter der Glastür fröhlich auf und ab, bellte und drehte sich im Kreis. Atmen. Auch wenn es nichts hilft, atme, Holly.

»Wo sind Sie? Auf einer Skala von eins bis zehn?«

»Zehn.« Zwanzig wäre richtiger gewesen. Es war tatsächlich schlimmer als je zuvor. Ich starrte Boomer an und dann kam die Erinnerung.

Ich war früher schon mit Lucy befreundet. Wir gingen in eine Klasse und wir verstanden uns gut. Mittags trafen wir uns zum Spielen, meistens bei mir, aber heute hatten wir ausgemacht, dass ich sie besuchen kommen sollte, weil sie neue Möbel bekommen hatte. Ein weißes Bett mit romantischen Säulen. Sie hatte so davon geschwärmt und ich wollte es unbedingt sehen.

»Ich pass auf, dass die Hunde an der Leine sind«, hatte sie versprochen.

Ehe ich losradelte, rief ich sie an. »Ich fahr jetzt los.«

»Gut. Die Hunde habe ich bereits festgemacht.«

Dieses Spiel hatten wir schon ein paar Mal durchgemacht. Ich radelte zum Hof bis direkt zur Haustür, ließ das Rad fallen, drückte hastig den Klingelknopf und Lucy stand schon da und öffnete. Nur so, das wusste sie, kam ich zu Besuch.

Auch heute radelte ich sofort los, nachdem ich sie angerufen hatte. Ich sah den Hof, den Traktor vor der Scheune, in der die Hunde waren. Und dann, als ich eben den Hof durchquerte, sah ich die Hunde. Ohne Leine. Und sie kamen direkt auf mich zu. Ich trat wie besessen in die Pedale, aber ich schaffte es nicht bis zur Tür, ehe sie da waren. In meiner Panik stürzte ich, schürfte mir die Hände auf, doch ich bemerkte es gar nicht, weil die beiden Hunde bellend um mich waren. Ich lag auf dem Boden und schrie wie eine Irre. So lange, bis Lucy neben mir war und die Hunde mit einem kurzen Befehl zurück in die Scheune schickte. Sie half mir auf und ich hasste sie, obwohl sie nichts dafür konnte. Dann trat ihr Vater neben uns, lachend.

»Himmel, Holly. Du hast die Hunde erschreckt.«

Er gab zu, dass er sie freigelassen hatte, weil sie es nicht gewohnt waren, angeleint zu sein. Und er lachte, weil ich mich »so dumm« aufführte, weil seine Hunde »nichts machten«. Ich fühlte mich gedemütigt und war fix und fertig. Lucy wollte mich ins Haus schaffen, aber ich nahm mit steifen Beinen mein Rad und schaffte es, wackelig wie ich war, das Anwesen zu verlassen.

Ich sah das Bett nie. Ich weigerte mich, noch einmal zu ihr zu gehen. Und ich war tatsächlich nie mehr dort, auch wenn mich das viel Spaß kostete. Die besten Partys waren immer dort, auf dem Ebberts-Hof. Es gab einen zum Partykeller umgebauten Raum in der alten Scheune mit einer kleinen Nische, vor der ein Vorhang hing. Der Traum aller war es, dort drinnen zu sein, hinter dem zugezogenen Vorhang, mit dem Jungen seiner

Wahl. Ich war nie dabei. Ich hörte die Erzählungen, wer mit wem dort drin geknutscht hatte, und mein Herz blutete, weil ich es auch wollte, weil eine andere mit dem Typen dort gewesen war, der mich hätte fragen sollen. Der Gedanke jedoch, was passieren würde, wenn ich den Hof betrat, war zu schlimm. Und das Gefühl, am Boden zu liegen, mit aufgeschrammten Händen und voller Panik, und dann ausgelacht zu werden, wollte ich nie mehr erleben.

»Holly?« Mitchs Stimme hatte einen leicht verunsicherten Klang angenommen. Ich spürte, wie seine Hand kurz meine Schulter streifte. »Holly, ist alles in Ordnung?«

»Ja.«

»Gut. Dann möchte ich, dass Sie jetzt reingehen, ihm sagen, dass er ruhig sein und sich hinlegen soll, und dann zum Tisch gehen.«

»Ich?«

»Die Worte sind »aus« und »Platz««, antwortete er fröhlich.

»Ich soll da als Erste rein?«

»Ich bin hier und passe auf. Und ich komme dann sofort nach.«

»Ich soll da … alleine rein?« Ich war fassungslos. Hatte ich nicht deutlich gemacht, dass ich Angst davor hatte?

»Sie schaffen das. Vertrauen Sie mir.«

Vertrau mir. Ha!

»Wollen Sie mir Ihre Tasche …?«

»NEIN.« Ich sah ihn zum ersten Mal heute richtig an. Augen, die so zuversichtlich waren, und ein Lächeln, das nicht spöttisch war, sondern aufmunternd. Aber deshalb würde ich meine Tasche dennoch nicht hergeben. Die war wichtig, als Schutz.

»Ich verspreche, ich bemühe mich, sie ihm nicht auf den Kopf zu hauen, wenn ich panisch werde. Vertrauen Sie mir.«

Er lachte, laut und herzlich. »Gut. Dann mal los.«

Und ich griff nach der Klinke und öffnete die Tür. »Aus«, rief ich, viel zu laut, und »Geh weg«. Leider war das nicht das Richtige, denn Boomer reagierte nicht. Er hörte auf zu bellen, sah allerdings keinen Grund, sich hinzulegen. Ich schritt durch den Raum und er hinterher. Es waren nur ein paar Schritte bis zum Tisch, wo ich mich umdrehte und die Tasche fest vor mich drückte. Boomer wedelte um mich herum und ich wurde schon wieder panisch. »Weg«, wiederholte ich, ebenso erfolglos wie zuvor, und begann zu keuchen. »Mach ihn weg!« Es war eine klägliche Vorstellung, die ich da ablieferte.

»Boomer, Platz.« Mitch war schon da und seine Stimme klang absolut ruhig. Sofort legte sich der Hund auf den Boden.

»Geht es? Das war toll.«

»Das war gar nicht toll. Wie kannst du mir das antun?« Ich sah zu dem Mann vor mir. »Ich kann das nicht. Und du weißt, dass ich das nicht kann.« Ich war plötzlich derart zornig, dass ich einen Moment alles vergaß. Meine guten Manieren, meinen Drang, es immer richtig zu machen, und dass er mein Therapeut war, den ich vermutlich nicht so anschnauzen sollte. Und dass wir eigentlich einen höflichen, distanzierten Umgang hatten. Aber er überging die Sache ganz einfach, wie immer mit einem Lächeln auf den Lippen.

»Du hast es bereits gemacht. Und du hast es gekonnt.« Er lächelte wieder sein sanftes Lächeln. »Du bist ganz alleine in das Zimmer, in dem Boomer ist. Alles andere schaffst du jetzt auch.«

Kapitel 15

Plötzlich war es einfacher. Lag es daran, dass ich meinem Unmut Luft gemacht hatte, oder daran, dass ich hinterher versuchte, es wieder auszubügeln? Vielleicht. Mitch hatte jedenfalls beschlossen, dass ich Boomer nun, wo ich ihm so nahe war, auch streicheln konnte. Und dann, als das relativ gut ging, dass wir jetzt eine Übung machen würden, die meine Ängste anging. Also stellte ich mich hin und rief das Tier zu mir. Damit es auf mich zulief. Ich übte dreimal wie eine Bescheuerte das Wort »bleib«, das ihn stoppen sollte, wenn er zu nahe kam. Und dann legten wir los. Jedes Mal ließ ich ihn ein klein wenig näher kommen, bis er beim letzten Mal schließlich so dicht bei mir stand, dass ich sein Fell berühren konnte. Mitch war begeistert.

Dann kam wieder diese Nasen-Sache. Seine Nase, meine Hand. Auch das klappte besser als in der letzten Stunde.

»Jetzt das Füttern. Hier, probiere es.« Er streckte mir Karotten hin. »Wir hatten heute schon eine Stunde und da haben wir leider bereits seine Tagesration an Futter aufgebraucht. Aber er mag Karotten.«

Na super. Ich hoffte, Boomer sah das genauso und war nicht ungehalten, dass ich ihm mit Gemüse kam.

Leider funktionierte das Füttern immer noch nicht. Ich versuchte es, wirklich, aber ich zog jedes Mal meine Hand weg. Boomer war geduldig, sah mich nur an mit seinen schönen Augen und wartete ab. Wir probierten es wieder mit dem Löffel, das ging mittlerweile ganz gut. Und dann, als ich gerade zur Uhr schielte, ob ich es bald geschafft hatte, stupste Boomer meine Hand an. Ganz sanft. Und ich zuckte zwar zurück, aber dann nahm ich eine Karotte aus der Schale, hielt sie ihm hin und er nahm sie aus meiner flachen Hand. Ganz sanft, ganz so, als wäre es das Normalste auf der Welt. Glück durchflutete mich, völlig unangemessenes Glück. Ich hatte einem Hund eine Karotte gegeben und ich fühlte mich, als hätte ich ein Mittel gegen Krebs entdeckt oder so. Ohne nachzudenken, nahm ich noch eine und noch eine und hielt sie dem Tier hin. Gut, das auf Kommando Fressen, das Abwarten, das funktionierte nicht, aber das war mir egal. Ich fütterte einen Hund, mehr zählte gerade nicht.

»Danke.« Ich grinste wie verrückt, als ich endlich wieder unten vor dem Haus stand.

»Wofür? Das hast du alles alleine gemacht.« Mitch lehnte sich an die Wand und lachte. »Du hast mich heute echt beeindruckt.«

Ich grinste immer noch. »Ich mich auch.«

»Wir sehen uns am Freitag?«

»Freitag? Ich dachte, nächste Woche.«

»Ich denke, es wäre gut, diese Woche noch einmal zu üben. Mal sehen, wir können dann vielleicht ab nächster Woche die Abstände vergrößern.«

»Okay.« Noch einmal tief Luft holen. »Dann bis Freitag.«

»Hallo.«

Ich war gerade dabei, grinsend meine Autotür zu öffnen, als ich angesprochen wurde. Ich hob meinen Blick und sah Oscar Mannor mit Frodo, brav angeleint und vorbildlich ruhig. Er kam über den Parkplatz und blieb hinter meinem Auto stehen, sodass wir uns über das Dach hinweg ansahen.

»Ist das in Ordnung, wenn wir hier stehen bleiben? Mit dem Wagen zwischen uns? Frodo ist angeleint.«

Ich nickte. Auch wenn es mir lieber gewesen wäre, den Hund im Blick zu haben.

»Sie sehen heute so strahlend aus. Einen guten Tag gehabt?«

Ich nickte schon wieder. »Ja, er war gut, letzten Endes. Und bei Ihnen?«

»Er scheint sich auf den letzten Stunden noch mächtig ins Zeug zu legen. Bisher war er eher für die Tonne, um ehrlich zu sein.«

»Oh. Na, dann hoffe ich, dass es noch was wird.«

»Sie könnten ja ein wenig nachhelfen.« Oscars Augen blitzen plötzlich auf. »Wie wäre es? Könnten Sie sich vorstellen, ein, zwei Stunden zu opfern, um mich ein wenig auf andere Gedanken zu bringen?«

»Ich … nun ja, vielleicht. Ich weiß es nicht.«

»Es tut mir leid. Sie kennen mich nicht, das kommt Ihnen sicher seltsam vor. Aber irgendwie muss man ja anfangen mit dem Kennenlernen, oder? Ich könnte Frodo eben nach Hause bringen und dann gehen wir eine Kleinigkeit essen. Oder einfach was trinken? Was meinen Sie?« Er lächelte fast wie ein Kind, das um Süßigkeiten bettelt. Es sah umwerfend aus und ich nickte einfach. Ich war gerade so vollgepumpt mit Adrenalin, so überdreht, dass ich mir keine Gedanken machte, ob es klug wäre oder ratsam. Normalerweise hätte ich dankend abgelehnt, unsicher, was wohl dahintersteckte. Ich hätte mir gesagt, ein Mann wie er kann kein Interesse an dir haben, also sieh zu, dass du verschwindest. Geh, ehe es zu spät ist. Lass ihn nicht an dich heran, dann kann er dich auch nicht verletzen. Jetzt aber fühlte ich mich großartig, so toll, dass ich diese Gedanken abschüttelte.

»Hervorragend. Dann werde ich meinen Freund mal eben zu Hause abliefern. Ist nicht weit, gerade hier um die Ecke. Sie werden doch noch da sein, wenn ich zurückkomme?«

Ich lachte. »Ja, das werde ich.«

Nachdenklich sah ich ihm nach, wie er mit seinem Hund in zügigem Schritt die Straße entlangging und dann um die Ecke verschwand. Es war ein schönes Bild. Ein schöner Mann mit einem schönen Hund. Ich seufzte. Ein Hunde-Mann, einer von denen, die eigentlich für mich nie auch nur ansatzweise interessant waren. Ich konnte nicht mit Hund, sie nicht ohne. Das Spiel war also vorbei, ehe es beginnen konnte. Und dennoch wollte Oscar mich näher kennenlernen und ich, ja, ich wollte das ebenfalls, verdammt noch mal.

Mein Handy meldete sich. »Du warst unglaublich toll heute. Wir freuen uns auf Freitag.« Ich schüttelte lachend den Kopf. Es war nach wie vor ein ungewohntes Gefühl, so gelobt zu werden, und dennoch freute ich mich wie ein Schulkind, das eine Eins mit Sternchen bekommen hatte. Und dann kam das Bild. Boomer und ich. Ich kniete vor ihm, hielt ihm meine Hand hin und er fraß daraus. Sein Kopf war über meine Hand gebeugt, mein Blick ruhte auf ihm. Und mein Gesicht sah glücklich aus. Ich betrachtete es eine Weile, aber es blieb so. Ich sah glücklich aus, nichts zu sehen von den Kämpfen, die ich ausgestanden hatte.

»Sie sind noch da.« Oscar hatte wirklich nicht lange gebraucht. Er hatte sich eine Jacke übergeworfen und seine Hände steckten in den Hosentaschen.

»Hab ich doch gesagt.«

»Ja, das haben Sie.« Er machte eine kleine Geste und wir gingen los. »Sie sind nicht aus Northleach, oder?«

»Nein.«

»Dachte ich mir. Ich bin hier aufgewachsen und Sie wären mir sicher schon früher aufgefallen, Holly.«

Ich antwortete nicht. Was sollte ich dazu auch sagen? Überhaupt übernahm er den größten Teil des Gesprächs. Ich war überrascht, wie viel Mühe er sich gab und wie wenig ich tun musste. Normalerweise ist es doch so, dass man sich krampfhaft fragt, über was man reden soll, um möglichst gebildet, cool oder interessant rüberzukommen. Besonders wenn man jemanden kennenlernte, der so war wie Oscar. Ich konnte mir kaum vorstellen, dass er sein ganzes Leben in diesem Zweitausend-Seelen-Ort verbracht hatte. Woran es lag, konnte ich gar nicht genau sagen, aber er wirkte so gewandt, so souverän, so gut situiert. Ich hätte ihn gerne gefragt, was er beruflich macht, aber es wäre seltsam, wenn das meine erste Frage war. »Was machen Sie beruflich und wie viel verdienen Sie dabei?«, so in der Art. Wie Lucys Vater, der früher ihre Verehrer immer gefragt hatte: »Habt ihr Land und wenn ja, wie viel Hektar sind es?« Lucy hatte es gehasst und ich hatte es verstanden.

»Da ist es schon.« Oscar zeigte auf ein Gebäude zur Rechten, ein großes, altes Sandsteinhaus mit weißen Sprossenfenstern, üppig mit Efeu bewachsen. »Der Eingang ist hinten«. Er bog in eine kleine Seitenstraße ab. Der Weg ging sanft nach oben, an einer langen Mauer entlang bis zu einem schmiedeeisernen Tor.

»Das »Wheatsheaf Inn«. Hier bekommen wir ein Bier und wenn wir wollen, auch etwas Gutes zu essen.«

»Wie schön.« Wir passierten das Tor und waren in einem wunderschönen Garten. Rustikale Holztische, Bänke und Stühle standen da. Im Garten begannen zaghaft die ersten Frühlingsblumen ihre Knospen zu entfalten und man konnte sehen, welche Pracht hier in ein paar Wochen herrschen musste.

»Leider noch ein wenig zu frisch, um draußen zu sitzen. Wir müssen hier unbedingt einmal herkommen, wenn es wärmer ist. Aber das Inn ist auch zum Hineinsetzen sehr schön.«

Nacheinander betraten wir die Gaststube. Er hatte recht, es war wunderschön hier. Um die Fenster waren hohe Simse, wie man sie von Kaminen kannte und die wie Bilderrahmen wirkten. Die Wände waren grau gestrichen und passten hervorragend zu den dunklen, groben Holztischen und den grau gepolsterten Stühlen. An den Wänden hingen Bilder, Ölgemälde von streng dreinblickenden Herren, die ich nicht kannte. Im offenen Kamin brannte ein Feuer und die lange Bar im Nebenraum war gut besetzt.

»Oscar, wie schön, dich mal wieder hier zu sehen. Der gleiche Tisch wie immer?«

Er nickte und die ältere Dame, die uns begrüßt hatte, ging voraus zu einem kleinen Tisch im hinteren Bereich des Raumes, direkt am Fenster mit Blick auf den Garten und in Reichweite des wärmenden Kamins.

»Ihr esst doch etwas, oder?«

Er warf mir einen kurzen Blick zu, zwinkerte und sagte: »Ja, Birdie, deshalb sind wir hier.«

Kapitel 16

»Holly, ich habe mir Sorgen gemacht. Wo warst du denn?« Hugh kam in den Flur, kaum dass ich meinen Schlüssel umgedreht hatte.

»Warum?« Ich warf meine Tasche in die Ecke und zog den Reißverschluss meiner Stiefel herunter.

»Warum? Es ist fast Mitternacht.«

»Und? Ich bin erwachsen und ich wusste nicht, dass ich mich bei dir abmelden muss.«

»Jetzt weißt du es.« Hugh war offensichtlich schlecht gelaunt.

»Okay. Sorry. Bist du jetzt mein Bruder?«

»Nein. Nun ja, irgendwie schon, oder? Wenn wir dich früher mitgenommen haben, dann hieß es immer: »Und passt ja gut auf Holly auf.« Ich glaube, keinen Satz hat deine Mutter öfter zu mir gesagt als den. Nicht mal »Guten Tag, Hugh, wie geht es dir denn?« Und ich habe Doug gesagt, dass ich auf dich achten werde.«

»Du hast Doug gesagt … ach, egal. Ich brauche niemanden, der auf mich achtet.« Wobei ich es ehrlich gesagt ganz nett fand, dass sich jemand sorgte. Außer Doug und nun anscheinend Hugh hatte ich niemanden mehr, der das sonst tun würde.

»Holly«, er ging voraus in die gemütliche Küche und ließ sich am kleinen Tisch nieder. »Du hast gesagt, du gehst zur Therapie. Und bisher warst du immer in einem ganz seltsamen Zustand, wenn du von dort gekommen bist. So aufgekratzt und überdreht. Ich dachte, dass dir was passiert ist, ein Unfall oder so. Und außerdem bist du normalerweise so zuverlässig wie kaum jemand. Du bist einfach keine Frau, die kommt und geht, wann und wie es ihr passt.«

»Sorry.«

»Was ist mit deinem Handy los? Ich hab versucht, dich anzurufen.« Hugh war immer noch ziemlich schlecht gelaunt.

»Mein Handy?« Ich dachte nach. »Oh, das habe ich auf lautlos gestellt.« Ich spürte, dass ich rot anlief. Oscar hatte seines aus der Jacke genommen und ausgemacht, als wir uns im »Wheatsheaf Inn« setzten, und ich hatte es ihm gleichgetan.

»Stumm? Holly, du hast das Ding immer bei dir. Du bist immer erreichbar. Was ist denn los?« Er betrachtete mein Gesicht, dann grinste er plötzlich. »Oha, verstehe. Erzähl.«

»Da gibt es nichts zu erzählen. Ich habe einen Bekannten getroffen und wir sind spontan was essen gegangen, das ist alles.«

»Klar, das ist alles. Spontan was essen, Handy aus, Mitternacht. Holly, du hattest ein Date!«

»Das war kein Date. Das war ein ganz spontanes Essen.«

»Kenne ich ihn?«

»Nein.« Ich kannte ihn ja selbst kaum.

»Werde ich ihn bald kennenlernen?«

»Wieder nein. Er ist nur ein Bekannter.«

Hugh grinste inzwischen so breit, dass seine weißen Zähne nur so blitzten.

»Und außerdem, ist das so spannend?«

»Ziemlich. Ich kenne dich, Holly. Du gehst nicht einfach so was essen und machst dein Handy aus. Ich habe noch nie erlebt, dass es aus war.«

Da hatte er leider recht. Ich hatte ein sehr enges Verhältnis zu meinem Handy. Ich meine, nicht, dass ich ständig dranhing, aber ich hatte es immer bei mir. Ich lebte in der ständigen Angst, nicht erreichbar zu sein, obwohl ich so gut wie nie angerufen wurde. Doch ich wurde es nicht mehr los, dieses Gefühl, erreichbar sein zu müssen.

Als meine Mutter damals in das Hospiz kam, ging es ihr sehr schlecht. Dann hatte sie wundersamerweise noch einmal einen kleinen Aufschwung, ein paar bessere Tage. Nicht, dass wir uns was vormachten, aber wir schienen noch ein wenig Zeit zu haben. Also ging ich eines Abends heim und legte mich ins Bett. Ich war erledigt, richtig müde und kraftlos, denn diese Zeit, in der uns klar wurde, wie schlimm es um sie stand, hatte viel Substanz gekostet. Die letzten Nächte schlief ich kaum, weil ich mich weigerte, sie zu verlassen, und versuchte, in dem Besuchersessel zu nächtigen. Das Personal dort war wirklich nett und an diesem Abend schickten sie mich heim. Alles sah gut aus und sie rieten mir, mit meinen Kräften hauszuhalten.

Als ich am nächsten Morgen wieder hinkam, erfuhr ich, dass meine Mutter in dieser Nacht eine Krise gehabt hatte.

»Sie ist jetzt wieder stabil, aber wir fürchteten heute

wirklich kurzzeitig um sie.«

»Warum haben Sie mich nicht angerufen?«

»Wir haben es versucht.« Sie sah mein Gesicht und ihre Hand legte sich auf meinem Arm. »Machen Sie sich keine Vorwürfe. Es ist alles gut. Sie müssen auch an sich denken.«

Aber ich hatte mir Vorwürfe gemacht. Ich hätte es mir nie verziehen, wenn meine Mutter alleine gestorben wäre, während ich schlafend im Bett lag. Seither hatte ich mein Handy immer bei mir. Nicht, dass ich noch einmal so einen Anruf erwartete, aber ich hatte irgendwie dieses Gefühl, dass etwas ganz Schlimmes passieren würde, wenn ich nicht erreichbar war.

»Es war ja nicht aus. Es hätte eigentlich vibrieren müssen.« Es hatte auch vibriert. Ich hatte kurz darauf geschielt, gesehen, dass es nur Hugh war, und es dann vergessen. Und auch später, als Oscar mich zu meinem Wagen zurückbegleitet hatte und ich alleine war, nahm ich es nicht heraus. Ich hatte es einfach vergessen.

»Und außerdem, wieso hattest du Zeit, mich zu vermissen? Wolltest du nicht was mit Ana unternehmen?« Ich erinnerte mich daran, dass er das heute Morgen erwähnt hatte.

»Doch, aber sie musste absagen. Millicent geht es nicht so gut.«

»Oh. Das tut mir leid.«

»Mir auch. Ich mag den alten Drachen irgendwie.«

Das auch, aber eigentlich hatte ich seine Verabredung mit Ana gemeint.

»Egal, jetzt bist du wohlbehalten zu Hause. Gute

Nacht, Holly.« Er war immer noch leicht angekrätzt.

»Gute Nacht, Hugh.« Ich sah ihm nach, wie er sein Glas in die Spülmaschine räumte und dann aus dem Zimmer ging. Ich sollte ebenfalls zu Bett gehen, morgen war schließlich ein normaler Arbeitstag.

Leider war für mich an Schlaf nicht zu denken. Ich war seltsam überdreht und unruhig. Der Abend mit Oscar, dieses unerwartete Abendessen, Mitch und Boomer, alles wirbelte durch meinen Kopf und ich versuchte vergeblich, es zu ordnen, einzuordnen. Oscar hatte ganz entspannt zugegeben, dass er gehofft hatte, mich zu treffen, als er um diese Zeit mit dem Hund unterwegs war. Er fand mich interessant, sagte er verlegen lächelnd, und mutig, weil ich mich meinen Ängsten stellte, und war daran interessiert, wie es weiterging. Das wiederum fand ich natürlich toll, denn bisher hatte ich noch nie das Gefühl gehabt, sonderlich interessant zu sein.

Er hatte heute Abend ein wenig von sich erzählt. Von seiner Arbeit als Unternehmensberater, die ihm offensichtlich sehr viel Spaß machte.

»Ich mag eigentlich alles an diesem Job. Den Kontakt zu Menschen, die Reisen, die Möglichkeit, Unternehmen vorwärts zu bringen, wieder auf den richtigen Kurs.«

»Und was machst du mit Frodo, wenn du auf Geschäftsreise gehst?«

»Warum? Willst du dich als Hundesitter anbieten?« Er hatte gelacht und meine Knie hatten ein wenig gezittert. Nicht nur wegen des Gedankens an einen Hund, der sich tagtäglich in meiner Reichweite befinden würde.

»Nein, ganz sicher nicht.«

»Irgendwann wirst du vielleicht anders denken. Aber für Frodo ist gesorgt, keine Bange. Eine alte Freundin nimmt ihn, wenn ich unterwegs bin. Wir sind schon zusammen zur Schule gegangen. Sie ist ganz verliebt in ihn.«

»Nur in ihn?« Das war raus, ehe ich darüber nachgedacht hatte, wie es klang. Oscar war einen Moment verdutzt, dann lachte er wieder.

»Nur in ihn.«

Na ja. Ich vermutete mal, dass er da nicht ganz so gut informiert war. Ich meine, er war genau der Typ, in den man sich verliebte. So ganz langsam, ohne es zu merken. Also nicht ich. Mich beschützte schon der Gedanke, dass er einen Hund hatte. Aber andere Frauen, denen das Tier nichts ausmachte, bestimmt.

Ich ließ seine Bemerkung stehen. Dann begann er, Fragen zu meiner Therapie zu stellen. Und ich begann zu erzählen, erst etwas zögerlich, aber dann voller Enthusiasmus. Ich schilderte ihm meinen Kampf, jedes Mal, wenn ich dort vor der Tür stand, und dieses Wahnsinnsgefühl, das mich durchströmte, wenn ich hinterher wieder vor der Tür stand. Ich sagte nicht, dass genau dieses Gefühl schuld war, dass wir jetzt hier saßen. Dass ich mich irgendwie verwegen gefühlt hatte und toll, und deshalb seine Einladung angenommen hatte. Weil ich gerade so richtig schön im Mut-

Modus war.

Wir waren beide überrascht, als wir bemerkten, wie schnell die Zeit vergangen war. Es war ein wirklich netter Abend gewesen und ich hoffte, dass wir uns noch öfter zufällig über den Weg laufen würden. Mehr oder weniger.

Kapitel 17

Am nächsten Abend war ich immer noch bester Laune, als Charlotte überraschend zu Besuch kam.

»Komm rein. Wie nett, dass du vorbeischaust.« Ich sah sie an. »Ist etwas passiert?«

Charlotte sah müde aus und abgekämpft. Wir hatten uns diese Woche noch nicht gesehen und ich war besorgt, weil ihr Strahlen plötzlich verschwunden war.

Sie ließ sich auf einen Stuhl fallen und rieb sich über das Gesicht. »Ich mache mir Sorgen. Tante Millie ist in den letzten Tagen nicht die alte.«

Das hatte Hugh auch schon gesagt, aber ich war zu sehr mit meinen Sachen beschäftigt gewesen, um es ernst zu nehmen.

»Was ist los?«

»Sie isst nicht mehr. Sie liegt im Bett, sagt, sie fühle sich zu schwach, um aufzustehen. Ich bin so froh, dass Ana da ist. Sie mag sie und ich weiß, dass sie in guten Händen ist. Trotzdem habe ich Angst, Holly. Ich habe Angst, dass sie es diesmal ernst meint mit dem Sterben.«

Mein Herz zog sich zusammen. Ich wusste genau, wie es Charlotte ging. Ich kannte dieses Gefühl, diese Furcht, die man verspürte und gegen die es absolut kein Mittel gab.

»Was sagt der Arzt?«

»Er ist ebenfalls besorgt.«

Eine Weile saßen wir schweigend da, jede von uns

in Gedanken versunken.

»Tante Millie ist müde, glaube ich. Sie wäre froh, wenn sie gehen dürfte, und das macht mir Angst. Sie betont immer wieder, wie alt sie ist, dass sie alles erlebt hat, was sie erleben wollte. Dass dieses Leben nichts für sie ist. Und ich weiß natürlich, was sie meint, und dass sie Recht hat. Ich habe nur nicht gewusst, dass es mir so wehtun würde.« Tränen glitzerten in ihren Augen. »Ich kann es kaum ertragen, sie so zu sehen, aber ich kann auch den Gedanken nicht ertragen, dass sie einfach stirbt. Ich habe sie doch erst vor ein paar Monaten gefunden.«

Ich holte eine Flasche Wein und schenkte ihr stumm ein Glas ein.

»Bin ich egoistisch, weil ich hoffe, dass sie sich wieder aufrappelt?«

»Nein, das bist du nicht. Aber du wirst dich an den Gedanken gewöhnen müssen, dass alles ein Ende hat. Du musst es akzeptieren. Versuche die Zeit, die ihr noch habt, auszunutzen.« Ich wusste, dass sie etwas anderes hören wollte, aber ich wusste auch, dass alles andere gelogen war. Es war schwer, wenn man sich langsam von einem Menschen verabschieden musste, trotzdem, es war falsch, die Augen zu schließen.

»Ach, Holly.« Charlotte seufzte.

»Wo ist Dave?«

»Ich habe ihn und Butler nach Hause geschickt. Wir nehmen ihn immer mit, wenn wir zu Millie gehen. Sie liebt ihn, weißt du? Und er sie auch. Er sitzt ganz ruhig neben ihrem Bett und sieht sie an ...« Wieder rieb sie sich über die Augen, dann straffte sie sich. »Ich dachte, es wäre keine gute Idee, ihn zu dir mitzubringen, oder?«

Ich schüttelte den Kopf.

»Wie läuft es denn?«

»Ganz gut. Ich mache Fortschritte. Winzige, aber immerhin. Wenn es so weitergeht, kannst du ihn in ein paar Jahren wirklich mitbringen.« Ich lächelte schwach.

»Das sind doch gute Nachrichten.« Sie drehte ihr Weinglas, das immer noch unberührt war, langsam in den Händen und stellte es wieder ab, ohne getrunken zu haben. Ich dagegen nahm einen Schluck.

»Dieser Mitch scheint ein echter Glücksgriff zu sein.«

»Das ist er.«

»Und, wie ist er so?«

»Nett. Unheimlich positiv. Und motivierend.« Ich dachte an die Nachrichten, die ich nach jeder Stunde bekam, und lächelte wieder.

»Und?« Charlotte sah mich an.

»Und was?«

»Und sonst? Wie alt ist er?«

»Hm. Etwas älter als ich, denke ich. So alt wie Hugh vielleicht?«

»Wie sieht er aus?«

»Was?«

»Wie er aussieht?«

»Hm.« Ich starrte auf mein Weinglas. Wie sah er aus? »Das habe ich mich auch gerade gefragt.«

Charlotte verschluckte sich fast an dem winzigen

Schluck Wein, den sie eben hatte nehmen wollen. Zum ersten Mal lag fast ein Lächeln auf ihrem Gesicht.

»Aber du warst doch schon, warte, viermal dort?«

»Dreimal. Aber ...« Ich beugte mich vor, als würde ich ihr ein Geheimnis anvertrauen. »Aber das ist echt seltsam. Wenn ich dort bin, dann bin ich jedes Mal so neben mir, irgendwie. Ich meine, der Hund, die Übungen, ich bin völlig damit ausgelastet, das zu verarbeiten.«

»Das heißt?«

»Es ist ganz schräg, Charlotte. Ich kann dir genau sagen, wie seine Stimme klingt. Ich weiß, wie er lacht. Er ist einen knappen Kopf größer als ich. Ich weiß auch, dass er ganz nette Augen hat, offen, und freundlich, doch ich weiß nicht, wie diese Augen aussehen. Ich weiß, dass er sportlich aussieht, aber es ist mehr ein Gefühl, verstehst du? Ich erinnere mich an eine Kette mit einem Surfbrett. Und an weiße Shirts. Er sieht, glaube ich, wie ein Surfer aus.« Ich hatte die Augen geschlossen, um mich besser konzentrieren zu können. Ich kam mir albern vor, aber es war tatsächlich so, dass ich kein echtes Bild vor Augen hatte. »Blonde Haare. Ganz helle, blonde Haare. Lang, zusammengebunden. Ja, das ist es. Er trägt so einen kleinen Männerdutt.« Das war etwas, was ich bisher noch nicht bewusst wahrgenommen hatte. Es war auch eher ein Gefühl als Wissen.

»Du meinst, du weißt wirklich nicht, wie der Typ aussieht?«

»Das ist nicht wichtig. Wichtig ist, dass er mir hilft.«

»Holly, das ist echt schräg.« Charlotte lächelte jetzt wirklich. »Willst du etwa sagen, wenn du ihm auf der Straße begegnen würdest, dann würdest du ihn nicht erkennen?«

»Das könnte passieren. Vor allem, wenn der Hund nicht dabei ist. Mit Hund wahrscheinlich nicht.«

»Das ist abgefahren.«

Es war vor allem peinlich, wenn man es genau nahm. Wie konnte man so konfus sein, dass man sich kein Gesicht merken konnte? Wenigstens ansatzweise? Ich versuchte es noch einmal, lenkte meine Gedanken zu diesen Stunden und versuchte, mich zu erinnern. Eine Gestalt tauchte auf vor meinen Augen, recht undeutlich, aber es war wieder dieser sportliche Typ in hellen Jeans und weißem Shirt, der aussah, als käme er eben vom Strand. Und der einfach kein Gesicht hatte.

»Das nächste Mal siehst du ihn dir an.« Charlotte klang jetzt ein wenig munterer. »Und dann will ich es genau wissen. Denn das, was du bisher erzählst, hört sich sehr vielversprechend an.«

»Was Dave wohl dazu sagt? Dass du ihn vielversprechend findest?« Ich versuchte, die Stimmung genau da zu halten, wo sie eben war. Charlotte würde noch oft genug traurig sein in nächster Zeit.

»Doch nicht für mich, Schätzchen. Für dich.«

Kapitel 18

Eines war schon mal sicher: Mitch würde für mich nie vielversprechend sein. Ich hatte absolut kein Interesse an einem Mann, bei dem ich jedes Mal mit zitternden Knien vor der Tür stand und atmete wie eine Verrückte, weil er mir gleich öffnen würde. Nicht, wenn das Zittern und Atmen wie bei ihm von meiner Angst herrührte.

»Holly!« Mitch war eben im Türrahmen aufgetaucht. »Schön, dass du da bist.« Oben bellte Boomer und ich nickte langsam.

»Hallo.«

»Na dann. Legen wir gleich los. Wie geht es dir? Wo bist du jetzt?«

»Acht«, antwortete ich zögerlich, weil ich wusste, dass er diese Skala meinte, und dachte, dass ich ihm langsam mal das Gefühl geben sollte, dass es etwas brachte, was er hier tat.

»Wirklich?« Ich hörte die Freude in seiner Stimme und nickte noch einmal. »Höchstens eine Neun.« Was nützte es, ihn zu belügen und mir damit zu schaden? Der Hund hinter der Glastür sprang und bellte und ich hatte Angst vor dem, was jetzt kommen würde.

»Das Wort heißt »aus«.«

Ich nickte.

»Weißt du noch, wie du ihn wegschicken kannst?«

Ich schüttelte den Kopf.

»Du kannst ihn in den Korb schicken. Du kannst

auch einfach »bleib« sagen, dann kommt er nicht zu dir. Am besten wäre natürlich »sitz«, und dann gehst du an ihm vorbei. Alles klar?«

»Hm.«

»Du schaffst das, Holly. Ich bin hier. Du bist nicht alleine.«

»Ich bin nicht alleine«, murmelte ich. »Aus. Sitz.«

Mitch lachte. »Na, du weißt es noch. Dann mal los.«

Es war verrückt, aber wie schon beim letzten Mal tat ich, was er sagte, obwohl es absolut nicht das war, was ich wollte. Ich öffnete die Tür und noch ehe ich im Raum war, rief ich »aus«. Es wurde ruhig, aber der Hund kam jetzt freudig auf mich zu. »Weg. Bleib. Sitz.« Meine Stimme wurde mit jedem Wort lauter, doch ich musste das schnell klären. Boomer blieb tatsächlich einen Moment stehen, in dem ich rasch an ihm vorbeischritt. Doch als ich am Tisch in der Nische war, bewegte er sich erneut, kam auf mich zu.

»Arrgh. Nimm ihn weg.« Schon wieder kroch diese verdammte Panik in mir hoch.

»Boomer, bleib.« Der Hund blieb stehen, allerdings so dicht vor mir, dass ich dachte, ich spüre seinen Atem.

»Er freut sich, dich zu sehen. Er weiß nicht, dass du dich nicht freust, und er kann deine Bitten nicht richtig einordnen. Ich denke, dass wir uns heute einmal über dein Auftreten unterhalten. Darüber, wie du ihm am besten sagst, was du möchtest. Und nun darfst du ihn gerne begrüßen.« Mitchs Stimme klang so völlig unaufgeregt, dass ich mich auch ein wenig in den Griff bekam. Ich beugte mich langsam vor und streichelte Boomers Fell. Ein seltsames Gefühl durchfuhr mich. Fast so etwas wie Glück.

Als ich nach dieser Stunde zu meinem Wagen ging, war ich mir sicher: Heute war etwas passiert. Irgendetwas, aber es war etwas passiert. Irgendwo hatte es einen Ruck gegeben und zum ersten Mal dachte ich ganz zaghaft, dass diese ganze Sache mir wirklich helfen konnte. Als wüsste Mitch ganz genau, wie viel ich ertragen könne, hatte er mich heute mehr gefordert als sonst, allerdings ohne mich zu überfordern. Er hatte mich dazu gebracht, dass ich Boomer auf mich zulaufen ließ und dabei stehen blieb und nicht wie eine Verrückte »arrgh« schrie. Er hatte mich dazu gebracht, dass ich Boomer sogar von hinten auf mich zurennen ließ, und ich hatte es überlebt, dass seine Nase meinen Hintern anstupste. Toll fand ich es nicht, aber dennoch, ich war nicht ausgetickt. Und ich hatte ihn gefüttert, ganz so, als würde ich das immer tun. Ich hatte so viele neue Eindrücke erlebt, dass ich gar nicht dazu kam, mich zu sorgen. Nebenbei hatte Mitch über Körpersprache gesprochen, meine und die des Hundes. Er hatte mir erklärt, wie meine Reaktionen auf den Hund wirkten und was ich anders machen sollte, um zum erwünschten Ergebnis zu kommen. Ich war sogar noch einmal aus dem Raum gegangen und wieder hereingekommen, um zu üben, an Boomer vorbeizugehen.

»Holly!«

Ich hatte halb gehofft, diesen Ruf zu hören, und hob den Kopf. Oscar und Frodo standen drüben am Eingang zum Park und winkten. Nun ja, zumindest Oscar. Frodo wedelte mit dem Schwanz.

»Hallo.« Ich zögerte kurz, dann ging ich auf die beiden zu. Ich war gerade richtig in Fahrt und ich hatte den verrückten Einfall, meinen Mut auszutesten. Nun ja, wenigstens soweit ich konnte. Ich achtete darauf, auf der hundeabgewandten Seite zu bleiben, doch ich ging hin, immer näher, bis wir uns die Hand hätten geben können.

»Holly.« Oscars Augen leuchteten auf und ich sonnte mich in der Bewunderung. »Du scheinst Fortschritte zu machen.«

Ich lachte überdreht. »Ja.«

Frodo kam einen Schritt auf mich zu und sofort verkürzte Oscar noch einmal die Leine. »Ich habe ihn, keine Angst.«

Seltsamerweise war meine Angst gerade recht gering. Ich war noch immer wie in einem Rausch.

»Kann ich ihn streicheln? Oder wird er versuchen, an mir hochzuspringen?«

»Das wird er nicht, nein. Ich bin überrascht.«

»Und ich erst.« Ich lachte schon wieder dieses Lachen, das nicht zu mir gehörte. Dann, ehe ich es mir anders überlegen konnte, beugte ich mich vor und streichelte ganz vorsichtig sein weiches Fell. Frodo drehte den Kopf, aber das war alles.

»Hallo, Frodo.« Ich hätte vor Glück beinahe geweint. Wie einfach das gerade schien. Und dann schob ich ganz langsam meine Hand vor seine Schnauze und ließ ihn kurz schnuppern. Mitch hatte mir heute erklärt, dass Hunde eben immer erst diese Schnupper-Sache brauchten, und sich dann im Regelfall nicht weiter für dich interessierten. Bei Frodo schien es schon mal zu stimmen. Er schnupperte kurz, dann drehte er den Kopf weg, um sich wichtigeren Dingen zu widmen.

Auch Oscar strahlte. »Holly, ich kann mich noch an dein Gesicht erinnern, als wir uns kennenlernten. Die Angst war dir anzusehen. Das ist unglaublich. Wollen wir ein paar Schritte gehen?«

Ich hätte zu gerne Ja gesagt. Oscar war nett und ich wollte ihn besser kennenlernen. Ich mochte seine Art. Ich mochte, dass er meine Hundeangst nicht belächelte, sondern mich so nahm, wie ich war, und versuchte, mir zu helfen. Ich mochte seine Erzählungen und seinen feinen Humor. Und ich mochte auch sein Aussehen. Doch zusammen hier zu gehen war einfach nicht möglich. Ich hätte ihm vielleicht vertraut, dass Frodo mir nicht zu nahe kam. Aber was war mit all den anderen? Wenn wir mit einem Hund hier spazierten, und dann kamen andere Hunde? Sie würden bellen und wären vielleicht nicht angeleint. Sie würde auf uns zu rennen, sich mit Frodo anlegen, wer weiß. Ich konnte das nicht.

»Ich ... ich muss heute leider los. Es tut mir leid. Da wartet noch Arbeit auf mich.« Ich biss mir auf die Lippen. Damit hatte ich auch verhindert, dass er mich wieder einlud, aber es ging nicht anders.

»Das ist schade.« Er sah aus, als meinte er es wirklich. »Und ich bin nächste Woche nicht da, ich muss geschäftlich nach London.« Er rieb sich über sein Kinn und sah einen Moment verlegen aus. »Gibst du mir deine Telefonnummer? Damit ich nachfragen kann, wie es läuft? Mit den Hunden, meine ich?«

»Klar.« Jetzt tat es mir noch mehr leid, dass ich ihn einfach stehen ließ.

»Na dann«, er sah kurz zu Boden, dann hob er den Blick und lächelte. »Dann wünsche ich dir für nächste Woche schon einmal viel Erfolg. Wann hast du die nächste Stunde?«

»Dienstag.«

»Dienstag. Dann werde ich das in meinen Kalender schreiben und dich abends anrufen, wenn es okay ist.«

»Das ist es. Viel Erfolg in London.«

Ich glaube, einen Moment überlegte er, mich in den Arm zu nehmen, aber Frodo an seiner Seite bellte einmal auf und ich machte unwillkürlich einen Schritt zurück. Also hob er nur die Hand zu einem komischen kleinen Gruß, ein leichtes Antippen der Schläfe. Frodo begann, an der Leine zu ziehen und Oscar sah in die Richtung, in die sein Hund strebte.

»Ich fürchte, ich muss jetzt auch los. Frodo hat einen Freund entdeckt.«

Ich folgte seinem Blick und sah, dass meine Entscheidung richtig gewesen war. Der erste Hund war schon im Park zu sehen. Ein kleiner, überdrehter Hund, der jetzt laut bellte. Oscar und Frodo hielten auf die beiden zu. Ich sah, wie der Hund erst wild um Frodo herumsprang, dann an Oscars Beinen hoch. Wie er sich bückte und den Hund streichelte, der nun wieder um Frodo herumsprang. Und schließlich, wie Oscar sich aufrichtete und die Frau in den Arm nahm, die zu dem verrückten Vieh gehörte. Dann gingen die beiden langsam weiter, die wuselnden Hunde um sie herum, Schulter an Schulter.

Alles richtig gemacht, dachte ich. Diese Begegnung wäre mein Untergang gewesen. Doch anstatt Befriedigung verspürte ich etwas anderes. Zorn. Diese Wut auf mich selbst, auf diese Angst, die ich nicht erklären konnte, flackerte wieder auf. Und der Wunsch, endlich diesen Zwängen zu entkommen. So neben ihm hergehen zu können. Wut auf diese fremde Frau, die das konnte. Die nun an meiner Stelle neben ihm spazierte. Ich atmete tief ein. Die ersten Schritte hatte ich gemacht, aber ich hatte noch einen langen Weg vor mir.

Kapitel 19

Diesmal kam Mitchs Nachricht erst, als ich schon mit Hugh bei einem späten Abendessen saß. Er hatte gekocht und mich eingeladen, mit ihm zu essen. Wenn wir beide zu Hause waren, machten wir das oft. Einer stellte sich an den Herd und dann aßen wir gemeinsam und besprachen den Tag.

Wir waren gerade dabei, die Reste seines wirklich guten Auflaufs zu essen, als das Handy sich meldete. Während er seinen Teller von sich schob, las ich.

»Du warst heute unglaublich gut. Ich bin sehr stolz auf dich und ich hoffe, du selbst auch. Ich habe ein Foto für dich, du bist eine Runde weiter.« Dahinter drei lachende Smileys. Ich betrachtete das Bild und spürte, dass ich schlucken musste. Und dann grinsen. Boomer und ich, die Köpfe ganz nahe. Ich saß auf dem Boden, ich hatte den Hund gefüttert, zum ersten Mal im Sitzen, ohne die Möglichkeit, schnell wegzukommen. Das war für mich eine ganz besondere Leistung gewesen. Er fraß aus meiner Hand und unsere Köpfe waren sich zugeneigt. Aber am unglaublichsten war mein Blick. Ich sah so entspannt aus und mein Lächeln hatte zum ersten Mal nichts Angestrengtes.

»Und du lachst sogar.« Diese dritte Nachricht brachte mich dazu, auch jetzt laut aufzulachen.

»Was Nettes?«, fragte Hugh.

»Ja.« Ich zeigte ihm das Bild.

»Holly! Das ist ja unglaublich. Respekt. Du springst

also tatsächlich über deinen Schatten. Ich wusste schon immer, dass du ein kleiner Muthase bist.«

»Ja, ich bin gut, was?« Es war heraus, ehe ich nachdenken konnte. Normalerweise neige ich dazu, Komplimente eher abzuschmettern, abzuwerten. Ich war noch nie gut darin, sie einfach anzunehmen, dachte immer, sie abwehren zu müssen. Sogar wenn ich wusste, dass ich es mir verdient hatte. Dass da jemand war, der es toll fand, was ich tat, und mir das sagte, war seltsam und ein wenig peinlich und unglaublich motivierend. Aber dieses Bild, hey, das zeigte, dass ich wirklich etwas Tolles geschafft hatte, und spontan beschloss ich, es diesmal einfach zu genießen.

»Richtig gut.« Er sah mich an und ich wurde nun doch verlegen und drehte eine Strähne meines Haares in den Fingern.

»Obwohl ich immer noch Angst habe, wenn ich dort bin. Ich sage es nicht, aber es macht mich echt fertig, so taff zu sein. Und außerdem ...« Ich dachte an Oscar und den Spaziergang, den ich abgelehnt hatte.

»Und außerdem was?«

»Und außerdem ist der Weg noch so weit.«

»Na und? Du bist losgegangen, das zählt. Es kommt doch nicht darauf an, dass du ihn in Rekordzeit absolvierst. Gehe langsam, in deinem Tempo, und genieße jeden Schritt.«

»Das sagt Mitch auch immer. Dass ich es genießen soll, die kleinen Fortschritte. Und stolz darauf sein.«

»Scheint ein schlauer Kerl zu sein. Und ein richtiges Talent in seinem Job. Dass dich jemand mal dazu bringt, einen Hund so anzuschauen, das hätte ich nicht gedacht.«

»Ja, er ist toll.« Ich sah wieder das Bild an. »Und Boomer auch. Das ist der Hund.«

»Ich weiß.« Hugh lachte.

»Weißt du ...« Ich sah weiter auf das Bild, denn es fiel mir immer noch schwer, über all das zu reden. »Auf der einen Seite ist es toll. Ich meine, dass ich so vieles schon geschafft habe. Ich gehe in ein Haus mit Hund, das ist doch unglaublich. Und ich gehe alleine in ein Zimmer mit Hund, auch wenn ich natürlich nie alleine bin. Ich bekomme sogar Luft, wenn Boomer angelaufen kommt, zumindest wenn ich mal eine Weile da bin. Aber auf der anderen Seite bringen diese Stunden gerade echt viele Erinnerungen in mir hoch, die ich gerne vergessen hätte. Und die ich jetzt alle noch einmal durchlebe.« Ich dachte an die Szene heute im Park. Als ich sie beobachtete, hatte ich wieder gemerkt, wie sich etwas regte. Etwas, an das ich nicht denken wollte, und ich hatte mich mit aller Macht auf meine Wut konzentriert.

»Das muss wohl so sein. Redet ihr darüber?«

»Hm. Manchmal.« Wenn ich es erzählte. Was ich in den meisten Fällen nicht tat.

»Das solltet ihr. Oder du sprichst mit mir darüber.«

»Hm.«

»Holly, sei doch nicht albern. Es ist doch nicht schlimm, wenn du an Begegnungen denkst, die dir Angst gemacht haben. Schlimm ist es nur, wenn du sie unterdrückst und damit verhinderst, dass es richtig gut läuft. Also erzähl es. Irgendjemandem, dem du vertraust.«

»Weißt du, was mir unglaublich hilft? Dass da endlich jemand ist, der das ernst nimmt und mich so, wie ich bin. Die meisten Hundebesitzer machen sich über mich lustig oder sie kommen mit blöden Sprüchen. »Der will doch nur spielen.« Ha! Ich aber nicht. Ich will nicht mit denen spielen und ich will nicht, dass die mit mir spielen. Oder sie sagen, ach komm, ich helfe dir, du musst nur mal über deinen Schatten springen. Fass ihn an, und du wirst sehen, dass es toll ist. Aber das ist nicht so einfach. Ich kann das nicht. Ich komme mir blöd vor, dass ein Hund so etwas mit mir macht, und albern, weil ich Angst habe. Und dann ziehe ich mich noch mehr zurück und versuche, diese Situationen gar nicht erst entstehen zu lassen. Kannst du dich noch an Jason erinnern? Ich war unheimlich in ihn verliebt in der Schule. Und er kam eines Tages tatsächlich zu mir und hat mich eingeladen, mit ihm was zu unternehmen. Aber er hatte einen Hund und ich habe Nein gesagt. Wegen eines blöden Hundes! Und dann habe ich monatelang geheult und mich selbst verachtet.«

»Ach, Holly.« Hughs Hand legte sich auf meine. »Das wusste ich nicht.«

»Doch. Ich habe mich von Lucy ferngehalten, wegen der Hunde. Ich bin einfach nicht mehr zu ihr. Ich habe angefangen, erst abzuchecken, ob die Leute Hunde haben, und wenn ja, dann habe ich erst gar nicht zugelassen, dass ich sie näher kennenlerne. Ich bin da nicht stolz darauf, aber so war es. Und hier in Pemberton, da gibt es viele Hunde.«

»Dann machst du es jetzt richtig.«

»Ganz genau. Das habe ich vor. Ich habe keine Lust mehr auf diesen Mist.« Ich nahm das Handy und sah noch einmal das Foto an. Heute war eine Stunde gewesen, die mich zwar unglaublich gefordert hatte, mir aber auch das Gefühl gab, es wirklich packen zu können. Vielleicht war das tatsächlich der Trick, es einfach zu machen, zu glauben, dass man es schaffte. Mit jemandem, der sich nicht milde lächelnd über die Ängste hinwegsetzte, sondern sie ernst nahm und mir wirklich half.

»Ja, heute bin ich stolz. Und du darfst das auch sein. Und nächstes Mal bitte etwas, das mich richtig herausfordert. Ich glaube, ich bin jetzt bereit dazu, wirklich loszulegen.« Ich schickte die Antwort ab, ehe ich lange nachdenken konnte. Wäre ja gelacht, wenn ich mich jetzt von meinen Erinnerungen bremsen ließe.

Kapitel 20

Man sollte nie im Überschwang blöde Nachrichten verschicken. Diese Erkenntnis war nichts Neues, aber gerade jetzt wieder ganz aktuell. Ich stand vor der blauen Fassade und hatte eben geklingelt. Und zum ersten Mal kam Mitch mich nicht abholen.

»Schaffst du es, alleine hochzukommen? Die Tür ist zu. Boomer kann nicht raus. Ich bin hier und wenn du mir ein Zeichen gibst, komme ich. Aber vielleicht schaffst du es, einfach zu uns reinzukommen? Was denkst du?«, hatte Mitch mich über die Gegensprechanlage gefragt.

Ich nickte lange und dämlich.

»Holly? Bist du noch da?«

»Ja.«

»Ich kann dich auch abholen, das ist kein Problem. Ich dachte, du willst es heute spektakulär. Aber es ist keine Sache, ich denke ja, dass man das Ganze in kleinen Schritten angehen sollte.«

»Nein.« Ich holte tief Luft. Ich hatte mich selbst da hineinmanövriert und wenn ich jetzt kniff, dann würde ich das immer wieder tun. »Ich versuche es.«

Der Summer ertönte und die Tür bebte ein wenig. Noch nie war es so schwer gewesen, den Aufstieg zu der ersten Etage zu schaffen. Ich lugte vorsichtig um die Ecke und sah Boomer, der vor der Tür bellte und hin- und hersprang. Und ich sah Mitch, der lächelnd dastand, ganz entspannt. Und mich ansah, aufmunternd und ein wenig fragend. Er deutete nach rechts, dreimal, und nickte leicht mit dem Kopf in die Richtung. An der Wand, neben der Tür, hing ein Zettel. »Aus«, »Platz«, »Bleib« stand da. Ich musste grinsen, trotz allem. Mitch sah mich wieder an und ich nickte ganz leicht und öffnete die Tür.

»Das war echt ... puhh.« Ich saß auf dem Boden und Boomer lag vor mir. Ich hatte diese Begrüßungssache unterschätzt. Es war etwas ganz anderes, obwohl Mitch da war und mich genau beobachtete. Aber dieser erste Schritt, das kostete mich immer noch unglaublich viel Kraft. Erst wenn ich dann eine Weile da war, wurde es besser.

Heute hatten wir Boomer dazu gebracht, mich anzuspringen. Also, mit Anlauf zu mir zu laufen und dann an mir hochzuspringen. Mitch und Boomer hatten viele Tricks auf Lager, wie ich nach und nach entdeckte, und sie nutzten sie, um mich so richtig in Angst und Schrecken zu versetzen. Und dann in einen ungeheuren Glückstaumel. Es gab »Worte«, die dafür sorgten, dass Boomer seine Pfoten auf meine vor der Brust verschränkten Unterarme legte. Und da er vorher auf mich zu rannte und dann ansetzte, war es wie anspringen. Ich zumindest fand das. Und ich hatte es überlebt. Genauso wie das Abschlecken meiner Hand und dass Boomer durch meine Beine lief. Für alles hatte Mitch irgendeinen Trick, um meine Ängste nachzustellen. Ich merkte immer mehr, was für ein eingespieltes und vertrautes Team die beiden waren. Sie schienen sich blind zu verstehen und Mitch schaffte es mühelos, Boomer irgendetwas tun zu lassen, das mich fordern konnte. Sie zeigten mit einer Lässigkeit ihre Tricks, als wäre es nichts. Und ich lernte sie beide besser kennen. Ich vertraute, dass Boomer rechtzeitig stoppte, und ich vertraute, dass Mitch das Richtige für mich tat. Ich lernte, dass Mitch es nicht mochte, wenn ich nach dem richtigen »Kommando« fragte, sondern die Ausdrücke »eine Bitte« oder »Wort« bevorzugte. Ich lernte, dass ich nicht brüllen musste, weil Mitch jedes Mal ein wenig irritiert war und zum wiederholten Male ansetzte, um mir zu erläutern, wie gut das Gehör eines Hundes war und dass es nicht die Lautstärke war, die dafür sorgte, dass ein »Wort« bei dem Hund ankam. Ich lernte, darauf zu achten, dass mein Körper und meine Worte nichts Gegenteiliges sagten. Ich bemühte mich, alles umzusetzen, auch wenn es nicht immer klappte. Aber ich merkte, dass ich zumindest so langsam selbst dann noch ein paar Dinge wusste, wenn die Stunde vorbei war. Und ich begann, Details wahrzunehmen.

Seit ich damals mit Charlotte über Mitch gesprochen und zugegeben hatte, dass es mir einfach nicht gelang, mir sein Aussehen zu merken, versuchte ich, es mit aller Macht zu schaffen. Ich sah ihn also an, wenn er etwas sagte. Das ging nur, weil ich Boomer inzwischen mal ein paar Sekunden aus den Augen lassen konnte. Aber ich bemerkte, dass seine Unterarme tätowiert waren, ein verschlungenes Muster aus Ranken, das irgendwie an Hawaii erinnerte und den Eindruck, hier mit einem Surfer zu sitzen, noch unterstrich. Ich bemerkte große, schwarze, knopfförmige Ohrringe und ich war mir jetzt sicher, dass er die Haare zu einem verwuschelten Dutt zusammenband. Ich bemerkte lange, schlanke Finger mit Silberringen und Lederarmbändern. Nur sein Gesicht schien sich mir nach wie vor zu entziehen. Blaue Augen, denke ich. Eine kleine, etwas breite Nase. Nachlässige Rasur. Aber zusammensetzen konnte ich das Bild nicht. Ich meine, klar, wenn ich dasaß, dann sah ich es als Ganzes, aber sobald ich diese Praxis verließ, waren da wieder nur die Bausteine. Aber es störte mich nicht mehr. Ich wusste, irgendwann wäre ich entspannt genug, dass ich es zusammensetzen konnte. Wie er immer sagte, irgendwann würde ich mich darauf freuen, zu ihnen zu kommen. Wenn ich es geschafft hatte. Aber ich merkte auch, dass mich diese Stunden inzwischen nicht mehr so viel Kraft kosteten, dass es mir in manchen Momenten sogar Spaß machte. Wenn die erste Angst weg war zumindest. Und noch etwas wurde mir bewusst: Um zu vertrauen, war es egal, wie jemand aussah. Es waren andere Dinge, die sich mir einprägten, weil es andere Dinge waren, die zählten.

»Du machst das so gut.« Mitch tätschelte den Hund, sah aber mich an. Anscheinend meinte er uns beide. Ich war froh, dass er nicht damit anfing, auch meinen Kopf zu tätscheln. Irgendwie würde es zu ihm passen.
»Ja.« Das passte, in beiden Fällen. Wir beide machten das gut. Boomer hatte heute einmal mehr mit un-

verwüstlicher Freude alle möglichen »Worte« in Taten umgesetzt und sich geduldig von mir füttern und streicheln lassen. Manchmal tat er mir fast leid. Ich meine, da kam ich, mit meiner Angst und meinen Vorbehalten, und er stellte sich einfach brav hin und ließ mich machen. Ohne zu murren oder zu knurren, in seinem Fall. Er wurde ja nicht gefragt, ob es ihm gefiel oder ob er mich mochte oder ob er gerade Lust darauf hatte. Gut, Mitch hatte versprochen, dass er die Zeichen lesen konnte, die Boomer sandte, und merken würde, wenn es ihm zu viel war. Oder er keine Lust mehr hatte. Aber trotzdem.

»Du darfst ihn nicht vermenschlichen. Er ist ein Tier. Es macht ihm Spaß, mit mir zu arbeiten, und es macht ihm Spaß, mit dir zu arbeiten. Er mag dich, siehst du?« Mitch lachte, weil der Hund sich diesen Moment ausgesucht hatte, um mich sanft an der Hand zu stupsen.

»Das ist es ja. Ich meine, dass er eben ein Tier ist. Ich weiß nicht, wie er tickt. Und ich weiß vor allem nicht, wie andere Tiere ticken. Bei Menschen ist das einfacher, irgendwie. Wir haben eine einheitliche Sprache, da kann ich meine … hm, Wünsche kommunizieren.«

»Hunde haben das genauso. Wir haben doch heute darüber gesprochen. Woran du erkennst, dass ein Hund gerade nicht gut gelaunt ist, ob er Angst hat oder sich freut.«

Das war auch so etwas. Er hatte mir heute Bilder gezeigt und ich sollte erkennen, wie der abgebildete Hund drauf war. Zähne fletschen, das war einfach.

Aber war die Rute aufgestellt, weil er sich freute oder weil er etwas Beunruhigendes bemerkt hatte? Im Ernst, ich würde doch nie lange genug entspannt das Tier beobachten können, um das zu differenzieren.

»Ich weiß ja auch nicht, auf was welcher Hund reagiert. Ich meine, bei Boomer ist es »aus« und »bleib«. Aber wenn ein anderer seinen Hund auf »steh« oder, was weiß ich, auf »Egon« trainiert, dann kann ich doch solange »bleib« schreien, wie ich will.

Mitch lachte schon wieder. »Du hast es dir gemerkt. Gut.«

Ich nickte verbissen und sein Gesichtsausdruck wurde ernst.

»Ich weiß natürlich, was du meinst. Aber es ist gar nicht so wichtig, was du sagst, sondern wie. Und brüllen musst du auch nicht. Wir haben doch auch das besprochen. Körpersprache. Deine Art zu sprechen, ruhig, aber bestimmt. Ich denke, da setzen wir am Freitag wieder an. Freitag passt dir doch?«

»Ja, passt.« Ich hatte mich schon längst damit abgefunden, hier so oft aufzulaufen. Und Mitch hatte recht. Je mehr Zeit zwischen unseren Treffen verging, desto mehr nahm meine Angst wieder zu.

»Und ich werde mir was Tolles überlegen, damit du richtig schön gefordert wirst.«

Ergeben nickend sammelte ich meine Tasche ein. Ganz klar, das würde er tun. Und eine Sache wusste ich schon, denn auf die hatten wir uns bereits verständigt.

Kapitel 21

Obwohl ich wusste, dass Oscar in London war, ließ ich meinen Blick über den Eingang zum Park streifen, als ich zum Wagen ging. Ich war so aufgeputscht und so selbstbewusst, weil ich eben derart viel Neues geschafft hatte, dass ich ihn jetzt gerne getroffen hatte. Ich fühlte mich irgendwie anders, wenn ich diese Stunden dann überlebt hatte. Besser, mutiger, selbstbewusster und tougher. Und das schien ich auch auszustrahlen, denn warum sonst hätte er sich für mich interessieren sollen?

Dafür schickte Mitch später am Abend ein tolles Bild. Boomer und ich. Ich stand da, und der Hund war gerade an mir hochgesprungen. Seine Pfoten lagen auf meinem angewinkelten Unterarm und er war fast so groß wie ich. Mein Gesicht war zugegebenermaßen nicht ganz so entspannt wie beim letzten Mal, aber es sah toll aus, mutig und irgendwie cool.

»Sooooo super! Du machst das großartig«, hatte Mitch dazugeschrieben, mit vielen Ausrufezeichen und Smileys und ganz vielen Ohs. Der Mann war echt begeisterungsfähig. Ich überlegte grinsend, ob ich ihn mal fragen sollte, ob man ihn auch so buchen konnte, als Motivator. So eine Lob-Flatrate, jede Woche eine Nachricht voller Ohs und grinsenden Emojis und aufbauender Sprüche. Ich schickte ein »Danke« zurück und ebenfalls ein paar grinsende gelbe Köpfe und rührte dann zufrieden weiter in meinem Risotto.

Pünktlich, als hätte er es geahnt, dass ich fast fertig war, erschien Hugh genau in dem Moment, als ich den geriebenen Parmesan unterhob.

»Riecht lecker«, befand er und spähte in den Topf.

»Schmeckt auch so.«

Ich mochte das sehr, unsere gemeinsamen Abendessen. Hugh erzählte meist sehr witzig von seinem Job und er war immer besser als ich über den neusten Dorfklatsch informiert.

»Man munkelt, du hättest einen neuen Freund. Mindestens einen«, begann er ganz nonchalant das Gespräch.

»Wer munkelt was?«

»Die Dippens. Sie haben es von den Bakers, die es von Maude Adams Enkeltochter haben. Die hat eine Freundin in Northleach, mit der sie seit Weihnachten in einer WG wohnt. Sie macht da eine Ausbildung, zur PTA, also Maudes Enkelin, und …«

»Hugh!« Ich wusste, was kommen würde.

»Tja, und besagte Enkelin hat dich gesehen. In Northleach. Mit einem Mann. Mehrmals, wie sie betonte, und du wärst sehr vertraut mit ihm und du würdest …«

»Na, so vertraut sind wir auch nicht. Ich meine, wir haben uns ja nicht mal umarmt. Nun ja, einmal, nach dem Essen, aber sonst nicht.«

»Nach dem Essen?«, wiederholte Hugh, und sah interessiert auf. »Ihr wart essen?«

»Habe ich das nicht erzählt?«

»Doch. Aber du sagtest, es wäre ein Bekannter, den

du zufällig getroffen hast.« Er pfiff leise durch die Zähne und grinste dann schelmisch. »Holly, da tun sich ja völlig neue Abgründe auf. Es sind also wirklich zwei.«

»Zwei?«

»Ja, Patricia, so heißt die Enkelin, sagte, du hättest einen Freund, der über der Apotheke wohnt, in der sie arbeitet. Und sie sieht dich, wie du zu ihm gehst, ganz oft, wie sie betont Und er holt dich immer unten ab und sieht sehr gut aus, wenn man ihr glauben kann, und er freut sich jedesmal sehr, dich zu sehen.«

»Das ist Mitch.«

»Und jetzt kommt es. Stell dir vor, wie sich Mrs Dippens über die Theke beugt und anfängt, vor Aufregung leicht zu keuchen.« Er beugte sich ebenfalls über den Tisch und seine Stimme bekam einen verschwörerischen Klang. »Nachdem du dort wieder gehst, triffst du dich mit einem anderen. Mit dem du ebenfalls sehr vertraut zu sein scheinst. Und mit dem du mitgehst.«

»Oscar.« Ich spürte, dass ich rot wurde. Das war doch unglaublich.

»Oscar?« Hugh schien sich recht gut zu amüsieren.

»Der Bekannte. Oscar hat ebenfalls einen Hund und ich dachte, es wäre gut, meine neu erworbenen Fähigkeiten auszuprobieren. Wir reden und der Hund ist dabei. Ich streichle ihn, also den Hund, wenn ich ganz mutig bin. So was in der Art.«

»Genau. So was in der Art. Holly, du bist köstlich.«

»Jetzt weiß ich wieder, weshalb ich damals unbedingt von hier weg wollte.«

»Lass die doch alle reden. Kümmer dich gar nicht

darum. Morgen finden sie einen neuen Skandal.«

»Ich bin kein Skandal. Und ich will nicht, dass alle über diese Therapie reden und sich lustig machen, was ich für ein Angsthase bin.«

»Du denkst zu viel daran, was andere denken. Außerdem glaube ich, dass die dich im Moment nicht gerade als Angsthasen sehen.« Er hatte mächtig Spaß an dieser Unterhaltung, so viel war klar.

»Wie meinst du das? Hugh, was haben sie noch gesagt?«

Mein Mitbewohner beugte sich noch weiter vor und senkte verschwörerisch die Stimme. »Stell dir vor, wie Mrs Dippens Stimme noch aufgeregter wird, wie ihre Augen funkeln. »Ich dachte, ich sag's dir lieber, Junge. Du solltest das wissen, jetzt, wo Holly und du ...««« Er zwinkerte.

»Wo Holly und du was?« Ich beugte mich ebenfalls vor, aber meine Stimme gluckste nicht vor Freude wie bei ihm.

»Nun ja. Wo du und ich ganz offensichtlich zusammen wohnen und so.« Er zwinkerte jetzt, als hätte er einen Tick.

»Die denken, du und ich?«

»Offensichtlich.«

Einen Moment war ich sprachlos. »Hast du das klargestellt?«

»Wieso? Du weißt doch, was man sagt. Ein Dementi zur falschen Zeit lenkt nur noch mehr Aufmerksamkeit auf etwas.«

»Hugh. Die denken, ich hätte gleichzeitig was mit

drei Männern?«

»Betrachte es als Kompliment.«

»Aber doch nicht mit dir!« Ich war kurz davor, laut aufzulachen. »Das ist ja, als ginge ich mit meinem Bruder ins Bett.«

»Na, lass das bloß nicht die Dippens hören.« Hugh war endgültig am Boden vor lauter Lachen. »Was denkst du, was die aus dieser Aussage machen.«

»Und warum denken die eigentlich, du und ich?«

»Holly, reg dich doch nicht auf. Du weißt, wie das Leben hier ist. So viel Abwechslung gibt es nicht, und schon gar nicht so viel Unterhaltsames. Ich finde, es könnte schlimmer sein, als dich angehängt zu bekommen.«

»Haha. Und was ist überhaupt mit Ana? Redet da niemand drüber? Wieso warnen die mich nicht, dass du eine andere hast?«

»Och, geh einfach mal einkaufen und probiere es aus.«

Ich schnaubte, aber dann sah ich sein Gesicht, und einen Moment dachte ich, dass er recht hatte. Es war bescheuert und unnötig, sich darüber aufzuregen. Ich konnte es nicht ändern und wenn Mrs Dippens sich gerne solche Dinge ausdachte … Nun ja, darüber wollte ich nun nicht genauer nachdenken, aber Tatsache war, dass ich es nicht ändern konnte. Ich konnte nur darüber lachen oder mir selbst den Abend vermiesen. Ich grinste schief und Hugh grinste zurück.

»Ich bewundere dich wirklich. Wenn ich nur genauso entspannt sein könnte wie du. Aber Tatsache ist, dass es mir eben doch etwas ausmacht.«

»Wirklich, Holly, ich weiß, was du denkst. Mir geht's ja genauso. Ich habe immer die kleine Schwester in dir gesehen, die ich nicht hatte. Aber letzten Endes geht es doch nur dich und mich an, was hier passiert. Und du bist definitiv die Coolere von uns beiden. Du hast schließlich drei gleichzeitig, ich nur zwei. Und ich habe einen Ruf zu verlieren.«

Kapitel 22

»Hallo, Holly. Und, wie lief es heute?«

»Oscar! Danke, gut. Richtig gut.«

Er hatte es also doch nicht vergessen. Es war schon kurz nach zehn und natürlich dachte ich inzwischen, dass es nur so ein Spruch gewesen war mit dem Anruf. Mein Make-up hatte ich bereits abgewaschen und schon die Klamotten gegen einen Schlafanzug getauscht, als das Handy klingelte.

»Es tut mir leid. Ich saß bis eben in einer Besprechung. Dieser Job hier ist leider nicht so einfach, wie ich hoffte, aber wir nähern uns einer Lösung, die für alle Seiten gut sein sollte. Also, erzähl, Hundemädchen. Was hast du heute Großartiges geleistet?«

Ich lachte. »Ich war noch nie ein Hundemädchen, und das werde ich auch nie sein. Aber ich habe mich heute ziemlich gut geschlagen.«

Ich erzählte von der heutigen Stunde und ich muss gestehen, dass ich es ganz nett ausschmückte. Ich gab allem ein wenig mehr Dramatik, als es wirklich hatte, und entgegen meiner sonstigen Art versuchte ich nicht, meine Leistungen herunterzuspielen.

»Ich weiß, für dich ist das nichts Besonderes, wenn ein Hund an dir hochspringt. Aber für mich schon. Das war so irre.« Ich dachte an die Szene im Park, die ich beobachtet hatte. Der fremde Hund, die Frau und Oscar, der mit den beiden davonschlenderte.

»Das ist großartig. Es wird mit jedem Mal besser,

was? Nicht mehr lange, und du denkst dir gar nichts mehr dabei, wenn ein Hund in der Nähe ist.«

»Das kann ich mir ehrlich gesagt noch nicht vorstellen. Aber es wird besser. Ich gehe einfach einen Schritt nach dem anderen und genieße jede Verbesserung«, wiederholte ich Mitchs Mantra.

»Frodo und ich stehen jederzeit für vertiefende Übungen zur Verfügung.« Oscars Stimme hatte einen warmen Tonfall angenommen und ein kleiner Schauder richtete die Härchen auf meinen Unterarmen auf.

»Ich werde es mir überlegen.«

»Tu das unbedingt. Holly, ich muss Schluss machen, ich sollte bis morgen eine Mitarbeiteranalyse aktualisieren. Wie sieht es aus, ich werde Freitag erst spät zurückkommen. Aber vielleicht kann ich dich überreden, am Samstag mit mir essen zu gehen?« Er holte Luft, was ich ganz bezaubernd fand. Es klang so, als wäre es ihm wirklich wichtig, dass ich zusagte.

»Essen? Mit dir?«

»Natürlich? Mit wem sonst denn?«

»Nein, klar mit dir. Ich meinte nur …«

»Du und ich. Kein Hund. Ich kann zu dir kommen. Gibt es ein nettes Lokal bei euch?«

Ich dachte an die »Betrunkene Ente«. Es gab dort ganz passables Essen und der urige Pub hatte unbestritten einen ganz eigenen Charme. Und eine Schankstube voller neugieriger Dorfbewohner, die sich sicherlich besabberten, wenn ich dort mit einem Fremden auftauchte.

»Nicht wirklich.«

»Dann noch einmal das »Wheatsheaf Inn«?«
»Das wäre nett.«

Wir verabredeten uns um acht auf dem Parkplatz vor der Praxis. Nachdenklich legte ich das Handy zur Seite. Es war eines, sich nach der Stunde mehr oder weniger zufällig zu treffen. Sogar das spontane erste Abendessen war eine Sache gewesen. Eine ganz andere aber war diese hier. Das war ein echtes Date und es fühlte sich genauso an.

Ich muss zugeben, dass die Tatsache, ein Date zu haben, mich mehr beschäftigte als ich erwartet hatte. Immer wieder ging ich in Gedanken meine Garderobe durch, was ich wohl anziehen sollte. Es war jetzt Ende April und die Luft war angenehm mild. Wir wurden mit Sonne verwöhnt und irgendwie schien alles leichter und einfacher zu sein. Ich freute mich auf den Sommer, das war schon immer meine liebste Jahreszeit, und im Augenblick bekamen wir einen Vorgeschmack auf lange, sonnige Tage.

Spontan beschloss ich an diesem Abend, noch einen kleinen Einkaufsbummel zu machen. Mir war nach etwas Neuem, nach Farben. Im Winter trug ich meistens Schwarz, aber das Wetter war so schön, dass ich Lust auf bunte Kleidung bekam. Und Charlotte hatte erst neulich von der neuen Kollektion geschwärmt, die sie bekommen hatten. Ich würde ihr und der Boutique also einen Überraschungsbesuch abstatten.

Meine Freundin war Feuer und Flamme, als sie hörte, dass ich etwas »ganz anderes« suchte. Sie ging zielstrebig auf eine Ecke zu und kam mit drei Kleidern zurück, die sie mir hinhielt.

»Sag nichts. Probier sie erst an.«

Ich beschloss, ihr zu vertrauen, und verschwand in der Kabine. Unter uns, wahrscheinlich hätte ich keines davon in die engere Wahl genommen. Wenn ich »etwas anderes« sagte, dann meinte ich nicht unbedingt etwas so anderes, aber ich wollte ihr den Spaß nicht verderben.

Das erste Kleid war eine Überraschung. Es war kürzer als die Sachen, die ich normalerweise trug, und sehr schmal geschnitten.

»Nicht schlecht«, hatte sie es kommentiert, als ich vor den Vorhang trat.

Das zweite Kleid reichte mir bis zu den Waden und war bunt geringelt. Es erinnerte mich vom Schnitt und Stil an mein ehemaliges Lieblingskleid, das mit dem braunen Zackenmuster.

»Ja«, sagte Charlotte erfreut. Ich stimmte ihr zu und ging, um das letzte zu probieren.

Das dritte war der Hammer. Ich spürte es schon, als ich es überstreifte. Es fühlte sich gut an und richtig. Erbsengrün, kam es mir in den Sinn. Komisch, dass eine Farbe, die einen derart unattraktiven Namen hat, so wunderschön sein kann. Der Stoff war ganz weich. Ein Strickkleid, aber kein schweres, grobes für kalte Wintertage, sondern ganz fein verarbeitet und aus leichter Viskose. Es hatte schmale Ärmel, die bis knapp über den Ellenbogen reichten, und eine raffiniert gewickelte Brustpartie. Und eine Länge, die ich sehr mochte, gerade das Knie bedeckend, schmal, ohne mich einzuengen. Zu meiner hellen Haut und dem roten Haar wirkte die Farbe unglaublich frisch und modern.

»Das ist es.« Charlottes Augen leuchteten auf. »Verdammt, Holly, das ist wie für dich gemacht.«

»Ich nehme es.« Sie hatte recht. Meine grünen Augen leuchteten richtig in diesem Kleid und es war einfach ein Traum.

»Hast du was Besonderes vor oder ist es nur das Wetter?«

»Beides«, gab ich zu und verschwand in der Kabine, damit sie nicht sah, wie meine Wangen verräterisch zu glühen begannen. »Ich treffe mich am Wochenende mit einem Freund und ich dachte, dass ich die Gelegenheit nutzen könnte, um mal wieder etwas Neues zu kaufen.«

»Einem Freund?« Ich hörte die Neugier in ihrer Stimme.

»Einem Freund«, bestätigte ich deshalb so gelassen wie möglich. »Nicht mehr und nicht weniger. Und ich brauche auch mal wieder was Neues fürs Büro.«

Ich reichte ihr das erste Kleid durch den Vorhangschlitz und nahm dann das gestreifte zur Hand. Es war wirklich schön. Mein anderes, das mit den Zacken, hatte ich nach diesem Vorfall damals nie mehr wirklich gerne getragen und bei meinem Auszug Erin geschenkt. Nun bereute ich es plötzlich. Der Schnitt war perfekt gewesen, nicht immer leicht, wenn man wie ich recht klein ist. Spontan beschloss ich, beide Kleider zu nehmen. Es war Zeit, wieder ein wenig Farbe in mein

Leben zu lassen.

Charlotte grinste, als ich meine Kreditkarte zückte. »Gute Wahl. Dir steht Schwarz, keine Frage. Aber du verschwindest darin irgendwie. Und das ist schade. In diesen Kleidern wird man dich sehen.«

Sie traf den Nagel auf den Kopf. Ich war gerne verschwunden, ein Teil der Menge gewesen in der letzten Zeit. Ich wollte gar nicht auffallen. Bis jetzt. Nun, ich wollte auch jetzt nicht um jeden Preis herausstechen, nur ein wenig mehr ich selbst sein.

Kapitel 23

Am liebsten hätte ich das gestreifte Kleid am nächsten Tag gleich angezogen, aber das ging nicht, denn es war Freitag und ich hatte einen Termin bei meinem Hund. Und mal davon abgesehen, dass ich fürchtete, die Krallen könnten sich in dem feinen Stoff verfangen, ging es auch nicht, ein Kleid zu tragen, wenn ich dort auflaufen musste. In Strumpfhosen, selbst in blickdichten, waren meine Beine einfach nicht ausreichend geschützt. Ich brauchte einen festen Jeansstoff, der mir das Gefühl vermittelte, möglichst viel zwischen mir und der Hundeschnauze zu haben. Und lange Ärmel. Und Stiefel über den Jeans. Jede zusätzliche Schicht verlieh mir ein wenig Zuversicht.

Auf dem Weg zur Stunde spürte ich die altbekannte Unruhe in mir aufsteigen. Ich weiß nicht, woran das lag, denn mittlerweile war ich recht entspannt während der Übungen. Aber die ersten Minuten brachten mich immer noch ins Schwitzen, eine Sache, die mir langsam Sorgen machte. Ich war weit davon entfernt, mich zu entspannen oder mich gar auf den Termin zu freuen, auch wenn ich wusste, dass es das Richtige war.

Nachdenklich fingerte ich an meiner Halskette herum, während ich Witney in Richtung Northleach verließ. Ich liebte diese Kette, sie hatte einst meiner Mutter gehört und ich fühlte mich ihr immer nahe, wenn ich sie trug. Irgendwie musste sie unter das Shirt gerutscht sein, ich fühlte das kalte Metall an meiner Brust. Ich zog daran, hielt kurz den kleinen Anhänger in meinen Fingern. Das kalte Gefühl blieb. Überrascht ließ ich den Anhänger los und fingerte weiter. Da war etwas. Etwas Kaltes. Die Ortseinfahrt tauchte auf und ich bremste ein wenig ab. Himmel, was war das denn? Ich tastete und plötzlich dämmerte es mir. Das war ein Bügel, ein BH-Bügel, der sich irgendwie verselbstständigt hatte. Ich versuchte, ihn zurückzustecken, aber das Ding rührte sich keinen Millimeter. Ein kurzer Blick nach unten zeigte die ganze Misere. Das Teil hatte sich, wie auch immer, fast vollständig herausgearbeitet und ragte fröhlich oben aus meinem Ausschnitt. Der Parkplatz kam in Sicht und im Radio setzte die Werbung ein. Ich war spät dran und das verdammte Ding war nicht bereit, sich zurück an seinen Platz schieben zu lassen. Ich ruckelte noch ein wenig, setzte den Blinker, fuhr in die Parklücke. Mist. Diesen blöden BH hätte ich schon längst aussortieren sollen. Der Countdown zu den Sechsuhrnachrichten begann und ich musste eine Lösung finden. Kurz entschlossen zog ich den Bügel ganz heraus. Na toll, in diese Richtung lief es ohne Probleme. Ich warf ihn auf den Sitz, gerade als der Moderator ansetzte, und machte, dass ich loskam.

Schon nach wenigen Schritten merkte ich, dass diese Lösung auch nicht besonders gut gewesen war. Wer schon einmal einen BH mit nur einem Bügel getragen hat, wird mir zustimmen: Es ist nichts, was man öfter tun sollte. Ich fühlte mich seltsam ungleich. Ich hätte gerne geprüft, ob man es auch sah, doch ich wollte Patricia in ihrer Apotheke keine neuen Bilder liefern, auf denen ich den Sitz meiner Brüste überprüfte, ehe ich zu meinem angeblichen Freund unterwegs war. Und außerdem war da etwas, das im Moment meine ganze Aufmerksamkeit benötigte.

Wir hatten letzte Stunde ausgemacht, dass wir dieses Begrüßungsding vertiefen wollten. Nun ja, wollen ist vielleicht nicht das richtige Wort. Ich war davon überzeugt, dass ich das endlich hinbekommen musste, wenn ich wirklich Fortschritte machen wollte, und Mitch hatte zugestimmt. Sein Vorschlag war es gewesen, dass er heute Boomer zu mir herunterschicken würde. Allein. Und ich sollte ihn begrüßen, auch allein. Letzten Dienstag hatte ich gedacht, dass ich das packen konnte. Am Ende der Stunde, wenn ich an den Hund gewöhnt war, konnte ich vieles schaffen, das ich nicht von mir erwartete. Jetzt aber dachte ich, dass ich bescheuert gewesen sein musste, da zuzustimmen. Mitch jedoch hielt lässig an unserem Plan fest.

»Holly, bist du bereit?«

»Ich denke schon.«

»Weißt du noch, was du sagen musst?«

Ich dachte an die kleinen Karteikarten, die in meiner Handtasche steckten. Wie ein Schüler, der Fremdsprachen lernt, hatte ich begonnen, darauf die »Worte« zu notieren und sie mir jeden Tag anzusehen.

»Ja.« Das Atmen wurde wieder schwerer.

»Dann mache ich jetzt die Tür auf. Du kommst in das Treppenhaus und ich lasse Boomer runter.«

»O... Okay. Mitch?«

»Ja?«

»Du bist doch auch da?«

»Natürlich. Direkt hinter ihm.«

Ich nickte wieder einmal blöd und völlig sinnlos vor dieser Sprechanlage. »Gut.«

»Dann geht es jetzt los.« Der Summer ertönte und ich trat ein und zog die Tür hinter mir zu. Ich war bescheuert. Ich hörte das unverkennbare Geräusch schneller Hundepfoten und dachte, dass ich echt bescheuert sein musste. Der Platz hier im Treppenhaus war sehr großzügig bemessen, aber mir kam er viel zu klein vor. Dann war Boomer auf dem letzten Absatz. Mit fliegenden Ohren und heraushängender Zunge kam er die letzten Stufen herab und auf mich zu. Ich stand da und starrte. Das war ein Fehler. Das alles war ein Fehler. Boomer bellte und sprang aufgeregt um mich herum und in meinem Kopf war kein einziges Wort mehr. Scheiße, dachte ich. Mitch erschien oben am letzten Treppenabsatz und ich hoffte, dass er den Hund beruhigen konnte.

»Weg«, sagte ich, aber Boomer reagierte nicht. »Scheiße.« Auch darauf nicht. Wie ich Mitch einschätzte, war das ein Wort, das in Boomers Welt nicht vorkam.

»Ich kann das nicht.« Meine Hände zitterten und Boomer war immer noch am Springen und Bellen. Wieder sah ich zu Mitch, der mich beobachtete, lässig an das Geländer gelehnt, und nicht den Eindruck machte, mir helfen zu wollen.

»Scheiße.« Dann endlich: »Aus.«

Boomer hielt mitten im Sprung inne und sah mich an, als überlege er, ob das für ihn bestimmt war.

»Aus. Sitz, Boomer.« Der Hund hörte auf zu bellen und ließ sich auf die Hinterbeine nieder. Er wedelte mit dem Schwanz und sah mich erwartungsvoll an. Mitch strahlte.

»Gut gemacht.« Ich strich über Boomers Fell, immer noch zittrig. »Verrückter Hund, mich so zu erschrecken.«

Boomer ließ ein einziges Bellen hören, als wolle er mir zustimmen.

»Was ist los mit dir, Holly? Fühlst du dich heute unwohl hier?« Mitch sah mich aufmerksam an.

Nach dem verheerenden Auftakt war die Therapie erstaunlich gut gelaufen. Ich hatte irgendwie mein Pulver verschossen, was die Angst anging, und alles, was noch kam, war plötzlich nicht mehr so aufregend. Obwohl mir das heute lieber gewesen wäre, dann hätte ich nämlich mein seltsames, ungleiches Gefühl ausblenden können. Aber ausgerechnet heute forderte mich das alles nicht so sehr, dass nicht ein Teil meiner Aufmerksamkeit immer bei meinem ungleichen Dekolleté war. Und deshalb hatte ich, wann immer es ging, die Arme vor der Brust verschränkt. Ich dachte, wenn ich so dastand in meinem einseitigen BH, dass man das sehen könne, besonders, da ich ausgerechnet heute ein ziemlich schmal geschnittenes Shirt trug, das mir plötzlich zu viel Aufmerksamkeit auf den Oberkörper lenkte. Ich hatte Mitch scharf beobachtet, ob er vielleicht darauf starrte, irritiert, und sich fragte, was ich denn für eine seltsame Laune der Natur war. Er beobachtete mich immer, wenn ich hier war, um zu sehen, wie ich reagierte und was ich falsch machte. Ich konnte nicht sagen, dass er heute anders starrte, aber ich wollte kein Risiko eingehen.

»Nein. Nein, alles gut.«

»Wirklich? Na, dann würde ich jetzt gerne noch einmal etwas Neues üben. Stell dich bitte dort hinten hin und rufe Boomer zu dir. Achte darauf, dass deine Arme locker an deiner Seite herabhängen, und lass sie hängen, wenn er kommt. Mir ist aufgefallen, dass du sie immer hochreißt, und ein Hund denkt dann, dass du spielen willst. Und was macht er dann? Er springt an dir hoch. Wenn du die Arme aber hängen lässt, dann wird er kurz deine Hand beschnuppern und sich dann interessanteren Dingen zuwenden.«

»Interessanteren Dingen?«

»Nicht, dass du nicht interessant bist. Nur halt nicht für Boomer.« Er lächelte.

Langsam ließ ich meine Hände sinken und versuchte, mich gerade hinzustellen. Ich konnte diese Übung nicht verweigern, ich hatte hier schon Schlimmeres erlebt. Ich konnte natürlich auch nicht sagen, was mein Problem war. Aber hauptsächlich wollte ich nicht komplizierter erscheinen, als ich es sowieso war, also tat ich, was er wollte. Mein, ich sag mal, Ungleichgewicht, fühlte sich immer blöder an, je länger ich darüber nachdachte. Es fühlte sich so blöd an, dass ich vergaß, auf Boomer zu achten oder Angst zu haben, dass er ausgerechnet heute beschloss, nicht mehr zu hören und zu vergessen, dass er eigentlich nicht an Menschen hochsprang.

»Gut gemacht.« Mitch war ganz begeistert.

Ich hatte nur kurz gezuckt, als die Hundenase meine Hand berührte.

»Und nun möchte ich, dass du ein Leckerli in die Hand nimmst. Das wird Boomers Aufmerksamkeit ein wenig erhöhen.«

Wir übten eine Weile und ich wurde immer besser. Was vielleicht wirklich daran lag, dass ich mich zum ersten Mal gedanklich mit etwas anderem beschäftigte, während Boomer um mich herum war. Ich hatte mich auf den Boden gesetzt und zugelassen, dass Mitch mich mit Karottenstückchen bewarf, was Boomer dazu brachte, wie ein Verrückter um mich herumzuspringen und nach dem Gemüse zu schnappen. Ich war so etwas von entspannt, dass ich mir einen Moment ernsthaft überlegte, ob ich diesen Trick mit dem fehlenden Bügel nicht nächstes Mal wieder anwenden sollte. Aber dann war die Stunde vorbei, ich stand auf und hatte wieder das Gefühl, dass ich asymmetrisch war. Nein, ich musste einen anderen Weg finden, um meine Gedanken in hundefreie Bahnen zu lenken.

»Einfach unfassbar gut heute.« Mitchs Nachricht kam zuverlässig und anstatt der Smileys hatte er heute eine ganze Reihe applaudierender Hände geschickt. Ich grinste. Dann kam das Bild. Ich saß auf dem Boden, um mich herum lagen Karottenscheiben. Boomer war gut getroffen, man sah seine Aufregung und die Bewegung. Ich lachte, mit weit geöffnetem Mund und blitzenden Augen. Ich erinnerte mich, Mitch hatte gerade einen Witz gemacht, ehe er den Auslöser drückte. Das tat er in letzter Zeit oft. Überhaupt lachten wir viel, wenn ich den ersten Schrecken hinter mir hatte. Mitchs Sinn für Humor glich meinem in vielerlei Hinsicht und manchmal fühlte es sich fast so an, als wäre ich bei einem Freund. Aber dann lenkte ich den Blick weg von meinem Gesicht und hinunter zu meiner Brust. Vielleicht lag es ja dran, dass ich es wusste, aber ich sah definitiv seltsam ungleich aus.

Kapitel 24

»Komm schon, Holly. Wir treffen uns heute Abend alle in der »Ente«. Hast du das vergessen?« Hugh klopfte an meine Tür.

»Nein.« Doch. Ich hatte es vergessen. »Ich brauch nur noch einen Moment.«

Ich hörte, wie Hugh pfeifend die Treppen nach unten ging, und legte das Handy weg. Dann öffnete ich die Wäscheschublade und zog einen anderen BH heraus. Und da ich sowieso schon dabei war, mich umzuziehen, ließ ich das schwarze Shirt liegen und griff nach dem schönen, gestreiften Kleid.

»Hey, du siehst toll aus!« Diesmal pfiff Hugh anerkennend. »Du solltest öfter Farben tragen.«

»Danke.«

»Können wir?«

»Musst du nicht Ana abholen?«

»Sie hat abgesagt. Sie hält es für keine gute Idee, Millicent alleine zu lassen.«

Das trieb mir das Lachen aus dem Gesicht. »Steht es so schlimm?«

Hugh seufzte. »Es ist ein Auf und Ab. Niemand weiß genau, was kommen wird. Sie lag im Herbst schon einmal so da und Charlotte hatte richtig Panik, dass das alte Mädchen Weihnachten nicht mehr erlebt. Aber sie hat sich aufgerappelt. Du kennst sie doch. Sie ist zäh. Und vermutlich hat der Herr selbst ein wenig Angst davor, sie zu sich zu holen. Wahrscheinlich beschwert sie sich erst einmal über alles, ehe sie das Heft in die Hand nimmt und dann den ganzen himmlischen Betrieb umorganisiert.«

»Ach, Hugh.«

»Ich weiß. Sie ist ein Teil dieses Dorfes.« Überraschend sanft nahm er mich in den Arm. »Aber sie ist alt. Und das ist ein Teil des Lebens. Es ist manchmal gut, sich das wieder vor Augen zu führen und jeden Tag zu genießen, der uns geschenkt wird.«

Ich schloss die Augen und genoss noch einen Moment diesen Augenblick. Seine Wärme, seine tröstenden Hände auf meinem Rücken, seine sanfte Stimme. Dann machte ich mich los.

»Dann werden wir ihn genießen, den Tag, was?«

»So ist es richtig. Komm schon, wir sind spät dran. Trinken wir heute Abend auf das Leben.«

Die »Ente« war voll, als wir ankamen. An einem der großen Tische an der hinteren Wand saßen die anderen bereits lachend zusammen. Lucy und Sean, George und Liz und natürlich Dave und Charlotte. Sie waren in eine angeregte Diskussion vertieft.

»Wir planen gerade eine Geburtstagsparty für Doug. Irgendwie scheint er keine Lust mehr zu haben, nach Pemberton zu kommen.«

»Er hat viel zu tun.« Ich wusste, dass es lahm klang.

»Und wir sind seine Freunde. Also, wir überlegen gerade, ob wir hier was organisieren oder einfach nach Oxford fahren.«

»An seinem Geburtstag?«

»Natürlich nicht. Sein Geburtstag ist an einem Mittwoch, das ist natürlich nicht machbar. Aber am Wochenende. Samstagabend. Was denkst du, Oxford oder Pemberton?«

»Hier.«

»Wir könnten bei uns auf dem Hof eine Party schmeißen.« Lucy hatte das Wort ergriffen. »Wir haben massig Platz. So wie früher, wisst ihr noch? Ist noch alles da.« Sie grinste in die Runde.

»Ich denke eigentlich, dass die Party bei uns in Lavender Cottage sein sollte. Nichts gegen euren Hof, aber wir sind doch langsam ein wenig zu alt für diesen Raum mit den Eierkartons an den Wänden und der alten Knutschecke.« Hughs Hand hatte unter dem Tisch nach meiner gegriffen. Ich schluckte. Er schien der Einzige zu sein, der sich daran erinnerte, dass ich nie da gewesen war in diesem legendären Partyraum.

»Nein, im Ernst. Im Sommer kommt unser zweites Kind. Ich will noch einmal eine richtig tolle Party schmeißen. Wir laden die ganzen alten Leute ein. Ich habe eine Telefonliste von meinem Jahrgang und von eurem ebenfalls. Die meisten sind noch in der Umgebung. Echt, ich bekomme die schon alle zusammen. Manche werden noch jemanden mitbringen, dann bekommen wir die Bude richtig voll. Und vielleicht will ja auch Doug noch jemanden einladen. Ah, das wird ein Spaß!« Lucys Augen strahlten. »Und ich werde die Vorhänge waschen.« Ihr Grinsen bekam etwas Anzügliches. »Mr Dreycot, ich erwarte, in die Nische verschleppt zu werden, wie früher.«

Sean zog die Augenbrauen hoch. »Ich liebe diese Frau.« Er küsste sie, dann sah er in die Runde. »Dann ist das also abgemacht. Ich besorge die Getränke. Und jeder bringt was zum Essen mit, so wie früher.«

Lucy zog eine Serviette zu sich und begann, gemeinsam mit den anderen zu überlegen, wer was machen wollte. Hugh beugte sich dicht zu mir und legte seinen Arm um meine Stuhllehne.

»Wenn du willst, dann bestehe ich darauf, eine Party bei uns zu geben.«

Nachdenklich biss ich mir auf die Unterlippe. Ich hatte mir früher so sehr gewünscht, einmal bei einer dieser Partys dabei zu sein. Ich hatte stets sehnsüchtig und auch neidisch den Geschichten gelauscht, die am Tag nach diesen Festen immer auf dem Schulhof ausgetauscht wurden. Hatte davon geträumt, dabei zu sein, einmal ebenfalls in die Nische gelockt zu werden. Gut, der Teil war nun Geschichte, aber das andere … Langsam schüttelte ich den Kopf. Lucy war anders als ihr Vater. Wenn ich sie bat, die Hunde nicht freizulassen, dann würde sie das auch nicht tun.

»Bist du dir sicher?« Er kam noch ein wenig näher und lächelte. »Ich werde den ganzen Abend nicht von deiner Seite weichen und dich vor allem beschützen, das dir Angst macht.« Er streckte seine Hand aus und strich mir eine Locke hinter das Ohr. »Versprochen.«

»Das … das ist nett von dir. Was tust du da?« Seine Finger hatten sich von meinem Ohr zu meiner Wange getastet und strichen sanft auf und ab.

»Ich geb den Klatschmäulern was zu reden.«

Hinten, an der Bar, saß Martin Dippens vor seinem Ale, ein paar Freunde um sich herum, und sah interessiert herüber.

»Das ist nicht witzig.«

»Komm schon. Du musst lernen, darüber zu lachen.«

Ich griff seine Hand und legte kurz meine darauf. »Wenn dir dein Leben lieb ist, dann lässt du das besser sein. Ich habe keine Lust, hier zum Dorfgespräch zu werden. Also nimm diese Hand weg oder ich tue es für dich.«

Hugh lachte und richtete sich wieder auf. »Also, was bringe ich mit?«, fragte er Lucy, deren Serviette bereits fast voll war.

»Holly, kann ich kurz mit dir reden?« Charlotte war mir auf die Toilette gefolgt.

»Klar.«

»Dave hat mir erzählt ... also, er sagte, dass er sich nicht erinnern kann, dass du jemals bei einer Party dabei warst. Er wollte es nicht laut sagen, aber er meint, er kenne den Grund.«

»Okay.«

»Ist es das? Für dich? Okay?«

»Ich denke schon.«

»Gut. Darf ich noch etwas fragen?«

»Klar.«

»Du und Hugh ...«

»Charlotte!«

»Du weißt, dass man euch in Dippens Laden als

Paar handelt?«

»Ja. Und Hugh findet das auch noch witzig.«

»Das dachte ich mir. Er nimmt nie etwas ernst.«

Das Gespräch heute Abend, ehe wir aufgebrochen waren, kam mir in den Sinn. »Nein, das stimmt nicht. Aber ihm ist das Gerede der Leute egal.«

»Und dir?«

»Ich arbeite daran.«

Charlotte lachte. »Weißt du, ich finde es eigentlich toll. In Bristol war alles so anonym. Niemand hat sich für dich interessiert. Das ist hier anders. Klar, es kann lästig sein, aber eigentlich ist es doch großartig. Hier kümmert man sich um den anderen.«

»So kann man es auch sehen.« Aber insgeheim gab ich ihr recht. Es war lästig, wenn sie dich auf dem Kieker hatten, aber andererseits waren diese Menschen für einen da. Als meine Mutter im Hospiz war, hatte ich eine unglaubliche Welle der Hilfsbereitschaft und Zuneigung erlebt. Die Menschen hatten sie besucht, versucht, sie weiterhin ein Teil des öffentlichen Lebens sein zu lassen. Sie hatten mich getröstet und unterstützt. Und nach ihrem Tod war ich von einem unglaublichen Mitgefühl getragen worden. Das hatte mir mehr geholfen, als ich mir vorstellen konnte. Und nun erlebte ich halt die andere Seite, die genauso dazugehörte.

»Ja. Du hast recht. Irgendwie ist es toll.«

Kapitel 25

Oscar wartete bereits, als ich am Samstagabend meinen Wagen auf den Parkplatz in Northleach lenkte. Lässig stand er da, die Hände in den Hosentaschen, in ein weißes Hemd und einen schwarzen Mantel gekleidet. Ich hatte nicht vergessen, dass er gut aussah, aber dennoch war ich einen Moment überrascht. Er war so anders als meine Freunde in Pemberton, die sich eine alte Lederjacke über ein ebenso altes Hemd warfen, wenn wir zusammen in die »Ente« gingen.

»Holly. Schön, dich zu sehen.«

Und er machte alles richtig. Sein Lächeln, das warm und echt war, seine Hand, die sich spontan auf meinen Arm gelegt hatte, und sein kurzes Zögern, ob er mich umarmen sollte. Er ließ es, und das fand ich sehr charmant. Es war, als ob er sich noch etwas aufheben wollte, etwas, das in der Luft lag wie ein Versprechen. Wie früher, wenn man zum Sonntagsspaziergang aufbrach und ahnte, dass es zum Abschluss ein Eis geben würde. Etwas, das dafür sorgte, dass man den ganzen Weg mit einem leichten Hüpfer bestritt, weil man wusste, dass das Beste zum Schluss kam.

Wir schlenderten langsam den Weg zum Restaurant entlang. Das Gespräch drehte sich um belanglose Dinge, das Wetter hauptsächlich. Wir hatten Zeit und wollten uns die anderen Dinge aufsparen. Erst als wir wieder an dem kleinen Tisch saßen, fragte ich ihn, wie seine Woche gewesen war.

»Anstrengend, aber wenigstens haben wir einen Konsens gefunden, der alle Seiten zufriedenstellt. Ich muss mich natürlich an den Gegebenheiten ausrichten, das Beste für die Firma finden, die mich engagiert hat. Dennoch versuche ich, auch die andere Seite zu sehen, die Menschen, die diese Firma ausmachen. Das ist nicht immer leicht.«

»Es ist bestimmt ein sehr interessanter Job.«

»Das ist er. Der beste, für mich zumindest.«

Ich dachte an meinen Job. Wenn ich ihm zuhörte, dann kam er mir banal vor. Ich rettete niemandem den Job und ich traf auch keine weitreichenden Entscheidungen. Wie toll musste es sein, wenn man das gefunden hatte, worin man wirklich gut war und das man mit seinem ganzen Herzen machte. So wie er. Oder Mitch. Er hatte ebenfalls seine Berufung gefunden, das spürte man. Er liebte, was er tat, und er war wirklich gut. Und ich? War es meine Berufung, Rechnungen zu erstellen und zu verbuchen?

»Woran denkst du?«

»An Rauchmelder.« Ich sah sein Erstaunen und lachte. »Eigentlich denke ich darüber nach, wie großartig es ist, ein ganz besonderes Talent zu haben. Singen zu können, dass es die Herzen der Menschen berührt. Menschen zu helfen, die sich selbst nicht helfen können. Jemandem den Job retten.« Ich sah ihn an.

»Es gibt viele Talente und nicht alle werden erkannt oder geschätzt. Nicht jedes ist spektakulär. Manche Menschen können gut zuhören. Andere können zeichnen oder Bücher schreiben. Und wieder andere schaffen es, durch ihre bloße Anwesenheit für Glück zu sorgen.« Seine Augen trafen meine und er schwieg einen Augenblick.

Sie sind nicht grau, sondern blau, dachte ich. Jetzt, in diesem Moment, sind seine Augen blau.

»Du bist so ein Mensch, Holly. An dir ist etwas, das dich besonders macht. Ich denke bereits länger darüber nach, was genau es ist. Ich kann dir versichern, dass es nicht meine Art ist, Frauen anzusprechen, die ich im Park treffe. Aber du hattest etwas … etwas, das mich anhalten ließ und dich ansprechen, in der Hoffnung, es irgendwann herauszufinden.«

»Dessert, ihr Lieben?« Birdie rettete mich, ehe ich nach alter Gewohnheit beginnen konnte, alles abzustreiten und mich selbst kleiner zu machen, als ich war. Und sie sorgte dafür, dass wir den Blickkontakt lösen konnten, lösen mussten.

»Äh, ja. Also, Holly, wie sieht es aus?«

»Ein Eis wäre schön.« Ich dachte an früher. Ja, ein Eis wäre schön.

»Schokolade?«, lockte Birdie und wir nickten.

Oscar hatte auf dem Rückweg vorgeschlagen, einen anderen Weg zu nehmen.

»Es ist ein schöner Abend und ein paar Schritte würden uns guttun, oder?«

Wir redeten noch immer. Es war leicht, mit ihm eine Unterhaltung zu führen, und er gab mir das Gefühl, zuzuhören. Ich hatte von Doug berichtet, meinem Bruder, den ich viel zu selten sah und von dem ich das Gefühl hatte, er würde mir irgendwie entgleiten. Ich war jetzt seit über vier Monaten in Pemberton und obwohl er nach wie vor seinen Mietanteil zahlte und der Raum für ihn bereit war, hatte er es noch nicht geschafft, ein einziges Wochenende zu kommen. Ich wusste, dass er viel Arbeit hatte. Er gab Seminare, war Tutor und er trieb seine akademische Laufbahn voran. Sein Ziel war eine Professur und er verschaffte sich die nötige Reputation, in dem er viel reiste und Fachvorträge hielt. Aber ich hatte auch das Gefühl, dass er sich in Oxford ein Leben aufgebaut hatte, das er von mir fernhielt. Wir telefonierten häufig, doch er erzählte nicht mehr von dem, was ihn wirklich berührte. Ich kannte kaum drei Namen von irgendwelchen Freunden. Langsam hatte ich Angst, dass er irgendetwas verbarg, das gefährlich war. Vielleicht hatte er sich in eine Studentin verliebt? Ein junges Mädchen, das zu seinen Schützlingen zählte?

Das erzählte ich Oscar natürlich nicht. Es war auch albern. Doug war nicht der Typ dafür. Er war nicht wie Hugh, war kein Frauentyp. Nicht, dass er keine Chancen hätte, aber er war schon immer zu ernsthaft für diese ganzen Flirts und so. Er hatte nur zwei Beziehungen gehabt und keine hatte lange gedauert. Seither schien er auf der Suche zu sein und sich erst wieder auf etwas einlassen zu wollen, wenn es das wert war.

Oscar hatte seinen Schritt verlangsamt und nun blieb er ganz stehen und sah zu einem Haus. Ein großes, wuchtiges Gebäude aus Backstein, dreistöckig, mit einem Gartentor und Rasen davor. Die oberen Etagen hatten Balkone, die über die ganze Front verliefen. Es sah sehr gepflegt aus, sehr modern, und die Lichter in den Fenstern leuchteten heimelig.

»Hier wohne ich, im Erdgeschoss.« Er machte eine kleine Pause. »Wie sieht es aus? Kann ich dich zu einem Espresso überreden?«

Langsam drehte ich meinem Kopf in seine Richtung.

»Ich kann kurz hineingehen und Frodo ins Schlafzimmer bringen. Du wirst ihm nicht begegnen, das verspreche ich.«

Ich hörte, was er sagte, und ich hörte, was er meinte. Und ich glaubte es ihm. Er gab mir nicht nur zu verstehen, dass er meine Angst vor dem Tier ernst nahm, sondern auch, dass er nicht vorhatte, mich plump anzumachen oder direkt in sein Bett zu bekommen. Wenn ich jemandem geglaubt hätte, dass er das ernst meinte, dann ihm. Und ich würde zu gerne nicken. Sehen, wie er wohnte. Welche Dinge ihm gefielen, mit was er sich umgab. Und ich würde gerne den Abend noch ausdehnen, seine Gesellschaft ein wenig länger genießen. Ihm eine Chance geben, uns eine Chance geben, zu sehen, was da war. Aber das Wenn war zu stark. »Tu es nicht«, hörte ich irgendwo eine Stimme, die mir bekannt vorkam. »Du weißt, dass es immer anders endet, als man plant.«

»Nein«, hörte ich mich sagen und meine Stimme klang seltsam kalt. »Nein, danke. Ich muss jetzt los.«

Oscar war verletzt, weil ich so brüsk und ohne

weitere Erklärungen darauf bestanden hatte, zum Wagen zurückzugehen. Er sagte, er verstehe mich, dennoch wusste ich, dass er das nicht konnte. Nicht wirklich. Dass ihn mein Mangel an Vertrauen schmerzte. Dass er verwirrt sein musste. Ich hatte den ganzen Abend über ziemlich deutlich gemacht, dass ich ihn mochte. Sehr mochte. Und das stimmte. Er war einfach unglaublich: gut aussehend, erfolgreich, souverän, wohlhabend, charmant. Er war ein perfektes Paket, ein echter Traummann. Und er hatte mich bemerkt, hatte mich heute Abend eingeladen. Noch nie hatte sich ein Mann wie er für mich interessiert, einer, nach dem sich die anderen Frauen umdrehten. Seamus war anders gewesen, ein ganz normaler Typ, nett und alles, aber keiner dieser Kerle, bei denen man dachte, die gibt es nur für die anderen. Und dann hatte ich wie ein verwöhntes Kind seine Einladung abgetan, obwohl ich merkte, wie sorgsam er sie formuliert hatte und wie sehr er hoffte, dass ich zustimmen würde.

Ich schaffte es bis nach Hause. Ich konzentrierte mich auf die Straße, auf jeden Baum am Wegrand, um die Erinnerung aus meinem Kopf zu halten, bis ich daheim die Tür hinter mir schloss und das Licht anmachte. Hugh war noch nicht da, seine Schlüssel lagen nicht auf dem kleinen Bord neben dem Spiegel. Er war heute Abend zu Ana gegangen. Sie wollte immer noch nicht ausgehen, aber er könne sie besuchen. Sie wollte in Rufweite sein, für alle Fälle, und da Millicent abends früh schlief, saß sie die meiste Zeit alleine im Wohnzimmer. Hugh hatte beschlossen, ihr heute Gesellschaft zu leisten.

»Das Mädel braucht mal was anderes. Jemand, der sie auf andere Gedanken bringt.«

Ich hätte auch gerade so jemanden gebraucht. Doch Hugh war mit anderen Dingen beschäftigt und ich mit meinen Erinnerungen alleine.

Kapitel 26

»Oscar, es tut mir leid wegen vorhin.« Ich hatte gesehen, dass er eben noch online gewesen war, eine Nachricht abgerufen hatte, und trotz der späten Stunde bei ihm angerufen, weil es mir einfach keine Ruhe ließ.

»Das muss es nicht.«

»Doch, das muss es. Es war ein wunderschöner Abend, bis ...«

»... bis ich dich eingeladen habe.« Ich hörte eine Reserviertheit in seiner Stimme, die fremd war. Verzweifelt schüttelte ich den Kopf. Ich musste es ihm klarmachen. Diese Scheißangst durfte nicht schon wieder etwas zerstören, was sehr wichtig für mich war.

»Weißt du, seit ich diese Therapie mache, wegen der Hunde ... Das hat etwas in mir ausgelöst. Etwas, womit ich nicht gerechnet habe und das ich nicht im Griff habe. Es ist, als wären sie ständig in meinem Kopf, die Hunde, meine ich. In letzter Zeit tauchen Erinnerungen auf, die ich längst vergessen glaubte. Sachen, die mir passiert sind und an die ich eigentlich nicht mehr denken wollte. Nie mehr. Und plötzlich sind diese Bilder da, ich kann da nichts dagegen machen.« Ich holte Luft. Es war wichtig, alles zu sagen, ehe er mich höflich abwimmelte.

»Das verstehe ich. Wirklich, Holly, ich verstehe das. Aber ich dachte ... nun, ich dachte, du vertraust mir.«

»Das mache ich auch. Meistens. Nur passieren eben manchmal Dinge, die man nicht beeinflussen kann. Als wir vor deiner Wohnung standen, da wäre ich wirklich gerne mit hineingekommen.«

»Was ist passiert? Was hast du erlebt, dass du geflohen bist?«

Ich holte tief Luft. Das hier war nicht einfach, nicht einmal mit ihm.

»Ich bin nicht … Nun ja, ich habe es schon einmal erlebt. Eine ganz ähnliche Situation.«

»Und es ist schiefgegangen.«

»Gewaltig schief. Der Hund war plötzlich doch da und ich … Ich konnte mich nicht schützen, verstehst du?«

»Ja«, antwortete er langsam. »Ich denke, das tue ich.«

Ich war damals neunzehn gewesen und unsterblich verliebt in einen Typen namens Bill. Bill war cool, sah gut aus und spielte Gitarre in einer Band. Ich hatte ihn nach einem Pubkonzert kennengelernt und wir hatten uns bereits ein paar Mal zufällig getroffen. Ich wusste, dass ich nicht die Einzige war, die ihn haben wollte, und war total geflashed, dass er mich an diesem Konzertabend auserwählt hatte. Ich war es, der er den ganzen Abend über Blicke zuwarf, und ich war es, die er nach dem Gig auf den Platz neben sich winkte. Mir machte er Komplimente, und schließlich war ich es, die in seinem Arm, dicht an ihn gepresst, das Pub verließ. Wir kamen nicht weit, ehe er anfing, mich zu küssen, auf eine Art, wie ich es bisher noch nicht erlebt hatte. Nicht auf der Straße, wo jeden Moment ein Passant kommen konnte. Ich war völlig willenlos und wusste nur, dass ich diese Nacht mit ihm verbringen würde, komme, was wolle. Wir brauchten ewig bis zu seiner Wohnung, obwohl sie bloß drei Straßen entfernt war. Ewig, um die vier Etagen nach oben zu kommen, weil er mich ständig an die Wand presste, um mich zu küssen. Es war unglaublich heiß, unglaublich gut, unglaublich sexy. Als wir die Wohnung erreichten und er die Tür aufschließen wollte, hörte ich es. Bellen.

»Das ist Thor, der Hund meines Mitbewohners.«

Zum ersten Mal, seit ich denken konnte, war ich bereit, es mit einem Hund aufzunehmen. Lieber das, als jetzt nach Hause zu gehen, so verrückt war ich nach Bill.

»Ich hab's nicht wirklich mit Hunden. Kannst du ihn wegsperren?« Ich atmete tief ein.

»Klar.«

»Und er wird nicht rauskommen?«

»Nein.« Er lachte anzüglich. »Und selbst wenn, du wirst keine Zeit haben, ihn zu bemerken, Süße.«

»Bill«, ich wich seinem Mund aus und versuchte, die Hand zu ignorieren, die sich unter meinen Rock geschoben hatte. »Das ist wirklich wichtig für mich.«

»Bin gleich wieder da.« Er schloss die Tür auf und schob sich in die Wohnung. Das Bellen wurde lauter. Einen Moment war ich in Versuchung, die Treppe hinunterzustürzen, wegzurennen, solange ich konnte. Aber das Pochen zwischen meinen Beinen hielt mich zurück. Ich würde mir das nicht von einem Hund kaputt machen lassen. Diesmal nicht.

Und dann war Bill wieder da. Er zog mich in die Wohnung und drückte mich erneut an die Wand, um mich zu küssen. Neben mir, an der Garderobe, hing eine Hundeleine. Ich versuchte, sie zu ignorieren, mich auf das zu konzentrieren, was Bill tat. Meine Bluse, ohnehin schon reichlich derangiert, flog zu Boden, sein Shirt hinterher. Dann rutschte der Rock von meinen Hüften. Und hinter der angrenzenden Tür wurde das Bellen immer lauter. Es hörte sich an, als werfe sich etwas mit ziemlich viel Gewicht dagegen. Bill zog mich weiter, an der bebenden Tür vorbei, und in sein Zimmer. Er warf die Tür hinter uns ins Schloss und dann gab es kein Halten mehr. Das Bett war ungemacht, doch das störte mich nicht. Ich hätte mich überall mit ihm gewälzt. Er schien nicht nur begnadete Finger für die Gitarre zu haben, sondern auch meinen Körper perfekt spielen zu können. Ich war Wachs in seinen Händen. Tatsächlich habe ich nach ihm keinen Mann mehr kennengelernt, der so genau wusste, wo er mich anfassen musste, was er genau in diesem Augenblick anstellen sollte. Das war Bills großes Talent, vermute ich, denn unter uns, er war darin besser als im Gitarre-spielen. So viel besser. Ich stellte mir kurz vor, wie er in ein paar Jahren sein würde, wenn zum Talent noch die Erfahrung kam, und ob es dann immer noch mein Körper sein würde, den er zum Beben brachte. Ich war so im Rausch, dass ich nicht einmal die verräterischen Tapsgeräusche hörte, die es sicher gegeben haben musste. Erst als sich etwas gegen die Zimmertür warf, schreckte ich auf.

»Alles gut, Süße. Hör jetzt nicht auf.«

Ich versuchte es, aber es ging nicht. Plötzlich war alles weg, was ich gerade noch empfunden hatte. Ich war mir sicher, den besten Sex meines Lebens zu verpassen, weil ein Hund gegen das Türblatt donnerte. Immer wieder. Ich war dabei, beim Sex, aber ich bekam nichts mehr mit als dieses Krachen. Es war überhaupt nicht mehr gut. Und ich drehte komplett durch.

»Der Hund!«

»Vergiss ihn.«

»Bill, bitte. Die Tür ...«

»Komm schon, Kleine. Das ist so verdammt gut.«

»Nein. Aufhören! Der Hund, Bill, bitte.«

Aber er hörte nicht auf und plötzlich war ich nicht mehr das scharfe Groupie, das sich den heißen Gitarristen geschnappt hatte, sondern ein Stück Fleisch. Und dann, wie in Zeitlupe, sah ich, wie die Tür aufging. Ich schrie auf, im selben Augenblick, in dem Bill stöhnend mit den Augen zu rollen begann und der Hund ins Zimmer stürmte, auf das Bett zu. Es war wie in einem schlechten Film, meinem ganz persönlichen Horrorfilm.

Bill behauptete später, er wäre in dieser Nacht nur kurz an einem Tinnitus vorbeigeschrammt. Das konnte sogar stimmen, ich weiß es nicht. Ich weiß bloß, dass ich schrie und schrie und wegrennen wollte und nicht konnte. Was ich Bill sicher bescherte, war ein Koitus interruptus. Keiner, sagte er, keiner könne kommen, wenn die Frau unter dir schreit, als würde sie abgestochen werden. Der Hund drehte bei dem Lärm völlig durch und begann wie verrückt zu bellen. Bill stand fluchend auf und versuchte, ihn aus dem Zimmer zu bringen, doch das Tier ließ sich nicht so einfach beruhigen. Es war ein Riesenmonstrum, ein schlanker, großer Körper voller Muskeln und spitzen braunen Ohren. Und einem Riesenmaul voller bedrohlicher, scharfer Zähne und Sabber. Er sah aus wie eine Bestie und er war fürchterlich.

Bill kam zurück, schwer atmend und sorgsam darauf bedacht, dass ich sah, wie er die Zimmertür schloss. Er drückte sogar extra noch einmal gegen das Holz, als ob das jetzt noch geholfen hätte.

»Ich habe die verdammte Tür abgeschlossen. Es tut mir leid, ich hatte vergessen, dass Pete nicht da ist dieses Wochenende. Dann schläft Thor hier bei mir im Zimmer.«

Er ließ sich auf das Bett fallen, auf dem ich saß, mit weit aufgerissenen Augen und der Decke bis zum Hals.

»Du bist ganz schön krass drauf, oder?«

Krass drauf? Ich stand kurz vor einem Herzanfall.

»Meine Ohren klingeln.« Er sah mich an, als überlege er, ob es riskant war, sich mir noch einmal zu nähern. Dann schob er seine Hand langsam vor, ließ seine begnadeten Finger an meinen Schenkeln hinauftanzen.

»Ich möchte gehen.«

»Aber wieso denn? Die Tür ist zu.«

»Bitte. Ich möchte gehen.« Ich sah ihn nicht an. Er hatte mich völlig in der Hand. Ich konnte nicht alleine hier rauskommen. Wenn er es nicht wollte, dann saß ich hier fest. Meine Klamotten lagen im Flur, der Großteil zumindest.

»Stell dich doch nicht so an. Die verdammte Tür ist abgeschlossen.«

Als ob das etwas ausmachte. Als ob ich noch irgendetwas genießen konnte von dem, was er tat.

»Ich will gehen.« Ich starrte auf meine angezogenen Beine und spürte die Tränen, die nicht mehr aufzuhalten waren.

»Gut.« Er stand auf und zog sich seine Boxershorts an. Meine Unterwäsche lag auf dem Boden und mit zitternden Beinen machte ich mich auf den Weg dorthin. Ich fiel fast um, als ich ein Bein hob, um in den Slip zu schlüpfen, so wackelig war ich.

»Meine Kleider.« Ich sah ihn nicht an. »Sie sind draußen im Flur.«

»Der Hund ist im Badezimmer, das ist die einzige Tür hier, die einen Schlüssel hat. Er kommt nicht raus, das habe ich dir doch schon gesagt.« Er klang nicht mehr sexy und heiß, sondern nur noch genervt. Genervt, dass ich ihm mit meiner Macke den Samstagabend ruiniert hatte. Er öffnete die Tür zum Flur und ging vor mir hinaus. Ich wusste sofort, welche Tür zum Badezimmer führte. Es war nicht zu überhören und ich schwöre, die Tür bebte richtig unter dem Gewicht des Hundes.

Ich raffte meine Kleider vom Boden und floh in der Unterwäsche aus der Wohnung. Aus dem Haus. Ich nahm mir erst auf der Straße Zeit, in meine Bluse und den Rock zu schlüpfen. Es war mir peinlich, in der Unterwäsche vor das Haus zu treten, zitternd und heulend, aber viel schlimmer war die Angst, die mich fast auffraß.

»Ich weiß, dass es dumm ist, aber ich tue mich schwer damit, zu vertrauen. Vor allem, wenn es um Hunde geht. Und ich weiß, dass du dafür gesorgt hättest, dass Frodo nicht zu uns kommt. Aber in diesem Zusammenhang scheint mein Gehirn einfach nicht richtig zu funktionieren.«

Ich hatte Oscar die Geschichte erzählt, allerdings in einer jugendfreien Version. Stolz war ich nicht und ich tat es nicht gerne, doch er war mir wichtig genug, dass ich es tat, um ihm verständlich zu machen, was mich weggetrieben hatte. Ich ließ die Tatsache, wie heiß wir aufeinander gewesen waren, weg und erzählte nur, dass ich eben mit einem Typ heimgegangen war, auf den ich stand. Auch das ganze Wunderbare danach hatte ich ihm nicht erzählt, sondern war direkt dazu übergegangen, dass der Hund das Zimmer stürmte, während wir uns, nun ja, küssten. Das taten wir auch, neben dem ganzen anderen. Ich hatte die peinliche Szene erzählt, wie ich mich auf der Straße anzog, ohne zu erwähnen, dass ich die Unterwäsche, die ich trug, einzig deshalb anhatte, weil Bill sie mir erst im Schlafzimmer ausgezogen hatte. Aber es kam ja auch nicht darauf an, wie toll es fast gewesen war und was ich anhatte und was nicht. Es kam darauf an, dass diese Erinnerungen, wenn sie plötzlich aufflackerten, so mächtig waren, dass ich sie nicht einfach abstellen konnte. Es kam darauf an, dass ich Bill vertraute und er die Sache nicht ernst nahm. Dass er den Hund nicht so wegsperrte, dass ich sicher war. Und dass er mich in der Hand hatte. Absolut und komplett in seiner Macht. Und ich wollte so etwas nie mehr erleben, in dieser Situation zu stecken und dann feststellen zu müssen, dass ein anderer Typ mich nicht gehen lassen würde. Das sagte ich auch nicht, denn das wäre wirklich eine Beleidigung gewesen.

»Seither habe ich Schwierigkeiten, noch mehr als zuvor, ein Haus zu betreten, in dem ein Hund ist. Selbst bei dir.«

Vielleicht, was ich natürlich nicht zugab, war es ja auch ein kleiner Test. Ein Test, ob er mich auch dann noch interessant fand, wenn die andere Holly durchkam. Die Verrückte, die plötzlich durchdrehte und nicht mehr wusste, was sie tat. Und ob er es damit aufnehmen würde.

»Dann werde ich mich anstrengen, mir dein Vertrauen zu verdienen. Wir müssen ja nichts überstürzen.«

Kapitel 27

»Ich habe unterschätzt, was aus dieser Therapie-Sache alles entstehen könnte.« Ich saß mit Hugh und einer Tasse Kaffee beim Frühstück. Überraschenderweise war er irgendwann heute Nacht nach Hause gekommen. Obwohl, so überraschend doch nicht, schließlich war er bei Ana in Millicent Prestons Haus gewesen und es musste ihr schon sehr schlecht gehen, wenn sie es tolerierte, dass sich ihre Pflegerin in ihrem Haus ein Schäferstündchen gönnte.

»Warum? Es läuft doch gut.«

»Ja. Aber ich dachte, ich könne einfach lernen, mich an Hunde zu gewöhnen. Doch manchmal habe ich den Verdacht, das Gegenteil passiert. Ich nehme sie noch viel mehr wahr als früher. Ständig sehe ich sie und dann denke ich nach, warum ich Angst habe, dass ich inzwischen eigentlich doch keine Angst mehr haben sollte und ob ich nicht über meinen Schatten springen und Kontakt aufnehmen könnte.«

»Du machst dir zu viel Druck. Lass es langsam angehen.«

»Es ist, als ob mein Gehirn und mein Gefühl nicht kompatibel sind.«

»Gehirn und Gefühl sind in den seltensten Fällen kompatibel, liebe Holly.«

»Mag sein. Aber ich muss so viel Kraft aufwenden, um mich selbst daran zu erinnern, keine Angst zu haben. Ich muss mich jedes Mal regelrecht selbst überreden und leider klappt es meist nicht.«

Ich gebe zu, ich war ein wenig frustriert. Ich hatte anfangs so gute Fortschritte gemacht, mich selbst überrascht, wie schnell ich bereit war, mich auf Boomer einzulassen. Nach den ersten Schreckminuten kam ich ganz gut klar mit ihm. Aber sobald ich wieder weg war, fing es erneut an. Wenn es um einen anderen Hund ging, war es ganz schrecklich.

»Es kommen derart viele Erinnerungen hoch. An Begegnungen mit Hunden, die ich vergessen hatte.« Das war mein Hauptproblem. Diese Momente, in denen mich meine Angst wirklich belastet hatte, in denen ich dadurch in Situationen geriet, die ich alleine nicht hatte bewältigen können.

»Das ist doch gut, oder? Du gehst der Sache auf den Grund. All diese Dinge, die da tief in dir sind und dafür sorgen, dass du dich fürchtest.«

»Vielleicht.« Ich seufzte und griff nach der Sonntagszeitung. Ich wollte nicht noch einmal alles durchleben. Und ich hatte ein ungutes Gefühl, dass ich mich langsam zum Kern vorarbeitete, dass die Erinnerungen immer schlimmer wurden. Dass irgendwo eine schlummerte, die diese Angst erklärte, diese gewaltige Angst, die ich stets gehabt hatte. Das war eine der ersten Fragen gewesen, die Mitch mir stellte: Ob ich jemals gebissen wurde, angefallen von einem Hund oder ein ähnlich traumatisches Erlebnis hatte. Und ich hatte verneint, weil ich mich an nichts erinnerte. Nur daran, schon von jeher diese Angst mit mir herumzutragen.

»Du solltest mit diesem Mitch darüber reden.«

»Vielleicht.«

»Nicht vielleicht. Rede mit ihm darüber. Du frisst immer alles in dich hinein.«

Das war ja nun auch etwas, worüber man nicht wirklich gerne sprach. Ich meine, dass ich mich so blöd angestellt hatte, dass ich so durchdrehte wegen eines Hundes, der mich bellend umkreiste. Dass ich den Typen sitzen ließ, der mich schon seit Monaten komplett verrückt gemacht hatte, wegen dem ich zu allen Konzerten der Band gegangen war. Dass ich beim Sex ein traumatisches Erlebnis hatte und dass ich in Unterwäsche auf die Straße lief … wer bitte würde das freiwillig erzählen? »Ach, da ist mir was eingefallen. Ich war gerade mit einem Typen zugange, als ein Hund kam und bellte und knurrte und ich drehte total durch, weil der Hund nicht aufhörte und der Kerl auf mir auch nicht ...« Niemand würde das erzählen, schon gar nicht mittags in einer Praxis. Wenn dieses Monstrum von einem Hund mich auch nur berührt hätte, dann wäre es noch einmal etwas anderes gewesen, aber so? Ich klang doch wie eine komplett Gestörte.

»Themenwechsel. Wie war dein Abend?«

»Ganz nett.« Hugh grinste und war so nett, mich aus dem Thema zu entlassen. »Ich habe haushoch im Scrabble gegen Millicent verloren.«

»Du hast mit ihr Scrabble gespielt?«

»Jepp.« Er lehnte sich entspannt auf seinem Stuhl zurück. »Ihr Geist ist nach wie vor sehr fit. Aber sie sieht klein aus und alt. Ihre Bewegungen sind schwerfällig und sie war bald müde und ging früh ins Bett.«

»Und danach wurde der Abend besser?«

Hugh lachte. »Es war ein guter Abend. Ana ist sehr nett und sie hat sich gefreut, jemanden zum Reden zu haben.«

»Zum Reden. Alles klar.«

»Du sagst das, als könne ich das nicht. Hey, ich bin gut im Reden und Zuhören.«

Ich lachte. Ich hatte Hugh unheimlich gerne, aber er war nun mal niemand, der das Leben sonderlich ernst nahm.

»Ja, du kannst gut zuhören. Aber deine eigentlichen Qualitäten liegen doch ganz woanders, oder?«

»Meine eigentlichen Qualitäten? Holly, ich bin entsetzt. Du hast offensichtlich ein ganz falsches Bild von mir.«

Ich war froh, dass wir wieder bei unseren alten Kabbeleien waren. Die Stimmung war entspannt und Hughs blitzende Augen heiterten mich auf. Ich hatte es satt, zu viel zu denken, und ich hatte es satt, mich ständig selbst zu betrachten. Und ganz besonders satt hatte ich diese seltsame Verfassung, auf die ich unaufhaltsam zusteuerte.

»Bist du bereit?«

Es war wieder einmal Zeit, um dämlich nickend vor der blauen Hausfassade zu stehen. Und heute sollte ich hier ein neues Level erreichen: zwei Hunde. Mitch hatte mich vorher extra noch einmal angerufen, um zu fragen, ob ich immer noch bereit sei und ob ich darauf verzichten wolle, dass Boomer mich im Treppenhaus begrüßte. Ich dachte an das Wochenende, an meine Zweifel, und bat entschieden darum, alles wie geplant durchzuziehen.

Der Summer ertönte, ich zog die Tür hinter mir zu, und dann die Pfoten auf der Treppe. Es war wie beim letzten Mal. Der Hund war freudig überdreht, wie er da um mich herumsprang und bellte, ich war erschreckend gelähmt und schon wieder nahe dran, Mitch anzubrüllen, das Tier von mir wegzuholen. Aber sein Blick zeigte mir, dass er das nicht tun würde. Er glaubte an mich und ich musste da jetzt alleine durch. Und dennoch war ich schon wieder fertig, als ich es endlich geschafft hatte, die richtigen »Worte« zu finden und der Hund endlich ruhig und gesittet vor mir saß, auch wenn es diesmal schneller gegangen war.

»Gut gemacht«, lobte Mitch mal wieder.

»Nein, nicht gut gemacht. Ich habe immer noch Angst, ich vergesse immer noch, was ich sagen soll, und ich komme immer noch nicht gerne hierher.«

Mitch sah mich einen Moment nachdenklich an, dann nickte er langsam. »Du musst einen Schritt nach dem anderen gehen. Auch mal genießen, wie weit du schon bist. Stell dir diese Situation vor vier Wochen vor. Holly, das hier ist kein Wettlauf.«

Ich straffte den Rücken. »Natürlich. So, wo ist jetzt der andere Hund?«

Der andere Hund war ein Kumpel von Boomer und, das muss ich gestehen, nicht besonders hübsch. Also auch nicht wirklich hässlich, aber der erste Blick auf ihn war ernüchternd. Braun, kleiner als Boomer, kurzes, drahtiges Fell.

»Das ist Tucker. Tucker ist ein Jagdhund, ein Deutsch Kurzhaar.«

»Aha.«

»Er ist ein ganz lieber Kerl.«

»Aha.«

»Und er wartet auf dich.«

Ich seufzte. Schon klar.

»Ich warte hier mit Boomer und du gehst rein und lernst ihn kennen?«

»Ist das eine Frage?«

»Eigentlich nicht.« Mitch lachte. »Aber du entscheidest.«

Ich nickte und drückte die Tür auf.

Mit Tucker war es so, wie es manchmal mit den Menschen ist. Man denkt, puh, nicht mein Fall, und dann lernt man sich kennen und merkt: hey, das passt. Tucker war zwar auf den ersten Blick nicht so schön wie Frodo oder so imposant wie Boomer, aber seine Augen nahmen mich vom ersten Augenblick gefangen.

Am Ende der Stunde saß ich mit zwei Hunden am Boden und war entspannt genug, dass sie um mich herumwuseln durften, mich von vorne und hinten anstupsen, und ich sie abwechselnd mit den Karotten füttern konnte.

»Das war toll. Du machst es wirklich gut.« Mitch war wie stets begeistert.

»Ich habe die Begrüßung schon wieder vermasselt.

Ich bin immer noch jedes Mal starr vor Schreck, wenn Boomer die Treppe runterkommt. Und ich muss mich unglaublich darauf konzentrieren, nicht einfach schreiend davonzulaufen.«

»Holly, du erwartest zu viel. Du hast dein Leben lang Angst gehabt, über zwanzig Jahre. Gib dir Zeit.«

Ich überlegte, ob das der richtige Zeitpunkt wäre, um über meine Erinnerungen zu sprechen, aber die Stunde war um und eigentlich war ich darüber auch froh. Wahrscheinlich hätte ich es dennoch tun können, reden, meine ich, aber ich hatte noch einen weiteren Termin. Und der war mindestens genauso wichtig.

Kapitel 28

Oscar und Frodo warteten im Park auf mich, wie abgemacht. Ich holte tief Luft, als ich auf die beiden zuging. Oscar lächelte mir aufmunternd entgegen und Frodos Rute wedelte fröhlich. Ich beschloss, dass das ein gutes Zeichen war. Mein Blick fest auf den Hund gerichtet, konzentrierte ich mich darauf, selbstsicher und gelassen zu wirken. Frodo kam ein paar Schritte auf mich zu und Oscars Hand griff nach der Leine, um sie zu verkürzen. Doch ehe er das tun konnte, war ich dort und hielt meine Hand vor die Hundenase. Frodo schnüffelte kurz und wandte dann seinen Kopf ab. Strahlend streichelte ich sein Fell.

»Holly!« Oscar war sichtlich erfreut.

»Hallo.« Erst jetzt konnte ich ihn wirklich wahrnehmen. Ich hatte mir fest vorgenommen, es jetzt zu schaffen, mehr Hundekontakte zu haben, und das hier war ideal. Der Tag war ideal, weil ich mit Tucker so gut zurechtgekommen war, und Frodo war ideal, weil er so schön war und nicht mehr ganz fremd – und weil er Oscars Hund war, dem ich vertraute, soweit es mir möglich war.

»Ich kann mir das nur schwer vorstellen, ich gebe es zu. Ich hatte immer Hunde um mich. Meine Eltern hatten Hunde und ich auch, seit ich ausgezogen bin. Ich mag mir ein Leben ohne sie gar nicht ausmalen.«

»Ich schon.« Ich lachte, auch wenn ich sehr nachdenklich war. Oscar war ein ganz besonderer Mann und ich fühlte mich zu ihm hingezogen. Aber er war ein Hunde-Mann, durch und durch.

»Das kann sich ändern.« Er lächelte. »Du hast dich bereits verändert. Und ehrlich, ich bewundere dich. Ich gestehe dir jetzt, dass ich eine Heidenangst habe vor Höhe. Ernsthaft, ich kann nicht einmal einen Balkon betreten. Ich lebe immer in Erdgeschosswohnungen, weil ich den Blick aus einem höheren Fenster nicht mag. Wenn ich geschäftlich verreisen muss, nehme ich den Wagen, selbst wenn es lange dauert und ein Flug schneller wäre. Aber ich überlebe es nur mit Beruhigungstabletten, in einen Flieger zu steigen, und selbst dann bin ich schweißgebadet. Und ich muss sagen, ich weiß nicht, ob ich das Angebot annehmen würde, wenn jetzt jemand sagt, er könne mir helfen und mich therapieren.«

»Ernsthaft?«

»Ja. Ich habe mir das Rauchen abgewöhnt, weil man dazu ständig auf den Balkon geschickt wird.«

Wir lachten.

»Und Schlangen. Die mag ich auch absolut nicht.« Er grinste schief.

»Ich auch nicht.«

Wir saßen auf der Bank und diesmal musste er nicht so viel Abstand lassen. Frodo lag zu seinen Füßen, auf der mir abgewandten Seite.

Wie immer, wenn ich die beiden traf, direkt nach einer Stunde war ich seltsam aufgeputscht und voller Adrenalin und Endorphinen. Egal was ich eben noch dachte, egal, ob ich mit mir gehadert hatte, weil etwas nicht klappte, sobald ich es hinter mir hatte, fühlte ich mich gut und stark und mutig. Mutiger als sonst. Ich fühlte mich, als säße ich zu Recht neben einem Mann wie ihm, als wäre es selbstverständlich, dass er mich bemerkte. Und ich nahm sein Lob besser an als das von Mitch.

Das lag auch mit daran, dass Oscar sehr viel von sich erzählte. Ich wusste, dass er Single war, und was er mochte und was nicht. Bei Mitch war das anders. Der redete zwar auch die meiste Zeit, viel mehr als ich, aber nur von Hunden und wie ich mit ihnen umgehen sollte, was ich besser machen konnte. Er stellte die Fragen, nicht ich, und er gab die Themen vor. Außerhalb der Hunde-Sache wusste ich kaum was über ihn. Und das sorgte dafür, dass ich mich ihm gegenüber manchmal seltsam nackt fühlte. Ich hatte mich noch bei keinem Menschen so sehr zu meinen Fehlern und Schwächen bekennen müssen und ich merkte, dass ich noch immer damit haderte, noch immer zu sehr im Auge hatte, was man möglicherweise über mich denken konnte.

»Als ich letztes Mal in London war, wurden wir alle zu einer Fahrt im »London Eye« eingeladen. Ich stand unter diesem gewaltigen Riesenrad und alle waren ganz begeistert, weil der Blick auf die Stadt unbezahlbar wäre. Ich habe eine Magenverstimmung vorgetäuscht, um nicht einsteigen zu müssen.«

»Das kenne ich. Ich meine, die Ausreden, um etwas nicht tun zu müssen.«

»Aber du brauchst jetzt keine mehr. Du stehst dazu und du arbeitest daran.«

»Und es ist ein tolles Gefühl, ehrlich. Trotz allem.«

»Das heißt, ich sollte nächstes Mal einsteigen? Kommende Woche muss ich nach Brighton. Die haben ebenfalls so ein Ding. Etwas kleiner, aber trotzdem.«

»Du bist viel unterwegs.«

»Ja. Ich mag es eigentlich, aber er hier fehlt mir.« Er sah zu seinem Hund.

»Klar.«

»Zum Glück ist er in wirklich guten Händen.« Er sah noch immer Frodo an. »Sonst wüsste ich nicht, ob ich das tun könnte.«

»Bei deiner Freundin.«

»Einer Freundin.« Sein Tonfall war ganz normal, aber es zuckte kurz in seinem Gesicht. »Der ich sehr dankbar bin, dass sie Frodo immer wieder aufnimmt.«

Oha, dachte ich. Das klang irgendwie seltsam. Ich konnte es mir gut vorstellen. Diese Frau, die Frodo aufnahm, jedes Mal, wenn er wegfuhr. Und hoffte, dass er sie irgendwann bemerkte. Mehr in ihr sah als den Hundesitter. Und er wusste das natürlich und es war ihm unangenehm, dass es so war. Deshalb auch der leicht schuldbewusste Unterton. Es passte zu dem Mann, wie ich ihn kennengelernt hatte, dass er solch eine Situation nicht ausnutzen wollte und es ihm lieber wäre, wenn es anders sein könnte. Und auch wenn ich ein wenig Mitleid verspürte mit dieser fremden Frau, war da noch etwas anderes. Glück, dass es so war, wie es war.

»Ich will nicht undankbar sein, aber manchmal wünschte ich ...« Er seufzte. »Nein. Ich weiß nicht, was mit mir los ist. Genug von mir. Erzähl mir etwas von dir. Was macht die Arbeit?«

»Gut.« Ich ging gerne auf den Themenwechsel ein. »Sehr gut sogar. Sie macht mir wirklich Spaß, das hätte ich gar nicht gedacht.« Ich zuckte leicht mit der Schulter. »Ehrlich gesagt war ich nicht verrückt darauf, in einer Firma für Rauchmelder in der Rechnungsabteilung zu sitzen. Aber in letzter Zeit bekam ich ein paar zusätzliche Aufgaben, die wirklich interessant waren. Ich durfte für das Controlling ein paar Zahlen vorbereiten, Daten zusammenstellen. Und das hat mir wirklich Spaß gemacht. Ich bekomme Einblicke in die Zusammenhänge und ich glaube, dass mir das wirklich liegt. Und nun hat mein Chef angedeutet, dass demnächst eine neue Assistentenstelle frei wird, genau für diese Sachen. Und ich solle mir mal Gedanken machen, ob das etwas für mich wäre.«

»Und das wäre es?«

»Absolut. Ich würde neue Erfahrungen sammeln und vielleicht sogar irgendwann noch mehr machen. Ich hätte nie gedacht, dass es so viel Spaß machen könnte.«

»Das ist großartig.«

»Ja, nicht? Weißt du, noch vor ein paar Wochen wäre das alles vermutlich anders gelaufen. Ich glaube nicht, dass ich mich gemeldet hätte, als gefragt wurde, wer bereit ist, zusätzliche Arbeiten zu übernehmen. Nicht weil ich etwas gegen die zusätzlichen Stunden und neue Aufgaben hatte. Ich hätte es mir einfach nicht zugetraut. Aber jetzt«, ich grinste. »Jetzt dachte ich, das hört sich echt spannend an und es ist eine unverhoffte Chance, die ich einfach nutzen sollte. Ich habe mich sogar schon informiert, es gibt ein paar interessante Fortbildungen und Abendkurse, die ich belegen könnte, um mir mehr Wissen anzueignen.«

»Das hört sich gut an.«

»Ja. Und es fühlt sich sogar noch besser an.«

Kapitel 29

»Ich habe Neuigkeiten!« Charlotte platzte heraus, kaum dass wir Platz genommen hatten an unserem bevorzugten runden Tisch in der »Ente«.

»Sie hat Neuigkeiten«, wiederholte Dave und zwinkerte.

»Na gut, wir haben Neuigkeiten.« Charlotte beugte sich zu ihrem Freund und küsste ihn frech auf den Mund. Dave lachte.

»Du bist schwanger?« Lucys Hand fuhr automatisch zu ihrer eigenen kleinen Babykugel.

»Nein. Noch nicht.« Charlotte schüttelte den Kopf derart heftig, dass ihre Haare flogen.

»Was nicht daran liegt, dass wir es nicht probieren«, warf Dave ein. »Ganz sicher nicht. Wir verfolgen dieses Ziel mit höchstem Einsatz und erster Priorität.«

Hugh grölte.

»Dave!« Es war süß, mitanzusehen, wie Charlotte errötete. »Nein, ich bin nicht schwanger. Aber wir werden heiraten.« Sie strahlte und ihre Wangen röteten sich noch ein wenig mehr.

»Ganz genau. Diese verrückte Lady hier wird in genau vierzehn Wochen Mrs Branton.«

»Vierzehn Wochen? Ernsthaft?« Lucy sah überrascht aus. »Da habt ihr euch aber ein strammes Ziel gesetzt.«

»Das wissen wir. Aber das ist zu schaffen. Und wir haben schließlich die besten Freunde, die uns helfen werden, oder?«

»Natürlich. Herzlichen Glückwunsch, das sind tolle Neuigkeiten.« Ich nahm Charlotte in den Arm und drückte sie fest.

»Danke.«

An unserem Tisch entstand ein großes Stühlerücken und Umarmen. Alle freuten sich sichtlich. Charlotte und Dave waren wie füreinander geschaffen, auch wenn sie ganz verschieden waren. Sie ergänzten sich perfekt, taten dem anderen gut.

»Aber wenn du nicht schwanger bist«, Liz meldete sich zu Wort, »warum dann diese Eile? Hat man da nicht normalerweise etwas mehr Vorlauf in der Planung?«

»Schon.« Charlottes Leuchten schwächte sich sichtlich ab. »Es ist wegen Tante Millie. Ich wünsche mir, dass sie diesen Tag mit uns feiert. Und ich möchte unbedingt eine Sommerhochzeit haben. Und obwohl ich lieber die Augen davor verschließen würde …. Nun, sie ist nicht mehr die Jüngste und wenn wir bis nächstes Jahr warten und dann würde ihr vorher etwas zustoßen …«

Ich schluckte. Wie sehr doch alles miteinander verknüpft war. Freude, Liebe, Krankheit, Leben und Tod.

»Und außerdem, je schneller, desto besser. Wenn es nach mir gegangen wäre, hätten wir das schon längst angepackt.« Daves Stimme war so sanft, so voller Liebe, dass ich Charlotte einen Moment fast beneidete. So sollte ein Mann klingen, wenn er von seiner Frau sprach. »Wir sind bereits fleißig am Organisieren und es ist sehr hilfreich, dass Charlotte bereits sehr genaue Vorstellungen von allem hat. Könnt ihr euch vorstellen, dass sie sogar schon ihr Kleid ausgesucht hat?«

»Nicht ausgesucht. Aber ich habe eines gesehen und ich weiß, dass es meins ist. Ich habe am Dienstagabend einen Termin in der Brautboutique. Ich wollte euch fragen, ob ihr Zeit habt mitzukommen?« Sie sah von mir zu Lucy, dann zu Liz. »Das wäre mir wirklich wichtig.«

»Auf alle Fälle.« Wir hörten uns an wie ein Chor.

»Super, denn dann können wir auch gleich die Kleider für die Brautjungfern bestellen. Also für euch drei, wenn ihr das macht. Oh bitte, sagt, dass ihr das macht.«

Wieder nickten wir alle, jetzt selbst grinsend.

»Die Zeit reicht nicht, um etwas anfertigen zu lassen, aber ich denke, wir werden etwas finden. Ich war ein paar Mal dort, nur so, um mich umzusehen und zu informieren.« Sie senkte kurz den Blick. »Für alle Fälle.«

»Sie hat außerdem einen perfekten Organisationsplan in der Schublade, für alle Fälle. Und das ist gut so.« Dave duckte sich seitlich weg, als Charlottes Hand nach ihm ausfuhr. »Ernsthaft, das ist gut, denn dadurch können wir alles schaffen. Wir haben letzte Woche das Lokal gebucht und die Termine mit dem Pfarrer und dem Standesbeamten gemacht. Das Wichtigste steht also. Wir werden hier getraut, in der Dorfkirche. Und dann die Feier im »White Mannor« steigen lassen.«

Zustimmendes Murmeln war zu hören. »White

Mannor« war ein beeindruckendes Landhaus, das schon längere Zeit als Restaurant und Hotel geführt wurde und für seine schönen Gartenanlagen und die romantischen Zimmer bekannt war.

»Es war ein Wink des Schicksals, dass wir überall derart kurzfristig einen Termin bekommen haben. Es soll so sein.« Charlotte rieb sich aufgeregt die Hände. »Wir haben für euch alle Zimmer geblockt, dann muss niemand fahren. Ihr müsst sie nur bestätigen. Die Einladungen sind bereits im Druck. Es wird eine ziemlich kleine Feier. Wahrscheinlich war das unser Glück, denn der große Saal war bereits ausgebucht. Aber das Nebenzimmer ist sowieso viel schöner und wir haben die Terrasse dazu. Wenn das Wetter mitspielt, werden wir auch draußen sitzen können.«

Der restliche Abend stand ganz im Zeichen dieser unverhofften Hochzeit. Charlotte und Dave hatten tatsächlich schon fast alles geplant und organisiert und ihre Freude war deutlich zu spüren.

»Na dann, herzlichen Glückwunsch!« Hugh erhob sein Glas und alle taten es ihm nach. »Auf Charlotte und Dave. Wieder einer weniger in der freien Wildbahn.«

»Ich freue mich für die beiden.« Ich ging mit Hugh die paar Schritte vom Pub nach Hause. »Sie sind so süß zusammen.«

»Das sind sie. Dave war schon immer ein Familienmensch, er tut das Richtige.«

»Im Gegensatz zu dir?«

»Ich tue auch das Richtige.« Hugh lachte.

»Ach ja?«

»Natürlich. Versuchen wir das nicht alle?«

Ich dachte nach. Doch, das versuchten wir. Nur leider wusste man nicht immer, was das Richtige war.

»Aber es ist nicht deins, oder? Diese Nummer mit der Hochzeit und all das? Nein, das ist es nicht. Ich denke, dass wir lange warten müssen, um dich in der Kirche zu sehen.«

»Du weißt nie, wo dein Weg dich hinführt. Und es ist auch egal, solange du ihn gerne gehst und er für dich nicht mühsam wird. Du kennst mich doch: Ich gehe einfach drauflos und warte ab, was hinter der nächsten Biegung auf mich wartet.«

Ich beschloss, es damit gut sein zu lassen. Hugh war eben Hugh. Und außerdem hatte er recht.

Kapitel 30

»Du siehst wunderschön aus.« Ehrfürchtig betrachteten wir Charlotte, die in einem langen, schmalen Traum aus feinster Seide und Spitze vor uns stand. »Es ist wie für dich gemacht.«

Charlotte nickte mit glänzenden Augen. Sie drehte sich, um die Rückenpartie zu sehen, und strich vorsichtig über ihre Hüften. »Und es muss kaum geändert werden.«

Wir waren in einem kleinen Raum in der Brautboutique, zu der Charlotte uns bestellt hatte. Liz, Lucy und ich saßen in zierlichen Sesseln, die rund um ein Podest aufgestellt waren, auf dem Charlotte stand und leuchtete wie die Sonne. Wieder einmal bewunderte ich ihr Gespür für Mode. Sie hatte es geschafft, auf Anhieb das perfekte Kleid zu finden, etwas, das hatte Dave schon oft genug erwähnt, das man nicht genug schätzen konnte. Er liebte es, uns mit Geschichten zu unterhalten, in denen er stundenlang mit ihr durch die Geschäfte ziehen musste, bis sie das Richtige fand.

»Sagt es bloß nicht Dave, aber ich habe das nicht auf Anhieb gefunden. Ehrlich gesagt bin ich schon seit einer Weile, nun ja, mit offenen Augen durch die Gegend gelaufen und habe mich umgesehen. Nur so, für alle Fälle.« Sie biss sich auf die Unterlippe. »Es schadet ja nichts, vorbereitet zu sein.«

»Es ist unglaublich schön.« Liz klatschte in die Hände. »Ich würde es dir am liebsten unter der Nase wegschnappen.«

Das Kleid war wirklich ein Traum. Lang und schmal geschnitten, mit einer ganz kleinen Schleppe aus zarter Spitze, ließ es Charlotte größer aussehen. Es hatte einen tiefen, runden Ausschnitt und kurze Ärmel und es schmiegte sich perfekt um ihre Hüften. Es sah elegant und sexy zugleich aus.

Die Beraterin hatte inzwischen den passenden Schleier herausgesucht und befestigte ihn vorsichtig auf Charlottes Kopf.

»Was meint ihr? Zu traditionell?«

Wir schüttelten unisono den Kopf. »Perfekt.«

Charlotte drehte sich einmal um die eigene Achse. »Das denke ich auch.«

Länger als die Auswahl des Kleides nahm dann die Auswahl der Accessoires in Anspruch. Der Schleier war kein Problem, denn das Modell, das sie trug, hatte genau dieselbe Spitze wie das Kleid. Aber dann mussten noch Schuhe anprobiert werden, ein passendes Täschchen ausgesucht ... Charlotte war voll in ihrem Element, während Liz und ich am bereitgestellten Sekt nippten, ab und zu einen Kommentar einwarfen und ansonsten albern gickelten. Lucy saß mit ihrem Mineralwasser daneben und hielt sich zurück. Sie war noch nie eine der Frauen gewesen, die stundenlang über Schuhe oder Handtaschen diskutieren konnten.

»Dann bin ich fertig.« Charlotte drehte sich ein letztes Mal vor dem Spiegel. »Wenn ich umgezogen bin, dann seid ihr dran.«

Dieser Teil der Unternehmung hatte mir ja ein wenig Sorgen bereitet. Die hochgewachsene Lucy mit ihrem Schwangerschaftsbauch, Liz, klein und zierlich und mit ihrem sportlichen Look, und ich, wir waren doch schon sehr verschieden, und dennoch sollten wir jetzt als Brautjungfern eingekleidet werden. Aber ich hätte Charlotte vertrauen müssen.

»Ich denke nicht, dass wir dreimal dasselbe Kleid kaufen und euch hineinpacken. Es sollte zusammenpassen, aber auch zu euch. Und zum Glück gibt es dieses tolle Mix- und Match-System. Derselbe Stoff, verschiedene Schnitte, und das so gelungen kombiniert, dass es ein harmonisches Gesamtbild ergibt. Sieh mal, Lucy, das ist doch toll.« Sie hielt ein luftiges grünes Kleid hoch. »Ich wette, es ist perfekt.«

Lucy war noch nicht in den Kabinen verschwunden, als sie schon das nächste Kleid in den Händen hielt. »Liz? Was denkst du?«

»Hammer.« Liz streckte ehrfürchtig die Arme aus. Charlotte lächelte zufrieden.

»Und ich denke, für dich, Holly ...« Sie zog ein drittes Kleid hervor. »Genau das hier.«

»Wie machst du das?« Ich starrte auf das Kleid. Die Farbe war genau wie bei den anderen und der Schnitt ... ich konnte nur hoffen, dass die Größe stimmte.

»Talent.« Charlotte hob die Nase und strich sich mit den Händen über die Augen. Dann zwinkerte sie. »Verrate mich nicht. Ich habe die Kataloge gewälzt und nach etwas gesucht, das zu euch passt. Und sie waren so nett, die Kleider zu bestellen. Nun ja, ich habe gesagt, ihr kauft sie, aber glaub mir, das wirst du wollen, wenn du es anhast.«

Und dann standen wir nebeneinander vor der großen Spiegelwand und ich hätte Charlotte am liebsten umarmt und fest an mich gedrückt. Und die beiden neben mir ebenfalls, das sah ich in ihren Gesichtern.

Lucys Kleid war am schlichtesten. Es war eine One-Shoulder-Robe, hatte eine hoch angesetzte Taille und fiel dann bauschig und schwingend an ihr hinab. Es sah aus wie das Gewand einer griechischen Göttin, mit sorgsam drapierten Falten und dem kordel-ähnlichen Band unter der Brust. Und es war perfekt für sie, die eigentlich nie Kleider trug. Lucy hätte sich vehement gegen alle Rüschen oder eine stramm sitzende Korsage gewehrt, genauso wie gegen ein zu freizügiges Oberteil. Auch ihr wachsender Schwangerschaftsbauch war in diesem Kleid kein Problem.

Liz dagegen mochte es ab und an ein wenig aufregend und das Kleid kam dem entgegen. Ihr Oberteil war raffiniert drapiert, bis zur Hüfte, was mich an einen dieser aufwendigen Badeanzüge erinnerte, die Marilyn Monroe früher getragen hatte. Es schmiegte sich eng um ihren zierlichen Körper und verschaffte ihr aufregende Kurven. Unterhalb der Hüften wurde es weiter, zarter Chiffon umwehte ihre Beine.

»Ich wusste, dass du etwas im Dropped-Stil brauchst.« Charlotte nickte zufrieden. »Es ist perfekt.« Und dann wandte ihr prüfendes Auge sich mir zu. »Oh ja.«

Mein Kleid war ebenfalls grün, dasselbe Kermitder-Frosch-Grün wie die anderen. Niemand hätte sich getraut, solch eine Farbe zu wählen, aber Charlotte hatte erkannt, dass sie sowohl zu meinem roten Haar als auch zu Liz' blondem Kurzhaarschnitt und genauso zu Lucys braunen Locken passte. Der Schnitt war von vorne nicht sehr aufregend. Hochgeschlossen, der U-Boot-Ausschnitt bedeckte sogar meine Schlüsselbeine, und die schmalen Träger hatten etwas von einem schlichten Tanktop. Es war körpernah geschnitten, wurde dann aber unterhalb der Hüften weiter. Es saß perfekt. Aber das Aufregende war der Rücken. Ein tiefer Wasserfallausschnitt, der mir bis unter die Schulterblätter ging, zeigte einen großen Teil meines Rückens. Und mein Hintern war plötzlich perfekt, rund und knackig. Es sah unglaublich toll aus und ziemlich aufregend.

»Perfekt«, nickte die Beraterin und Charlotte stimmte zu.

»Genauso hatte ich es mir vorgestellt. Meine Blumenfeen. Ihr bekommt dazu Blütenkränze, grün und weiß. Ich sehe alles schon vor mir.«

Was sollten wir lange herummachen? Wir warteten, bis man unsere Säume abgesteckt hatte, hier und dort noch eine Naht eingenommen, und ließen uns einen weiteren Termin geben für die finale Anprobe. Charlotte strahlte, als wir aus dem Geschäft traten.

»Alles läuft perfekt. Das ist doch ein Zeichen, oder? Dass es so sein soll?«

»Natürlich soll es so sein. Was ist mit Dave? Hast du ihn schon eingekleidet?«

»Nein.« Sie wedelte lässig mit der Hand. »Und das werde ich auch nicht tun. Er wird mit Hugh, George und Sean losziehen. Ihr wisst doch, seine Trauzeugen.«

»Und das lässt du zu?«

»Warum nicht?« Sie hörte auf zu wedeln und sah mich an.

»Na, ich dachte, du als Expertin überlässt da nichts dem Zufall.«

»Och, ich habe ihm gesagt, wo es die besten Anzüge gibt und wer die beste Beratung bietet. Zufällig kenne ich da einen Kollegen, der öfter mit seiner Freundin bei uns einkauft. Wir haben uns sofort gut verstanden und er hat wirklich Ahnung von Mode, nun ja, sollte er auch als Berater in einem der führenden Häuser vor Ort. Also, ich habe dort einen Termin ausgemacht und ich werde Tom einen Tipp geben, wie mein Kleid aussieht und was dazu passt. Den Rest lege ich in seine Hände.«

»Dieser Tom muss ja brillant sein, wenn du ihm so vertraust.«

»Das ist er. Und außerdem«, sie errötete leicht, »sieht Dave im Anzug immer großartig aus. Ich möchte mich einfach überraschen lassen.«

»Dann hoffen wir, dass er alles richtig macht.« Lucy feixte. »Nicht, dass er im falschen Dress aufläuft und alles ruiniert.«

»Keine Sorge.« Das Lachen aus Charlottes Stimme war verschwunden, sie sprach jetzt leise und sorgsam. »Dave ist meine große Liebe. Ich würde ihn sogar dann für den großartigsten, bestaussehenden und wunderbarsten Mann der Welt halten, wenn er in einem alten Jogginganzug am Altar erscheint.«

Ich drückte spontan ihre Hand und wünschte mir sehnlichst, diese tiefe Liebe auch einmal erfahren zu dürfen.

Kapitel 31

Am nächsten Abend stand ich wieder einmal vor dem blauen Haus und atmete. Wir hatten die Abstände zwischen den einzelnen Therapiestunden vergrößert und ich merkte, dass meine Aufregung dadurch wieder etwas zugenommen hatte. Das ärgerte mich, denn ich dachte, ich müsse zwischenzeitlich schon weiter sein, entspannter. Ich wollte nicht mehr weglaufen, was ein deutlicher Fortschritt war, aber ich hatte immer noch diese Schreckmomente, bis ich mich endlich an den Hund akklimatisiert hatte. Die ersten Minuten und ganz besonders diesen Moment an der Tür, ehe ich klingelte, bekam ich einfach nicht in den Griff.

»Hallo. Ich hole dich ab, Moment.« Mitchs Stimme kam aus der Gegensprechanlage, dann knackte es. Was war das denn jetzt wieder? Die letzten beiden Male hatte Boomer mich »geholt« und ich hatte auch heute damit gerechnet. War ich so jämmerlich gewesen, dass Mitch es nicht mehr ansehen konnte?

»Hallo.« Die Tür ging auf und da stand er, ohne Hund.

»Hallo.« Ich sah an ihm vorbei. War das ein völlig neuer Trick? Hatte sich Boomer irgendwo versteckt und sprang dann auf mich zu, wenn ich es nicht erwartete?

»Komm rein.« Er trat zur Seite und ließ mich vorbeigehen. »Du kennst ja den Weg.«

Vorsichtig stieg ich die Stufen hoch, aber da war

nichts. Boomer bellte, doch das Geräusch war gedämpft, es kam ganz sicher nicht aus einer Ecke hier im Treppenhaus. Er wartete oben, wie zu Beginn, hinter der verschlossenen Tür.

»Du gehst zum Tisch. Dann begrüße ihn, alles ganz normal.«

Normal, ja klar. Als ob es jemals normal für mich sein würde. Oscar kam mir in den Sinn und Frodo. Wie es sein könnte, wenn ich ganz normal mit dem Hund umgehen könnte. Ihn besuchen, also Oscar, nicht Frodo. Und ganz normal bei ihm auf einen Absacker bleiben, wenn ich das wollte. Entschlossen drückte ich die Tür auf.

»Kaffee?« Mitch lächelte mich milde an und zeigte auf die beiden Tassen, aus denen es verführerisch dampfte.

»Äh, gerne.«

»Milch? Zucker?«

»Schwarz ist perfekt.«

Er nahm Platz, ich ebenfalls. Die Begrüßung war heute recht gut gewesen, was auch daran lag, dass Boomer nicht wie sonst so verrückt herumsprang, sondern recht manierlich war und ziemlich entspannt. Nun lag er zu unseren Füßen vor dem Tisch, den Kopf auf die Pfoten gebettet, und sah uns an.

»Wie geht es dir, Holly?«

»Gut. Danke, ja gut.« Und es würde mir noch besser gehen, wenn ich wüsste, was noch kommen würde. Verstohlen sah ich mich um, ob irgendwo ein zweiter

Hund lauerte.

»Wo bist du denn jetzt auf der Skala?«

»Vier.« Ich war selbst überrascht, aber irgendwie war gerade nichts, was mich sonderlich aufregte.

»Das ist toll.« Mitch nahm einen Schluck Kaffee.«

»Was machen wir heute?« Ich trank ebenfalls einen Schluck und versuchte, lässig zu klingen.

»Kaffee trinken, ein wenig plaudern.« Mitch lehnte sich zurück.

»Nichts Aufregendes?«

»Nein, ich denke, wir trinken einfach Kaffee.«

»Okay.« Seine Gelassenheit machte mich sofort unruhig. Kaffee trinken? Ich kam doch nicht zum Kaffeetrinken hierher. Ich kam, weil ich mir beweisen wollte, etwas zu schaffen, das Gefühl zu haben, etwas ganz Tolles geleistet zu haben. Ich war zugegebenermaßen total darauf aus, diesen Adrenalinkick zu spüren, den ich hier immer hatte. Und nun das. Kaffee!

»Gut.« Ich deutete auf die Tasse, dann sah ich mich verstohlen um. Fast hoffte ich, dass das nur eine Finte war, dass plötzlich irgendwo eine Tür aufging und ein Hund herauskam. Irgendetwas, das meine Aufmerksamkeit brauchte.

»Wie geht es dir?«

»Gut.«

»Wo bist du auf der Skala?«

»Puhh … drei?«

»Drei? Das ist ja toll.«

»Nun ja, Kaffeetrinken hat mir noch nie Angst gemacht.« Ich lachte verlegen.

»Nein, aber heute trinkst du mit mir Kaffee. Und mit Boomer.«

»Schon. Aber er liegt ja nur da und macht nichts.«

Mitch lachte laut auf. Dann beugte sich vor und sah mich einen Moment nur an. Zum ersten Mal betrachtete ich sein Gesicht und nahm es wirklich wahr, die strahlenden, hellen Augen und den kleinen Leberfleck, schräg unter dem linken. Graue Augen. Ich versuchte, diese Information abzuspeichern. Ich hatte ja sonst nichts zu tun, außer meinen Kaffee zu trinken.

»Hast du selbst gehört, was du da eben gesagt hast?«

»Natürlich.«

»Dann sei stolz auf dich. Hättest du vor vier Wochen mit mir einen Kaffee getrunken? So entspannt?«

»Nein.« Ich lachte ebenfalls. »Definitiv nicht. Was jetzt nicht an dir im Speziellen lag.«

Er grinste. »Das ist doch was. Erzähl, wie ist es? Wenn du beim Spaziergehen einen Hund triffst, wird es besser?«

Ich dachte sofort an Oscar und Frodo. »Teilweise. Ich habe nicht mehr diese furchtbaren Momente, in denen ich denke, mein Herz bleibt stehen und ich kann mich nicht rühren. Aber ich habe immer noch Angst. Andere Angst, aber sie ist noch da. Ich muss mir selbst zureden und mir sagen, hey, atmen, versuche es. Bleib stehen, schau ihn an. Geh an ihm vorbei. Es ist anstrengend.«

»Das weiß ich. Und es wird auch noch eine Weile so bleiben. Was meinst du, was sollen wir besonders üben? Welche Situationen?«

Boomer stand auf, langsam und träge. Er sah kurz zu Mitch, dann zu mir und kam angetrottet, ganz entspannt. Wieder dachte wie, wie unglaublich die beiden harmonisierten, als wären sie mit einem Band verbunden. Der Hund blieb vor mir stehen und ich streckte meine Hand aus und streichelte ihn. Einfach so. Ich musste mich nicht einmal selbst dazu überreden, es passierte einfach.

Mitch strahlte über das ganze Gesicht. »Super. Gut gemacht.« Er hatte seine Boomer-Lob-Stimme, was mich plötzlich erheiterte.

»Ja, das haben wir gut gemacht, was, Boomer? Denkst du, wir bekommen einen Hundekeks dafür?«

»Kannst du gerne haben. Ich hätte allerdings auch einen mit Schokolade.«

»Danke, sehr nett. Bei Karotten hätte ich Ja gesagt.«

Wir lachten und ich merkte, dass ich tatsächlich entspannt war. Der Kaffee, Mitch, der Hund, und ich war entspannt.

»Also, welche Situationen möchtest du üben?«

Ich dachte immer noch an Oscar. Und an Bill und meinen kurzen Ausflug ins Groupie-Geschäft. »Ich will üben, locker zu bleiben, wenn ein Hund im Zimmer ist? Mit einem Mann mitgehen, seine Einladung annehmen, obwohl er einen Hund hat? Mich trauen, einen Mann zu küssen, wenn sein Hund mich beobachtet? Und ihn und alles andere dann vergessen, weil ich nur den Moment spüren will?« Nein, besser nicht.

»Ich glaube, ich fange an, mich an ihn hier zu

gewöhnen.« Wieder glitt meine Hand durch das seidige Fell des Hundes. »Aber die fremden Hunde machen mir immer noch Angst. Die spontanen Begegnungen, die unerwarteten.«

»Okay. Dann sollten wir rausgehen, andere Hunde treffen.«

Ich nickte. »Ich glaube manchmal, dass ich fast so viel Angst habe vor dem Menschen wie vor seinem Tier. Weil ich nicht weiß, wem ich vertrauen kann. Wer mich und meine Angst ernst nimmt.«

»Das kann ich gut nachvollziehen. Ich hatte selbst schon ein paar Erfahrungen mit Hunden, die nicht wirklich schön waren, oder genauer gesagt, mit unbelehrbaren Hundehaltern. Ich kann damit umgehen, mir macht das nicht wirklich etwas aus. Du wirst weiterhin daran arbeiten müssen. Hast du denn jemanden, der einen Hund hat und dem du vertraust?«

Wieder dachte ich an Oscar und nickte langsam.

»Versuche es. Frag, ob du das Tier streicheln kannst. Probiere es aus und du wirst merken, dass es auch bei anderen Tieren klappt.«

Boomer legte seinen Kopf auf mein Knie und sah mich an mit seinen wunderschönen Augen, als wolle er für seine Artgenossen ein gutes Wort einlegen.

»Okay.« Der Kaffee war leer und die Stunde vorbei. Ich schob Boomers Kopf von mir und stand auf. Ich war heute wirklich entspannt gewesen, zu entspannt fast, aber in meinem Kopf wirbelten die Gedanken und Ideen durcheinander und formten sich zu einer verrückten Idee.

»Du warst großartig heute. Ganz toll.« Diesmal war Mitch superschnell. Die Nachricht war schon da, ehe ich die Straße überquert hatte. Und wieder gespickt mit Unmengen an lachenden Gesichtern.

»Ernsthaft jetzt? Beim Kaffeetrinken? Ich weiß nicht wirklich, ob ich das als Kompliment annehmen kann.«

»Nicht immer nur höher, besser, schneller. Du darfst auch kleine Schritte machen.«

»Heute ja. Beim nächsten Mal bitte wieder etwas Spektakuläreres.«

Eine kleine Pause trat ein. Als ich eben den Gurt angelegt hatte, kam wieder eine Nachricht.

»Okay, alles organisiert. Zwei Schäferhunde, Reifen und Benzin. Reicht das fürs Erste?«

Ich lachte.

»Genau so.«

Kapitel 32

Ich hätte jetzt gerne Oscar getroffen, aber der war ja in Brighton. Andererseits war das vielleicht gut so, denn ich war gerade in einer reichlich offensiven Verfassung. Mitch hatte recht, ich musste damit anfangen, diese Sache aktiv anzugehen, und Oscar, nun, der wäre genau richtig. So zum Üben, entspannt zu sein, während ein Hund zusieht. Ich spürte ein Kribbeln, wenn ich an ihn dachte, an seine Augen, seine Stimme, sein Lachen. Oscar war definitiv gefährlich für mein Seelenheil. In diesem Moment beschloss ich, es zu wagen, mich auf ihn einzulassen. Meine Therapie hatte ein ganz neues Ziel gefunden.

Weil ich das Gefühl hatte, heute irgendwie um meine Dosis Adrenalin betrogen worden zu sein, entschied ich, es gleich mal mit Charlotte zu versuchen, genauer gesagt mit Butler. Ich war auch ihrem Hund immer aus dem Weg gegangen und sie und Dave hatten das respektiert. Aber ich kannte sie, ich vertraute ihnen und mir war bewusst, dass Dave ein außerordentlich gutes Händchen für Tiere und ein genauso gutes Gespür für Menschen hatte. Es war an der Zeit, mir meinen Kick zu holen.

Ich wusste, dass die beiden immer um diese Zeit ihren abendlichen Spaziergang machten, und beschloss, ebenfalls ein paar Schritte zu gehen. Nicht ins freie Feld, so verrückt war ich dann doch nicht, hier im Dorf könnte ich allerdings ein wenig herumlungern und sehen, ob ich sie abpassen konnte. Ich stellte den Wagen ab und rannte nur eben ins Haus, um etwas zu trinken.

»Hallo.« Hugh saß in der Küche und las die Zeitung.

»Hallo.« Ich nahm mir die Wasserflasche und ein Glas.

»Ziehst du die Jacke nicht aus?«

»Nein, Ich will noch mal raus, ein paar Schritte gehen.«

»Ich komme mit.« Er sprang auf.

»Das musst du nicht.«

»Heißt das übersetzt, dass ich nicht darf?«

»Nein.«

»Na dann«, er war schon im Flur. »Gehen wir.«

»Hast du irgendetwas Bestimmtes vor?« Hugh sah mich schräg an, nachdem ich ihn gerade dreimal in recht kleinem Bogen um die Kirche gelotst hatte.

»Nein. Doch. Lach nicht. Ich dachte, nun, ich dachte, vielleicht treffe ich Charlotte und Dave.«

»Wieso rufst du sie nicht einfach an? Oder du gehst hin und läutest?«

»Weil«, ich überlegte, aber es war ja egal, was Hugh dachte. »Weil ich hoffte, sie zu treffen. Mit Butler.«

»Dem Hund?«

»Wem sonst? Ich dachte eben, es wäre an der Zeit, mal einem anderen Hund zu begegnen.«

»Aha. Wie läuft es denn?«

»Ganz gut. Ich muss langsam anfangen, es selbst zu probieren. Und das muss ich tun, solange ich den Mut dazu habe.«

»Dann hast du ja Glück.« Er deutete nach vorne. »Da kommen sie.«

Butler war angeleint, was mich spontan beruhigte. Wir gingen den drei entgegen und auch wenn mein Herz klopfte, war es fast eine gute Aufregung.

»Was treibt ihr denn hier?« Charlotte kam uns entgegen. Dave hielt sich mit dem Hund zurück.

»Wir gehen spazieren.« Ich schielte zu Dave.

»Sie hat sich vorgenommen, einen Hund zu treffen.« Hugh feixte.

»Lach nicht.« Ich ging langsam zu den beiden hin, dachte nur daran, jetzt diesen Hund zu streicheln. Dachte an Boomer, wie ich ihn berührte, und daran, dass ich es schaffen konnte, wenn ich es wirklich wollte. »Kann ... kann ich ihn streicheln?«

»Natürlich.« Dave hatte die Leine verkürzt und sah mich aufmerksam an. »Wenn du das willst.«

Ich nickte und schob mich langsam die letzten Schritte zu den beiden hin. Butlers Kopf folgte mir aufmerksam und ich hörte Mitchs Stimme in meinem Kopf. »Strecke deine Hand aus. Lass ihn schnuppern.« Langsam, ganz langsam brachte ich meine Finger in Butlers Nähe. Er kam einen Schritt auf mich zu und seine Nase berührte kurz meine Hand. Dann drehte er den Kopf und sah aus, als ob ich ihn langweile. Ich lachte leicht überdreht.

»Holly, das ist ja unglaublich. Das freut mich sehr.«

Ich spürte, wie es in meinen Adern rauschte. Ja, mich auch. Meine Hand legte sich auf den Rücken des

Tieres und ich hätte am liebsten laut gesungen. Von wegen kleine Schritte. Das hier war großartig, und das war ein Lob wert.

»Wir müssen aufpassen. Nicht dass sie jetzt eine dieser verrückten Hunde-Ladys wird.« Hugh grinste ebenfalls, doch das war mir egal. Wieder ein Etappenziel. Ich verstand ja dieses ganze Ding mit dem langsam und so, aber ich hatte jetzt ein neues Ziel. Und dieses Ziel hatte einen Hund. Und deshalb war es an der Zeit, Gas zu geben.

Aber erst einmal war Wochenende und die große Geburtstagsparty für Doug stand an. Er war ehrlich erfreut gewesen, als er hörte, was für ihn geplant war.

»Ich war schon zu lange nicht mehr in Pemberton. Eine Party auf der Farm, wie früher. Na, das wird ein Spaß.«

Er war alleine gekommen und hatte dies auch nicht kommentiert. Insgeheim freute ich mich sogar, denn wir sahen uns sowieso viel zu selten. Am Nachmittag machten wir uns auf den Weg, um das Grab unserer Mutter zu besuchen.

»Du machst das alles alleine hier. Ich hätte daran denken müssen.« Er zupfte ein paar Grashalme heraus, die sich zwischen die Blumen geschoben hatten.

»Das macht nichts. Ich mache es gerne. Wenn ich hier bin, kann ich sie immer noch spüren.«

Doug legte seinen Arm um mich. »Ich war ein gedankenloser großer Bruder in der letzten Zeit.«

»Nein. Geht es dir gut, Doug?«

»Klar. Zu viel Arbeit.« Er blickte auf die kleine eingefasste Stelle Erde vor uns.

»Es wäre schön, wenn wir uns öfter sehen könnten.«

»Ich werde mich bemühen. Versprochen.« Er drückte mir einen Kuss auf das Haar, wie er es früher manchmal getan hatte.

Der legendäre Partyraum unserer Teenagerzeit sah, wenn ich den anderen glauben durfte, noch ziemlich genauso aus wie früher. Etwas heruntergekommen, pink und blau gestrichene Eierkartons an den Wänden, dazwischen alte Boygroup-Poster, die ihre abgebildeten Helden längst überlebt hatten. Sofas, abgewetzt und durchgesessen, ein Sitzsack in der Ecke, der schon bessere Zeiten gesehen hatte. An einer Wand stand eine Reihe alter, mit rotem Plüsch bezogener Kinosessel mit Klappsitzen, daneben ein Tisch, auf dem sich die Schüsseln mit dem mitgebrachten Essen drängten. Nur der große Kühlschrank schien neu zu sein. Musik dröhnte, passend zu den Postern waren es Lieder aus unserer Jugend. Und an der Decke drehte sich eine große Discokugel und warf tanzende Lichtreflexe auf die Menschen.

Die Menschen. Ich wusste, dass Lucy unsere alte Klassenliste herausgekramt hatte, doch dass so viele kommen würden, hatte ich nicht erwartet.

»Och, einige haben zugesagt«, hatte sie nur geantwortet, als ich sie gefragt hatte. Wie es schien, waren fast alle gekommen. Und auch die aus Dougs Jahrgang. Und die aus Seans. Einige hatten extra die Gelegenheit genutzt, mal wieder in die Gegend zu kommen, andere wohnten in der näheren Umgebung. Viele hatte ich selbst schon lange nicht mehr gesehen. Schade nur, dass Erin und Cody abgesagt hatten.

Ich ließ mich durch die Menge treiben. Hin und wieder blieb ich stehen, um jemanden zu begrüßen und mich auf den neusten Stand bringen zu lassen, Veränderungen zu bewundern oder aber stillschweigend darüber hinwegzugehen, je nachdem, was mir angebracht erschien. Die meisten hatten etwas aus ihrem Leben gemacht und ich war verwundert, wie viele miteinander verbandelt waren. Dann tippte mir jemand auf die Schulter und ich drehte mich um. Sah in ein attraktives männliches Gesicht mit zwei unverkennbaren Grübchen. Die braunen Locken waren einem radikalen Schnitt gewichen, doch das unterstrich nur die schönen Gesichtszüge. Von diesem Gesicht hatte ich jede Nacht geträumt, damals, mit sechzehn.

»Hallo, Holly. Lange nicht gesehen.«

»Jason. Wie schön, dich zu sehen.« Zu diesem Zeitpunkt meinte ich das sogar.

Kapitel 33

»Und? Was treibst du so?« Seine Stimme war laut genug, um trotz der Musik gehört zu werden.

»Ich? Ach, das Übliche. Arbeiten, ausgehen, was man halt so tut.«

»Arbeiten, klar. Ich auch. Viel zu viel, wie meine Kleine immer wieder sagt.«

»Du hast Kinder?«

»Was? Himmel, nein. Meine Freundin.« Er grinste. »Ich habe ein Haus, einen schicken kleinen Sportwagen und einen guten Job. Ich denke, damit habe ich genügend Punkte der Liste erfüllt. Kinder stehen nicht in meinem Business-Life-Plan.«

»Business-Life-Plan?« Ich war ehrlich verwirrt. So etwas hatte ich noch nie gehört.

»Mein Plan, wie ich im Business das Beste gebe und heraushole, um damit das Beste für mein Leben zu erreichen. Und das beste Leben.« Er lachte laut und ein paar Leute, die in der Nähe standen, drehten neugierig die Köpfe.

»Ah.«

»Und dein Business-Life-Plan? Läuft?«

Ich dachte an die Buchhaltung bei FireMeyr, den kleinen gebrauchten Wagen und mein WG-Zimmer bei Hugh. »Ja, läuft super.«

»Ich sag ja immer, Erfolg ist ein Zeichen von Wille. Man kann alles erreichen, wenn man nur will.«

Zum ersten Mal fragte ich mich, ob es gut gewesen

war, ihn wieder zu treffen. Jason hatte sich definitiv verändert. Er war früher schon selbstbewusst gewesen, allerdings nicht auf solch eine laute Art.

»Was willst du? Das ist die Frage. Und dann, wie erreichst du es. So läuft das. Also, was willst du, Holly?«

»Im Moment? Ich glaube, einfach nur einen Drink.« Oder zehn. Oder dass du die Klappe hältst und einfach gut aussiehst, wie früher.

»Kein Problem.« Er marschierte zum Kühlschrank und kam gleich darauf mit zwei Dosen zurück. Dass er dabei ein paar Mädels recht unsanft zur Seite geschoben hatte, um an das untere Fach zu kommen, hatte er wohl nicht bemerkt.

»Ein Drink. Einer, der den Namen verdient.«

»Was ist das? Jason, das ist nicht dein Ernst, oder? Ich dachte eigentlich an ein Bier.«

»Das ist das Problem, Holly. Die meisten Menschen denken in zu anspruchslosen Bahnen. Ein Bier kann jeder trinken. Wir beide sind etwas Besseres, deshalb trinken wir etwas Besseres. Cheers!« Er klackerte seine Dose an meine, riss den Verschluss auf und setzte an. »Gut.«

Ich fragte mich, ob man etwas Besseres war, wenn man einen Cocktail aus einer Aludose trank. Es prangte ein edles Logo darauf und das Zeug war sicher heillos übertreuert, aber trotzdem. Aus der Dose?

»Trink. Das Zeug haut dich um. Das Beste, das du finden kannst.«

Ich nickte und trank einen ersten zaghaften Schluck. Nein, es war stillos, Sex on the Beach aus der Dose zu trinken, aber ja, das Zeug schmeckte beinahe so gut wie in einer Cocktailbar.

»Ich denke ja, dass nur das Beste gut genug ist.« Er lachte und es war klar, dass er damit für ihn meinte. Ich lächelte unverbindlich, was anscheinend richtig war, denn nun setzte er an, mir haarklein zu berichten, was er alles hatte und machte und tat. Ich ließ meinen Blick verstohlen über die Menge gleiten. Niemand da, der mich retten konnte. Also setzte ich ein Gesicht auf, das hoffentlich Interesse ausdrückte, und ließ meine Gedanken schweifen.

Wie seltsam es manchmal mit den Wünschen ist. Vor Jahren hätte ich alles dafür getan, dass Jason mich hier auf einer Party bemerkte und mit Beschlag belegte. Ich hätte seine Worte aufgesogen, jedes einzelne. Nun jedoch, da er es tat, merkte ich, was für ein oberflächlicher und arroganter Kerl er war. Eine neue Dose wurde mir die Hand gedrückt und ich nahm sie dankbar an. Der war nüchtern nicht zu ertragen. Und dabei hatte ich heute Abend noch an ihn gedacht. Als wir ankamen und ich eine Runde gedreht hatte. Und dann plötzlich vor der sagenumwobenen Knutschecke stand. Das war eine Nische, in die Wand eingelassen. Recht groß und tief, mit hellem Kiefernholz verkleidet. Eine Art Matratze mit einem scheußlichen, orange-braun gemusterten Stoffbezug lag darin, passend zu den Vorhängen, die davorhingen und dafür sorgten, dass man geschützt war vor den neugierigen Blicken. Daneben hing ein Schild, zum Wenden, und die Seite »Besetzt« zeigte nach außen. In der Nische lagen eine Menge Kissen, auch orange und braun, und sie war tief genug, dass man sich zu zweit darin recht bequem niederlassen konnte. Es war nicht schwer, sich vorzustellen, was da drin alles abgegangen war. Ich hatte diese Nische also betrachtet und ja, einen Moment an Jason gedacht. An den Jason, den ich mit sechzehn kannte. Nicht weil ich hoffte, es heute mit ihm zu tun, also hier zu verschwinden, sondern aus Wehmut, weil ich keine Chance gehabt hatte, diese Erfahrung zu machen, Erinnerungen zu schaffen, über die ich heute lachen konnte. Dann war Hugh neben mir aufgetaucht mit seinem typischen Grinsen und hatte darauf gezeigt.

»Interesse?«

Ich hatte ihm einen Stups in die Rippen gegeben und gelacht.

»Lach nicht. Ich habe ein paar ganz nette Erinnerungen daran. Jeder von uns, möchte ich wetten.«

»Ich nicht.«

»Stimmt, du nicht. Da hast du was verpasst, die Küsse, die hier geraubt werden, sind etwas ganz Besonderes. Nun, was nicht ist, kann ja noch werden.«

»Klar.« Ich hatte ihn stehen lassen. Bestimmt hatte er genügend Erinnerungen, um eine lange Andacht abzuhalten.

»Ich kann mir vorstellen, dass dich das beeindruckt.« Jasons Stimme war irgendwie anders und holte mich zurück aus meinen Gedanken. Er grinste affig, ziemlich dicht an meinem Gesicht. Anscheinend hatte ich meine Mimik doch nicht so gut unter Kontrolle, wie ich dachte. Außerdem hatte er es irgendwie geschafft, uns weiter nach hinten zu bugsieren, und ein kleiner Schritt weg von ihm reichte, um an der Wand zu stehen. Ganz toll. Mit der einen Hand stützte er sich lässig ab, dicht neben meinem Kopf, die andere drückte mir eine neue eisgekühlte Dose in die Hand. Wie machte der das nur? Egal, trinken schien mir keine schlechte Idee. Ich merkte, dass sein Gesicht langsam verschwamm, und vor allem, dass seine Worte nicht mehr so klar zu mir durchdrangen. Und irgendwann musste er es ja mal leid sein, meine Zeit zu verschwenden. Er war ja schließlich in festen Händen und damit sicherlich nicht den ganzen Abend verfügbar.

»Musst du nicht mal nach deiner Freundin sehen? Kenne ich sie?«

»Nein, sie ist nicht von hier. Und glaube mir, sie hätte sich hier nur gelangweilt.«

So wie ich. Vermutlich langweilte sie sich ständig mit ihm. Wie konnte man solch einen Typen bloß freiwillig ertragen?

»Also, ich muss auf alle Fälle mal los. Nach Doug sehen. Mit ihm anstoßen und so.« Ich wedelte mit meinem Dosen-Cocktail.

»Doug? Der vermisst dich nicht.« Er lachte schon wieder sein überhebliches Lachen und ich folgte seinem Blick. Mein Bruder, der Verräter, langweilte sich in der Tat nicht. Er stand mit Sean, Hugh und George neben dem Kühlschrank, ein Bier in der Hand, und lachte. Anscheinend hatten sie Spaß.

»Du hast dich echt verändert, Holly. Ich dachte immer, du bist so ein Mäuschen, aber du hast dich gemacht. Was sagtest du noch, was du machst? Ich wette, du bist ganz nach oben gekommen, oder?«

Ich kippte entschlossen die dritte Dose in viel zu kurzer Zeit in mich hinein. »Ja, ganz nach oben. Entschuldige mich, aber ich muss mal dringend wohin.«

Kapitel 34

Ich hatte ihn resolut zur Seite schieben wollen, aber das klappte nicht. Also tauchte ich einfach unter seinem Arm hindurch und machte mich davon. Manchmal ist es ein echter Vorteil, klein zu sein.

Als ich fünfzehn Minuten später vorsichtig in den Raum lugte, stand Jason immer noch da, wo ich ihn verlassen hatte. Er war in Begleitung von zwei Frauen, die eine Klasse über mir gewesen waren, aber sie schienen kein gutes Publikum zu sein, denn er sah sich immer wieder aufmerksam um. Ich erspähte Charlotte, Liz und Lucy in der entgegengesetzten Ecke und ging eilig hinüber.

»Tolle Party, was?« Lucy strahlte. »Fast wie früher.«

Liz nickte kichernd. Sie war früher eine ganz Muntere gewesen, fiel mir ein, und ganz sicher hatte sie hier ein paar vergnügliche Stunden verbracht.

»Ladies!« Jason war wieder da. »Der gute Jason hat euch was mitgebracht.«

Himmel, wie viele Kisten von dem Zeug hatte der denn angeschleppt? Und wie schaffte er es, dass keiner es einfach klaute?

»Nur das Beste für die Besten.« Er lachte dröhnend und Charlotte hob eine Augenbraue.

»Jason. Wie geht's? Wo sind denn deine Haare hin? Ich glaube, deine Stirn war früher nicht so hoch.« Lucy grinste.

Charlotte prostete mir verstohlen mit der Dose zu

und ich ergab mich. Wenigstens schmeckte es.

»Du weißt, was man sagt. Ein schönes Gesicht braucht Fläche und ein brillantes Gehirn Platz.« Er grinste nicht mehr ganz so breit. »Und du? Farmersfrau, was? Nun ja, es passt zu dir.«

Es hatte schon einmal funktioniert, einfach nicht hinzuhören, also tat ich es wieder. Während Lucy und Jason sich einen Wortwechsel lieferten, ließ ich meine Augen durch den Raum schweifen und überlegte, wohin ich mich verdrücken konnte. Niemand schien sich für meine Not zu interessieren, also musste ich selbst aktiv werden.

»Entschuldigt mich.« Ich wartete keine Antwort ab, sondern machte mich schleunigst davon. Doug war schließlich mein Bruder und er sollte mit mir feiern.

»Holly. Wir unterhalten uns gerade über die Liga.« George sah mich missmutig an, als ich zu ihnen stieß.

»Fußball?« Ich lächelte, als wäre ich erfreut. War ich sogar. Alles war besser als Jasons Eigenlob.

»Du interessierst dich für Fußball? Echt? Was ist dein Tipp?«

»Klar. Äh, Tipp?«

»Na, wer holt das Ding dieses Jahr?«

»Das ... äh, den Pokal? Tja, ich schwanke noch zwischen ... Arsenal und hm ... London?«

George verdrehte die Augen.

»Du hast keinen Schimmer, oder?« Hugh lachte sich schlapp. »Arsenal und London. Holly, du bist eine Wucht.«

Ich zuckte mit den Achseln. Ich hatte keine Ahnung von Fußball, aber Arsenal gewann doch immer, oder? Und eine Stadt wie London musste einen Club haben. Wobei … irgendwo tief in mir dämmerte es. Arsenal London. Hm, das war jetzt blöd.

»Das sollte ein Witz sein. Also Arsenal oder Arsenal, versteht ihr?«

»Klar.« Sie lachten mitleidig.

»Jungs!« Jason, der Unbarmherzige, war da. »Und, alles fit im Schritt?«

Ich drehte mich um.

»Holly. Wieso habe ich das Gefühl, dass du mir ausweichst? Ich habe dir noch nicht mal die Hälfte von dem erzählt, was ich alles mache. Und vielleicht kann ich dir ja ein paar nützliche Verbindungen herstellen. Networken, das ist die Grundlage des Erfolgs, was? Du wirst es nicht glauben, wie ich zu diesem Job kam, der mich ganz nach oben brachte.«

Ich wollte es vor allem nicht wissen. »Entschuldigt mich. Jason, du als Experte hast doch bestimmt einen Tipp, wer dieses Jahr das Ding holt. George interessiert sich brennend dafür.«

Ich nahm ihm die unvermeidliche Dose ab und machte mich wieder einmal davon. Diese Party entwickelte sich immer mehr zu einem Hindernislauf. Ich war ein wenig verärgert, denn schließlich hatte ich heute einen kleinen Teil meiner Jugend, nun ja, nachholen wollen. Kurz entschlossen durchquerte ich den Raum. Ein schneller Blick – Jason stand mit dem Rücken zu mir. Dann hob ich den Vorhang vor der

Knutschecke und verschwand in der Nische.

Es war erstaunlich bequem. Und es war herrlich einsam. Gott, wie froh war ich jetzt, dass ich nie mit Jason hier gelandet war. Wobei der vor lauter Prahlerei vermutlich eh nicht zum Küssen gekommen wäre. Ich zog die Beine unter und schloss die Augen. Nur eine Weile, dachte ich, dann gehe ich wieder hinaus. Ich würde mir nicht von ihm die Party verderben lassen, nur einen Moment durchatmen. Und den Cocktail trinken. Wäre ja schade, wenn das Zeug warm würde.

Dann dachte ich an Oscar. Wie es wäre, wenn er hier wäre. Also, erst einmal nur hier auf der Party, nicht hier, bei mir, in diesem braun-orangen Refugium. Wir hatten gestern telefoniert und ich hatte die Party erwähnt. Ganz nebenbei, sie sogar ein wenig heruntergespielt. Ich weiß nicht, was ich gehofft hatte. Das er fragen würde, ob er mich begleiten könne? Vielleicht. Aber er tat es nicht und ich auch nicht. Wenn er da gewesen wäre, dann hätte ich Jason nicht ertragen müssen. Dann hätte ich nicht alle Fragen zu meinem Beziehungsstatus elegant umschiffen müssen. Nicht, dass der Status dann anders gewesen wäre, aber man wäre gar nicht erst auf den Gedanken gekommen. Irgendwie schienen alle in einer Beziehung zu sein und ich fühlte mich seltsam unvollständig. Was stimmte nicht mit mir, dass ich nicht in der Lage war, den Richtigen zu finden? Ich hatte es satt, alleine zu sein und mir den ganzen Abend das öde Gerede anhören zu müssen, weil niemand da war, der mich in den Arm nahm und vor blöden Jasons rettete. Ich wollte diesen besonderen Menschen haben, dem ich nur einen Blick zuwerfen musste, einen einzigen Blick, und der dann sofort wusste, dass ich jemanden brauchte, der mir aus dieser Situation heraushalf. Und Oscar schien dafür der Richtige zu sein. Aufmerksam, charmant und nett. Richtig nett. Ich seufzte, gerade in dem Moment, als der Vorhang mit Schwung zur Seite gezogen wurde.

»Holly!«

Nein. Wie hatte der mich denn so schnell gefunden?

»Holly, was soll ich denn jetzt denken?«

Vielleicht, dass ich mich vor dir versteckt habe? Dass ich wirklich keine Lust darauf habe, mir deinen Stuss anzuhören?

»Ist das etwa ein kleiner Hinweis? Du weißt doch, dass ich in festen Händen bin.« Er lachte so laut, dass es sicher im ganzen Raum zu hören war.

»Nein.« Ich fuhr hoch. Das hatte ja gerade noch gefehlt.

»Ich weiß, wie diese Nische euch Dinger anzieht. Gott, ich müsste echt mal nachzählen, wie viele ich hier drin vernascht habe. An dich kann ich mich aber nicht erinnern.«

Was für ein Herzchen. »Weil ich nie mit dir hier drin war.« Spacko, fügte ich in Gedanken hinzu.

»Und jetzt willst du das nachholen, was?« Er gefiel sich sichtlich in der Rolle des Supertyps. »Na dann, was meine Kleine nicht weiß ...« Er beugte sich vor und ließ seine Zähne blitzen.

»Entschuldige, Kumpel, aber das ist mein Mädchen,

und sie wartet auf mich. Finger weg, wenn du nicht mit einem schönen Veilchen nach Hause kommen willst.«

Ich kannte die Stimme, auch wenn ich diesen Tonfall noch nie gehört hatte. Bestimmt, drohend und ein wenig stolz. Ruhig und doch unmissverständlich. Hugh war gekommen, um mich zu retten. Wie früher, wenn ich von den größeren Jungs auf dem Schulhof geärgert wurde. Nur dass er damals nicht solche Sprüche geklopft hatte. Er hatte auch nie mein Gesicht in seine Hände genommen und mir so tief in die Augen gesehen. Nur einmal, als ich viel zu viel getrunken hatte und er dachte, ich hätte mir sonst noch etwas eingeworfen. Was ich nicht tat. Niemals. Aber selbst damals hatte er mich anders angesehen. Er war mir auch noch nie so nahe gekommen dabei, so nahe, dass sich unsere Lippen berührten. Und verdammt, er hatte mich auch nie geküsst. Egal was war, er hatte niemals seine Lippen auf meine gepresst und sie ... so geküsst. Ich war dermaßen überrascht, dass ich nichts tun konnte. Ich sah einen winzigen Augenblick Jasons Gesicht und ich hätte es gerne ausgekostet. Aber das ging nicht, denn Hughs Kuss war einer von der Sorte, bei dem man die Augen schließen musste, um ganz alleine dieses Gefühl zu spüren. Denn ja, er küsste gut. Zu gut. Ich vergaß Jason und dass es Hugh war. Nein, das ist gelogen, ich vergaß es nicht, ich wollte es nur nicht wissen. Himmel, es war diese Art Kuss, von dem man immer träumt. Zart und sanft, und dann, ganz langsam, mehr. Mehr Druck, mehr Leidenschaft, mehr Hingabe. Ich verdrängte, dass ich keine sechzehn mehr war und dass ich nicht mit meinem Schwarm hier war. Ich dachte noch einmal kurz an Oscar, dann ließ ich das Denken ganz sein. Ich bekam am Rande mit, wie Hugh sich zu mir in die Nische drängte, und gab es auf, meine Hände zu kontrollieren. Sein Haar war so weich und er roch so gut. Gut und vertraut, wie das Badezimmer morgens, nachdem er es verlassen hatte. Er roch nach Glück und Sicherheit und ein wenig nach Abenteuer. Und vor allem redete er nicht davon, wie toll er war. Es war einer dieser Momente, in dem man sich wünschte, dass er nie endete und dass man nie wieder anfangen musste zu denken.

Kapitel 35

Und dann war es plötzlich einer dieser Momente, in dem man sich wünschte, unsichtbar zu werden, zu verschwinden oder überhaupt nicht geboren worden zu sein. Seine Lippen lösten sich und langsam machte ich die Augen auf und sah Hugh, mit einem unpassend amüsierten Gesichtsausdruck.

»Du lieber Himmel, Holly!« Er rückte ein wenig ab. »Das hätte ich nun nicht erwartet.«

Ich blinzelte kurz. Die Vorhänge waren geschlossen, Hugh musste sie zugezogen haben, der Himmel weiß wie.

»Was hättest du … du hast doch angefangen.« Ich flüchtete mich in eine patzige Reaktion und verschränkte sicherheitshalber meine Arme vor der Brust. Es war jetzt besser, meine Gefühle ganz schnell in andere umzuwandeln. Besser, flapsig zu sein und ein wenig überheblich, als dem nachzuspüren, was da eben gewesen war. Herrje, ich konnte doch nicht ernsthaft das empfinden, wenn Hugh mich küsste! Nicht dieses Kribbeln, nicht dieses Nicht-aufhören-Wollen. Nicht bei ihm.

»Das weiß ich wohl. Um dich vor Jason zu retten. Aber dass du so abgehst …«

»Ich? Ich habe nur mitgespielt.« Empörung war auch gut.

»Du hast Talent.« Seine Augen blitzten auf.

Ich wollte wieder etwas Patziges sagen, aber sein

Lächeln, sein altes Hugh-Lächeln, kam dazwischen. Ich beschloss, es zur Abwechslung einmal mit Coolness zu versuchen. Einfach wie er so tun, als wäre das nichts gewesen. Und vor allem jetzt und sofort jeden Gedanken an diesen Kuss zu verdrängen. Er war ein Mittel zum Zweck gewesen, nicht mehr und nicht weniger. »Danke.« Nun ja, cool oder überheblich, das lag ja oft genug dicht beieinander.

Er lachte laut auf. »Na, auf alle Fälle sollte der Langweiler dich nun in Ruhe lassen. Auch wenn wir vielleicht noch einen Moment warten sollten.« Er kam wieder ein Stückchen näher. »Wir könnten uns die Zeit vertreiben, wenn du willst. Ich meine, es gibt schließlich schlechtere Methoden ...«

»Vergiss es!« Ich hob die Augenbrauen und tat empörter, als ich war. Leider.

»Es hat dir gefallen.« Er triumphierte, nicht zu übersehen.

»Es war ganz nett.«

»Ganz nett?«

»Ja, ein wenig seltsam. Ich meine, wir beide, wir küssen uns nicht. Du bist so was wie mein Bruder.«

»Dein Bruder?«

»Du weißt, was ich meine.«

»Ja, ich weiß es. Aber ich bin froh, dass ich es nicht bin.«

Ich hob überrascht den Kopf. Was ging denn jetzt hier ab?

»Denn sonst würde ich dich sofort nach Hause schleifen und einsperren. Und mir Gedanken machen, wo du das gelernt hast.«

Ich atmete auf. Er hatte die Kurve bekommen. Hugh war mein bester Freund und mit ihm konnte man fast alles tun. Außer Flirten. Oder Küssen.

»Ich bin siebenundzwanzig.« Diesmal war die Empörung fast echt.

»Und zum ersten Mal in der legendären Knutschecke.«

»Allerdings nur mit dir.«

»Ich hab's verstanden. Aber du musst zugeben, dass es niemanden hier gibt, den du gegen mich eintauschen würdest. Ich bin nun mal der Beste. Und du kannst jetzt nie mehr sagen, dass meine Küsse nass und eklig sind.«

»Wann habe ich das denn gesagt?« Jetzt war ich nicht mehr empört, sondern ehrlich überrascht.

»Erinnerst du dich nicht? Mit sieben, und mit voller Überzeugung.«

»Bitte?«

»Holly, komm schon. Du wirst doch deinen ersten Kuss nicht vergessen haben?«

»Nein.« Ich dachte nach. Nein, ich konnte mich gut an meinen ersten Kuss erinnern. Der war in der Tat recht feucht gewesen und nicht besonders toll und ganz bestimmt nicht von Hugh. Und ich war dreizehn, nicht sieben.

»Du standest in der Ecke auf dem Schulhof und hast vor Zorn fast geheult. Weil Liz dir erzählte, dass sie Todd geküsst hatte.«

»Nein.«

»Doch. Sie hat dich ausgelacht, dass niemand dich küssen wollte, und gesagt, dass Todd dich immer Feuermelder nennt.«

Daran erinnerte ich mich.

»Und dass du keine Ahnung hättest und küssen überhaupt das Beste wäre.«

»Mit sieben?«

»Ja. Und dann habe ich dich geküsst.«

»Nein.«

»Natürlich. Und es hat funktioniert. Du hast aufgehört zu heulen. Und du bist zu Liz gegangen und hast ihr gesagt, dass Küssen eklig und feucht wäre und sie ihren Todd gerne behalten könne.«

Ich konnte nicht anders, als laut zu lachen. So war es immer mit ihm. Nie konnte man ihm böse sein und nie konnte man ihn lange ernst nehmen. »Das denkst du dir doch gerade aus.«

»Aber es ist eine schöne Geschichte.« Wieder lachte er. »Nein, im Ernst, Holly, es war so. Wie kannst du das vergessen?«

Das fragte ich mich auch. Wahrscheinlich, weil es nie passiert war. Aber immerhin hatte er es geschafft, dass wir nicht mehr über den heutigen Kuss sprechen mussten. Und dass ich wieder mehr ich selbst war und mich nicht mehr fragte, ob das, was ich da eben erlebt hatte, wirklich so toll gewesen war.

Als wir uns ein paar Minuten später wieder nach draußen wagten, war Jason verschwunden. Die Dosen-Cocktails hatte er dagelassen, wie ich mit Freuden feststellte. Er hatte sie in einem Karton versteckt, auf dem der Aufdruck einer billigen Biermarke war, wahrscheinlich der Grund, weshalb sie niemand entdeckt hatte. Es war so passend. Ich nahm mir noch einen, das hatte ich mir verdient.

Plötzlich fand ich die Party richtig gut. Ich war ausgelassen, lachte und hatte Spaß. Niemand mehr da, der mich vollquatschte, aber ein tolles Gefühl in meiner Brust. Und endlich einmal die richtige Einstellung.

»Du musst lernen, dir nicht immer so viele Sorgen zu machen«, hatte Hugh gesagt, ehe wir uns aus der Nische wagten. »Ist doch egal, wer was über dich denkt. Was bringt es denn, sich Sorgen zu machen? Die reden trotzdem, aber du hast dir den Tag verdorben. Kopf hoch und drüber stehen.«

Und er hatte recht. Wen interessierte es, ob Jason dachte, dass Hugh und ich zusammen waren. Oder sonst wer? Es war egal und ich sollte mir deswegen keinen Kopf machen. Es ging nur mich und ihn was an, was da passiert war beziehungsweise nicht passiert war. Und aus welchen Gründen es passiert war. Und was ich dabei empfand und was ich nun empfand, nämlich einfach Glück, weil mein Leben toll war und ich die besten Freunde der Welt hatte. Und die einzige Person, der es wichtig sein könnte, wichtig sein sollte, wenn es nach mir ging, würde es nie erfahren.

Als ich an diesem Abend sehr spät und sehr angeheitert im Bett lag, fasste ich einen Entschluss. Ich würde mich nicht länger davor fürchten, irgendjemanden vor den Kopf zu stoßen. Ich würde mein Leben nicht mehr danach ausrichten, was man von mir erwartete oder hören wollte. Ich würde endlich dazu stehen, wer ich war und wie ich war. Und was ich wollte. Und ich würde ein paar Dinge regeln, die mich schon zu lange belasteten. Ich würde alte Erinnerungen gegen neue austauschen. Und Dinge nachholen, die ich verpasst hatte. So wie heute. Und dann diese Dinge fein säuberlich abspeichern und abhaken.

Kapitel 36

Ich hatte entdeckt, dass ich meinen Adrenalinspiegel auch auf andere Weise anheben konnte als nur durch die Hunde, und ich war schon wieder angefixt. Man konnte einfach mal Dinge machen, die man nicht tat. Die keinen Sinn ergaben und die einen nicht weiterbrachten, dafür aber Spaß machten. Man konnte zum Beispiel einfach mal sagen, was man dachte, oder zulassen, dass man etwas toll fand, was für die anderen nichts Besonderes war. Oder seinen besten Freund küssen, einfach so. Nun ja, diese Methode sollte man allerdings sparsam einsetzen.

Man konnte zum Beispiel zugeben, dass man seinen Durchschnittsjob echt gerne machte und nicht »ganz nach oben« wollte. Gut, es waren Rauchmelder und die Firma hatte gute Chancen, den Preis für den bescheuertsten Namen der Geschäftswelt zu bekommen, aber das sollte doch nicht mein Problem sein. Ich mochte meine Arbeit. Ich mochte die Zahlen, die Statistiken und ich mochte das Gefühl, wenn am Ende des Tages alles stimmt. Und nun bekam ich diese Möglichkeit, etwas tiefer hineinzuschnuppern, weiter einzutauchen in die Materie. Das war eine Chance, die ich nutzen wollte.

Die zweite Chance, die ich jetzt nutzen wollte, war, diese blöde Hundesache endlich in den Griff zu bekommen. Meine Motivation hatte einen gewaltigen Auftrieb erhalten und ich wusste, wenn ich es jetzt nicht schaffen würde, dann nie. Zum ersten Mal freute ich mich tatsächlich fast, als ich auf das blaue Haus zuging. Nicht direkt auf die Konfrontation mit dem Hund, aber auf den nächsten Schritt, den ich heute gehen würde.

Mitch war schon bereit und kam, Boomer voran, die Treppe hinunter. Die Leine hatte er in der Hand. Auch diesmal war die Hunde-Begrüßung eher schrecklich als schön, das muss ich zugeben, allerdings überstand ich sie besser als beim letzten Mal. Ich fand erstaunlich schnell die passenden »Worte«, und es gelang mir sogar, den Hund an die Leine zu nehmen. Ich wäre gerne in den kleinen Park gegangen, Mitch jedoch lenkte seinen Schritt entschlossen aus der Stadt hinaus.

»Vertraue mir, ich weiß, was ich tue. Nimm die Leine ein wenig kürzer und lass ihn an deiner Seite gehen.«

Natürlich wusste er, was er tat. Er kannte schließlich die ganzen Hunderouten in der Gegend und kaum waren wir auf dem kleinen Feldweg, kam uns auch direkt der erste entgegen. Dann der zweite und der dritte. Doch natürlich waren sie heute alle angeleint und ich bemerkte überrascht, dass mir diese Begegnungen kaum etwas ausmachten. Ich war ein bisschen angespannt, weil ich Boomer an der Leine hatte und nicht wusste, ob die Hunde gleich anfangen würden zu zerren und auf sich zuzulaufen, aber natürlich war Boomer dafür viel zu gut erzogen. Und so endete diese Stunde ganz ohne größere Aufregungen, zu meinem größten Erstaunen.

»Du bist auf dem richtigen Weg. Du hast das toll gemacht. Nun ja, du könntest versuchen, nicht so verkrampft zu sein, deine Arme locker hängen zu lassen, wenn uns ein Hund entgegenkommt. Nächstes Mal werden wir wieder rausgehen. Ich kenne eine Menge toller Wege, langweilig sollte uns nicht werden.«

Ich ging anschließend alleine in den Park und setzte mich auf die Bank am Fluss. Ich hatte Oscar von meiner Stunde erzählt und obwohl wir nichts ausgemacht hatten, hoffte ich, dass er kommen würde. Und ich musste nicht lange warten. Schon von Weitem erkannte ich seine Gestalt und das schöne Fell von Frodo. Entschlossen stand ich auf und ging ihnen entgegen. So weit, dass ich dem Hund meine Hand hinhalten konnte und er kurz schnupperte. Ich war entzückt vom Treffen und von meiner eigenen Courage, wie einfach es sich gerade angefühlt hatte. Und von Oscars strahlenden Augen.

Wir schlenderten langsam durch den Park und er erzählte von seinem Wochenende. Er hatte gearbeitet, weil er morgen einmal mehr geschäftlich verreisen musste und sich viel in diese Zeit hineingepackt hatte.

»Armer Frodo. Dann muss er schon wieder weg.«

»Ach, ich glaube, er freut sich. Er mag Janie sehr, nicht wahr, alter Junge?«

»Ich stelle mir das auf Dauer sehr anstrengend vor. Diese Reisen und die Auswärtstermine.«

»Das geht. Ich wollte es ja so. Aber ich vermisse ihn schon.« Er sah zu seinem Hund. Ich wartete, doch er sagte nicht, dass er sonst noch jemanden vermissen würde. Oder etwas.

»Er ist meine Familie. Und er ist der Einzige, der mich vermisst, wenn ich weggehe, und der sich freut, wenn ich zurückkomme.« Er sah nachdenklich in die Ferne. »Auch wenn ich hoffe, dass das nicht so bleibt.«

Wie zufällig streifte seine Schulter meine.

»Bestimmt bleibt das nicht so.« Ich versuchte, nachlässig zu klingen und dennoch interessiert. Mein Gehirn war schon wieder voll am Arbeiten. Ich sah mich in seinem Garten, Frodo freudig bellend neben mir, und Oscar, der, einen eleganten Koffer hinter sich herziehend, das Gartentor öffnete. Der Hund bellte und sprang freudig herum und ich stand lächelnd daneben, ganz entspannt. Oscar kam auf uns zu und küsste mich. Ein toller Kuss, der den von Hugh ganz lässig in den Schatten stellte. Der Hund sprang an uns hoch und wollte ebenfalls seinen Teil von Oscar, und der schob sich lachend von mir.

»Ich habe dich doch auch vermisst, alter Freund. Aber diese Lady fast noch mehr. Du hattest sie die ganze Zeit und nun bin ich dran, also halte dich zurück.«

Ich lachte und beugte mich zu Frodo, um ihn zu streicheln, dann legte Oscar seinen Arm um mich und wir gingen langsam ins Haus. Hach. Es war zu schön. Ich mochte diese ganz andere, lässige, entspannte Holly, die sich in meiner Fantasie formte, nur zu gerne.

»Holly?«

»Ja?« Ich drehte errötend den Kopf. Wie konnte ich mich nur in solche Träumereien driften lassen, während er neben mir herging.

»Ich habe gefragt, wie dein Wochenende war.« Er sah mich interessiert an. »Alles in Ordnung mit dir?«

»Klar. Gut, es war gut. Nette Party.« Ich fürchte, ich wurde noch ein wenig röter. Ich meine, es war albern, denn er und ich waren nicht zusammen, ebenso wenig wie Hugh und ich, aber es fühlte sich an, als hätte ich ihn betrogen, irgendwie.

»Ich habe einen ehemaligen Schulkameraden getroffen. Ich fand ihn früher toll und nun habe ich festgestellt, dass er ein langweiliger Angeber ist.« Ich musste irgendetwas erzählen und dieses Thema erschien mir passend. Ich würde einfach weglassen, wie ich ihn schließlich loswurde. Ich erzählte von Jasons blöden Sprüchen und wie ich den ganzen Abend durch den Raum geflüchtet war, und er lachte an den richtigen Stellen.

»Ich kann ihn irgendwie verstehen. Ich hätte wahrscheinlich auch an deinen Fersen geklebt.«

Und er sagte genau das Richtige. Ich holte tief Luft. »Aber vor dir wäre ich wahrscheinlich nicht weggelaufen.«

Sein Blick traf mich und einen Moment dachte ich, jetzt passiert es. Jetzt küsst er mich. Und dann bellten plötzlich Hunde und ich sah mich erschrocken um.

Es gab noch viel zu tun, ehe sich meine Fantasie verwirklichen konnte. Ich war immer noch zu einfach ins Bockshorn zu jagen. Zwei Hunde, beide an der Leine, waren uns begegnet und sofort war der besondere

Augenblick dahin gewesen. Ich brauchte alle Aufmerksamkeit, denn diese Hunde waren nicht so gut erzogen wie die, die Mitch und mir auf unserem Spaziergang entgegenkamen. Oder die Besitzer waren es nicht, das traf es wohl besser. Sie ließen die Tiere ungehindert auf uns zulaufen, ohne die Leine zu verkürzen, und Frodo in Augenschein nehmen. Es gab ein ziemliches Durcheinander und ich stand da und klammerte mich, ohne es zu merken, an Oscars Arm. Die Hunde interessierten sich mehr für sich als für uns, aber trotzdem machte es mir zu schaffen. Und als sie endlich weitergingen, hinter ihren lachenden Besitzern her, die meine Panik elegant ignoriert hatten, sah mich Oscar nicht mehr verliebt an, sondern besorgt.

»Geht's?«, fragte er.

Ich nickte energisch mit dem Kopf und atmete mal wieder tief durch. »Natürlich. Fast kein Problem mehr.«

Kapitel 37

Ich entwickelte mich tatsächlich zur verrückten Hunde-Lady, wie Hugh einst lachend gesagt hatte. Das wäre doch gelacht, wenn ich mich nicht daran gewöhnen würde. Ich hatte mich auch daran gewöhnt, morgens einen grünen Smoothie zu trinken, weil das gesund war, obwohl es, unter uns, abscheulich schmeckte. Mein Ehrgeiz war geweckt und ich begann, abends ein paar Runden durch das Dorf zu drehen. Manchmal begleitete mich Hugh, aber oft ging ich alleine. Dann waren der Kick größer und die Freude, wenn ich jemanden getroffen hatte.

Im Ort waren nahezu alle Hunde angeleint, was mir entgegenkam, und ich beschränkte mich im Großen und Ganzen erst einmal darauf, an ihnen vorbeizugehen, mich an den Anblick und das Bellen zu gewöhnen. Bei einigen nahm ich direkten Kontakt auf, mit Butler zum Beispiel oder mit dem alten Bernhardiner, dessen Besitzerin ein paar Häuser weiter wohnte. Ich kämpfte tapfer gegen diese Restangst an, die weit weniger groß war als vor ein paar Wochen und mich dennoch so beschäftigte. Und ich meldete mich zu einer Fortbildung an, die ich sogar von meiner Firma bezahlt bekam und die mir helfen sollte, meine Karriere ein wenig anzukurbeln.

In den nächsten vier Wochen war das mein Alltag. Ich ging nur noch einmal die Woche zu Mitch und wir verbrachten die Zeit nun außerhalb der Praxis. Er spazierte mit mir auf den Wegen, die bei den Hundehaltern sehr beliebt waren, aber nie kam es zu einem Zwischenfall, dass ein Hund nicht an der Leine war oder so, und ich begann, die Zeichen besser einschätzen zu können, die Tiere besser zu verstehen und sogar einigermaßen gelassen zu bleiben, wenn sie sich, wie Freunde es eben tun, begrüßten und bellten. Ich traf mich weiterhin mit Oscar und ich merkte, dass sich unsere Beziehung langsam, aber sicher veränderte. Wir begannen, über andere Dinge zu sprechen, weniger Alltägliches auszutauschen, sondern Erinnerungen, Erfahrungen und Dinge, die wir irgendwann einmal machen wollten. Wir redeten von unseren Familien, von den Liebsten, die wir verloren hatten, und irgendwann auch von den Lieben, die wir erlebt hatten.

Ich war nicht verwundert, dass Oscar auf mehrere lange Beziehungen zurückblickte. Er war der Typ dafür, keiner, der sich vorschnell auf Frauen einließ und sie ebenso schnell austauschte. Das gefiel mir. Alles gefiel mir, was er mir erzählte. Es gab mir Hoffnung, denn auch bei mir nahm er sich die Zeit, mich kennenzulernen, gab mir Zeit, ihn zu kennen. Und Frodos Anwesenheit sorgte dafür, dass es immer besser wurde mit meiner Angst. Er wurde zu einem zweiten Boomer, einem Hund, den ich nicht nur aushalten konnte, sondern mit der Zeit sogar gerne um mich hatte. Und als er dann eines Abends fragte, ob ich am Samstag Zeit und Lust hätte, ihn auf ein Konzert zu begleiten, stimmte ich freudig zu.

Das Konzert fand in Witney statt, was mir ein wenig Sorgen machte. Ich hätte es lieber gehabt, wenn es in Northleach gewesen wäre. Dann hätte ich hinfahren können, wir wären zu Fuß zur Veranstaltung gegangen und auf dem Rückweg vielleicht wieder an seinem Haus vorbeigekommen. Er hatte vorgeschlagen, dass er mich abholen würde, und ich dachte eine Weile über den Vorschlag nach. Es wäre natürlich schön, wenn er mich abholen würde und dann wieder nach Hause brächte. Damit würde die Entscheidung bei mir liegen, ihn noch auf einen Kaffee ins Haus zu bitten. Aber dann wäre Hugh da und irgendwie störte mich das. Er war zwar selbst kein Kind von Traurigkeit, aber er brachte nie eine seiner Damen mit. Und außerdem hatte ich ein Trauma aufzuarbeiten und dazu war Frodo nötig. Also bot ich ihm an, ihn abzuholen, da er sozusagen eh auf dem Weg lag, und nach kurzem Zögern willigte er ein.

Wir verbrachten einen schönen Abend. Die Band spielte Coversongs und die Stimmung war gut. Wir saßen an einem kleinen Tisch und schrien uns manchmal ein paar Worte zu, ansonsten grinsten wir uns an und genossen dieses Gefühl, dass der heutige Abend anders war. Manchmal berührte er wie zufällig meine Hand und ein angenehmes Prickeln durchfuhr mich. Meine Gedanken kehrten zurück zu dem Kuss von Hugh. Also, nicht dem Kuss von HUGH, sondern dem KUSS von Hugh. Egal was er sagte, ob ich meinen ersten Kuss schrecklich fand und nass, ich liebte es, zu küssen. Also, nicht ihn, sondern generell, den richtigen Mann. Den, bei dem ich schon bei dem Gedanken daran Gänsehaut bekam. Ich liebte dieses Gefühl, wenn die Knie weich werden und der Verstand aussetzt und du nur noch glücklich grinsen kannst. Dieser Kuss hatte mich daran erinnert, was ich vermisste. Und schon viel zu lange nicht mehr bekommen hatte.

Anfangs waren die Küsse von Seamus genauso gewesen. Doch dann, als wir merkten, dass wir eben doch nicht so gut zusammenpassten, waren sie anders geworden. Zum Schluss unserer Beziehung waren es nur noch kleine, fast keusche Küsse gewesen, die Zuneigung ausdrückten und Freundschaft, aber keine Leidenschaft. Und ich hatte fast vergessen, wie es war, anders geküsst zu werden. Hugh hatte mich daran erinnert. Das war kurzzeitig fast ein Problem zwischen uns gewesen. Am Morgen nach der Party war ich ehrlich gesagt ein wenig unsicher gewesen, wie ich ihm begegnen sollte. Aber Hugh war wie immer. Nichts erinnerte an diesen Vorfall. Er behandelte mich wie immer und er verschwand am Abend, um sich mit Ana zu treffen. Wir sprachen nicht mehr davon und ich verlor meine Bedenken. Es war ja auch eine klare Sache gewesen, ein Kuss, um Jason in die Flucht zu schlagen. Nur ich war wieder einmal durcheinander gewesen, hatte mir Sorgen gemacht, dass ich etwas falsch verstand, dass irgendjemand uns gesehen hatte und etwas falsch verstand, das Übliche eben.

Bei Oscar hingegen war es anders. Er zeigte mir deutlich, dass ich ihm nicht egal war und dass er mich mochte. Anders mochte als mein alter Freund. Und ich bekam dieses wunderbare Ziehen und Kribbeln, wenn ich an ihn dachte. Diese Unruhe, die ein wenig so war, als säße man in der Achterbahn, die Bügel rasteten ein und man wartete nur darauf, dass die Fahrt losgeht, freudig erregt und ein wenig ängstlich. Wenn er anrief, schlug mein Herz schneller, und wenn wir uns trafen, stolperte es einen Moment. Er stahl sich ständig in meine Gedanken und ich konnte kaum essen, weil mein Magen immer ein wenig hüpfte. Es war ein tolles Gefühl, ein Gefühl, das ich schon zu lange nicht mehr gehabt hatte. Und ich war tollkühn genug, um mir mehr davon zu wünschen und mir das auch zu holen.

Eigentlich bin ich ja eher zurückhaltend. Ich warte gerne erst einmal ab, was sich tut. Ich mag es nicht, mich in eine Sache zu stürzen und dann festzustellen, dass es nicht klappen wird. Ich weiß, das ist feige und man verbaut sich selbst tolle Erfahrungen. Aber so bin ich eben. Oder so war ich, denn die letzten Wochen hatten mich verändert. Nicht nur diese ganzen Nachrichten von Mitch, wie toll und tough und super ich war, sondern die ganze Sache. Dieses ständige Übertreten der Grenzen, das Stellen der Angst. Das Gefühl, es geschafft zu haben. Ich hatte Blut geleckt und ich wollte immer mehr. Und nebenbei hatte ich gemerkt, was ich alles erreichen konnte, wenn ich nur wollte. Und nun wollte ich Oscar. Ich wollte wissen, wie es war, und ich wollte dieses Kribbeln spüren. Bisher lief es gut, seine Augen machten mir Versprechungen, die ich zu gerne wahrnahm. Nach dem Konzert blieben wir noch eine Weile sitzen und redeten, wie Menschen, die vor einem Geschenk saßen und ganz langsam jeden einzelnen Klebestreifen vom Papier lösten, mit ganz viel Geduld. Ich hatte das nie verstanden, ich war von der Sorte, die das Papier herunterriss, um schnell zu sehen, was sich darunter verbarg. Heute allerdings fand ich es großartig, langsam daran herumzuknubbeln, und mit jedem Streifen, den wir ablösten, wurde das Kribbeln stärker. Als wir uns dann erhoben, wusste ich, dass der heutige Abend noch nicht zu Ende war, wenn es nach mir ging. Oscar legte seinen Arm um meine Schultern, als wir uns durch die Menge schoben, die sich immer noch vor dem Pub um den großen Standaschenbecher drängte, und ließ sie liegen, als wir zum Parkplatz schlenderten. Ich rückte ein wenig näher an ihn heran und seine Hand drückte kurz zu. Es war perfekt.

Vor seinem Haus angekommen, blieb ich nicht einfach vor der Einfahrt stehen, sondern parkte vorbildlich am Rand und stellte den Motor aus.

»Das war ein toller Abend.« Ich lächelte ihn an.

»Ja. Das war er.« Er schien einen Augenblick zu überlegen. »Ich habe ihn sehr genossen.«

Dann war einen Augenblick Pause und ich überlegte, was ich tun sollte, wenn er jetzt einfach aussteigen und gehen würde.

»Holly ...«

»Ja?«

»Es ist schade, dass es schon vorbei ist.«

»Das muss es nicht sein.« Ich holte tief Luft. »Wir könnten noch etwas trinken.«

»Ich bin mir nicht sicher, ob um diese Zeit hier in Northleach noch ein Lokal geöffnet hat.«

Ich zuckte mit den Schultern und zog die Unterlippe ein.

»Du ... würdest du mit reinkommen wollen? Ich kann Frodo wegsperren.«

»Das musst du nicht.«

»Bist du dir sicher? Es ist kein Problem und auch keine Schande.« Die letzten Worte sagte er ganz leise, unendlich liebevoll, und mein Herz machte einen Hüpfer.

»Ja. Ich bin mir sicher. Ich vertraue dir und ihm.« Und sogar mir, jetzt, in diesem Moment.

»Du bist eine außergewöhnliche Frau, Holly Reed. Ich kann für nichts garantieren, wenn du jetzt mit mir kommst.«

»Das musst du auch nicht.«

Seine Augen hielten meine fest und langsam, ganz langsam, näherten sich unsere Gesichter. Bis er mich küsste, zart und vorsichtig und sanft. Es war ein perfekter erster Kuss, der lange dauerte und sich genug Zeit nahm, den anderen zu erkunden, seinen Geruch, seinen Geschmack. Der Versprechungen machte, ohne gleich mit der Tür ins Haus zu fallen.

Kapitel 38

Wir hielten uns an den Händen und kicherten albern wie Teenager, als wir Oscars Garten durchquerten. Das Leben pulsierte in meinen Adern, ein Gefühl, das unglaublich war, schön und spannend und aufregend. Im Flur küssten wir uns noch einmal und dann standen wir vor seiner Wohnungstür. Der Schlüsselbund klapperte leise, als er ihn ins Schloss steckte, und drinnen hörte man das unverkennbare Geräusch der Hundepfoten. Oscar sah mich an.

»Ich gehe hinein und bringe ihn ins Büro.«

Ich brauchte nicht zu überlegen. »Nein.« Lange hatte ich mich nicht mehr so mutig, so verwegen gefühlt. »Nein, mach das nicht.«

Oscar warf mir einen prüfenden Blick zu. Dann nickte er langsam und öffnete die Tür.

Frodo war mindestens ebenso gut erzogen wie Boomer. Ich kannte die beiden schon lange genug, um das zu wissen und um zu wissen, dass er der perfekte zweite Übungshund war. Er bellte nicht, was gut war, und machte auch keinen großen Aufstand. Er stand da, schwanzwedelnd und ein wenig aufgeregt, und wartete darauf, dass Oscar ihn begrüßte. Ich stand hinter ihm und in diesem Moment hatte ich doch wieder ein wenig Angst. Ich würde jetzt eine neue Stufe erklimmen, mich in das Revier eines Hundes begeben. Aber ich wollte das schaffen, jetzt und heute, und der seltsame Cocktail aus Furcht, Vorfreude und Wagemut, der in meinen Adern floss, half mir dabei. Als Oscar den Hund ausgiebig begrüßt hatte, sorgsam darauf achtend, mich abzuschirmen, streckte ich langsam meine Hand aus und ließ ihn schnuppern. Frodos Nase berührte kurz meine Finger, dann wandte er sich ab und ging ohne weitere Anweisungen vor uns her in ein Zimmer. Ich strahlte.

»Tapferes Mädchen. Wie sehr du dich verändert hast.« Seine Augen leuchteten und ich hätte am liebsten ein kleines Tänzchen aufs Parkett gelegt. Oh ja, wie sehr ich mich verändert hatte. In mehr als einer Hinsicht, denn ich hätte mich früher nie so verhalten. Hätte nicht so frech gelächelt und so kokett die Augen niedergeschlagen im sicheren Wissen, dass es heute in meiner Hand lag, was passieren würde.

Der Kaffee war vergessen. Wir waren, wie ich es geplant hatte, im Wohnzimmer. Frodo lag in seinem Korb, neben der gewaltigen braunen Ledercouch. Und bei jedem Kuss, bei jeder Berührung war ich mir dessen bewusst, dass er da war, uns zusah, jeden Moment aufspringen konnte. Es war, als ob meine Sinne heute Abend schärfer waren als üblich, ich viel mehr fühlen konnte. Ich nahm alles mit allen Sinnen auf und ich fühlte mich dabei unglaublich gut. Das übertrug sich auch auf Oscar, der seine vornehme Zurückhaltung vergaß und nun anders küsste, besser und leidenschaftlicher. Es war eine ganz besondere Stimmung, eine, die ich noch nie erlebt hatte und die mich zu völlig neuen Gefilden trug. Und als wir dann vom Wohnzimmer ins Schlafzimmer wechselten, war ich es, die die Tür wieder aufstieß.

»Wenn er morgen vor uns wach ist und die Tür nicht zu, kommt er herein.« Oscar klang atemlos und ein wenig ungeduldig, weil er für einen Moment davon abgelenkt wurde, sich weiter mit meinem Körper zu beschäftigen.

»Das ist mir egal. Du bist ja bei mir.« Ich senkte noch einmal kurz den Blick. Als ich ihn wieder hob und meine Hände gleichzeitig seine Brust entlangwanderten, nickte Oscar, ganz knapp.

»Du hast es so gewollt. Alles.«

Oh ja, das hatte ich. Alles und genauso.

Oscar hatte recht gehabt mit seiner Warnung. Ein kurzes Bellen veranlasste mich, erschrocken die Augen aufzureißen und ließ mich leider auch einen saftigen Fluch ausstoßen. Nichts mit sanftem Wecken, vielleicht einem zärtlichen Kuss oder von mir aus einem sanften Stupsen der warmen, feuchten Hundenase. Ich war sofort wach und vollgepumpt mit Adrenalin.

»Schon gut, alter Junge.« Oscar hatte die Beine aus dem Bett geschwungen und widmete sich ausgiebig Frodos Kopf. »Nun geh schon. Geh. Ich komme ja gleich.« Frodo wetzte davon und nun wandte Oscar sich mir zu.

»Guten Morgen.« Sein Blick war wieder sorgsamer, ein wenig nachdenklich. »Alles gut?«

»Bestens«, ich grinste, deutlich verlegener als gestern Abend. Dieses Aufwach-Ding hatte ich mir ein wenig anders ausgemalt und nun hatten wir es irgendwie versemmelt mit dem Kuscheln und Küssen und wussten nicht so recht, was wir tun sollten.

»Frühstück? Tut mir leid, ich muss dann mit Frodo raus. Du kannst liegen bleiben, wenn du willst. Ich weiß, es ist noch früh.«

»Frühstück.« Ich holte tief Luft. Jetzt nur nicht nachlassen.

Obwohl ich nicht viel geschlafen hatte, war ich hellwach, als ich in die Küche trat. Auf dem Tisch standen bereits zwei Tassen Kaffee und der Toast duftete verführerisch. Auch Oscar sah sehr verführerisch aus in seinem weißen Shirt, den Boxershorts und mit dem zerzausten Haar, aber meine Aufmerksamkeit galt dem Hund. Frodo kam auf mich zu und tapfer blieb ich stehen und streichelte seinen Kopf. Dann trottete er zu seinem Korb und ich zum Tisch. In meinen Fantasien waren wir nie bis zum Frühstück gekommen, alles hatte sich um den Abend gedreht, die Nacht, in einer Wohnung, in der außer mir und dem Mann, den ich wollte, noch ein Hund war. Ich hatte all meine Kraft und Aufmerksamkeit darauf gelegt. Nun merkte ich, dass diese Situation auch nicht alltäglich war. Mir fehlte die Lockerheit des vergangenen Abends und fast war es peinlich, wie steif unser Gespräch einen Moment war. Oscars Fürsorge, wie bei einem Kind, sein Wunsch, dass es mir gut ginge, und meine Konzentration, dass ich locker blieb, machten es schwieriger als erwartet. Ich hatte gedacht, wenn ich den ersten Schritt gemacht hatte, würden die übrigen von alleine kommen, aber ganz so einfach kann man nicht aus seiner Haut. Es war nicht mehr unmöglich, hier zu frühstücken, allerdings auch nicht so einfach, wie ich gedacht hatte. Uns fehlte die Lockerheit, die man nach der ersten gemeinsamen Nacht hatte, besonders, wenn sie so gut gewesen war wie unsere, so voller unerwarteter Momente und Leidenschaft. Als wäre es uns peinlich, was wir getan hatten, grinsten wir ein wenig verlegen und taten uns schwer, wieder an den ungezwungenen Umgang des Abends anzuknüpfen. Ich zumindest. Er tat sein Bestes, aber ich war zu beschäftigt damit, locker zu sein, um es wirklich sein zu können.

»Ich muss eine Runde mit ihm drehen. Willst du uns begleiten?«

Ich nickte langsam. Ob ich es wirklich wollte, wusste ich nicht, doch ich hatte es fest vor.

Mit Mitch war ich in den letzten Stunden oft draußen gewesen und kannte einige der beliebten und gut besuchten Hunderouten. Oscar wählte keine davon, sondern spazierte mit uns zum Park. Hier herrschte Leinenpflicht, und dies wurde auch eingehalten. Ich war froh darum. Fremde Hunde an der Leine waren für mich kein Problem mehr und ich ging entspannt neben ihm her. Er hatte meine Hand genommen, was sich fremd und wunderschön zugleich anfühlte. Der Tag versprach warm zu werden, die Sonne schien hell und unbehelligt von einem klaren Himmel. Der Sommer stand vor der Tür, heute Morgen war es zu spüren. Frodo sprang fröhlich um uns herum und einen Augenblick war es mir, als betrachte ich uns von außen. Der große, gut aussehende Mann, die schwarzen Haare glänzten im Sonnenlicht, die dunkle Brille verlieh ihm einen geheimnisvollen Touch. Der schöne Hund, aufgeweckt und munter, aber nicht erschreckend oder überdreht. Und die rothaarige Frau daneben, ein wenig overdressed in ihrem Kleid und vor allem mit den hochhackigen Schuhen, das Gesicht voller Sommersprossen, die Haare nachlässig zusammengefasst, nur dezent geschminkt (mit dem Notfall-Set aus meiner Handtasche und so, dass er es hoffentlich für natürliche Schönheit hielt). Ich sah, wie die beiden sich ansahen, lachten und ein wenig näher rückten. Wie er ihre Hand losließ und seinen Arm um ihre Schultern legte, sie kurz den Kopf an seiner Schulter ruhen ließ. Wie sie sich anblickten und küssten. Sie sahen schön aus zusammen, harmonisch und absolut nicht nach mir. Aber dann spürte ich Oscars Finger auf meinen Schultern und dachte: Doch, genau das bin ich. Das war ich schon immer, ich wusste es nur nicht.

Kapitel 39

»Sag nichts. Ich seh es dir an, was du getrieben hast.« Hugh hatte mich im Flur abgepasst, als ich abends nach Hause kam. »Deine Augen verraten dich. Du hast einen Kerl. Oder soll ich sagen: Du hattest einen Kerl.«

Die Art, wie er das »hatte« betonte, trieb mir sofort die Röte auf die Wangen, doch ich hielt seinem Blick stand und lachte. »Erraten.«

»Und? War es nett?« Er ging vor mir in die Küche.

»Sehr nett.«

»Also etwas Ernstes?«

»Ich denke schon.«

Hughs Blick war fast hochmütig. »Klar denkst du das. Alles andere passt auch nicht zu dir.«

»Ist das schlimm?«

»Nein. Es hätte dir allerdings gutgetan, mal nicht gleich ernst zu sein. Einfach mal das Leben genießen.«

»So wie du? Wie läuft es mit Ana?«

Er verzog leicht den Mund. »Sie kommt kaum noch heraus aus dem Haus. Millies Zustand wird einfach nicht besser und so leiste ich ihr heldenhaft Gesellschaft, wenn sie in Rufbereitschaft ist. Sie nimmt ihren Job sehr ernst.«

»Das sollte sie auch, oder?«

»Ja, das sollte sie. Aber es macht einsam. Leicht ist das nicht.«

Nein, leicht war das sicher nicht, wenn man seinen Lebensrhythmus einem kranken Menschen unterwerfen musste. Besonders nicht, wenn man jung war und lebenshungrig. Dass Hugh da so willig mitspielte, überraschte mich. Früher war er jedes Wochenende unterwegs gewesen, hatte immer neue Kneipen und Clubs gesucht, war ständig umgeben von einer ganzen Horde Freunde.

»Du magst sie sehr, oder?«

»Ja, ich mag sie sehr. Ana ist eine großartige Frau.«

Ich sah ihn an und verkniff mir einen flapsigen Kommentar. Bisher hatte er großartig meistens über die Erscheinung definiert, insbesondere die Oberweite. Nun, auch in dieser Hinsicht hatte Ana genug zu bieten, doch ich spürte, dass er es anders meinte. Er hatte sich ebenfalls verändert, wie es schien.

»Du wirst wirklich langsam erwachsen, was?«

»Holly, was hast du nur für ein Bild von mir?« Er grinste wieder, ganz der Alte. »Das ist wirklich eine Schande.«

An diesem Abend überließ ich Hugh früh sich selbst und verschwand in meinem Zimmer. Nicht weil ich müde war, obwohl ich das sein sollte. Nein, ich wollte in Ruhe die letzten Stunden Revue passieren lassen und genießen. Ich konnte es selbst kaum fassen, wie sich mein Leben gerade veränderte. Ich war mutiger, freier und waghalsiger als früher. Und ich genoss es. Die Nacht mit Oscar wurde nur übertroffen von dem Tag mit Oscar. Ich war wach bis in die Fingerspitzen, erlebte jeden Moment sehr bewusst. Nach dem Spaziergang waren wir wieder in seine Wohnung zurückgekehrt, ich ganz lässig mit den beiden. Ich nahm Frodo immer noch sehr bewusst wahr, aber ich zuckte nicht jedes Mal zusammen, wenn er kam. Ich konnte gar nicht genug davon bekommen von diesem Gefühl, dass da ein Hund war und ich total entspannt mit ihm umging. Ich suchte sogar seine Nähe, wollte, dass er um uns war. Ich fühlte mich verwegen, wenn ich Oscar küsste und wusste, dass Frodo im Raum war. Und, und das war etwas, was ich ganz bestimmt niemandem anvertrauen würde, ich fand es aufregend und seltsam erregend, wenn mehr aus den Küssen wurde, ich mich fallen ließ, während das Tier frei in der Wohnung herumspazierte. Ich forcierte das auf eine Art, die ich mir selbst nie zugetraut hätte und die mich im Nachhinein ein wenig verlegen machte. Oscar musste denken, dass ich nicht genug bekommen konnte, was ja leider zutraf. Die Situation hatte etwas, das mich alles vergessen ließ. Auch wenn das nicht stimmte, wie ich tief in meinem Herzen wusste. Denn diese andere Erinnerung an einen anderen Mann und einen anderen Hund war immer noch da und wehrte sich überraschend stark, sich übertünchen zu lassen. Es waren definitiv mehrere Schichten notwendig, um sie gänzlich zu übermalen, und ich gedachte, diese Schichten aufzutragen, eine nach der anderen.

Nicht, dass jetzt jemand denkt, ich entwickelte hier einen seltsamen Fetisch. Einen Hunde-Fetisch sozusagen, und ich brauchte das, um in Fahrt zu kommen. Ich meine, das wäre ja ziemlich schräg, und so war es auch nicht. Nicht wirklich. Es war nur so, dass zu diesem

Gefühl, frisch verliebt zu sein, noch ein anderes, fast ebenso mächtiges kam. Seine Grenzen zu überwinden, sich selbst zu überraschen. Ich hatte die doppelte Dosis Adrenalin und ich liebte es. Wahrscheinlich kann das nur jemand nachvollziehen, der wie ich wirklich Angst hatte. Echte, große Angst, die dich lähmt. Jemand, der sein Leben lang völlig natürlich mit diesen Tieren umging, mag das schräg finden, aber für mich war und blieb das eine ganz große Sache. Ein Hund und ich in einem Raum, das war einfach etwas Besonderes. Die Panik zu besiegen und immer weiter zu gehen, sich immer mehr zuzutrauen. Zu erleben, wie Situationen auch ausgehen konnten, obwohl sie jahrelang in einem Panikanfall endeten, konnte wirklich zu einer Sucht werden. Einer Sucht, der ich gerade sehr gerne nachgab.

Erst gegen Abend machte ich mich auf den Heimweg. Oscar musste diese Woche wieder weg, er hatte einen Termin in Schottland, der ihn nicht nur eine Woche beschäftigen würde, sondern auch noch in ein Flugzeug zwang. Es tat mir seltsam gut, zu sehen, dass dieser Gedanke ihn beunruhigte, denn ich verstand ihn und es machte ihn menschlich. Ich wusste, was die Angst mit einem anstellte, vor allem, wenn man zu viel Fantasie besaß, wie ich das tat. Wenn man sich vorher ausmalte, was alles passieren konnte, so lange, bis man sich sicher war, dass es genauso kommen würde.

Mitch hatte versucht mich zu lehren, diesen Gedanken weiterzuspinnen. »Was ist das Schlimmste, das dir passieren kann?«, fragte er immer, wenn er mich in eine neue Situation führte.

»Der Hund könnte auf mich zulaufen und mich anspringen.« Das war meine schlimmste Vorstellung gewesen all die Jahre. Der Moment, den ich fürchtete und an dem für mich alles zerbrach.

»Und dann?«

»Und dann? Reicht das nicht?«

»Hast du Angst davor, dass er dich schmutzig macht?«

»Nein.« Ich meine, vor Dreck hatte ich keine Angst.

»Hast du Angst davor, dass er dich ableckt?«

»Schon. Ich glaube nicht, dass ich es mögen würde.«

»Das ist in Ordnung, das muss man auch nicht mögen. Aber es wäre keine echte Gefahr, oder? Du würdest dich ekeln und abwaschen, aber du würdest keinen körperlichen Schaden nehmen.«

»Nein. Außer ...«

»Außer er beißt zu.«

»Ja.«

»Wie viele Menschen kennst du, die gebissen wurden?«

»Hm.« Ich dachte nach. Keinen, um ehrlich zu sein.

»Hundebisse gibt es, aber sie sind sehr selten. Man kann es nicht ausschließen und ich kann dir nicht sagen, dass es nicht passieren wird. Aber es ist nicht der Normalfall. So wie es nicht der Normalfall ist, ins Auto zu steigen und einen Unfall zu haben. Es kann passieren, niemand kann dir versichern, dass es nicht passiert. Es ist in Summe allerdings ein verschwindend kleiner Prozentsatz, dem das passiert.«

»Hilft mir das weiter?«

»Das weiß ich nicht.« Mitch lachte sein sanftes Lachen. »Aber du neigst dazu, dir ständig alles auszumalen. Also stell dir vor, das Schlimmste, was passiert, ist, dass ein Tier an dir hochspringt und bellt. Und das üben wir heute noch einmal.«

Er hatte an diesem Tag wieder einen zweiten Hund da, einen kleinen, frech aussehenden schwarz-weißen Kerl, der mir gerade bis zum Knie ging. Ich hatte die Begrüßung recht ordentlich gemeistert und mich relativ entspannt mit den beiden Hunden arrangiert. Nun stellte ich fest, dass ich auch ganz gut damit zurechtkam, dass sie beide abwechselnd auf mich zuliefen und an mir hochsprangen. Und das, obwohl Lexy ein kleiner Hund war. Seltsamerweise fand ich die kleinen Hunde schlimmer. Ich hatte einfach das Gefühl, dass große mehr Contenance hatten. Als wüssten sie genau, dass sie durch ihre Erscheinung genug wirkten und deshalb kein Spektakel machen mussten. Die kleinen Dinger allerdings, das waren meistens diese überdrehten, kläffenden Tiere, die sprangen und bellten und mich richtig ängstigten. Aber auch dieses Problem hatte Mitch auf die ihm eigene, großartige Weise erkannt und angegangen. Er verfügte über einen Art Hundepool, der unerschöpflich zu sein schien. Anscheinend war er das Gegenteil von mir. Während ich bisher meine Freunde danach selektiert hatte, ob sie Hunde hatten, war es bei ihm eine Voraussetzung. Wahrscheinlich nicht zu umgehen, wenn man ständig auf Hunde-

Übungsplätzen und Trainingsanlagen und so rumhing. Für mich war das ein Vorteil, denn ich bekam ständig Hunde-Nachschub und neue Aufgaben. Und zwar so lange, bis ich, wie Mitch befand, bereit war für die große Abschlussstunde.

Kapitel 40

Bevor ich allerdings meine letzte Therapiestunde hatte, gab es noch genug anderes zu tun. Ich hatte mich ja für einen beruflichen Fortbildungskurs angemeldet, und den sollte ich jetzt absolvieren. Zu meinem Glück fand er in Witney statt, sodass ich pendeln konnte. Der Kurs war besser als erwartet, gut aufgebaut und sehr informativ. Und ich merkte, dass es mir Spaß machte. Ich bekam Einblicke in das Controlling, und das faszinierte mich. Ich schrieb begierig mit, stellte eine Menge Fragen, was ich mich bis vor Kurzem nicht getraut hätte. Wenn Mr Meyr Wort hielt und mich als Assistentin des Controllings einsetzte, dann, so schwor ich mir, würde ich diese Chance nutzen. Ich würde mich um weitere Kurse kümmern und in die Arbeit stürzen. Ich war noch nie so gerne ins Büro gegangen wie hier, ausgerechnet zu den Rauchmeldern. Sie hatten mir sozusagen Frieden geschenkt. Ich wollte nicht nach ganz oben und ich musste nicht Karriere machen, nur um sie zu haben und andere zu beeindrucken. Ich war zum ersten Mal zufrieden und stolz auf das, was ich tat. Für jeden gibt es das Richtige. Einige sind dazu geschaffen, an der Spitze zu stehen, Verantwortung zu übernehmen und Entscheidungen zu treffen. Kraft, Zeit und Energie in den Job zu stecken und dafür sich selbst auch mal zurückzunehmen, weil sie voll in der Arbeit aufgehen. Und weil sie einfach dafür geboren sind, weil es ihr Talent ist. Oscar war so jemand, dachte ich.

Oscar war jemand, der seinen Job liebte und mit vollem Herzen dabei war, bereit, dafür etwas zu opfern. Er war übrigens gut ankommen in Glasgow und laut seinen Bekundungen hatte er den Flug leidlich überstanden.

Andere mochten es lieber, in der Basis zu sein, das tun, was wichtig war und sie gut konnten, und nebenher noch genug Zeit zu haben für Hobbys und Freunde. Die abends mit dem Gefühl nach Hause kommen wollten, dass sie das Tagwerk erledigt hatten und nun zu den erfreulicheren Dingen übergehen konnten. Die eben nicht ständig Überstunden schieben wollten oder die Verantwortung für die ganzen Mitarbeiter oder die Firma tragen konnten oder wollten. Hugh war ein Paradebeispiel dafür. Auch er liebte seinen Job, ganz ohne Frage. Aber er liebte außerdem viele andere Dinge. Jetzt, wo der Sommer kam, werkelte er abends in unserem Garten, der ein echter Traum war. Kunstvoll angelegte Beete, überraschende Kombinationen, wunderschöne Arrangements. Ich liebte es, draußen zu sitzen und ihn zu beobachten, wie er neben den Beeten kniete und Unkraut jätete, die Rosen beschnitt oder mit dem Rasenmäher zugange war. Er trug dabei meist ein altes Shirt und Jeans, ließ seine beeindruckenden Armmuskeln spielen und ich verstand, weshalb die Frauen ihm nichts abschlagen konnten und weshalb der Gärtner so beliebt war für eine Affäre. Wenn er dann Schluss machte und sich zu mir setzte, roch er nach Erde und Schweiß und Sonne, ein Geruch, den ich vielleicht nicht bei jedem gut gefunden hätte, der aber perfekt zu ihm passte. Hugh war zufrieden und glücklich damit, wie es war, und wollte gar nicht mehr, weder Arbeit noch Geld.

Ich war irgendwo zwischen beiden Gruppen. Ich wollte keine Hilfskraft sein, die immer dieselben Arbeiten erledigte. Aber ich wollte auch nicht ganz nach oben. Ich hatte gedacht, es wollen zu müssen, weil alle es wollten, aber das war Blödsinn. Ich wollte einfach nur etwas tun, das mir Spaß machte und mein Einkommen sicherte. Und nicht etwas, das mich bei der nächsten Party gut dastehen ließ.

Der zweite Vorteil des Kurses in Witney war, dass ich mich mal wieder mit Charlotte treffen konnte. Wir hatten uns in der Mittagspause verabredet und sie kam pünktlich und mit schnellen Schritten in die kleine Bar, in der ich eben Platz genommen hatte und die ein tolles Mittagsmenü aus heimischen Produkten anbot.

»Charlotte? Wie läuft es mit den Hochzeitsvorbereitungen?«

»Gut.« Sie seufzte leise. »Es ist mehr zu tun, als ich dachte. Aber wir schaffen das.«

»Und deine Tante?«

»Im Moment geht es ihr recht gut. Der Sommer scheint ihr gutzutun oder die Aussicht auf die Hochzeit.«

»Das sind doch gute Neuigkeiten.«

»Ja. Sie zeigt großes Interesse an der Hochzeit. Sie hat mir sogar erlaubt, ein Kleid für sie zu besorgen. Ich meine, im Ernst, Tante Millie hat immer über meinen

Hang für Klamotten und Mode die Nase gerümpft. Und nun bittet sie mich, ganz zahm, das für sie zu übernehmen.«

»Sie mag dich. Das ist doch gut.«

»Ja. Und ich mag sie auch.«

Am Freitag war der letzte Kurstag und um vierzehn Uhr wurden wir alle randvoll mit neuem Wissen entlassen. Ich musste heute nicht mehr ins Büro, die Sonne schien, und daher beschloss ich, noch kurz bei Charlotte in der Boutique vorbeizugehen, ehe ich nachher zum letzten Mal zu Mitch und Boomer fahren würde.

Das Tolle an dem Laden, in dem Charlotte arbeitete, war, dass es nicht nur teure Designerklamotten gab, sondern auch genügend Auswahl für normale Geldbeutel wie den meinen. Und dass sie jedes Mal ein Teil hatte, das wie für mich gemacht war. Oscar würde heute Abend zurückkommen und wir waren verabredet. Wir hatten jeden Abend telefoniert.

»Du fehlst mir«, hatte er gesagt. »Deine Art, die alles zu einem Abenteuer macht. Deine Begeisterung. Ich wünschte, ich könnte dich sehen.«

Ich war zugegebenermaßen ein wenig stolz. Noch nie hatte jemand mich als Abenteurer gesehen, hatte mir gesagt, dass ich alles spannender machen würde. Ich könnte mich daran gewöhnen. So, wie ich mich an die Nachrichten von Mitch gewöhnen könnte, an die »Du-warst-sooo-toll«-Nachrichten. Ich meine, wenn ein Mann das in bestimmten Situationen sagte, klang es immer ein wenig seltsam. Aber bei ihm war ich so weit, es zu glauben. Waren ja auch andere Umstände.

Mit einem entzückenden neuen, schulterfreien Jumpsuit in der Tasche verließ ich pünktlich die Boutique, um mich zum letzten Mal auf den Weg zum blauen Haus zu machen. Und ich merkte, dass tatsächlich das eingetreten war, war Mitch mir immer prophezeit hatte. Ich freute mich darauf, die beiden zu sehen. Ich war mir noch nicht sicher, ob ich mich auch darauf freute, was noch kam, aber der Gedanke, Boomer zu treffen, hatte seinen Schrecken verloren. Heute, das hatte Mitch mir erzählt, wäre der große Tag, seine geliebte letzte Stunde. Wir hatten eine Verabredung mit einem seiner zahlreichen Hunde-Freunde. Einer Hunde-Freundin, die gleich vier Tiere hatte und sich bereit erklärte, uns bei dieser Stunde zu treffen und zu begleiten. Diesmal ging es in einen Wald am Rand von Northleach. Ich würde mit Mitch und Boomer zum Treffpunkt fahren und es dann »einfach auf mich zukommen lassen«. Ich sei bereit, hatte er befunden, und er wüsste, dass ich das schaffen würde. Ich war bereit, ihm zu glauben. Er hatte stets besser als ich gewusst, was ich konnte und was nicht. Und wenn ich diese Stunde hinter mir hatte, war ich frei und hoffentlich in der Lage, mich jeder Herausforderung zu stellen.

Kapitel 41

Es ist immer eines, sich etwas vorzustellen, und dann das andere, es zu erleben. Ich hatte ganz zu Beginn, als ich die Bilder des kleinen Bertie sah, gedacht, dass ich das niemals tun würde. Mich hier im Wald zu treffen mit einem ganzen Hunderudel. Ich hatte ehrlich gesagt auch gedacht, dass ich mich nicht mit einem weiteren Hund in einem Raum aufhalten würde. Nein, ganz ehrlich, ich hatte gedacht, dass ich nicht mal zur zweiten Stunde gehen würde. Aber dann hatte ich mich durchgebissen. Ich hatte mich auf Mitch eingelassen und ihm einfach geglaubt, dass er mir helfen könnte. Ich hatte mich auf Boomer eingelassen und gelernt, wie ich ihm begegnen musste. Ich hatte nach und nach andere Hunde kennengelernt und festgestellt, dass auch sie mich nicht zerfleischen wollten. Und ich hatte Frodo in mein Leben gelassen und mit ihm Oscar. Ich hatte mir Zeit gegeben, kleine Schritte zu gehen, wie ich es sollte. Und heute, am Tag fünfzehn unserer gemeinsamen Arbeit, sollte ich nun also das tun, was noch vor Kurzem unvorstellbar war. Ich meine, ernsthaft, fünfzehn Treffen? Und das war es dann? Ich hätte mir das nie träumen lassen, dass man in dieser kurzen Zeit so etwas erreichen konnte. Es war eine intensive, anstrengende Zeit gewesen, aber dennoch waren es nur fünfzehn Stunden.

Wir fuhren mit Mitchs Wagen zum Treffpunkt. Boomer saß hinten in seiner Box und ich war recht entspannt. Ich freute mich sogar fast auf das, was mir bevorstand. Als wir ankamen, war ich deshalb recht guter Dinge. Seine Freundin, eine kleine, drahtige Lady mit einem praktischen Kurzhaarschnitt und waldtauglichen Schuhen, stieg eben aus ihrem Wagen. Auch wir stiegen aus und das Bellen, das aus ihrem Auto kam, war nur ein wenig beängstigend. Sie kam flott auf uns zu, begrüßte Mitch herzlich und streckte mir ihre Hand entgegen.

»Ich bin Magret«, sagte sie. Ihre Stimme passte zu ihr, klar und deutlich und ohne Schnörkel. »Schön, dich kennenzulernen.«

»Gleichfalls.« Ich schielte zu ihrem Wagen, wo es nun, da Mitch Boomer herausgelassen hatte, noch lauter wurde. Ich bildete mir sogar ein, dass der Wagen sanft zu wackeln begann.

»Das kann jetzt einen Moment etwas wild werden.« Mitch sah mich nachdenklich an. »Wir gehen oft zusammen spazieren und Boomer ist Teil des Rudels. Sie werden sich begrüßen, das kann schon mal wilder aussehen, als es ist. Und sie werden sehen wollen, wer du bist.«

Ich nickte. Alles klar.

»Es liegt bei dir, Holly. Ich kann sie erst mal anleinen, dann kannst du sie begrüßen und kennenlernen. Oder ich öffne den Kofferraum und lasse sie heraus. Einzeln oder nacheinander, wie du es willst.« Magret sah mich mit schief gelegtem Kopf an.

Ich biss mir auf die Unterlippe und dachte kurz

nach. Es gab verschiedene Arten Hunde für mich, das wusste ich jetzt. Hunde wie Boomer oder Frodo, an die ich mich gewöhnt hatte und mit denen ich mittlerweile gut zurechtkam. Hunde, die an einer Leine geführt an mir vorbeigingen und die ich auch nicht mehr sehr beängstigend fand. Und fremde Hunde, die frei waren. Diese dritte Gruppe war es, die mich noch immer ängstigte und für die ich noch nicht genug neue Erfahrungen gesammelt hatte. Die ewig ein Problem bleiben würden, wenn ich nicht auch noch diesen Schritt gehen konnte. Die Versuchung ist groß, ihn einfach nicht zu gehen, wie bei jedem Schritt zuvor. Trotz allem, was man schon erreicht hatte. Und einen Moment war auch hier die Versuchung groß, es langsam anzugehen. Aber man kann es nie wiederholen, dieses Jetzt und Hier, es wird immer anders sein beim zweiten Mal. Nicht mehr unbefleckt. Man war vorbelastet, im dümmsten Fall negativ. Entschieden schüttelte ich den Kopf.

»Nein, ich will die ganze Meute und ohne Leine.«

Der Kofferraumdeckel schwang auf und ich atmete. Du lieber Himmel, was hatte ich eben noch gedacht? Schaff ich schon? Atmen, Holly. Ein Chihuahua sprang heraus, hellbraun und weiß und kläffend. Dann ein Pudel, schwarz, auch bellend. Es folgte ein Terrier, genauso laut. Und schließlich ein großer Hund, dunkelbraun, irgendein Setter, vermutete ich. Er hatte die Sache mit der Contenance verstanden und war deutlich entspannter als die drei kleinen, aber auch er bellte fröhlich, als er Boomer sah, und dann ging es los. Sie liefen aufeinander zu, ein Wuseln und Schnüffeln und Bellen setzte ein und dann wandten sie alle den Kopf, wie auf Kommando, und fassten uns ins Auge. Ich rückte ein wenig näher an Mitch heran und zwang mich, nicht spontan nach seiner Hand zu greifen, als sie sich alle auf einmal in Bewegung setzten. Mitchs Blick lag einen Moment prüfend auf mir, dann beugte er sich herab, um die Hunde zu begrüßen. Ich nicht. Aber ich bemühte mich, meine Hände locker hängen zu lassen und so zu tun, als wäre alles völlig easy. Und nach dem ersten Schrecken merkte ich überrascht, dass es das war. Die Hunde schnüffelten, waren allerdings anständig genug, mich nicht anzuspringen oder so und nach wenigen Augenblicken funktionierte meine Atmung ohne Kommando. Ich grinste.

»Super«, jubelte Mitch neben mir. »Toll gemacht.«

Er verteilte eine Runde Leckerlis und wandte sich Magret zu. »Wollen wir?«

Langsam gingen wir los, die Hunde vor uns und hinter uns und neben uns. Die beiden begannen ein lockeres Gespräch und ich war froh, dass ich mich nicht beteiligen musste. Ich musste noch ein bisschen schauen, wo die Tiere waren, sie ein wenig im Auge behalten. Ab und zu stupste mich eine Hundenase überraschend von hinten an. Ich quiekte kurz und sprang zur Seite, was die beiden anderen zum Lachen brachte. Ein paar Minuten spazierten wir einfach nur, dann blieb Mitch stehen.

»Hier sind Leckerlis. Ich möchte, dass du jetzt ein Stück vorausgehst und dich da hinstellst. Such dir zwei

Hunde aus und ruf sie zu dir. Wenn sie da sind, gibst du ihnen etwas.«

»Allein?«

»Wir sind hier.«

»Na toll.«

Er lachte. »Das schaffst du.«

Ich nickte stumm, nahm die ganze Handvoll Trockenfutter und stopfte es in die Tasche meiner Jeans. Dann holte ich tief Luft und marschierte entschlossen voraus, während er und Magret die Hunde zurückhielten.

Was für eine Schnapsidee, dachte ich, als ich dann stehen blieb und mich umdrehte. Obwohl ich diese Übung ja schon oft gemacht hatte, aber da war Mitch immer neben mir und nicht viele Meter entfernt. Und auch wenn er sportlich war, fürchtete ich, dass er nicht schnell genug hierher sprinten könnte, um mir zu helfen.

»Hast du dich entschieden?«, rief er. Zum ersten Mal hörte ich ihn laut sprechen.

»Hm. Wie heißt der Terrier noch?«

»Ludo.«

Ich nickte noch einmal. Dann holte ich tief Luft, achtete darauf, dass ich breitbeinig und sicher stand und meine Hände voll entspannt an den Seiten hingen, und rief: »Boomer! Ludo! Hier.« Ich wusste gerade nicht mehr, ob es das passende »Wort« war, aber die beiden Hunde verstanden und rannten los.

»Scheiße«, dachte ich, dann »Ach du lieber Himmel« und »bremsen! Bitte bremst ab. Bitte bleibt stehen. Bitte springt NICHT AN MIR HOCH.«

Boomer und Ludo legten einen Zahn zu und dann, wie durch ein Wunder, bremsten sie wirklich ab und kamen aufgeregt schwanzwedelnd und bellend, jedoch ohne zu springen, vor mir zum Stehen. Ich lachte vor Erleichterung laut auf und beugte mich spontan vor, um sie zu streicheln. Dann griff ich in die Hosentasche und verteilte die Belohnung.

»Ganz großartig!« Mitch und Magret hatten zu mir aufgeschlossen und Mitch strahlte wie ein stolzer Vater. »Gleich noch mal? Vielleicht drei?«

Ich nickte.

Auch mit drei Hunden funktionierte es und Mitch beschloss, dass ich es dann genauso gut mit allen Fünfen aufnehmen konnte. Also marschierte ich wieder voraus, blieb stehen, positionierte mich und holte tief Luft.

»Boomer, Ludo, Lanny, Lissy, Lettie! Hier.«

Und das Rudel setzte sich in Bewegung. Ich sah sie kommen, sah sie stoppen und treuherzig zu mir aufblicken. Und in diesem Moment wusste ich es. Ich hatte es geschafft. Ich war noch lange keine Hundelady, aber ich hatte es geschafft. Diese tiefe Angst, die mir die Luft abschnürte und mir den Atem raubte, war weg. Ich war immer noch nervös und vorsichtig und ich fand den Gedanken immer noch nicht so toll, dass da Hunde auf mich zu rannten, aber ich geriet nicht mehr in diese Panik, die mich all die Jahre fest im Griff hatte. Ich lachte laut auf vor Glück und ging in die Hocke, um ringsherum das Futter zu verteilen. Ich streckte meine Hand mitten in dieses Schnauzen-Gewühl und verteilte Leckerlis. Ich schob Lissys vorwitzigen Kopf zur Seite, um auch Lanny füttern zu können. Ich tätschelte Hundeköpfe und kraulte seidig weiche Felle. Magret und Mitch tauchten auf und sahen mir begeistert zu.

»Holly, das war ganz großes Kino. Du bist unglaublich gut.«

Ich strahlte. »Gleich noch einmal?«

Wir wiederholten die Übung dreimal. Jedes Mal ging ich beschwingt und fast tanzend ein Stück voraus und es war mir egal, dass meine Begleiter schon wieder über mich lachten. Ich hätte am liebsten geschrien oder wirklich getanzt, so glücklich war ich gerade.

Auch als wir dann nur weitergingen und die Hunde ständig um mich herum waren, verspürte ich nichts anderes als Glück. Und Stolz. Oh ja, eine ganze Menge davon, und zum ersten Mal fand ich das nicht unangebracht. Stolz wird so negativ bewertet heutzutage. Stolz wird immer mit Hochmut gleichgesetzt, mit Überheblichkeit und Selbstverliebtheit. Gerne gepaart mit Arroganz und Eitelkeit. Aber bedeutet stolz zu sein nicht auch einfach, mit sich zufrieden zu sein, mit seiner Leistung? Selbstachtung zu haben, Selbstvertrauen und ein gutes Selbstwertgefühl? Eine Situation mit Würde gemeistert zu haben und sich daran zu erfreuen? Genau das tat ich und deshalb nickte ich bestimmt, als Mitch wieder einmal sagte, dass ich es jetzt sein dürfte, also stolz auf mich. Vielleicht sollte ich ihm raten, bei so schwierigen Kandidaten wie mir einfach eine Karte mit der richtigen Definition dieses Wortes zu verteilen, dann hätte ich nicht jedes Mal so seltsam verlegen sein müssen, wenn er sagte, ich solle mal stolz sein. In Mitchs Welt hatte Stolz nichts zu tun mit der Blasiertheit der meisten Menschen, das hatte ich eben erkannt.

Dann waren wir wieder am Ausgangspunkt und die Stunde war vorbei. Magret verabschiedete sich mit einem festen Händedruck und ich kraulte ein letztes Mal alle vier Hunde und bedankte mich aus ganzem Herzen bei ihr.

Auch wir stiegen in das Auto und fuhren zurück. Ich redete und redete, weil ich so glücklich war, und Mitch lächelte und nickte. Zum ersten Mal hatten wir die Rollen vertauscht, ein weiteres Zeichen, dass ich bereit war zu gehen.

Und dann streichelte ich zum letzten Mal Boomers seidiges, weiches Fell und sah in seine schönen Augen.

»Mach's gut, Boomer.« Ich streckte ihm das letzte Futter hin und er nahm es ganz anständig erst dann, als ich es erlaubte. Ohne nachzudenken, neigte ich mich zu ihm, bis meine Stirn seine berührte. »Danke für alles.« Ich flüsterte, weil ich mir ein wenig albern vorkam.

Dann reckte ich mich und wandte mich Mitch zu. »Auch dir danke. Für alles.«

»Gerne. Es hat mir großen Spaß gemacht mit dir.«

Ich lachte. »Meistens, oder?«

»Immer. Ich wusste, du schaffst es. Lange vor dir.

Vergiss das nie. Vergiss nie diesen Moment heute im Wald.«

Ich konnte nicht anders, ich musste ihn einfach umarmen. Mitch war ein ganz besonderer Mensch und ich würde auch ihn und Boomer nie vergessen.

»Ruf an, wenn du das Gefühl hast, es hilft dir. Oder falls du merkst, dass du wieder Probleme bekommst.«

»Mach ich.«

Noch einmal lächeln, noch einmal das Fell streicheln, dann drehte ich mich um und ging zu meinem Wagen. Ich hatte es geschafft. Ich hatte mich meiner größten Angst gestellt und sie überwunden. Vor Freude machte ich jetzt doch ein paar kleine Tanzschritte. Ich hörte Mitch lachen und hob die Hand und winkte, ohne mich umzudrehen. Nur meine Hüften ließ ich noch mal keck kreisen, weil ich wusste, er verstand, was gerade in mir los war. Und weil ich mit einem Lachen gehen wollte. Das hatten sich die beiden verdient.

Kapitel 42

Ein Kleinkind kurz vor der Bescherung war ein Witz gegen mich an diesem Abend. Ich war total überdreht, bis oben vollgepumpt mit Adrenalin und voller gerechtem Stolz auf mich. Immer wieder las ich die Nachricht von Mitch. Er hatte darin sicherlich achtzehn »Ohs« verwendet, nur im ersten Satz. Ich warf den Kopf in den Nacken und lachte laut. Dann strahlte ich die Bilder an, die er mitgeschickt hatte. Ich im Wald, mit Hunden. Ein Wahnsinn. Ich auf den Knien, inmitten eines ganzen Rudels. Unglaublich. Ich, dicht an dicht mit Boomer bei der Verabschiedung. Ein Hammerfoto. Und ich, von hinten, mit der Hand zum Gruß hoch über dem Kopf und ich vermeinte sogar auf dem Bild zu sehen, wie ich die Hüften schwingen ließ und vor Glück strahlte.

Wie gerne wäre ich jetzt direkt zu Oscar und Frodo gefahren, aber die waren ja beide unterwegs. Oscar noch in Glasgow und Frodo in seinem Feriendomizil. Also würde Hugh herhalten müssen. Ich hoffte, dass er heute Abend nicht zu Ana gehen wollte, denn ich würde platzen, wenn ich mit mir und all diesen Gefühlen alleine war.

»Und ich mittendrin, kannst du dir das vorstellen? Also, ich steh da, ganz alleine, und diese Hunde stürmen auf mich zu. Fünf Stück! Und ich steh einfach da und warte, bis sie da sind. Ist das nicht unglaublich?« Ich berichtete Hugh in ganzer Länge von meinem triumphalen Tag.

»Unglaublich, Holly.«

»Und dann gehe ich runter zu denen und füttere sie. Einfach so.«

»Du bist die Beste.« Hughs Augen funkelten amüsiert, dann füllte er die Weingläser nach.

»Ja. Ja, das bin ich, verdammt.« Ich stieß schwungvoll mit ihm an. »Nun ja, Mitch war auch nicht schlecht.« Ich kicherte.

»Ihr wart beide unglaublich toll.«

»Ja, sooooooo gut.« Ich fühlte mich, als hätte ich gerade den Nobelpreis bekommen oder so und Hugh tat mir den Gefallen, mich genauso zu behandeln.

»Willst du die Fotos sehen?«

»Aber unbedingt!«

»Schau es dir an.« Stolz zeigte ich ihm das Bild mit der ganzen Meute. »Bin ich die Beste, oder was?«

»Du bist die Beste.« Seine Stimme klang liebevoll und er lächelte mich an. »Wusste ich schon immer. Dass da etwas in dir steckt, das nur herausgeholt werden will.«

»Danke, Hugh. Was würde ich nur ohne dich machen?«

Er lachte. »Und ich ohne dich? Es ist schön, dass du wieder hier bist.«

Wir hatten einen tollen Abend und ich vergaß beinahe, dass ich ihn mit Oscar hätte feiern wollen. Hugh war fast genauso gut. Nur dass er mich nicht zur Belohnung küsste, auch wenn mir gerade sehr danach war. Nach Küssen, nicht nach Hugh. Aber heute war so ein Tag, an dem ich mit allen Sinnen leben wollte, leben musste. Nun ja, einer musste sich eben bis morgen begnügen. Wir redeten nicht von Oscar, nicht von Ana. Nur von mir, wie ich zu meiner Schande gestehen musste. Aber er schien sich nicht daran zu stören. Er feierte mich, wie ich das gerade brauchte, und war der beste beste Freund, den man sich wünschen konnte.

»Weißt du, was ich gelernt habe in den letzten Wochen? Man darf nie an sich zweifeln. Man darf Angst haben und man darf das zugeben. Aber man darf sich nicht aufgeben. Man muss sich überwinden und sich dann Hilfe suchen. Und ich glaube, dass das, was ich geschafft habe, jeder kann. Und dass es für jeden jemanden gibt, der ihm hilft, wenn er das nur will. Man muss an sich glauben, auch wenn es schwerfällt. Und vertrauen. Ja, das ist das Wichtigste. Man muss sich vertrauen und denen, die dabei helfen wollen.«

»Kluge Worte.«

»Nein, eigentlich nicht. Nicht alle sind wie du. Nicht alle sind so mit sich im Reinen, so selbstsicher. Viele sind wie ich.«

»Auch ich bin mir nicht immer sicher, Holly. Es gibt viele Dinge, die ich gerne anders hätte.«

»Dann ändere sie. Wer sonst, wenn nicht du?«

»Hm.«

»Ernsthaft, Hugh. Wenn es etwas gibt, was du immer schon tun wolltest oder ändern, dann mach es. Was kann passieren? Du kannst scheitern, aber wenn du es gar nicht probierst, dann scheiterst du von Anfang an, oder?« Ich wusste, dass ich mich wie ein Werbefernseh-Philosoph anhörte, aber das war mir egal. Ich war so überzeugt in diesem Moment und so glücklich und wollte, dass die ganze Welt genauso fühlte.

»Vielleicht hast du recht.« Nachdenklich drehte er sein Glas in den Händen. Bei ihm schien der Alkohol nicht so schnell in die Blutbahn zu gelangen wie bei mir.

»Natürlich habe ich recht.«

»Was du sagst, klingt auf alle Fälle überzeugend.«

»Was ist es, Hugh? Wovor hast du Angst?« Es interessierte mich wirklich, denn bei ihm konnte ich mir nichts vorstellen, das ihn aus der Bahn warf.

»Ich … ach, egal, oder?«

»Nein. Wir sind Freunde, Hugh. Beste Freunde. Sag es mir.« Ich rutschte ein wenig näher an ihn heran.

»Es ist albern.«

»So albern, wie als erwachsene Frau Angst zu haben vor so einem bisschen Hund?« Ich dachte an Balou, den Taschenhund bei COOVES, der mich vor ein paar Monaten um meinen Job gebracht hatte.

»So ähnlich.«

»Komm schon.«

»Ich habe Angst, dass ich mein Leben verschwende.« Es kam schnell und ohne Pause.

»Verschwendest? Du?«

»Das ich irgendwann aufwache und feststelle, die Party ist vorbei und nur ich sitze noch da. Dass alle bereits weg sind, im echten Leben angekommen und ich alleine die Scherben zusammenkehren muss.«

»Oh.« Ich blinzelte ein paar Mal, als könne ich dadurch den Alkoholpegel dämpfen, der es mir schwer machte, zu denken. Klar zu denken.

»Oh«, sagte ich dann noch einmal. »Deshalb.«

»Deshalb was?« Jetzt war es an ihm, verwirrt zu sein.

»Ana.«

»Ana?«

»Nun, du verbringst viel Zeit mit ihr. Mit ihr, nicht mit ihr in einem Pub.«

»Ja.« Seine Stimme klang fragend.

»Weil du …?« Ich nickte langsam mit dem Kopf, als könne ich ihn damit bewegen, meinen Satz zu vollenden.

»Weil ich …?« Hugh hatte ebenfalls mit dem Kopf genickt, im selben Rhythmus wie ich, und sah noch immer fragend aus.

»Weil du sie magst?«

»Das tue ich.«

»Und vielleicht mehr?«

»Mehr? Holly, du meinst, Ana und ich?«

»Das wäre doch toll. Oder? Ich würde mich so für dich freuen. Sie scheint dir gutzutun.«

»Holly, tatsächlich …«

Mein Handy klingelte und Hugh brach ab. Ich sah auf das Display und begann zu strahlen.

»Oscar! Gut gelandet?« Ich hob entschuldigend die Hand und stand auf, um im Flur weiterzutelefonieren.

Als ich zurückkam, saß Hugh gedankenverloren

vor der nun leeren Weinflasche. »Alles in Ordnung?«

»Ja.« Ich grinste, wie schon den ganzen Abend. »Und bei dir?«

»Auch.« Er klang weit weniger begeistert als ich.

»Wird schon. Trau dich einfach. Und steh endlich zu dem, was du fühlst.«

Er nickte abwesend. »Ja, das sollte ich tun. Auch wenn es mir manchmal Angst macht, was ich in letzter Zeit fühle und was nicht.« Dann stand er auf. »Ich geh ins Bett, Holly.« Er sah mich einen Moment an und ich war trotz allem überrascht, wie nachdenklich er war. Dann beugte er sich vor und küsste mich auf die Stirn. Es war nicht die Art Küsse, die ich heute Abend im Sinn hatte, aber er war ja auch nur Hugh. Und dennoch spürte ich, wie es mich durchlief bis zu den Zehenspitzen. Ich wusste, hier war ein Mensch, dem ich immer vertrauen konnte und der immer für mich da war, und hatte plötzlich Lust, ihn ebenfalls zu küssen. Nicht auf die Stirn, sondern so, wie er es getan hatte, damals in dieser engen Wandnische auf der Party, als er mich vor dem blöden Jason gerettet hatte. Zum Glück war er bereits aus dem Raum, ehe ich diesen Wunsch umsetzen konnte. Ungläubig schüttelte ich den Kopf. Zeit, wieder normal zu werden, Holly Reed. Alkohol und Endorphine schienen keine gute Kombination zu sein. Zumindest nicht für mich.

Kapitel 43

Auch am Samstag war ich noch in dieser seltsamen, überdrehten Verfassung. Dazu kam ein ganz dummes Gefühl im Magen, eine Mischung aus Aufregung und Furcht und etwas, das ich nicht benennen konnte. Ich hatte heute Nacht einen absolut verrückten Traum gehabt, der mich erschreckte. Ich neigte nicht dazu, solche Sachen zu träumen, und war erschrocken darüber, was mein Gehirn sich da zusammengebastelt hatte. Was es bedeuten sollte, wollte ich lieber gar nicht wissen.

Ich hatte von Oscar geträumt und von Frodo. Wir waren, nun ja, sehr vertraut gewesen und der Hund saß die ganze Zeit neben uns. Und während also Oscar und ich unser Wiedersehen feierten, kam das Tier und begann zu bellen und zu springen. Er war viel munterer und aufgeregter als üblich, doch irgendwie mochte ich das. Dann schlief ich ein, also im Traum, und als ich aufwachte, war Oscar verschwunden und Frodo lag neben mir. Ich hatte meine Hand auf seinem Fell und spürte seinen warmen Körper und seinen Herzschlag. Dann war Oscar plötzlich da und schimpfte, der Hund dürfe nicht ins Bett und nun müsse er in den Korb. Er verschwand wieder und ich flüsterte Frodo zu, dass wir leider auf sein Herrchen hören mussten. Dann kam Oscar zurück, sagte, ich hätte Besuch. Ich stand auf, aber anstatt mich anzuziehen, schlang ich einfach ein Laken um mich. Im Wohnzimmer saßen Charlotte und

Dave und Hugh, Butler zu ihren Füßen. Er kam auf mich zugelaufen und wollte mir das Laken wegziehen, was mich verlegen machte. Ich überlegte, wieso ich mich nicht angezogen hatte, verwarf den Gedanken aber und begann, nur mit einem dünnen Leinentuch umwickelt, geschäftig Kaffee zu kochen und den Tisch einzudecken. Oscar saß bei meinem Freunden und er und Dave begannen, Hundeerziehungstipps auszutauschen. Charlotte spazierte durch den Raum, nahm hier und da was in die Hand und sagte ständig: »Reizend! Wie wunderschön.«

Hugh saß da und lächelte, ein Handy in der Hand, in das er immer wieder Sätze sprach.

»Jetzt deckt sie den Tisch. Jetzt stellt sie Milch hin. Jetzt hat sie Hundekekse gebracht.« Er nahm einen, aß ihn und sagte: »Gar nicht schlecht. Rind, wenn ich mich nicht irre.«

Ich wollte sagen, dass die Kekse für die Hunde gedacht waren, aber alle griffen zu und aßen und ohh-ten und ahh-ten, wie lecker die wären.

Dann sprangen Dave und Oscar auf und verkündeten, dass sie nun Gassi gehen müssten. Charlotte rief: »Reizend!« und verschwand mit den anderen.

Ich saß mit Hugh alleine da, immer noch mit meinem Laken, und versuchte, lässig zu wirken, als wäre dieser Aufzug völlig normal. Irgendwie dachte ich sogar, dass er das wäre und cool und selbstbewusst, und etwas flüsterte mir ein, wenn ich jetzt aufstünde und mich anzog, dann wäre es plötzlich peinlich. Also blieb ich, wie ich war, und begann, muntere Konversation mit Hugh zu betreiben. Oder das, was ich als muntere Konversation sah.

»Heiß heute, oder?«

»Ziemlich. Da können Klamotten schon zur Last werden.«

Ich wedelte mit der Hand. »Wozu anziehen, wenn man sie eh wieder ausziehen muss? Du kennst das doch. Wenn man frisch verliebt ist, gibt es doch nur einen Zeitvertreib.«

»Ich muss dazu nicht verliebt sein.«

Ich kicherte dämlich. »Nein, du nicht.«

»Du doch auch nicht.« Er stand auf und kam auf mich zu. »Ich kenne dich besser als du dich selbst, Holly Reed.« Seine Finger fuhren meinen nackten Arm hinauf bis zum Schlüsselbein, wo sie kurz verharrten. Dann strichen sie meinen Hals hinauf, unendlich langsam, bis zum Kinn. Er legte seine Hand darunter und hob meinen Kopf, damit ich ihm in die Augen sehen musste. »Du denkst nur, dass du anders bist als ich. Aber das ist eine Lüge. Was wirst du tun, wenn ich jetzt dieses Tuch wegziehe?« Seine andere Hand zupfte spielerisch am Saum des Lakens, das ich mit einer Hand festhielt.

Ich sah in seine Augen, die mir so vertraut waren. Er legte den Kopf leicht schief und schnalzte mit der Zunge.

»Ich würde gar nichts tun. Nicht mit dir. Du hast keinen Hund«, sagte ich und Hugh nickte, als hätte ich die richtige Antwort auf eine Prüfungsfrage gegeben.

»Das dachte ich mir.« Er ließ mein Kinn los, ganz

abrupt, und ging zum Tisch, um sein Handy aufzunehmen.

»Sie würde nichts tun, weil ich keinen Hund habe.«

»Mit wem sprichst du da?«

»Millie. Sie denkt, dass man dich im Auge behalten sollte.«

»Millicent?«

»Das war eine Prüfung«, jubelte er. »Bestanden«, schrie er dann ins Telefon.

»Prüfung?«

»In Pemberton spricht man über dich. Deinen Lebenswandel. Du bist nicht mehr lieb, Holly Reed.« Er lachte über seinen schlechten Reim. »Du benimmst dich, als wäre es egal, was die Leute denken.« Er sagte, die LEU-TE, und das regte mich auf.

»Mir doch egal, was die LEU-TE denken.«

»Wieder bestanden!« Er hatte immer noch das Telefon am Ohr.

»Das war auch eine Prüfung?«

»Das ganze Leben ist eine Prüfung.« Hugh begann zu tanzen.

»Und du hast das sooooo gut gemacht!« Mitchs Gesicht war am Fenster aufgetaucht und ebenso schnell wieder verschwunden.

»Ja, sie hat es sooooo gut gemacht!« Die anderen waren zurück und klatschten wie wild in die Hände.

Ich lachte und begann, mich wie eine Schauspielerin im Kreis zu drehen, neigte meinen Kopf, dann hob ich die Arme, um den Applaus würdig in Empfang zu nehmen. Das Leintuch begann zu rutschen und ich stand nackt da und lachte und fühlte mich großartig und verwegen und seltsam erregt.

»Und das war die letzte Prüfung«, schrie Hugh. »Endlich bist du bereit, einfach nur Holly zu sein.«

Alle klatschen noch lauter und ich lachte wie eine Irre.

Ich war froh, dass ich alleine im Haus war. Mit einer Tasse Kaffee saß ich am Tisch und versuchte das, was da gerade in meinem Kopf ablief, zu sortieren. Gar nicht so einfach, denn meine Gefühle passten nicht zu mir. Dieses Nacktsein zum Beispiel hatte ich in meinem Traum absolut nicht als schlimm empfunden. Ich hätte gedacht, dass es die größte Demütigung wäre, die passieren könnte, so etwas zu erleben, aber ich merkte, dass es gar nicht um das Körperliche ging. Es ging nicht darum, dass alle meine Brüste sahen oder meinen Hintern oder noch ganz andere Dinge wie die kleinen Dellen an den Oberschenkeln, die ich eisern bekämpfte. Ich hatte auch gar nicht das Gefühl gehabt, dass sie das sahen. Es ging vielmehr darum, zuzulassen, was man empfand, was man wollte, und sich nicht hinter etwas zu verstecken. Es ging darum, dass sie die wahre Holly sahen, das, was ich wirklich war. Glaubte ich zumindest. Aber diese Prüfungen, die Hugh erwähnt hatte und dass man im Dorf immer noch über mich klatschte ... Dann schüttelte ich den Kopf und stand entschlossen auf. War ja bescheuert, sich wegen eines blöden Traumes aufzuregen. Der Traum hatte nur einen Ursprung, und das waren der viele Wein und der

Gefühlsaufruhr wegen der Hunde-Sache gestern. Ich war überspannt gewesen, als ich zu Bett ging, und mir waren die Sicherungen durchgebrannt. Systemüberlastung, das war es. Nun, in Zukunft würde mein Leben wieder ruhiger und normaler sein. Ich war durch mit der Therapie, ich würde mir nicht mehr wöchentlich eine Riesenladung Adrenalin abholen, mit der ich nicht umgehen konnte. Und ich hatte einen Freund. Das Ziehen in meinem Magen wurde stärker. Einen Freund, bei dem es schon reichte, an ihn zu denken, um mich so wuschig zu fühlen. Dieser Teil des Traumes war definitiv der beste gewesen und ich konzentrierte mich darauf. Ein paar Anregungen holen und mich einstimmen, denn heute Abend würde ich ihn endlich wieder sehen.

Kapitel 44 🐾

»Du steckst so voller Lebenslust.« Oscars Finger glitten über meinen Rücken. Ich lächelte zufrieden.

»Weil das Leben schön ist.« Und weil ich den ganzen Tag, trotz aller Bemühungen, diesen Zustand nicht wegbekommen hatte. Dieses Kribbeln, die Vorfreude und die Hoffnung, dass es genau so sein würde.

»Und noch schöner mit einem guten Frühstück. Bleib liegen, ich kümmere mich darum.« Er küsste mich, ehe er sich aus dem Bett schwang und mir einen Ausblick auf seinen knackigen Hintern bot, als er aus dem Zimmer ging.

Zufrieden schloss ich noch einmal die Augen und ließ mich in das Kissen zurücksinken. Perfekt. Das mit uns, das war einfach perfekt.

Ich war gegen Abend zu ihm gefahren. Er hatte angeboten zu kommen, aber weil es einfacher war, einigten wir uns, dass ich zu ihm fuhr. Er wollte den Hund nicht schon wieder alleine lassen, was ich verstand, und ich wollte nicht, dass wir morgen früh mit Hugh frühstücken mussten.

Also fuhr ich wieder einmal nach Northleach, gerade rechtzeitig, um mit den beiden einen ausgedehnten Spaziergang zu unternehmen. Ich überzeugte Oscar, dass wir seine gewohnte Route nehmen konnten und dass er den Hund ableinen konnte. Wir begegneten auch anderen Hundebesitzern und als schließlich ein Tier tatsächlich frei auf uns zulief, blieb ich so locker, wie ich mir das nie hätte träumen lassen. Ich stand da und obwohl ich wieder auf mein altbewährtes bewusstes Atmen zurückgreifen musste, war es gar nicht schlimm. Der Hund stoppte rechtzeitig, schnüffelte an Frodo und unseren Händen und benahm sich ansonsten, als wäre er einer von Mitchs Vorzeigehunden. Mir verpasste das wieder einen gewaltigen Schub und versetzte mich in beste Stimmung. Ich war plötzlich unbesiegbar, das war es. Diese kleine Restangst, dass es nicht klappen würde, wenn Mitch mir vorher nicht versichert hatte, dass er den Hund kenne und sich verbürge, dass ich nicht angefallen wurde, war weg. Nicht ganz, unter uns. Ein wenig Arbeit erforderte es schon. Ich musste mir im ersten Moment versichern, dass ich keine Angst mehr hatte und einfach mal abwarten musste, aber das, dachte ich, war auch nur noch eine Frage der Zeit. Mein Verstand hatte eben noch nicht ganz begriffen, dass ich keine Angst mehr hatte. Diese alte Verknüpfung Hund-Angst war noch nicht ganz weg, weil sie sich in all den Jahren einfach zu fest eingebrannt hatte. Aber sie wurde schwächer und irgendwann wären die Verbindungen kaum mehr zu erkennen. Und Oscar und Frodo würden mir dabei helfen, sie auszulöschen.

Meine Stimmung riss Oscar mit. Ich war wie in einem Rausch. Es war viel mehr, als nur frisch verliebt zu sein, das merkte ich selbst. Es war ein unglaubliches Gefühl, das ich hatte, wenn ich mit den beiden zusammen war, und mein Strahlen, meine Freude und auch meine Lust übertrugen sich auf ihn. Oscar, der mir immer ein wenig zurückhaltend erschienen war, bedacht und freundlich und sehr bemüht, ein echter Gentleman zu sein, wurde von meiner Lebensfreude überrannt und mitgerissen. Ich sah es in seinen Augen und ich freute mich darüber. Wir ergänzten uns perfekt. Er half mir, weiterhin an mir zu arbeiten, und meine momentane Verfassung half ihm, es mal ein wenig lockerer zu nehmen. Wir gingen in eine kleine Weinbar und während er mir von seiner Woche in Glasgow erzählte und ich ihm von meiner Fortbildung, erzählten meine Augen etwas anderes. Ich fühlte mich noch immer unverwundbar, unwiderstehlich, und ich war es auch, ohne Frage. Als wir uns auf den Heimweg machten, küsste er mich, wie man das nur machen sollte, wenn man alleine ist, und ich konnte es kaum erwarten, endlich genau das zu sein. Ich genoss es, als er die Tür hinter uns zudrückte und Frodo freudig um uns herumsprang und Oscar seine Hände auf meine Schultern legte und langsam nach unten wandern ließ. Ich knöpfte sein Hemd auf, noch im Flur, und schleuderte übermütig meine Schuhe in die Ecke. Dann ließ ich zu, dass er den netten schulterfreien Jumpsuit langsam nach unten zog, und fühlte mich fast wie in meinem Traum, als er mich ansah. Nur dass ich diesmal wusste, dass er meine Brüste ansah und es mochte. Wie alles andere, das danach kam.

Das Getrappel von Hundepfoten riss mich aus meinen Gedanken. Ich öffnete die Augen und sah Frodo, der munter ins Schlafzimmer kam und auf das Bett zusteuerte. Ich richtete mich ein wenig auf und rutschte zur Kante.

»Hallo, du Hübscher. Geht es dir gut?«

Frodo wedelte mit dem Schwanz und blieb abwartend stehen.

»Na, komm her«, lockte ich ihn und ließ meine Hand aus dem Bett hängen. Frodo kam zögernd näher.

»Du bist ein ganz toller Hund, weißt du das?« Ich wartete, bis er nahe genug war, und kraulte zufrieden seinen Kopf. Ja, genauso sollte es nun immer sein. Ich fühlte mich wie in der Werbung, wie eine perfekte Frau an einem perfekten Sonntagmorgen.

»Ja, der beste Hund überhaupt.« Ich kraulte und lockte ihn weiter und schließlich legte er seine Pfoten auf das Bett, die Schnauze darauf, und sah mich treuherzig an. Mein Herz machte einen kleinen Hüpfer.

»Du solltest ihn nicht dazu bewegen, das zu tun, Holly.« Oscar war in der Tür aufgetaucht. Er trug jetzt Shorts und ein Hemd, nachlässig zugeknöpft, und lächelte schwach. »Er hat gelernt, dass er nicht in das Bett darf, und du solltest ihn nicht auf dumme Gedanken bringen.

»Aber es ist so schön.«

»Du fändest es nicht mehr schön, wenn er das immer macht. Hunde brauchen Regeln, und die müssen allgemeingültig sein.«

Ich nickte. Schade. Der Teil meines Traumes fiel mir ein, als Frodo neben mir lag und wie behaglich es sich angefühlt hatte. Dann dachte ich an Oscar, den im

Traum, und den Hundekorb und musste lachen.

»Ich verspreche, ich denke daran. Ich bin eben keine Hundefrau. Ich weiß einfach zu wenig über sie.«

»Das weiß ich doch. Deshalb sage ich es dir. Komm mit, Frodo. Lassen wir die Lady aus dem Bett und warten drüben, bis sie bereit ist, uns beim Frühstück mit ihrer Anwesenheit zu erfreuen.«

Den restlichen Sonntag verbrachten wir draußen. Es war schön, sonnig und warm, und wir beschlossen, einen kleinen Ausflug zu unternehmen. Hand in Hand schlenderten wir am River Windrush entlang, aßen am späten Nachmittag eine Kleinigkeit in einem urigen Pub und redeten. Als ich am Abend in mein Auto stieg, war ich glücklich. Mein Leben war toll. Ich hätte nie gedacht, was Dave damit lostrat, als er die Idee in meinem Kopf pflanzte, diese Hundeangst anzugehen. Und ich wollte gar nicht daran denken, was ich verpasst hätte, wenn ich meiner Angst nachgegeben und sie nicht durchgezogen hätte.

Kapitel 45

Wenn Oscar einen Fehler hatte, dann war es sein Job. Er war wirklich viel unterwegs. Nicht immer eine ganze Woche, aber doch öfter mal über Nacht. Und wenn er nicht unterwegs war, arbeitete er viel. Oft telefonierten wir unter der Woche und er berichtete seufzend, dass er am Rechner saß und irgendwelche Modelle entwickelte oder Pläne erstellte. Das sorgte einerseits dafür, dass wir uns seltener sahen, als ich es mir gewünscht hätte, andererseits allerdings auch dafür, dass die Wochenenden etwas ganz Besonderes blieben. Und unter uns, ich mochte es so. Wir waren jetzt seit acht Wochen ein Paar und hatten acht tolle Wochenenden zusammen gehabt. In meinen Tagträumen sah ich mich immer noch, wie ich in seiner Wohnung war. Er war geschäftlich unterwegs und Frodo und ich kuschelten im Bett, während ein schöner Film lief. Nun ja, das würde ein Traum bleiben, denn erstens fühlte ich mich dann doch noch nicht sicher genug, um alleine für den Hund zu sorgen, zweitens kannte ich inzwischen natürlich das Verbot, den Hund mit ins Bett zu nehmen, und drittens hatte Oscar nie irgendwelche Andeutungen gemacht, dass er es schön fände, wenn ich bei ihm einzog und mich um den Hund kümmerte, wenn er weg war. Weil es dafür natürlich noch viel zu früh war. Und weil er dafür immer noch seine Freundin hatte, die ganz offensichtlich viel von Hunden verstand und Frodo nicht auf dumme Gedanken bringen würde. Und viertens sorgte es dafür, dass ich meine alten Freunde nicht ganz vernachlässigte.

»Wann bringst du ihn mal mit?« Charlotte sah mich neugierig an.
»Keine Ahnung. Er ist viel unterwegs.«
»Aber am Wochenende ist er doch da?«
»Ja.«
»Na also. Warum kommt er nie zu dir?«
»Es ist einfach praktischer so. Er hat den Hund und alles.«
»Der Hund wäre kein Problem.« Hugh sah mich an. »Hunde mag ich.«
»Du wirst ihn doch zu Hochzeit mitbringen? Da Daves Cousine Ellie kurzfristig abgesagt hat, wäre das gar kein Problem. Ich müsste nicht einmal die Tischordnung ändern, sie war sowieso an eurem Tisch eingeplant.« Charlotte kam zum ursprünglichen Thema des Abends zurück. Wir hatten über die Vorbereitungen gesprochen und was es noch zu tun gab. Sie war die Gästeliste durchgegangen, hatte seufzend berichtet, dass immer noch nicht alle Rückmeldungen da waren und die Ersten schon wieder ihre Zusage zurückgenommen hatten.
»Ehrlich, die Leute haben keine Ahnung, in was für Schwierigkeiten die uns bringen, wenn sie sich nicht fristgerecht melden.«
»Das bekommen wir schon hin.« Dave war die Ruhe selbst. »Wir haben genug Platz und das Restaurant will erst vier Tage vorher wissen, wie viele wir nun wirk-

lich sind. Auf zwei mehr oder weniger kommt es nicht an. Alles, was zählt, ist, dass wir heiraten.«

Ich seufzte auch. Dave war einfach unglaublich süß. Früher schon, aber seit er mit Charlotte zusammen war, noch viel mehr.

»Also?«, kam Hugh wieder zu dem Thema zurück, über das ich erst nachdenken wollte. »Bringst du ihn mit zur Hochzeit?«

»Bringst du jemanden mit?«, schoss ich ein wenig blöd zurück.

»Nein. Ich wüsste nicht, wen ich mitbringen wollte, der nicht eh schon auf der Gästeliste steht.«

»Ana ist natürlich dabei, wegen Millie«, raunte Charlotte an meinem rechten Ohr. »Obwohl ich mir ziemlich sicher bin ...«

»Vielleicht hat er ja krumme schwarze Zähne und O-Beine, dass du ihn uns nicht vorstellen willst.« Hugh ließ nicht locker.

»Und wenn schon. Würde ihn das etwa zu einem schlechteren Menschen machen?«

»Dann einen Tick. Irgendetwas Seltsames.«

»Nichts an ihm ist seltsam.«

»Holly weiß schon, was sie tut, Hugh.« Dave legte seine Hand auf die seines Freundes. »Lass es sie doch in ihrem Tempo angehen. Und wenn es so weit ist, werden wir ihn treffen.«

Ich wusste gar nicht, wieso ich mich derart kindisch benommen hatte. Es gab keinen Grund dafür. Nichts an Oscar war seltsam oder so, dass man sich dafür schämen musste. Es war nur einfach, dass wir das noch nicht wollten, irgendwie. Dieses Vorstellen, in die Clique bringen. Nicht, dass wir darüber gesprochen hätten, aber es fühlte sich so an. Ich hatte zum Beispiel auch noch nicht seine Freundin kennengelernt, die, die Frodo immer nahm. Er brachte den Hund hin und holte ihn und obwohl die beiden eine alte und offensichtlich tiefe und vertrauensvolle Freundschaft verband, hatte er noch nicht den Wunsch geäußert, dass ich ihn begleiten solle. Nun ja, ich hatte ja meinen Verdacht, dass sie mehr von ihm wollte, und es passte zu ihm, darauf Rücksicht zu nehmen und ihr nicht einfach seine neue Freundin zu präsentieren. Und um ehrlich zu sein, war ich sogar froh. Wir genügten uns. Wir drei, das war alles, was ich wollte. Keine Ablenkung durch andere, keinen, der uns störte. Wir wollten unsere Zweisamkeit genießen, die knapp bemessenen Tage, die wir hatten.

Aber die Hochzeit war natürlich etwas anderes. Ich würde ihn fragen müssen, ob er mich begleiten wollte, und zwar bald, um Charlottes Nerven nicht noch mehr zu strapazieren.

Dafür begann Hugh, meine Nerven zu belasten. Ich konnte gar nicht sagen, warum das so war. Und ob es wirklich an ihm lag oder eher an mir. Er war eigentlich wie immer und doch ganz anders. Oft saßen wir abends zusammen, wie wir das all die Monate gemacht hatten. Wir redeten und lachten oder wir sahen fern. Oder wir schwiegen zusammen, was ich manchmal echt mochte. Wenn das Wetter es zuließ, saßen wir im Garten, ein Buch in der Hand. Es war schön, denn man war für sich, tauchte ab in die Geschichten, aber man war nie alleine. Hugh wusste zudem immer, was gerade fehlte. Er holte im richtigen Moment eine Flasche Wein oder etwas zu knabbern. Er wusste, wann es mir zu kühl wurde, und reichte mir eine der gestreiften Fleecedecken, die griffbereit auf einem der Gartenstühle lagen, ehe ich ihn darum bitten konnte. Er wusste, wann ich ein paar heitere Geschichten brauchte und wann ich meine Ruhe haben wollte. Es war, als wäre er mein perfektes Spiegelbild, als kenne er mich besser als ich selbst. Diese Tatsache wurde mir bewusst, weil ich langsam merkte, dass es mit Oscar nicht so war. Noch nicht, denn wir mussten uns erst kennenlernen. Hugh kannte mich, seit ich auf der Welt war, hatte mich aufwachsen sehen und mein Leben mitgeprägt, klar war er im Vorteil. Oscar wusste nicht, dass ich gerne mit jemandem zusammen schwieg, und versuchte ständig, eine Unterhaltung in Gang zu bringen und sie dann bloß nicht abreißen zu lassen. Er dachte noch, ich ernähre mich stets gesund (meine Schuld, wie ich gestehen muss), deshalb bot er mir nie meine geliebten Erdnüsse an, wenn wir uns einen Film ansahen. Und er wusste ebenso wenig, dass ich Horrorfilme eben nur mit Erdnüssen überstand. Ich hatte gesagt, dass ich ab und an gerne mal einen Schocker sah, was ihn freute, denn er stand darauf, auch wenn er nicht so wirkte. Und er hatte keinen Schimmer davon, dass ich es hasste, wenn er den Toast zu hart werden ließ. Ich könnte ihm all diese Dinge sagen und ich würde es auch tun, aber nach und nach. Nein, was mir, denke ich, auf die Nerven ging, war, dass Oscar ein wenig an Strahlen verlor, mir die Defizite oder die fehlenden Übereinstimmungen oder das fehlende Wissen schneller bewusst wurden. Dadurch, dass Hugh mich so gut kannte und alles richtig machte, bemerkte ich schneller, wo Oscar und ich Nachschulbedarf hatten. Und weil es meinem alten Kindertage-Freund so leicht fiel, es richtig zu machen, fragte ich mich plötzlich, weshalb es Oscar nicht gelang. Das war blöd und gemein und nicht logisch, das wusste ich, aber es war so. Ich wünschte mir, dass Oscar ein wenig mehr wie Hugh war und Hugh ein wenig mehr wie Oscar. Aber eigentlich, wenn ich ehrlich war, wünschte ich mir, dass ich bei Oscar mehr sein könnte wie bei Hugh. Einfach Holly, und zugeben, dass ich auch nur ein Mensch war. Vielleicht war das mein Problem. Er hatte mich kennengelernt, als ich durch diese Hunde-Sache gefühlsmäßig total durch den Wind war, immer voll auf Adrenalin und ein wenig unzurechnungsfähig. Er sah in mir eine Frau, die tough und mutig war, Action brauchte und immer überlief vor Energie und guter Laune. Nur dass die Nachwirkungen der Therapie langsam nachließen. Meine Euphorie, die Endorphine schwächten sich langsam ab und ich begann, wieder ruhiger zu werden. Und nun fragte ich mich, ob dieses andere Modell, das Holly-Standardmodell, ihm auch gefallen würde, ausreichte oder ob er sich einzig in die Superwoman-Version verliebt haben könnte.

Kapitel 46

Ich bemühte mich, diese dummen Gedanken zu verdrängen, und es gelang auch ganz gut. Ich meine, wenn es eine Weltmeisterin im Verdrängen gab, dann war ich es. Ich hatte jahrelang meine Angst verdrängt oder besser gesagt, was diese Angst aus meinem Leben machte, was sie mir alles nahm. Ich hatte zu oft meine Gefühle verdrängt und meine Wünsche, um nicht unbequem zu sein. Ich war eben lieber auf der sicheren Seite und wenn man nicht zu viel erwartete, konnte man weniger enttäuscht werden. Und sich selbst weniger enttäuschen, weil man es nicht schaffte, seine Ziele zu erreichen. Ich versuchte, meine Erwartungen realistisch zu halten und nicht in zu bunten Farben vom Leben zu träumen.

Mit Oscar hatte ich dieses ungeschriebene Gesetz zum ersten Mal gebrochen. Früher hätte ich einen Mann wie ihn gar nicht so weit in mein Leben gelassen. Er schien mir einfach eine Nummer zu groß für mich. Zu erfolgreich, zu gut aussehend, zu sicher, was er wollte. Er wirkte, als habe er nie Selbstzweifel, als hätte er das Leben im Griff. Selbst seine Flugangst, denn immerhin setzte er sich dennoch in den Flieger. Ich dagegen wäre nie in ein Haus gegangen, in dem ein Hund war. Es wäre schlichtweg nicht möglich gewesen.

Aber dennoch hatte Oscar sich für mich entschieden. Ich musste versuchen, die alte Holly nicht mehr an die Macht kommen zu lassen, das war es. Oder mir etwas anderes suchen, das mich in diesen seltsamen Zustand versetzte, in dem ich dachte, nichts wäre zu groß für mich. Charlottes Erzählungen fielen mir ein, ihre ganzen Aktionen, die sie früher aus Liebe zu ihrem Freund unternommen hatte. Vielleicht sollte ich mir das einmal genauer ansehen. Bungee-Jumping und so Zeug. Eine neue Art, meinen Körper mit Adrenalin zu fluten. Obwohl mich schon der Gedanke daran echt in Schwierigkeiten brachte.

Am Mittwochabend hatte ich mich wieder einmal im Garten eingerichtet. Hugh war nicht da, ich vermutete, dass er bei Ana war. Noch nie hatte ich erlebt, dass eine einzige Frau ihn derart lange beschäftigt hatte, noch dazu eine, die nicht mit ihm auf die Piste gehen konnte. Sie musste wirklich etwas Besonderes sein. Und ziemlich dreist, sich direkt in Millies Haus zu vergnügen, um mal ehrlich zu sein.

Ich war so sehr in Gedanken, dass ich die Türglocke nicht hörte. Normalerweise war das kein Problem, wenn man die Terrassentür zum Garten aufließ, aber es war auch nicht schlimm, wenn man sie nicht hörte. Der Garten lag zum Großteil hinter dem Cottage, ein schmaler Streifen zog sich jedoch neben dem Haus entlang, sodass man bequem einfach um das Haus herumgehen konnte. Die meisten Dorfbewohner machten das sowieso, einfach mal losspazieren und sehen, ob jemand draußen war. Trotzdem erschrak ich, als ich unvermutet angesprochen wurde.

»Da bist du ja.«

»Oscar.« Ich sprang vor Überraschung sogar auf. »Was … was machst du denn hier?«

»Ich wollte dich besuchen.« Sein Lächeln war bezaubernd und er nahm mich in die Arme und küsste mich sanft. »Ich war früher fertig als erwartet und dachte, ich fahre jetzt endlich mal zu dir.«

»Schön. Das ist eine tolle Überraschung.« Ich sah mich um. »Bist du alleine?«

»Ja.«

»Oh.« Enttäuschung machte sich breit, die überhaupt nicht angemessen war. »Schade. Du hättest Frodo nicht alleine lassen sollen.«

»Er kann durchaus einmal einen Abend alleine sein, Holly.«

»Klar.« Ich setze mich, nur um gleich wieder aufzuspringen. »Willst du was trinken?«

»Nein. Ich möchte einfach bei dir sein.«

»Das ist toll.«

»Wirklich?« Er sah mich mit einem seltsamen Blick an und ich setzte mich wieder.

»Klar.«

»Was ist los? Doch keine gute Überraschung?«

Natürlich. Oscar entging meine seltsame Fahrigkeit nicht, die meinen seltsamen Gedanken geschuldet war, die mich heute wieder einmal beschäftigt hatten.

»Doch. Die beste Überraschung. Es ist nur ziemlich ungewohnt, dich ohne deinen Hund zu sehen.«

»Ja. Aber auch wenn es nicht so scheint, ich bin manchmal einfach ich. Es gibt tatsächlich Sachen, die mache ich ohne ihn.«

»Klar.« Ich holte tief Luft. Oscar hier in unserem Garten verwirrte mich mehr, als ich erwartet hatte. Es war fast, als hätten wir wieder ein erstes Date, zumindest wenn man sah, wie nervös ich plötzlich war.

»Schön ist es hier.«

»Ja. Das ist das Werk meines Mitbewohners.«

»Der Gärtner.«

»Genau.«

Natürlich wusste er über Hugh und unsere Wohngemeinschaft Bescheid.

»Er hat ein Händchen dafür.«

»Ja, das hat er.« Ich stand wieder auf. »Ein Bier?«

Oscar hatte das Bier dankend abgelehnt und dafür mich genommen. Also, geküsst, meine ich, und meine blöde Nervosität flaute endlich ab. Ich sollte mich einfach freuen, dass er da war, und den unerwarteten Abend genießen.

»Komm mit. Ich zeig dir das Haus.«

Ich zog ihn hinter mir her und begann unten mit der Führung. Das Cottage war so anders als seine teure, modern eingerichtete Wohnung. Zum ersten Mal fiel mir das auf, doch ihm schienen die schiefen Wände und niedrigen Decken zu gefallen.

»Das ist sehr gemütlich. Ich mag das, es ist wirklich schön bei euch. Ich hatte mich auch schon mit dem Gedanken getragen, mir so ein Häuschen zuzulegen. Nur für mich und Frodo und ...«

Sein Blick senkte sich und ich lächelte. Und für die Frau, die sein Leben teilen sollte?

»Woran ist es gescheitert?«

»Ich weiß es selbst nicht. Das Angebot ist nicht gerade groß, diese Dinger sind sehr begehrt. Dennoch, ich sollte es wirklich mal angehen.«

Wir gingen die Treppe hinauf, ich voraus.

»Hier ist Dougs Zimmer. Mein Bruder, du erinnerst dich? Leider steht es eigentlich immerzu leer, weil er so gut wie gar nicht mehr herkommt.« Ich zeigte auf die Tür. Manchmal ging ich hinein, um abzustauben, aber es war vergebliche Liebesmüh, denn es staubte wieder ein, ehe mein Bruder kam. Ich hatte ihn in letzter Zeit lediglich am Telefon gesprochen, und selbst da war er meistens nur kurz verfügbar. Seit der Party zu seinem Geburtstag hatte ich ihn nicht mehr gesehen. Zur Hochzeit, hatte er fest versprochen, würde er kommen, aber da hatten wir alle Zimmer reserviert im Hotel. Es war bloß eine Frage der Zeit, wann er das Zimmer ganz aufgeben würde und damit sein letztes Band nach Pemberton zerschnitt. Doug entglitt mir immer mehr und ich hatte keine Ahnung, woran das lag.

»Das ist Hughs Zimmer.« Ich zeigte auf die nächste Tür und versuchte, den Gedanken an meinen Bruder abzuschütteln. Wahrscheinlich war es einfach normal, dass er sein Leben nun in Oxford hatte.

»Das Badezimmer.« Diese Tür stieß ich auf und unser Blick fiel auf die schöne, frei stehende Badewanne mit den altmodischen Messingarmaturen und die zwei Waschbecken. Bei uns gab es keine große, frei zugängliche Tropendusche wie bei ihm, sondern eine normale Kabine mit Glastüren, aber es war dennoch gemütlich.

Der Raum war einfach zu klein, früher hatte man dem Badezimmer nicht so viel Platz eingeräumt wie heute, und Hugh hatte zugunsten der Wanne auf eine große Dusche verzichtet. Er war der einzige Mann, den ich kannte, der sich gerne ein langes Bad genehmigte, besonders wenn der Wind kalt pfiff und er den ganzen Tag draußen gearbeitet hatte.

»Und das hier«, ich öffnete die letzte Tür, »das ist mein Zimmer.«

»Schön.« Oscar zog vielversprechend die Augenbrauen hoch. Mein Zimmer war nicht gerade klein, aber das Bett war zweifelsohne das dominierende Element hier. Groß, mit Holzpfosten, aus Nussbaum. Es war ein Teil des Hauses und es hatte mir so gut gefallen, dass ich unbedingt behalten wollte, obwohl Hugh es mir freigestellt hatte, mein eigenes aufzustellen und das hier zu verbannen. Auch den passenden Schrank und die große Kommode hatte ich gerne stehen lassen. Meine eigenen Möbel waren billige Stücke, die wir kurzerhand im Schuppen gelagert hatten. Wie hätte ich jemals diese liebevoll restaurierten und wertvollen Echtholzmöbel durch meine Discounter-Dinger ersetzen können?

»Ja, ganz nett, was?« Ich drehte mich zu ihm um und drückte hinter ihm die Tür zu.

Kapitel 47

Lag es am Haus? Oder daran, dass Hugh jederzeit heimkommen konnte? Ich wusste es nicht so recht, aber irgendwie war es anders, hier mit Oscar zu schlafen. Ich wollte es und er ebenfalls, dennoch kamen wir nicht richtig in Fahrt. Ich kam nicht richtig in Fahrt, und das schien auf ihn abzufärben. Es war schön, keine Frage, aber diese Leidenschaft, die uns bisher angetrieben hatte, fehlte. Und auch wenn ich es nicht wollte, spürte ich Enttäuschung in mir aufsteigen.

Unter uns, früher war der Sex oft genauso gewesen wie heute und ich hatte nichts daran auszusetzen gehabt. Es konnte nicht immer Hochleistungssport sein und jedes Mal noch besser als beim Mal zuvor. Es war doch auch schön, wenn es einfach war. Und es war oft schon schlechter gewesen als heute. Und dennoch wäre ich jetzt fast froh gewesen, wenn Oscar einfach gegangen wäre. Was er aber nicht tat. Stattdessen legte er einen Arm um mich.

»Woran denkst du?«, fragte er schließlich.

Das wollte ich jetzt nicht gerade sagen, also suchte ich Zuflucht in etwas, was nicht einmal gelogen war. »An Frodo. Du hast den armen Kerl einfach alleine gelassen.«

»Du magst ihn wirklich sehr, was?«

Ich seufzte. »Ja. Ich hätte nie gedacht, dass ich so etwas mal sage, aber ich liebe diesen Hund.«

»Ich liebe ihn auch.« Er seufzte nicht, obwohl es

klang, als wolle er es tun. »Du siehst ihn bald wieder, versprochen. Für heute muss ich dir genügen.«

Das wäre jetzt der richtige Moment gewesen, ihm zu sagen, dass ich auch ihn liebte, dass er genügte, mehr als genügte. Aber ich lauschte noch auf den Klang der Worte, die er gesagt hatte. »Ich liebe ihn auch.« Und mir fiel auf, dass diese Worte zum ersten Mal gefallen waren. Wir hatten noch nie »Ich liebe dich« gesagt. »Ich glaube, ich fange an, mich in dich zu verlieben« hatte Oscar gesagt, als ich damals mit ihm gegangen war. Und dann? Hatten wir es immer irgendwie umschifft. Noch waren diese Worte zu mächtig, um ausgesprochen zu werden.

»Du bist auch nicht zu verachten«, sagte ich deshalb und grinste ihn an.

»Da bin ich aber froh«, antwortete er und zog die Decke fester um uns.

Obwohl wir ungewohnt früh aufstanden, ungewohnt für meine Verhältnisse, war Hugh schon in der Küche, als wir nach unten kamen. Im Sommer begannen sie immer zeitig zu arbeiten, wenn die Sonne noch nicht so heiß war, um die kühleren Morgenstunden auszunutzen. Und Oscar wollte beizeiten los, mit dem Hund noch eine Runde drehen, ehe er arbeiten musste, und so trafen wir uns in der Küche.

»Das ist Oscar. Hugh, mein Mitbewohner«, stellte ich die beiden vor und versuchte, so lässig zu klingen wie möglich.

»Oscar.« Hugh streckte die Hand aus. »Schön, dich

kennenzulernen.«

»Gleichfalls. Holly hat mir schon viel erzählt.«

»Ja? Glaub nur die Hälfte.« Er lachte und ich gestikulierte hinter dem Rücken meines Freundes, um ihn zu zeigen, dass ich blöde Antworten wie »und sie erzählt ständig von deinem Hund« oder so nicht schätzen würde. Aber Hugh meisterte die Situation mit Bravour. Er stand auf, stellte seine Tasse in die Spülmaschine und verschwand mit dem Hinweis, dass er eben auf dem Sprung war und sich sicher bald mal die Gelegenheit für ein längeres Gespräch bot.

»Er ist nett.«

»Ja. Das ist er.« Ich stellte den Kaffee auf den Tisch und den perfekt angerösteten Toast.

»Ich habe noch nie in einer Wohngemeinschaft gelebt. Ich stelle mir das wirklich schön vor. Immer jemand zum Reden.«

»Es ist toll. Ich habe noch nie alleine gelebt, kannst du dir das vorstellen? Erst mit meiner Freundin in einer WG, dann bin ich zu Seamus gezogen und von dort zu Hugh, also in dieses Haus. Ich habe nie darüber nachgedacht, aber tatsächlich habe ich noch nie alleine gelebt.«

Schweigend beendeten wir unser Frühstück, beide in Gedanken vertieft. Als er sich auf den Weg machte, begleitete ich ihn nach draußen und wusste, dass auch zu dieser frühen Zeit irgendwo ein paar Augen waren, die unseren Abschiedskuss beobachteten, nichts, was die Stimmung romantischer machte, als sie war. Gedankenverloren ging ich ins Haus, um die Schlüssel zu holen und mich ebenfalls auf den Weg zu machen. Ich war früh dran, doch ich wollte nicht rumtrödeln. Dann hätte ich darüber nachdenken müssen, warum dieser Abend sich so seltsam anfühlte und der Morgen so anders war als gewohnt.

»Wahrscheinlich ist das doch normal, oder?« Charlotte sah mich fragend an.

»Was? Oh ja, das ist es.«

Ich hatte mich am Freitag mit Charlotte verabredet, um gemeinsam in der Mittagspause einen Kaffee zu trinken. Ich mochte sie mit jedem Tag lieber und ich hatte ein wenig ein schlechtes Gewissen, weil ich mich nicht so für ihre Hochzeit interessierte, wie ich es tun sollte, und mich bisher viel zu wenig eingebracht hatte. Anscheinend gab es bei ihr kaum Arbeit für die Trauzeugen. Dafür umso mehr für eine Freundin.

Millie und ihre Krankheit waren bei Charlotte stets Grund zur Sorge. Die lange gehegte Hoffnung, dass die Sonne und die Wärme etwas verbessern würden, hatte sich nur teilweise erfüllt. Es gab Verbesserungen, aber leider nicht so große wie erhofft.

»Noch drei Wochen. Ich hoffe, es kommt nicht wieder etwas dazwischen.«

»Nein, ganz sicher nicht.« Ich hätte ihr gerne etwas gesagt, das sie trösten könnte, aber es gab nichts, das wusste ich selbst.

»Dave versucht auch immer, mich zu beruhigen. Sie ist zäh, sagt er, und sie will diesen Tag unbedingt erleben. Aber das macht es nicht besser. Es hört sich so an

… Irgendwie lass ich mich zu sehr davon runterziehen. Ich sollte mich auf diesen Tag freuen. Ich meine, ich werde Dave heiraten. Und stattdessen sorge ich mich um Dinge, die ich nicht ändern kann. Ich mache mir selbst die Vorfreude kaputt. Und dabei habe ich so lange von diesem Tag geträumt. Ich werde den tollsten Mann der Welt heiraten. Ich hätte nicht geglaubt, einmal so glücklich zu sein. Und auf der anderen Seite wünsche ich mir, dass der Tag nie kommt. Ich bin emotional total durch den Wind. Aber wahrscheinlich ist das normal, oder?«

»Was? Oh ja, das ist es.« Ich schüttelte kurz den Kopf, um meine eigenen Gedanken zu vertreiben. »Hast du es sofort gewusst? Dass Dave der Eine ist?«

»Du meinst, auf den ersten Blick? Gesehen und gewusst, der ist es?«

»Ja.« Ich nickte nachdenklich. »Oder zumindest nach den ersten Gesprächen und so.«

»Nein.« Charlotte lächelte wehmütig. »Das habe ich ganz und gar nicht gewusst. Ich war zu der Zeit frisch von Josh getrennt und dachte noch immer, er ist es. Um ehrlich zu sein, habe ich ewig gebraucht, um es zu bemerken. Wenn ich nicht so verbohrt gewesen wäre … Ich glaube, wenn ich auf mein Herz gehört hätte, dann wäre es mir nach dem ersten Kuss klar gewesen. Aber ich wollte es gar nicht hören. Obwohl ich damals schon spürte, dass Josh es sicher nicht ist. Manchmal verrennt man sich in seine Wunschvorstellungen und ignoriert, was eigentlich ersichtlich ist.«

Wieder nickte ich nachdenklich.

»Erst als ich dachte, ich hätte ihn verloren, wusste ich, dass ich keinen anderen will. Blöd, was? Aber ich war auch blöd, damals.«

»Du warst nicht blöd.«

»Holly, du hast ja keine Ahnung wie blöd ich war. Allerdings habe ich daraus gelernt. Nichts passiert ohne Grund. Und Dave ist der beste Grund, egal, wie schmerzhaft der Weg dorthin war.« Nun lachte Charlotte wirklich und endlich sah sie wie eine glückliche Braut aus.

Ich lachte ebenfalls und beneidete sie plötzlich von ganzem Herzen. Auch wenn ich eigentlich keinen Grund dazu hatte.

Kapitel 48

Nein, ich hatte keinen Grund, Charlotte zu beneiden. Später an diesem Abend war ich bei Oscar und mein Leben war perfekt. Ich war stolz darauf, wie freudig mich Frodo inzwischen begrüßte und wie gut ich damit umgehen konnte. Ich liebte es, mit den beiden einfach nur abzuhängen, den Hund zu streicheln, im Hintergrund Oscars angenehme Stimme zu hören. Und ich mittendrin. Ich hatte mir wieder einmal unnötig Sorgen gemacht. Der Mittwoch, egal was da gewesen war, war weit weg. Heute Abend war wieder alles so, wie es sein sollte. Und deshalb stellte ich auch endlich die Frage, die ich schon lange hätte klären müssen.

»In drei Wochen heiraten Freunde. Gute Freunde. Die Feier findet in einem netten kleinen Landhotel statt.«

»Wie schön.« Oscar hob fragend den Blick.

»Nun ja, und ich bin natürlich eingeladen und ich darf jemanden mitbringen, wenn ich will.«

»Oh. Du meinst … Klar, das wäre toll.« Er lächelte, dann runzelte er kurz die Stirn. »In drei Wochen, sagst du? Warte, ich habe da etwas im Hinterkopf. Hm, Samstag, der 25.?«

Ich nickte.

»Das ist ungünstig.« Er sah ziemlich zerknirscht aus. »Ausgerechnet an dem Samstag habe ich schon lange eine Einladung. Eine Freundin, Janie, du weißt doch, feiert da ihren Geburtstag. Ich, nun ja, wir sind eingeladen. Ich habe vergessen, es dir zu sagen.«

»Das ist in der Tat ungünstig.«

Sein Blick war recht bedrückt und ich lachte.

»Aber es ist kein Problem, oder? Ich meine, dann gehe ich zur Hochzeit und du zu deiner Freundin. Was sagst du?«

»Ich denke, es ist die beste Lösung. Auch wenn ich dich gerne begleitet hätte.«

»Ich komm da schon alleine zurecht.« Ich streichelte Frodo, der sich angewöhnt hatte, neben mir zu liegen, weil ich immer seine Aufmerksamkeit erwiderte. »Auch wenn ich dich vermissen werde.«

»Meinst du mich oder den Hund?« Oscar lachte und ich stimmte ein.

»Dich natürlich. Der Hund war ja nicht eingeladen.«

Es war wirklich nicht schlimm, dass Oscar nicht mitkommen konnte. Ich hätte ihn natürlich gerne bei mir gehabt, aber ich verstand auch, dass er die Einladung seiner alten Freundin nicht wegen der Hochzeit zweier Menschen absagte, die er gar nicht kannte. Und andersherum war es genau dasselbe. Wir waren erwachsen und verhielten uns auch so.

Die letzten drei Wochen bis zur Hochzeit vergingen wie im Flug. Im Büro war ich als Urlaubsvertretung eingeteilt und hatte mehr als genug zu tun und schließlich fand auch Charlotte noch ein paar Beschäftigungen für uns. Wir saßen abends zusammen und füllten die traditionellen Gazesäckchen mit Glücksmandeln. Tante Millie hatte Charlotte auf diese Idee gebracht und

Charlottes Idee war es, dies eben bei ihr zu machen, um sie ein wenig mit einzubinden, ihr das Gefühl zu geben, dabei zu sein. So kam es, das ich zum ersten Mal, seit ich wieder in Pemberton war, auf die alte Dame traf, und ich war gelinde gesagt erschrocken. Ich kannte sie, alle im Dorf kannten sie, besonders diejenigen, die unter ihrer Herrschaft aufgewachsen waren. Aber von der resoluten Dame, die mit grimmiger Miene, entschlossenem Blick und strammem Gang darüber herrschte, was auf dem Marktplatz passierte, während das Dorf feierte, war nicht mehr viel übrig. Charlotte hatte recht, sie war klein geworden und erschreckend zahm. Zumindest für ihre Verhältnisse.

»Holly Reed«, hatte sie mich begrüßt. »Immer noch derselbe Rotschopf. Wie schön, dass du mich endlich einmal besuchst.«

»Wie geht es Ihnen, Mrs Preston?«

»Das siehst du doch, Kind.« Sie hatte ungeduldig mit der Hand gewedelt und das Gesicht verzogen. »Ich warte, dass mein Herr mich holt.«

»Tante Millie, sag so etwas doch nicht.« Charlotte sah ihre Tante streng an. »Du weißt, dass ich das nicht mag.«

»Du solltest den Tatsachen ins Auge sehen.« Erstaunlicherweise klang ihre Stimme nun milder. »Aber wie es scheint, hat man noch keine Verwendung für mich. Oder der Herr hat Angst vor meiner spitzen Zunge. Ich denke, ich werde da mal die eine oder andere Sache ansprechen müssen, wenn wir uns treffen.« Sie lachte, ein seltsames Bellen, und begann sofort zu husten.

»Das wird es sein. Und deshalb werden wir uns noch lange Ihrer Gesellschaft erfreuen.« Ana war zu uns getreten und reichte der alten Frau ein kleines Glas mit einer bräunlichen Flüssigkeit. »Nehmen Sie, das wird Ihnen guttun.«

Sie nahm das Glas und trank es aus, dann lehnte sie sich in ihrem Sessel zurück. »Das Alter ist nichts für Feiglinge«, sagte sie. »Ich war nie einer, aber so langsam beginne ich, das Leben zu fürchten. Ihr«, sie zeigte auf uns, »ihr solltet euch das gut ansehen. Genießt es. Genießt das Leben und eure Gesundheit. Heute wird so viel gejammert, anstatt sich an den Dingen zu freuen, die man hat. Und man will immer das, was man nicht hat, und nimmt sich, was man nicht will, nur weil man es bekommen kann.«

Charlotte beugte sich vor und küsste ihre Tante auf die Wange und ich schluckte. Sie hatte recht. Dankbarkeit war selten geworden, auch bei mir.

»Nun reicht es aber, liebste Tante. Wir sind doch hier, um die Hochzeit vorzubereiten, und dabei sollte man Spaß haben.«

»Spaß haben. Das war schon immer deins, was?«

Charlotte und Millie begannen, einen verbalen Schlagabtausch zu führen, der mich ziemlich amüsierte. Man hörte die gegenseitige Achtung und Zuneigung und ich fand, dass die alte Dame echt witzig war. Der Abend verflog und ohne es zu bemerken, war die Arbeit getan und wir am Aufbrechen.

»Bis bald, Mrs Preston.«

»Auf Wiedersehen.« Sie neigte sich vor und umklammerte die Hand, die ich ihr zum Abschied gereicht hatte. »Du bist ein tapferes Mädchen, Holly.«

»Danke.« Verwirrt zog ich meine Hand aus ihrer.

»Ich kenne dich, so wie ich jeden im Dorf kenne. Du hast dich verändert.« Ihre Hand wies nach unten, wo Butler lag. Charlotte hatte ihn mitgebracht und im ersten Moment hatte er mir ein wenig Probleme bereitet. Aber schon nach ein paar Augenblicken wurde es besser und schließlich hatte ich fast vergessen, dass er den ganzen Abend treu neben seiner alten Herrin lag.

Auch ich streckte meine Hand nach dem Hund aus und strich einmal über seinen Kopf. Tante Millie lächelte zufrieden, aber man sah ihr an, dass der Abend sie erschöpft hatte. Wir waren noch nicht zur Tür hinaus, als sie Ana anwies, ihr ins Bett zu helfen.

Kapitel 49

Und dann war endlich der große Tag da. Strahlender Sonnenschein weckte mich bereits früh am Morgen. Das war auch gut so, denn ich war bei Oscar und sollte zusehen, dass ich zeitig nach Pemberton kam, um mich für das Ereignis fertig zu machen. Aber vorher wollte ich die beiden noch auf ihrem Morgenspaziergang begleiten.

Wir gingen durch den warmen Morgen und ich plapperte aufgeregt von meinem Kleid, der geplanten Frisur und vor allem davon, wie glücklich Dave und Charlotte waren.

»Seltsam, ich habe das Gefühl, sie zu kennen, und doch habe ich kein Gesicht dazu.« Oscar sah mich an. »Wieso eigentlich?«

»Weil es sich nicht ergeben hat?«

»In der ganzen Zeit? Ich weiß nicht. Vielleicht, weil du es nicht willst?«

Ich blieb stehen. »Warum sagst du so etwas?«

Oscar seufzte. »Ich weiß es auch nicht. Aber in letzter Zeit ... Sind wir mal ehrlich, Holly. Es wäre kein Ding gewesen, dass wir uns mal alle treffen. In Pemberton. Doch irgendwie scheint das nicht auf deiner Agenda zu stehen.«

»Das stimmt doch nicht. Es ist einfach praktischer, wenn ich bei dir bin. Und schöner, was, Frodo?«

»Holly.« Wieder seufzte er und ich sah ihn an. Das Gespräch gefiel mir nicht. »Ich weiß, der Zeitpunkt ist schlecht gewählt, aber mir fällt das schon eine Weile auf. Du hältst mich fern von deinem Leben.«

»Ach, denkst du? Und du? Habe ich einen von deinen Freunden kennengelernt? Oder zumindest Janie?« Ich wusste nicht, wieso ich derart in die Offensive ging.

»Du hast nie danach gefragt.«

»Genauso wenig wie du.« Das stimmte nicht, aber ich sagte es dennoch. Er hatte es ab und zu vorgeschlagen, dass er zu mir kommen wollte, ich aber nie, dass ich seine Freunde treffen wollte. Weil ich es genoss, ihn für mich alleine zu haben.

»Ich wollte dich nicht teilen.«

»Du willst nicht mit mir ausgehen. Sei ehrlich, Holly, wenn es nach dir geht, sind wir ständig nur zu Hause.«

»Es ist doch schön so.« Ich lächelte, auch wenn ich wusste, dass es ein leicht verzweifeltes Lächeln war. »Du, ich und Frodo. Das genügt.«

»Frodo.« Wieder seufzte er. »Wenn er kein Hund wäre, dann wäre ich manchmal auf ihn eifersüchtig.«

»Oscar.«

Er strich sich durch das Haar. »Verzeih mir, Holly. Ich weiß nicht, was heute mit mir los ist.«

»Schon gut.« Ich straffte mich und lächelte ihn an. Wieder ein perfekter Moment, um es endlich einmal zu sagen. Endlich diese drei Worte auszusprechen, vor denen wir beide noch immer zurückschreckten. Ich schloss kurz die Augen, dann sah ich ihn an.

»Oscar, nach dieser Hochzeit lernst du sie kennen. Versprochen.«

»Ich verspreche, dass ich dich immer lieben werde.« Charlottes Stimme klang sicher und laut durch die kleine Kirche. Taschentücher wurden gezückt und Tante Millie grunzte zufrieden.

Auch ich blinzelte ein paar Tränchen weg. Diese Zeremonie war wunderschön und das Strahlen des Brautpaars überragte alles. Sie waren sich so sicher, dass sie den restlichen Weg gemeinsam gehen wollten. Wo nahmen sie nur die Zuversicht her?

Das Gespräch mit Oscar trieb noch immer durch meine Gedanken. Mir waren viele Antworten eingefallen, seit wir uns getrennt hatten, um alleine zu unseren Freunden zu gehen, und nicht alle waren angenehm. Ich hatte mich entrüstet gegeben, aber ein paar seiner Worte hatten ins Schwarze getroffen, auch wenn ich das noch nicht zugeben wollte. Unsere Beziehung war anders als alle, die ich bisher geführt hatte, und ja, Frodo war wichtig. Ich meine, ich war das, Holly Reed, die ihr ganzes Leben lang Angst gehabt hatte vor Hunden und die nun plötzlich keine mehr hatte. Kaum noch. Mitch hatte gesagt, dass ich nun so weit war, alleine weiterzumachen, und Oscar und Frodo halfen mir dabei. Ich vermisste den Kick, den mir die Stunden verpasst hatten, doch wenn ich dort war, mich in dieser Wohnung bewegte, in der ein Hund war, dann verspürte ich es immer noch. Schwächer, aber es war noch zu spüren. Ich war mutiger und tougher. Und ich liebte es, wirklich. Auch wenn ich merkte, dass Frodos Anwesenheit nicht mehr ganz so aufregend war. Aber dennoch, es war für mich etwas Neues und ich versuchte, so lange wie möglich davon zu profitieren. Und es half mir doch auch, das hatte man bei meinem Zusammentreffen mit Butler gemerkt. Ich wurde stetig besser darin, Hunde zu ertragen, mich in ihrer Anwesenheit zu bewegen. Und Oscar sollte das eigentlich wissen. Er hatte mich erlebt, ganz zu Beginn, und er hatte die ganze Mühe und Arbeit mitbekommen, die mich all das gekostet hatte. Er hatte versprochen, mich zu unterstützen, mir zu helfen. Und am besten konnte er das nun mal, wenn wir bei ihm waren, in Frodos Revier.

Und dennoch, flüsterte eine leise Stimme, und dennoch hat er recht. Ich wollte gar nicht, dass er nach Pemberton kam. Ich wollte nicht mit ihm alleine sein, ohne Hund, nur wir beide. Weil dann irgendetwas fehlte, auch wenn ich mich noch wehrte, das zuzugeben.

Der Schlusschoral ließ mich aufschrecken und ich stand mit den anderen auf. Jetzt hatte ich vor lauter Grübeln das meiste verpasst. Ich sah zu Hugh, der neben mir stand und lauthals und ganz melodisch das alte Kirchenlied mitsang. Er hielt das Buch so, dass ich auch hineinsehen konnte, und warf mir einen fragenden Blick zu, weil ich nicht einstimmte. Ich schüttelte leicht den Kopf. Singen war nicht so einfach, wenn man einen Kloß im Hals hatte.

Es war keine große Gesellschaft, die sich kurze Zeit später im »White Mannor« unter den großen weißen

Sonnenschirmen zum Tee niederließ. Alle strahlten und freuten sich, lobten die Trauung, bewunderten die Braut und gaben zu, dass der Bräutigam sehr gut aussah. Dem stimmte ich gerne zu. Aber nicht nur Dave sah sehr gut aus, auch Hugh hatte mich überrascht. Er trug einen eleganten grauen Anzug und er sah darin einfach umwerfend aus. Wie Lucy, Sean und der kleine Aaron in seinem Hochstuhl, Liz, George und ich saß er am Ehrentisch, da wir alle ja als Trauzeugen fungierten. Und da wir beide Singles waren, hatte Charlotte uns nebeneinander gesetzt. Nun, wir waren keine Singles, ich zumindest nicht, aber hier galten wir als solche, weil wir ohne Begleitung gekommen waren. Ich jedenfalls, bei ihm war ich mir nicht so sicher. Ana saß nämlich auch bei uns, neben Millie und auf Hughs anderer Seite, und sie sah wirklich reizend aus. Ana, meine ich. Millie sah großartig aus, trotz des schmalen Gesichts. Auch sie hatte Charlotte in Froschgrün gekleidet wie uns, doch anstatt eines zarten Blütenkranzes, wie wir ihn trugen, hatte Tante Millie einen Hut bekommen. Einen wunderbaren, aufwendigen grünen Hut, der genau zu dem Kleid passte und sie ein wenig wie die Queen aussehen ließ, wenn sie ihre Untertanen beehrte. Sie hatte es sich nicht nehmen lassen, für das Bild ihren Rollstuhl zu verlassen, und zwar mit Stock, aber auf ihren eigenen zwei Beinen, wie sie sagte, und mit trotzig erhobenem Kinn in die Kamera zu starren. Charlotte strahlte, als die alte Lady mit grimmigem Gesicht neben ihr Stellung bezogen hatte. Ich sah allerdings Anas besorgten Blick und ihre wache Aufmerksamkeit, um der alten Dame zu Hilfe zu eilen, wenn es zu viel wurde. Sie murrte, als ihre Pflegerin ihr nach den Aufnahmen half, wieder im Rollstuhl Platz zu nehmen, aber ich sah die Anspannung in ihrem Gesicht. Es hatte sie viel gekostet, ihren Stolz aufrechtzuerhalten.

Hugh verteilte seinen Charme beim Essen gleichmäßig nach rechts und links. Auf meiner anderen Seit saß Doug, auch ein einsamer Wolf unter lauter Paaren. Er war, wie erwartet, ebenfalls alleine gekommen, und das Brautpaar war so nett gewesen, ihn an unserem Tisch zu platzieren.

Die Stimmung war laut und ausgelassen. Endlich waren wieder einmal alle versammelt. Sean und Lucy, die inzwischen eine beachtliche Kugel vor sich herschob und wunderschön und strahlend aussah, Liz und George, nach wie vor schwer verliebt und kaum in der Lage, mal die Hände voneinander zu lassen. Wir wetteten heimlich, dass sie die Nächsten wären, auf deren Hochzeit wir tanzten. Harry, der eigens für die Hochzeit eingeflogen war, war ebenfalls ohne Begleitung da.

»Ich habe es immer gewusst, dass Dave einer der Ersten sein würde, der unter die Haube kommt«, sagte Harry eben. »Du bist einfach der Typ dazu.«

»Und ich bin unendlich dankbar, dass es nun so weit ist.« Dave strahlte.

»Wisst ihr noch, wie wir früher immer mit den Mopeds rüber nach Bourton-on-the-Water gefahren sind?«

Die Jungs lachten laut.

»Da gab es jeden ersten Samstag diese Party im Jugendhaus.« Die Stimmung wurde noch ein wenig ausgelassener und alle versuchten, sich mit alten Geschichten zu übertrumpfen.

»Wir hatten eine tolle Zeit.« George seufzte.

»Du hast immer noch eine tolle Zeit. Und du musst dazu nicht einmal mehr mit deinem Mofa durch die Nacht fahren.« Liz sah ihn streng an. »Ihr ständig mit diesen blöden Partys. »Die besten Mädchen gibt es in Bourton-on-the-Water«, habt ihr immerzu gesagt. Nun ja, jeder irrt sich mal.«

»Allerdings. Das weiß ich mittlerweile auch, dass es die besten hier gibt, direkt in Pemberton.« George zog sie an sich und wieder küssten sie sich.

»Ich fand die hier bei uns schon immer toll«, warf Hugh ein und grinste.

»Aber du hast drüben trotzdem nichts anbrennen lassen.«

»Hugh hat generell nichts anbrennen lassen«, feixte Harry. »Er war schon immer ein Typ, der nichts verachtet hat, was jung und schön war. Alter, wie sieht es aus? Bist du inzwischen ruhiger geworden?«

Hugh zuckte die Achseln. »Ich bin der ruhigste Typ, den du dir vorstellen kannst.«

»Klar!« Harry schüttelte sich vor Lachen. »Komm schon, Holly, erzähl doch mal. Was geht ab bei euch? Ist es immer noch so, dass ständig neue Frauen in der Küche sitzen, wenn man herunterkommt?«

»Eigentlich nicht.« Ich warf Ana einen Seitenblick zu, was sie wohl von diesem Gespräch hielt. Ihr Gesicht war entspannt und freundlich. »Um ehrlich zu sein, seit ich dein Zimmer übernommen habe, ist mir noch gar keine Frau begegnet.«

»Du machst Witze!« Harry steckte sich einen Finger in das Ohr und drehte ihn energisch. »Oder habe ich Probleme mit meinen Lauschern?«

Ich schüttelte den Kopf und Harry verstummte kurzzeitig. »Alter, ich kann es nicht glauben. Hat dich also tatsächlich eine am Wickel, was?«

Kapitel 50

»Als ich zum ersten Mal nach Pemberton kam, war ich nicht gerade glücklich darüber.« Charlotte hatte sich erhoben und alle verstummten, um ihrer Rede zu lauschen. »Ehrlich gesagt war ich zu dem Zeitpunkt über nichts glücklich. Und wie es aussah, sollte das auch so bleiben.« Sie lächelte zu ihrer Tante, die unbeeindruckt dreinsah.

»Aber dann lernte ich Dave kennen und es war, als wäre die Sonne endlich aufgegangen. Er sollte meine Stütze sein, bis ich wieder aus diesem Ort verschwinden konnte, so dachte ich zumindest. Doch dann kam alles anders. Dave hat nicht nur meine Liebe zu Pemberton entfacht, sondern auch noch eine ganz andere.«

Lautes Johlen und Pfiffe setzten ein.

»Er hat mich gelehrt, dass man auf sein Herz hören muss. Er hat mir gezeigt, dass ich richtig bin, so wie ich bin. Dank ihm habe ich verstanden, dass ich mich nicht verbiegen muss, um anderen zu gefallen, sondern zuallererst mir selbst gefallen muss. Und er hat mich darin bestärkt, einfach ich zu sein. Ich hatte zu lange mein Leben nach anderen ausgerichtet und mir eingeredet, dass es das war, was ich wollte. Ich war die Meisterin darin, meine Wünsche nicht zu erkennen und nicht auszusprechen, was ich wirklich fühlte. Und dafür«, nun wandte sie sich direkt ihrem Mann zu, »dafür liebe ich dich mehr, als ich je einen Menschen geliebt habe. Du bist ein wunderbarer Mensch, ein großartiger

Freund und der beste Partner, den man sich wünschen kann. Ich liebe dich.« Sie küsste ihn und wieder begann die Menge zu klatschen.

Neben mir pfiff Hugh durch die Zähne. Doug klatschte höflich und ich starrte Charlotte an. Da waren sie wieder, diese magischen drei Worte, und es klang nicht kitschig oder so, sondern einfach nur wunderschön.

»Wie viele Leben sind wohl so? Dass man nie wirklich tut, was man will? Sich an Konventionen hält, sich aus Angst vor den anderen etwas vorenthält? Oder sich aus Bequemlichkeit mit dem zufriedengibt, was man hat?« Hugh hatte sich zu mir gebeugt und sah mich nun fragend an.

»Wieso fragst du mich das?« Charlottes Worte hatten mich berührt, aber Hughs schienen mich anzuklagen.

»Ich frage das ganz allgemein.« Seine Stimme klang verwundert. »Ich meine, wir alle gehen doch manchmal den Weg des geringsten Widerstandes, oder?«

»Selbst du?«

»Ja, manchmal auch ich.« Er griff nach seinem Weinglas und nahm einen Schluck. »Nicht alle sind wie du und rennen hoch erhobenen Kopfes in eine Situation, die ihnen Angst macht.«

»Ich ...« Ich wusste nicht, was ich darauf antworten sollte. Ich tat das auch nicht, normalerweise. Ich war, wenn ich ehrlich war, eher wie Charlotte. Wie Charlotte, bevor Dave in ihr Leben trat.

»Was denkst du, wirst du ebenfalls einmal so dastehen wie sie und so glücklich sein und genau wissen, dass du das Richtige tust? Fest davon überzeugt, dass du nun an dem Punkt angekommen bist, an dem du sein solltest?« Hugh klang sehr nachdenklich.

»Und du?«

»Ich arbeite darauf hin. Aber du hast meine Frage nicht beantwortet.«

»Ich arbeite ebenfalls darauf hin. Und jetzt entschuldige mich mal schnell.«

Ich sprang auf und suchte mein Heil in der Toilette. Hughs Fragen kamen zu keinem guten Zeitpunkt.

Als ich zurückkam, hatte sich die Runde merklich ausgedünnt. Ich war auf dem Rückweg an einem anderen Tisch hängen geblieben und nun war es schon recht spät. Millie hatte die Feier verlassen und Ana mit ihr. Auch Lucy und Sean waren bereits gegangen. Aaron, der sich den ganzen Tag ungewöhnlich manierlich benommen hatte, musste ins Bett und Lucy hatte gestanden, dass sie im Moment einfach mehr Schlaf brauchte. George und Liz waren auf der Tanzfläche, nur Hugh und Doug saßen noch da.

»Wir dachten schon, du hättest dich davongemacht.« Doug sah mich an.

»Quatsch. Ich war nur eine Weile da hinten und habe mit ein paar Leuten geredet, die ich ewig nicht mehr gesehen habe. Miles Gordes zum Beispiel. Er hat sich nach dir erkundigt.«

»Miles.« Dougs Miene hellte sich auf. »Gute Erinnerungen. Ich denke, ich gehe mal hin.« Er erhob sich und verschwand zu meinem Bedauern. Da sahen wir uns endlich mal wieder, saßen sogar den ganzen Tag nebeneinander, und dennoch schafften wir es nicht, richtig miteinander zu reden.

»Dann waren es nur noch zwei.« Hugh grinste mich an. »Wie sieht es aus? Schenkst du mir einen Tanz?«

Ich kann mich nicht daran erinnern, schon einmal mit Hugh getanzt zu haben. Nicht einmal, dass ich ihn je tanzen sah. Also, so richtig tanzen, mit Arm um die Mitte und festhalten und allem, nicht einfach zur Musik hüpfen.

»Habe ich dir eigentlich schon gesagt, dass du toll aussiehst heute?«

»Nein. Nun ja, heute Mittag, als wir los sind, aber so etwas kann man ja öfter hören, ohne dass es langweilig wird.«

Er lachte. »Und habe ich dir auch schon gesagt, dass du dich verändert hast? Früher wärst du knallrot angelaufen und hättest es vehement abgestritten.«

Prompt wurde ich rot.

»Eine schöne Feier.« Hugh nahm seinen Blick endlich von meinem Gesicht und ließ ihn über die Gäste schweifen, die neben uns tanzten, und dann blieb er auf Charlotte und Dave hängen. »Und ein tolles Paar.«

»Ja.« Ich hätte ihm gerne gesagt, dass er keine Konversation machen musste. Wenn man mit jemandem tanzt, ist es ja oft so, dass man sich bemüht, nebenher zu reden, weil es sich sonst irgendwie komisch anfühlt. Aber nicht bei ihm. Bei ihm war es richtig, dass er mich hielt, und ich fühlte mich wohl, ohne reden zu müssen. Geborgen, das war es, sicher in der langen Freundschaft, die uns verband. Wie es wohl war, mit Oscar zu tanzen? Vielleicht tat er es eben jetzt auch. Ich hatte gar nicht gefragt, was für ein Typ Janie war, ob sie eher eine wilde Party plante oder etwas Formelleres. Tanzen oder Hüpfen, sozusagen.

»Ich freue mich für die beiden.«

»Obwohl es nicht das ist, was du dir für dich wünschst.« Ich versuchte heiter zu klingen.

»Warum sollte ich mir das nicht für mich wünschen?«

»Oh. Nun ja, weil du nicht der Typ zum Heiraten bist, oder?«

»Denkst du?«

»Äh, ja.« Ich sah verwirrt zu ihm auf. »Ich meine, hallo, du bist Hugh. Dir war es doch bereits zu eng, wenn eine Frau sich mehr als zweimal mit dir treffen wollte.«

»Menschen ändern sich, Holly. Sie reifen und werden erwachsen. Weshalb sollte ich mir nicht wünschen, die richtige Frau zu finden und mit ihr gemeinsam mein Leben zu führen?«

Ich schwieg. Alles, was mir einfiel, waren flapsige Bemerkungen, die unangebracht schienen. Ja, wieso sollte sich Hugh nicht ändern? Er hatte es bereits getan, oder? Seit ich hier lebte, war er schon anders, aber das Bild, das wir, das ich von ihm hatte, war unverändert. Für uns war er eben Hugh. Aber tatsächlich schien es da eine Frau zu geben, die wichtig genug war, das er keine andere mehr ansah. Ich dachte an die vergangenen Stunden. Er und Ana hatten nicht wirklich den Eindruck gemacht, ein Paar zu sein. Sie hatten miteinander geredet, aber ich hatte nicht gesehen, dass sie Zärtlichkeiten ausgetauscht hatten. Eine tiefe Vertrautheit, das war mir aufgefallen, und dass scheinbar ein Blick genügte, um zu wissen, was der andere dachte. Wahrscheinlich lag es an Ana, die ihren Job sehr ernst nahm, ein weiteres Zeichen, wie es um Hugh stehen musste. Und mir war auch die Art aufgefallen, wie Millie mit ihm umging. Er erntete keine grimmigen Kommentare von ihr, wie es George oder Harry taten. Sie schien ihn ins Herz geschlossen zu haben, obwohl er früher ganz vorne auf ihrer Liste der Tunichtgute stand.

»Und du hast diese Frau gefunden?«

»Es scheint so. Nur muss ich sie erst noch davon überzeugen, dass sie es ist. Nachdem ich es nun selbst erkannt habe.« Seine Stimme klang ganz weich und ich beneidete Ana einen winzigen Moment lang. Hugh schien bereit, die magischen drei Worte zu sagen.

»Du wirst sie nicht lange überzeugen müssen.«

»Denkst du? Nun, ich bin mir nicht so sicher. Ich fürchte eher ...« Er brach ab und räusperte sich. »Holly, weißt du, es ist so, dass sie ...«

»Partnertausch!« Harrys Hand schlug auf Hughs Schulter. »Ich bin dran, Alter.«

Kapitel 51

Mit Harry zu tanzen war anders. Er war eher aus der Hüpf-Fraktion und er redete ununterbrochen, erzählte von seinem Leben und brachte mich mit seiner witzigen Art zum Lachen. Hugh tanzte nicht mehr. Er saß mit nachdenklichem Blick drüben am Tisch und auch wenn es so aussah, als beobachtete er uns, war ich mir sicher, dass er in Gedanken ganz woanders war.

Die Party nahm jetzt Fahrt auf. Überall wurde gelacht und die Weinflaschen schneller ausgetauscht. Auch bei uns am Tisch. Wir tranken, lachten und redeten und die Zeit verging schnell. Als Erster stand mein Bruder auf.

»Ich gehe ins Bett. Wir sehen uns morgen beim Frühstück.« Er stand auf und umarmte Dave und dann Charlotte. »Noch mal viel Glück euch beiden. Es war eine beeindruckende Feier.«

»Doug, altes Haus.« Harry sah entrüstet aus. »Du kannst noch nicht gehen. Jetzt bin ich endlich mal wieder hier ...«

Doug winkte ab.

»Aber morgen, ja? Ich erwarte, dass ihr euch alle den Tag für mich freihaltet.«

»Sorry, aber ich werde nach dem Frühstück abreisen. Ich habe noch zu tun, ich muss ein paar Semesterarbeiten korrigieren.«

»Wann ist er alt geworden?« Harry sah mich entrüstet an.

»Keine Ahnung.« Ich wusste es ebenfalls nicht. Doug war auch früher nie das große Partytier gewesen, aber so wenig Interesse wie im Moment hatte er nicht gezeigt. Nachdenklich sah ich meinem großen Bruder nach, der sich eben von ein paar Freunden verabschiedete. Er griff in seine Jacketttasche und zog sein Handy heraus, tippte darauf herum. Danach zog er eine Karte heraus und reichte sie seinem Gegenüber. Die Frau griff danach und dabei rutschte ihr der leichte Schal von den Schultern und fiel zu Boden. Doug bückte sich, hob ihn auf und legte ihn ihr lachend wieder um. Dann hob er die Hand, grüßte in die Runde und ging. Auf dem Boden blieb etwas liegen, unbemerkt von den anderen. Ich stand auf.

»Bin gleich wieder da.«

Es war sein Portemonnaie, das da unbemerkt zu Boden gefallen war. Er trug es immer in der Hosentasche, in der vorderen, nicht hinten, wie es Männer normalerweise tun, und er hatte es schon oft irgendwo verloren. Dennoch änderte er seine Gewohnheit nicht, was niemand verstand. Er mochte es einfach nicht, sagte er achselzuckend, etwas in der Gesäßtasche zu haben, und die paar Pfund, die er bei sich trug, könne er im Notfall verschmerzen.

Ich hob es auf und beeilte mich, hinter ihm herzulaufen.

»Doug!«

Er war schon fast die große Treppe oben, die hinauf zu den Zimmern führte.

»Du hast mal wieder was verloren.«

Er drehte sich um und verzog sein Gesicht.

»Ich muss mir wohl doch langsam so eine Herrenhandtasche zulegen.«

»Oder du steckst es einfach hinten rein, wie alle anderen auch.« Ich war die Stufen ebenfalls hochgelaufen, hielt ihm die Börse hin und er griff danach. Lachend zog ich sie ein wenig zurück, um ihn zu ärgern, und dabei rutschte sie uns aus den Fingern.

»Hoppla.« Ich war schneller als er, bückte mich, um sie zum zweiten Mal aufzuheben. Und da sah ich es. Es war ein recht kleines Modell, eines zum Aufklappen. Links war ein Münzfach, rechts ein Fach mit einem dünnen, netzartigen Stoff, in das man Fahrkarten stecken konnte, um sie so dem Fahrer zu zeigen. Oder Bilder. In seinem Fall war es ein Foto, keine Fahrkarte. Ein Bild, das ihn zeigte und einen anderen Mann. Ich sah die Köpfe, das Lachen, wie sie einander zugeneigt waren.

»Doug.«

»Gib her.« Seine Stimme klang schroff.

»Aber ... wieso hast du das nicht erzählt?«

»Was denn?«

»Doug, ich bitte dich. Dass du einen Freund hast.«

»Das ist nur ein Freund.«

Ich schüttelte langsam den Kopf. Nein, das war nicht nur ein Freund. Und wieso sollte er auch das Bild eines Freundes mit sich herumtragen.

»Du denkst, dass wir das nicht verstehen, habe ich recht? Du hast Angst.«

»Holly, es ist nicht so.«

»Du bist mein Bruder. Wir beide, wir konnten uns doch immer alles erzählen, oder?«

Er sah mich einen Moment an, dann nickte er langsam. »Hast du einen Moment Zeit?«

»Klar.« Ich ließ mich auf den Treppenstufen nieder und er setzte sich neben mich.

»Also?«

»Er heißt Tomasin. Er arbeitet in der IT-Branche.«

»Das ist toll. Seit wann seid ihr zusammen?«

»Seit Februar.«

»So lange? Warum machst du solch ein Geheimnis darum?«

»Es … Er ist noch nicht so weit.«

Ich betrachtete die Hände meines Bruders. Er hatte sie verschlungen und die Fingerknöchel stachen weiß hervor. Ich kannte ihn gut genug, um die Zeichen zu deuten.

»Nein. Nein, ich denke, es ist eher umgekehrt. Du bist noch nicht bereit.«

»Das kannst du doch gar nicht wissen.«

»Nein, aber ich kann es spüren. Du bist es, der die Beziehung geheim hält, habe ich recht? Sonst hättest du wenigstens mir davon erzählt.« Ich wusste, dass ich ins Schwarze getroffen hatte. Und ich war seltsamerweise ganz ruhig. Dougs sexuelle Präferenzen waren noch nie zur Debatte gestanden. Er hatte ein paar Freundinnen gehabt, früher, und war jetzt schon längere Zeit Single. Dass er auf Männer stand, war neu, und doch war es passend. Was nicht passte, war, dass er sich damit versteckte.

»Das ist nicht so einfach.«

»Liebst du ihn?«

»Ja. Ich liebe ihn.«

»Gibt es an der Uni Probleme, weil du einen Mann liebst?«

»Nein. Ich bin nicht der Einzige, der das tut.«

»Also, wo ist dann das Problem? Schämst du dich dafür?« Das war das Gute an unserer Beziehung, wir konnten alles sagen. Dachte ich.

»Nein.« Er sprang auf und sah mich fast böse an. Okay, vielleicht konnten wir doch nicht mehr alles sagen.

»Aber warum, Doug? Du liebst und wirst geliebt. Du bist glücklich. Warum versteckst du das?«

»Ich ...« Er hob die Hände, fuhr sich durch die Haare, drehte sich um, steckte die Hände in die Hosentaschen, nahm sie wieder raus, wandte sich mir zu. Langsam nahm er erneut Platz, legte die Hände nachdenklich vor den Mund, nahm sie wieder weg.

»Ich weiß es nicht. Ich weiß es nicht, wieso ich es nicht einfach sagen kann. Tomasin wünscht es sich, das weiß ich. Er möchte, dass ich seine Familie kennenlerne. Sie wissen Bescheid über seine Neigung. Aber ich brauche noch etwas Zeit. Ich war noch nie mit einem Mann zusammen, auch wenn ich schon lange spüre, dass ich nur mit einem Mann glücklich werden kann.«

»Dann tu es. Werde mit ihm glücklich. Und pfeif darauf, was die anderen sagen.«

Er lachte bitter. »Guter Rat. Ausgerechnet von dir.«

»Bitte?«

»Na, du hast dich doch in letzter Zeit ständig beklagt, dass man hier im Dorf über dich tratscht. Dass man dir Affären anhängt mit diesem Hundetrainer und mit Hugh. Und dass du das hasst. Was denkst du, werden sie erst über mich reden?«

»Die Wahrheit. Und keine Sachen, die nicht stimmen.«

»Holly, du drehst dir die Dinge gerne so, wie es dir passt. Du weißt genau, was abgehen wird in einem Ort wie Pemberton. Und in der Fakultät wird es nicht anders sein. Es ist leicht, Ratschläge zu geben, wenn es einen nicht selbst betrifft.«

»Das passt nicht zu dir, Doug. Und es steht dir nicht. Du warst immer ein Mensch, der sein Ding durchgezogen hat. Ich habe dich dafür bewundert, meinen selbstbewussten großen Bruder. Und nun versteckst du dich hinter irgendwelchen Ausreden, um nicht zugeben zu müssen, was du fühlst? Weil jemand die Nase über dich rümpfen könnte?«

»Wie du.«

Ich erstarrte. Noch nie hatte Doug so zu mir gesprochen, mit diesem verächtlichen Klang in der Stimme.

»Du bist doch kein bisschen besser als ich. Du versteckst dich auch und du tust, was man von dir erwartet. Stehst du zu deinen Gefühlen oder tust du nur so?«

»Was soll das heißen?«

»Dein Freund, dieser Oscar. Wo ist er heute?«

»Er ist anderweitig verplant.«

»Wie passend.«

»Doug!«

»Ich kenne dich, Holly, und ich höre zu, wenn du etwas erzählst. Ist er deine große Liebe? Soll ich dir sagen, was ich denke? Er ist es nicht. Er ist gerade da und er ist passend, weil er diesen Hund hat. Oh ja, der Hund. Du erzählst immer von diesem Hund, aber nie, dass du ihn liebst. Und ich habe noch etwas gesehen. Ich habe gesehen ...«

Ich war aufgesprungen, jetzt genauso zornig wie er. »Das reicht.«

»Nein, es reicht noch nicht. Ich denke, dass er der Falsche ist, und ich denke, dass du aus den falschen Gründen bei ihm bist.«

»Du kennst ihn doch gar nicht.« Ich wurde zu laut, mal wieder.

»Nein, und das gibt mir zu denken. Ich glaube, du benutzt ihn und seinen Hund, um deine fabelhafte Therapie fortzusetzen. Und ich denke, du benutzt ihn, um dir nicht einzugestehen, was wirklich Sache ist.«

»Dieses Gespräch führt zu nichts. Es geht um dich, nicht um mich. Es geht darum, dass du der Feigling der Familie bist. Ich habe mich meiner Angst gestellt. Glaub mir, es war nicht leicht, aber ich habe es getan. Und ich habe die ganze Zeit nur mir selbst geschadet und niemandem, der mich liebt.«

»Du hast recht.« Er stand auf und seine Bewegungen waren müde. »Holly, ich wollte nicht mit dir streiten. Und ich wollte nicht, dass du es auf diese Art erfährst. Es tut mir leid. Es ist meine Sache und das andere deine. Selbst wenn ich denke, dass es auch bei dir nicht so einfach ist. Wir verletzen beide Menschen, die uns lieben. Denk mal drüber nach.« Er wandte sich um und stieg langsam die verbliebenen Stufen hoch.

»Spar dir deine blöden Entschuldigungen. Du bist einfach jämmerlich«, schrie ich ihm nach.

Doug ging weiter, als hätte er nichts gehört. Ich sah ihm hinterher, zornig und verwirrt. Nein, er irrte sich. Ich war es nicht, die ihre Gefühle versteckte. Und auch sonst traf nichts zu, was er sagte. Es war einfach gemein, mir das vorzuwerfen, nur um von sich abzulenken.

Kapitel 52

Der Zusammenprall mit meinem Bruder hatte mir die Feierlaune gründlich verdorben. Ich war schlecht gelaunt und wütend, als ich zum Tisch zurückkehrte. Hugh sah mich aufmerksam an.

»Was ist passiert?«

»Frag nicht.« Ich kippte meinen Wein hinunter, obwohl er mittlerweile warm geworden war. »Schenk mir lieber nach.«

»Du weißt, was man sagt? Probleme können schwimmen.«

»Ich habe keine Lust auf blöde Sprüche.« Ich nahm die Flasche und goss mir selbst ein.

»Was ist passiert?«

»Nichts, das habe ich schon gesagt.« Ich starrte auf die Tanzfläche, wo es langsam ruhiger wurde. Harry hüpfte noch mit einer alten Schulfreundin.

»Holly, ich will dich nicht drängen. Aber wenn ich dir helfen kann ...«

»Danke, nein.«

Hugh seufzte. »Irgendwie läuft es heute nicht ganz rund.«

»Das kannst du laut sagen.«

»Ich dachte, dass heute vielleicht der richtige Tag wäre ... Nein, das war blöd. Heute ist Daves Tag und Charlottes. Nicht deiner und nicht meiner. Meine Zeit ist noch nicht da. Meine Zeit kommt vielleicht nie.«

Und nicht Dougs Tag, dachte ich. Ich sollte ihn fragen, also Hugh, nicht meinen blöden Bruder, was denn war. Er hatte mir vorher etwas erzählen wollen, ehe Harry ihn abklatschte, aber ich war nicht in der Stimmung. Ich wusste, was kommen würde. Ana war gegangen, weil sie nicht als seine Begleitung, sondern als Millies Pflegerin hier war. Und Hugh vermisste sie nun, vermisste die unbeschwerte Zeit, die man haben sollte, wenn man frisch verliebt war. Wieso war es so schwierig mit der Liebe? Doug hatte sie, stand aber nicht dazu. Hugh wollte sie, schien sie aber nicht zu bekommen, zumindest nicht so, wie er wollte. Und ich? Ich hatte sie ebenfalls, und doch war da etwas, das mich davon abhielt, es wirklich zu fühlen. Dougs Worte tauchten auf und ich versuchte trotz der Warnung, sie zu ertränken, und füllte mein Glas erneut.

»Die Liebe ist eine blöde Kuh«, sagte ich und versuchte, nicht allzu schleppend zu klingen.

»Das sagst du? Du hast sie doch gefunden, oder?«

»Mein Bruder denkt, ich tue nur so.« Das hatte ich nicht sagen wollen, aber es ploppte immer wieder in meinem Kopf auf. »Er denkt, ich mache mir etwas vor. Ha, gerade er.«

»Und warum regst du dich darüber auf, wenn er nicht recht hat?«

»Weil«, sagte ich und dachte an meine Mutter. »Weil ist keine Antwort«, hatte sie stets gesagt, wenn uns in einer Diskussion die Argumente ausgingen und wir trotzig nur noch mit diesem Wort geantwortet hatten.

»Ach, Holly.« Hugh sah mich an und ich meinte Mitleid in seinem Blick zu lesen. Ganz herzlichen

Dank, darauf konnte ich gerade verzichten. »Weißt du, was mich schon eine Weile beschäftigt?«

»Sei mir nicht böse.« Ich kippte den restlichen Wein hinunter und stand auf. Der Boden schwankte leicht und ich griff nach der Tischkante. »Merk dir, was du sagen wolltest, und sag es mir morgen. Ich geh ins Bett.« Ich machte ein paar Schritte. Nicht gut. Das letzte Glas war mal wieder zu viel gewesen.

»Ich bring dich besser hoch. Nicht, dass du dir in diesen Schuhen das Genick brichst.«

Galant stützte er mich die lange Treppe hinauf und auch wenn ich es nicht zugegeben hätte, war ich froh darum. Die Stufen wollten einfach nicht aufhören zu schwanken und mehr als einmal taumelte ich. Selbst schuld, ich trank normalerweise nicht so viel und schon gar nicht in solch kurzer Zeit. Als wir endlich vor meiner Tür angekommen waren, drehte ich mich lächelnd zu Hugh um.

»Du bist ein toller Mann, weißt du das? Wenn du nicht du wärst, ich würde mich in dich verlieben.«

Sein Lächeln war schiefer als sonst. »Und du bist eine tolle Frau, die leider gar nichts verträgt. Schlaf dich aus, Holly. Wir sehen uns beim Frühstück.«

»Sie wird dich erhören. Keine Frage, welche Frau würde das nicht.«

»Nun, das wird sich zeigen.« Jetzt war sein Lächeln wieder echt, ganz sanft und ein wenig unverschämt. »Die Hoffnung stirbt zuletzt. Und du weißt ja, ich bin ein unverbesserlicher Optimist. Danke, Holly. Du weißt es wahrscheinlich nicht, aber du hast mir heute wirklich Mut gemacht.«

»Klar habe ich das. Ich bin ein Muthase, schon vergessen? Und wir Muthasen teilen gerne.«

»Komm her, du Muthase.« Hugh zog mich in seine Arme und drückte mich fest an sich. Ich atmete tief ein, roch sein Aftershave, seinen Geruch, und fühlte, wie ich ruhiger wurde. Seine warmen Hände ruhten auf meinen nackten Rücken und ich fühlte mich wie schon so oft einfach geborgen und behütet. Und wohl, einfach nur ich sein zu dürfen. Die Party kam mir in den Sinn, unvermittelt, und sein Kuss. Wie schön es gewesen war und wie einfach. Keine falschen Gefühle, keine überdrehte Holly, nur schön und wohltuend. Langsam wandte ich meinen Kopf. Sein Mund war so nahe und es war so einfach. Ich könnte es wiederholen, nur um zu sehen, ob es wirklich so toll gewesen war.

»Ich sollte jetzt zurück nach unten gehen.« Hugh rückte ein Stück von mir ab und ich blinzelte. Himmel, ich war definitiv betrunken.

»Schlaf gut, Holly.« Er neigte sich vor und küsste meine Stirn, wie ein Vater es tat. Dann wandte er sich ab und eilte davon, zurück zu den Resten der Feier.

Obwohl ich müde war, erschöpft, und alles sich drehte, konnte ich nicht einschlafen. Dougs Worte geisterten durch meinen Sinn und ich überlegte mir, viel zu spät, Antworten, die richtig gewesen wären. Hugh spukte mir durch den Kopf, doch das versuchte ich zu verdrängen. Ich hätte ihn beinahe geküsst, nur um zu sehen, wie es war. Ich griff nach dem Handy. Immer noch keine Nachricht von Oscar, aber das war zu erwarten gewesen. Ich hatte ja auch keine geschickt. Weil wir das nicht brauchten, dachte ich trotzig. Wir mussten uns nicht ständig etwas schicken, um den anderen nicht zu vergessen.

Wie erwartet, war die Nacht nicht besonders. Meine wirren Gedanken setzten sich nahtlos in meinen Träumen fort. Ich träumte von Doug, hörte noch einmal jedes Wort. Ich träumte von Hugh, der endlich Ana im Arm hielt und sie küsste. Millicent Preston applaudierte den beiden mit grimmiger Miene. Jetzt küsst er sie, dachte ich, und die Freude, die ich spüren sollte, wich einem kalten Gefühl. Dann sah ich Oscar, der mich nachdenklich betrachtete. »Ich habe Frodo weggegeben, weil du ihn liebst und nicht mich. Nun gehört er Janie, sie liebt ihn auch mehr als mich. Und nun sind es endlich nur noch wir beide, du und ich.« Und ich hörte mich sagen: »Das reicht mir aber nicht.«

Kapitel 53

»Liebst du mich?« Ich hatte so oft über diese Worte nachgedacht. Nun sagte ich sie nicht, sondern stellte sie in den Raum, weil ich es einfach nicht mehr aus dem Kopf bekam. Und weil ich sie anders formuliert nicht aussprechen konnte.

»Wie bitte?« Oscars Gesichtszüge entglitten ganz kurz, aber auch ohne diesen Hinweis hätte ich die Antwort gewusst. Indem er es nicht sofort bejahte, hatte er sie beantwortet. »Holly, ich ...«

»Schon gut.«

Ich war in einer seltsamen Stimmung direkt vom Frühstück zu ihm gefahren. Dave und Charlotte taten mir ein wenig leid. Obwohl wir uns bemüht hatten, war es nicht zu übersehen, dass zwischen Doug und mir Eiszeit herrschte. Und auch Hugh seltsam still war. Zum Glück glich Harry das aus, lachte und redete und schmiedete Pläne, was wir heute tun könnten. Ich hatte mich ausgeklinkt, wie zuvor mein Bruder, und so hatten die anderen den Tag verplant, während ich schweigend meinen Obstsalat aß. Dann hatte ich meine Sachen gepackt, ausgecheckt und war schnurstracks zu Oscar gefahren, der mir sichtlich überrascht die Tür geöffnet hatte.

»Liebst du mich?«, hatte ich gefragt, ohne ihn zu begrüßen.

»Holly, ich mag dich. Ich habe mich in dich verliebt, in deine Energie, in deinen Mut. Ich ...«

»Aber du liebst mich nicht.«

»Es tut mir leid.«

Mir sollte es leidtun, aber seltsamerweise tat es das nicht. Ich nickte langsam.

»Liebe braucht Zeit. Du bedeutest mir viel, aber …«

»Es reicht nicht. Nein, sag nichts.« Es wäre einfach, ihm jetzt den Schwarzen Peter zuzuspielen. Ich könnte die Sache beenden und müsste nichts weiter sagen. Aber das wollte ich nicht. Ich wollte nicht, dass er sich schuldig fühlte. »Ich glaube, ich weiß genau, wie du dich fühlst.« Ich holte noch einmal tief Luft. »Weil es mir genauso geht.«

Langsam nickte Oscar.

»Ich habe auch geglaubt, dass ich mich in dich verliebt habe. Ich wollte es und wahrscheinlich war ich es sogar. Aber es hat sich nicht weiterentwickelt. Ich mag dich unglaublich gerne, ich bin gerne mit dir zusammen und ich fand es schön mit dir. Aber es müsste mehr sein.«

»Hast du einen anderen?« Es klang seltsam, nicht so, wie es klingen musste.

»Nein.« Dann sah ich seine Augen. »Aber du?«

Er schüttelte langsam den Kopf. »Nein. Aber ich … Wir sollten uns setzen, Holly, Das ist eine lange Geschichte und keine, auf die ich besonders stolz bin.«

Es tat trotzdem weh, seine Worte zu hören. Er war mir nicht egal, nie gewesen, und auch wenn es nicht ausreichte, wollte ich nicht hören, was er sagte.

»Ich bin lange verliebt gewesen. In Janie, wer hätte

es gedacht. Das kam einfach, wir waren immer Freunde und plötzlich fühlte es sich für mich nicht mehr so an. Für sie schon. Sie hat mir keine Hoffnung gemacht, nie, und ich wusste, dass es auch keine gab. Ich versuchte, meine Empfindungen zu unterdrücken, ihnen keine neue Nahrung zu geben. Langsam hatte ich das Gefühl, dass ich es ändern könnte, dass wir es schafften, einfach nur Freunde zu sein. Und dann kamst du, und du warst die erste Frau, die mich wieder begeistern konnte. Die mein Interesse weckte als Mensch und als Mann. Ich habe mich in dich verliebt, und das ist die Wahrheit. Deine Freude, deine Begeisterung, das hat mich mitgerissen. Bei dir habe ich Janie vergessen und ich dachte, dass du ihren Platz einnehmen kannst. Eine Weile war es auch so. Aber es ist, wie du sagst. Es hat sich nicht weiterentwickelt. Und außerdem habe ich gespürt, dass ich für dich nicht der Richtige bin. Dass ich eigentlich nicht der bin, den du willst.«

»Ich dachte, dass du der bist. Es war kein Spiel.«

»Das glaube ich dir sogar. Aber ich beobachte es schon eine Weile. Holly, hättest du mich genommen, wenn ich keinen Hund gehabt hätte?«

»Aber ... wieso fragst du das?« Wieso fragten mich das plötzlich alle? Und wieso fragte ich mich selbst, ob ich es getan hätte?

»Weil er von Anfang an immer wichtig war. Ich verstehe das«, er hob die Hände und sah mich wieder mit diesem schiefen Lächeln an. »Du hast deine Angst bekämpft und wir konnten dir dabei helfen. Und wir haben das gerne getan. Aber um ehrlich zu sein, manchmal hat mich der Verdacht beschlichen, dass er wichtiger ist als ich. Er musste immer um uns sein. Immer. Du wurdest richtig überdreht, wenn er dabei war.«

Ich senkte den Blick. Überdreht war nett ausgedrückt. Und leider musste ich ihm zustimmen. Diese Sache mit Bill und seiner Monsterdogge. Ich hatte mir in den Kopf gesetzt, diese Erinnerung auszulöschen, sie durch andere zu ersetzen. Gott, ich war zu einer völlig durchgeknallten Frau geworden, die nur dann Spaß an Sex hatte, wenn ein Hund dabei zusah. Also nein, nicht wenn er zusah, im Sinne von zusehen, sondern wenn er einfach da war und ich diesen Kick hatte, dass ich gegen meine Angst ankämpfte, mich fallen ließ und trotz des Tieres locker wurde. Das würde ich nie jemandem erzählen können, sonst dachten alle, dass ich wirklich durchgedreht war. Aber Tatsache war leider, dass es, wenn Oscar bei mir war oder er sich später durchsetzte und die Tür fest verschloss, nicht so richtig prickelnd war. Dass mir dieser Adrenalinschub fehlte und ich nicht wie sonst in die Offensive ging. Und Oscar es eben auch nicht tat, und das Ergebnis war dann dieser stets etwas unmotivierte Sex. Weil ich, und genau das war mir jetzt klar geworden, eben doch nicht so heiß auf ihn war, wie ich mir immer einredete. Und er nicht auf mich. Weil wir es aus den falschen Gründen taten. Weil wir in diesen Momenten ein Programm abspulten, von dem wir dachten, es zu wollen, dass der andere es wollte. Weil wir uns nicht wirklich liebten, so einfach war das.

»Und jetzt?« Ich sah zaghaft auf.

»Ich mag dich sehr, Holly. Und ich würde mich freuen, wenn wir Freunde sein könnten. Aber ich denke, es ist besser, wenn wir uns eine Weile nicht sehen.«

»Ich werde euch vermissen.« Tränen traten mir in die Augen. Das hatte ich nicht gewollt. Heulen, meine ich, und dass er so traurig aussah. Meine Hand legte sich noch einmal auf Frodos Kopf, der brav neben uns am Boden lag. »Oh Gott, ich werde euch vermissen.« Und ich schämte mich, weil ich nicht wusste, wer von beiden mir am meisten fehlen würde.

Kapitel 54

Nach den Gefühlsturbulenzen der letzten Monate fand ich es schwierig, wieder in ein normales Leben zurückzukehren. Die Kämpfe, die Angst, aber vor allem das wahnsinnig gute Gefühl, wenn man sich selbst überrascht hatte, über seinen Schatten gesprungen war und die Komfortzone verließ, fehlten mir. Ich war inzwischen sicher, dass auch Oscar dazugehört hatte. Also er, nicht sein Hund. Er hatte einfach zu gut in dieses verrückte Gefühlsleben gepasst und ich hatte mich, ohne nachzudenken, auf ihn gestürzt. Nein, nicht ganz ohne nachzudenken. Ich hatte mich wirklich verliebt. Aber leider nicht in den Menschen, sondern in das, was er repräsentierte, was er aus mir machte. Und ich vermisste ihn, wenn auch anders, als man seinen Exfreund vermissen sollte.

Ich gestand mir ein, dass ich Oscar tatsächlich irgendwie ausgenutzt hatte, um diese neue Holly zu feiern, die ich in Wahrheit nie gewesen war. Früher wäre es nie so weit mit uns gekommen, weil er einfach nicht die Sorte Mann war, auf die ich normalerweise stand. Doch plötzlich hatte ich wissen wollen, ob ich, Holly Reed, es schaffen konnte, so einen Mann zu bekommen. Bisher hatte ich immer gesagt, ich stehe auf die normalen Jungs. Ich will keinen erfolgreichen, gut situierten Geschäftsmann. Keinen, der zu gut aussieht. Aber das war auch eine Art des Selbstbetrugs und ganz nebenbei ziemlicher Schwachsinn. Es sollte doch zweitrangig sein, ob der Mensch gut aussah, blendend oder eben nicht. Es sollte egal sein, was er beruflich machte und ob er ein Designersofa hatte oder eines aus dem Möbeldiscounter. Das Einzige, was zählte, was zählen sollte, war doch, ob man auf einer Wellenlänge war, ob die Chemie stimmte und ob man sich wirklich liebte. Ich jedoch hatte immer schon vorsortiert, um ja keine Enttäuschung zu erleben. Wenn ich mich ebenbürtig fühlte oder vielleicht sogar ein wenig erfolgreicher, ein wenig hübscher als der andere, dann fühlte ich mich sicher. Wenn einer zu gut bei Frauen ankam, dann tat ich alles, damit er es bei mir nicht schaffte, denn ich war mir sicher, neben all den anderen nicht bestehen zu können. Ich hörte nicht auf mein Herz, sondern auf meinen Verstand. Und der hatte ziemlich klare Vorstellungen davon, was für mich infrage kam und was nicht. Und dann wurde ich plötzlich übermütig und wieder war es nicht mein Herz, das die Entscheidung fällte. Vielleicht war ich in dieser Situation einfach nicht in der Lage gewesen, klar zu denken? Vielleicht musste ich diese Episode mit Oscar erleben und ich musste nun all diese neuen, unschönen Gefühle erleben, um endlich ich zu werden? Noch nie war ich mit mir so hart ins Gericht gegangen wie jetzt, und das will etwas heißen.

Nun würde ich mir die Zeit nehmen, mich neu kennenzulernen. Eine Sache lernte ich bereits. Seit Oscar und ich uns getrennt hatten, waren wir uns nicht mehr begegnet. Anfangs hatte ich gedacht, dass ich nun einen neuen Hund suchen müsste, mit dem ich meine neue angstfreie Art trainieren konnte. Ich ging also hinaus und spazierte durch die Gegend, um einen zu treffen. Es war natürlich nicht das Gleiche und ich hatte kleinere Rückschläge zu verzeichnen. Mit Butler klappte es gut. An ihn hatte ich mich gewöhnt und vor allem kannte ich seine Halter. Und ich vertraute ihnen. Ich wusste, dass er gut erzogen war. Mit den fremden Tieren, die mir draußen begegneten, war es nicht so. Angeleinte Hunde machten mir keine Probleme, aber als eines Tages einer unvermittelt aus einem Feldweg auf mich zu rannte, war das im ersten Moment ein richtiger Schock. Dann brauchte ich einen Moment, um mich selbst daran zu erinnern, dass ich keine Angst hatte, und griff auf meine bewährte Atmung zurück, sagte mir selbst, dass das kein Supergau war und dass ich einfach abwarten musste. Ich dachte zurück an das, was Mitch zum Abschied gesagt hatte, dass ich mich nicht selbst unter Druck setzen dürfte und dass ich mir vertrauen solle. Und dass eine solche Angst, die einen Menschen so lange beherrscht hatte, eben nicht mal schnell zu beseitigen war, sondern ihre Zeit brauchte. Und dass es völlig in Ordnung war, wenn ich keine Hunde-Lady würde, sondern ich einfach versuchen sollte, weiter zu üben. Und als der Hund dann kurz vor mir abstoppte, mich zwar bellend umsprang, aber nicht an mir hoch, und ich immer noch auf meinen Beinen stand und überrascht bemerkte, wie schnell sich meine Atmung verlangsamte, dass diese alte Panik nicht auftauchte, wusste ich, dass dies der Weg war, den ich gehen musste. Es einfach auf mich zukommen lassen, nicht immer alles planen und forcieren. Abwarten und es so nehmen, wie das Leben es vorsah.

»Nicht alle Menschen müssen Hunde haben und nicht alle müssen sie uneingeschränkt lieben.«

Ich war auch hierbei über das Ziel hinausgeschossen, dachte, ich müsse mich um einhundertachtzig Grad ändern und jetzt sofort das volle Programm haben, mit Mann und Hund im eigenen Heim. Nein, ich würde mir jetzt Zeit lassen, versuchen, nicht wieder in alte Muster zu verfallen, aber mir ansonsten zugestehen, dass ich eben war, wie ich war.

»Sie ist unglaublich süß.« Ich starrte auf das winzige Gesicht, die geschlossenen Augen und den kleinen Mund, der zufrieden schmatzte.

»Allerdings.« Sean platzte fast vor Stolz, als er mir seine Tochter in die Arme legte, und Lucy lächelte zufrieden.

»Du siehst gut aus. Herzlichen Glückwunsch.« Ich strahlte meine Freundin an, die vor zwei Tagen erst entbunden hatte und nun schon wieder aussah wie das blühende Leben.

»Danke. Mir geht es auch gut. Kinderkriegen liegt mir.« Sie lachte. »Im Ernst, es ist toll. Eine unglaubliche Erfahrung. Ich könnte süchtig danach werden.«

»Ich auch.« Sean gab ihr einen Kuss und lachte. »Sie hat den Kreißsaal mächtig aufgemischt und sie hat das toll gemacht.«

»Wo ist Aaron? Ich habe ihm etwas mitgebracht.«

»Da wird er sich freuen. Er schläft gerade, aber keine Angst, dieser Zustand dauert bei ihm nie lange.« Erneut lachte sie.

Ich stimmte ein, dann sah ich wieder in das winzige Gesicht, atmete den unvergleichlichen Geruch ein, den Babys verströmen. Irgendwann, dachte ich, irgendwann möchte ich mein eigenes Kind im Arm halten. Und neben mir einen Mann haben, der mich so ansieht.

»Ich war heute bei Lucy und Sean.«

»Baby besichtigen? Wie geht's allen?« Hugh saß entspannt auf dem Sofa, die Beine von sich gestreckt.

»Gut. Du kennst doch Lucy. Sie sieht aus, als käme sie frisch aus dem Wellness-Urlaub. Sean betet sie an und die kleine Louise ist zuckersüß. Nun ja, bei den Genen.« Ich lachte.

»Das liegt nicht an den Genen, sondern daran, dass es ein Baby ist. Die sind einfach süß. Ich glaube, ich habe noch nie eins gesehen, das es nicht war.«

»Echt?« Ich sah überrascht auf ihn hinab.

»Nun ja, der Kleine von den Barnsteins vielleicht. Ich schwöre, der hatte drei Tage nach der Geburt schon mehr Haare als ich. Und die standen senkrecht vom Kopf ab, mindestens zehn Zentimeter, als ob er gerade in eine Steckdose gefasst hatte. Dazu eine Wahnsinns-Nase, ein fetter Zinken. Aber selbst der war süß.«

»Okay.«

»Findest du nicht, dass die einfach niedlich sind?«

»Doch. Aber ich dachte, das ist so eine Frauen-Nummer. Und dass ihr Kerle da eher ein wenig anders denkt.«

»Ich nicht.« Hugh richtete sich ein wenig auf. »Warum hast du bloß so eine schlechte Meinung von mir?«

»Ähm … Ich habe keine schlechte Meinung von dir. Ich bin nur überrascht.« Sehr überrascht. Ich meine, Babys sind doch nichts, wenn man keine feste Beziehung haben will, oder? »Also, du findest sie süß. Toll. Aber für dich persönlich …«

»Auch für mich persönlich. Ich will doch nicht irgendwann der schräge Alte sein, der immer noch hinter den Frauen her ist. Nein, ein Baby wäre schon cool.« Damit erhob er sich.

Ich sah ihm nach, wie er das Zimmer verließ. Da hatte jemand aber eine Kehrtwende hingelegt. Ich wusste genau, dass Hugh früher anders gedacht hatte. Ich war mit ihm aufgewachsen und ich wusste, dass Kinder ihm früher völlig egal gewesen waren. Ob das ebenfalls Anas Einfluss war? Ob sie bereits Pläne hatten? Und ob ich mich vielleicht schon mal vorsorglich nach einem neuen Zimmer umsehen sollte? Doug hatte Hugh wohl gesagt, dass er sein Zimmer hier bei uns nicht mehr benötigte und aufgeben wollte. Hugh hatte es hingenommen, allerdings gemeint, dass er nicht auf die Miete angewiesen wäre und es erst einmal als Gästezimmer freihalten wollte. Vielleicht plante er schon, neue himmelblaue oder rosarote Tapeten anzubringen? Und auch wenn er mich nicht rauswerfen würde, wäre das dann das Ende unserer WG.

Kapitel 55

Vorerst blieben die Tapeten, wo sie waren, und Ana auch. Aber die Nachrichten, die uns aus Primrose Cottage und von Millie erreichten, waren nicht gut. Seit der Hochzeit war es kontinuierlich schlechter geworden mit ihr und nun, Anfang Oktober, erzählte Charlotte mit belegter Stimme, dass ihre Tante das Bett nicht mehr verließ und in keinem guten Zustand war. Sie waren alle in Sorge und auch der Arzt machte ihnen keine großen Hoffnungen. Ana hatte jetzt kaum noch Zeit, um sich mit Hugh zu treffen. Er war abends meist zu Hause und wir redeten viel. Mit Hugh hatte ich schon immer gut reden können, doch noch nie so gut wie in den letzten Wochen.

Er hatte es ohne große Kommentare zur Kenntnis genommen, dass Oscar und ich uns nicht mehr trafen. Ich hatte etwas von »Beziehungspause« erzählt und dass es uns »zu schnell ging«. Hugh hatte nur verständnisvoll genickt und meinen Arm gedrückt. Nun aber, mit zeitlichem Abstand, begann ich, mehr zu erzählen. Ich gab zu, dass ich mich von meinen Emotionen hatte überrennen lassen, dass wir beide ein wenig über das Ziel hinausgeschossen waren und dass wir uns einfach in einer Phase getroffen hatten, die nur als nicht normal bezeichnet werden konnte. Und dass ich ihn dennoch vermisste, irgendwie. Ich vermisste das Gefühl im Bauch, dieses Flattern, das ich immer gehabt hatte, wenn ich mich auf den Weg zu ihm machte. Ich vermisste den Gedanken, dass irgendwo jemand auf mich wartete. Und ich vermisste es, von einem gemeinsamen Leben zu träumen mit jemandem, der mir zeigte, dass ich etwas Besonderes war.

»Vermisst du auch ihn? Ich meine, Oscar, als Mann?«

»Ich vermisse den Freund.« Ich lauschte meinen Worten nach. Je mehr Zeit verging, desto besser konnte ich meine eigenen Gefühle zuordnen. Und manchmal überraschten sie mich selbst. »Aber ich denke, er war einfach nicht der Richtige für mich. Wir wären uns nie genug gewesen.«

»Dann ist es besser, wie es ist. Du bist frei, um dein wahres Glück zu finden.« Er sah mein Gesicht und lächelte. »Du wirst es bald sein, glücklich, meine ich. Glaub mir, es gibt ihn, den einen, der nur darauf wartet, dass du ihn bemerkst.«

Solche Sachen sagte er oft. Überhaupt schien Hugh ein wenig die Rolle von Mitch eingenommen zu haben, mein Motivationstraining in die Hände genommen zu haben. Er war immer bemüht, mein Ego zu stärken, und er wurde nicht müde, mir zu erklären, dass es da draußen den einen gab. Wie es Menschen, die selbst glücklich verliebt sind, oft an sich haben, teilte er sein Glück, indem er mir versicherte, dass auch ich bald an der Reihe wäre. Er wünschte es mir aufrichtig, das spürte ich. Seine Zuneigung war echt und auch meine wuchs. Hugh war großartig und ich hoffte sehr, dass er das große Glück fand, egal, wie er es definierte.

Über Ana hingegen sprachen wir nicht. Er schien

keinen Bedarf zu haben und wenn ich das Thema auf sie lenkte, landeten wir jedes Mal ganz schnell bei ihrem Job. Hugh sprach davon, wie viel Kraft es sie kostete, einen Menschen, den sie pflegte, auf dem letzten Weg zu begleiten. Seine Worte waren voller Bewunderung und Hochachtung, aber nie ging er ins Detail. Auch das kannte ich von früher. Und ganz ehrlich war ich sogar froh darum. Ich wollte, dass er glücklich war, doch ich musste nicht jede Einzelheit wissen. Irgendwie hatte ich das Gefühl, es mit Oscar versemmelt zu haben, und war noch nicht genug über diese Sache hinweg, um sein Glück völlig neidlos zu sehen. Und mir weiterhin Gedanken machen zu müssen, wie es in meinem Leben weitergehen sollte.

»Charlotte hat angerufen. Sie kommt gleich vorbei.«

»Danke.« Ich sah es in seinen Augen. Das war keine gute Nachricht. »Ist …?«

Er schüttelte kaum merklich den Kopf. »Ich fürchte, es dauert nicht mehr lange. Himmel, dass mir das mal so nahegehen wird.« Er seufzte.

Auch mir ging es nahe. Als Charlotte kurz darauf in unserer Küche saß, blass und schmal, hätte ich alles getan, um ihr zu helfen. Ich wusste, was sie durchmachte. Ich hatte es erlebt, diese Zeit, in der man sich auf das Schlimmste gefasst macht. Diese Tage und Nächte, in denen man hofft und betet, obwohl man weiß, dass es zu spät ist. Diese Hilflosigkeit, die einen übermannt, wenn man stumm am Bett sitzt und nichts tun kann. Die tapferen Versuche, gefasst zu sein, wenn der

Mensch, den man liebt, seine Augen öffnet. Und dieser heimliche Wunsch, dass es endlich zu Ende gehen soll, dass die Erlösung kommt, obwohl es das ist, was man nicht will. Die Schuldgefühle, weil man sich das wünscht, und das Gefühl, es nicht mehr ertragen zu können. Das Leid nicht länger ansehen zu können. Man wünscht sich, einfach aufzustehen und zu gehen, und will doch bleiben. Oh ja, ich wusste, was Charlotte durchmachte, und es schnitt mir ins Herz.

»Edward und Mutter sind auf dem Weg. Sie werden morgen früh ankommen. Ich bleibe die Nacht über dort. Dave kommt später, er musste zu einem Notfall.« Sie rang die Hände. »Zum Glück ist Ana da. Aber sie muss auch einmal schlafen. Ich weiß nicht, was wir ohne sie täten. Was ich ohne sie täte.«

Spontan stand ich auf und nahm meine Tasche. »Ich komme mit und bleibe, bis Dave da sein kann. Oder denkst du, dass sie das stört? Deine Tante, meine ich?«

Charlotte schüttelte den Kopf. »Ich weiß nicht, ob sie das überhaupt noch merkt.«

»Danke.« Meine Freundin drückte kurz meine Hand, ehe sie die Haustür zu Primrose Cottage aufschloss.

Ich sagte nichts. Ich war alleine gewesen, als meine Mutter starb. Doug hätte bei mir sein sollen, bei mir sein müssen, aber das Schicksal hatte es anders entschieden. Er hatte lange mit sich gerungen, ob er eine Vortragsreise absagen sollte, doch es sah so aus, als würde unsere Mutter noch nicht gehen, und er war abgereist. Ich wusste, dass ich nicht von ihm verlangen konnte, sich auch beurlauben zu lassen, und er war, so oft es ging, bei ihr. Doch an jenem Mittwochmorgen war er in London auf einer Tagung und ich saß alleine neben dem Bett und hielt ihre Hand, bis sie kalt war.

Ich war dankbar gewesen um jeden, der sie besuchte, der mir beistand in den letzten Tagen, der ein freundliches Wort, ein Lächeln oder einfach ein paar gemeinsame Minuten für mich gehabt hatte. Auch Millie war da gewesen, wie mir jetzt einfiel. Sie hatte sich zu mir gesetzt und meiner Mutter mit ihrer kräftigen Stimme erzählt, was im Dorf alles passierte. Dann hatte sie mich hinausgeschoben, mir gesagt, ich solle mal an die Luft gehen, einen Tee trinken und durchatmen, sie würde noch einen Moment bleiben. Ich war so dankbar gewesen. Und nun würde ich an ihrem Bett sitzen und dasselbe für Charlotte tun.

Ich dachte, ich wäre vorbereitet, aber so war es nicht. Obwohl ich wusste, dass es dem Ende zuging, war ich erschrocken, als ich das Zimmer betrat. Nichts war mehr übrig von der grimmigen Entschlossenheit, die sie an der Hochzeit aufrecht gehalten hatte. Das Gesicht war eingefallen, die Augen geschlossen. Sie sah völlig verändert aus und ich schluckte. Charlotte atmete tief ein und trat an das Bett.

»Ich bin hier, Tante Millie.«

Die Hand im Bett zuckte schwach und Charlotte griff danach. Ich zog mir einen Stuhl neben sie und beugte mich ebenfalls über das Bett.

»Hallo, Mrs Preston. Ich bin es, Holly.« Ich wusste nicht, ob sie mich hörte oder erkannte. Und doch war es wichtig, sie immer noch als einen Menschen zu behandeln, der ein Recht darauf hatte zu wissen, wer da neben dem Bett steht.

Millie öffnete kurz die Augen. »Ah«, war alles, was sie sagte.

Charlotte begann von ihrem Tag zu erzählen. Ich erkannte es wieder, diese Art, munter zu wirken, dem anderen das Gefühl zu geben, dass alles in Ordnung war. Einfach reden und nicht aufhören in der Hoffnung, gehört zu werden und ein Gefühl der Geborgenheit zu vermitteln, nicht alleine zu sein.

»Charlotte.« Das Wort war kaum zu verstehen. »Gut.«

»Du hast einmal zu mir gesagt«, Charlottes Stimme klang plötzlich anders, nicht mehr so aufgesetzt heiter, sondern still und ehrlich, »dass du dir eine Tochter gewünscht hast. Und dass diese Tochter wie ich hätte sein sollen. Ich habe dir das nie gesagt, aber das hat mich sehr stolz gemacht. Wir haben uns spät kennengelernt und es war nicht immer leicht mit uns.« Sie lachte ganz zaghaft. »Aber ich will, dass du weißt, dass es mir genauso geht. Ich bin nicht deine Tochter, aber ich liebe dich dennoch. Ich bin sehr froh, dass ich dich kennenlernen durfte und dass wir die letzten Jahre zusammen hatten. Ich möchte nicht, dass du gehst, und doch weiß ich, dass du nicht bleiben kannst. Ich will, dass du weißt, dass es hier Menschen gibt, die dich lieben und die dich vermissen und nie vergessen werden.« Tränen rannen ihr über das Gesicht. »Du darfst gehen, meine Liebe. Du hast es gut gemacht und wir werden dich nie vergessen. Du musst nicht mehr kämpfen.«

Mir rannen jetzt ebenfalls die Tränen. Charlottes Leid war mir so bekannt. Ich beobachtete Millies Gesicht. Auch wenn sie die Augen nicht geöffnet hatte, ich war mir sicher, dass die Worte angekommen waren und dass es nicht mehr lange dauern würde.

Die Tür ging auf und Dave trat leise ein. Er blieb hinter Charlotte stehen und legte seine Hände auf ihre Schultern. Sie hob den Kopf und schüttelte ihn leicht. Ich stand auf. Ihr Mann war jetzt da und es war sein Platz neben ihr. Ich drückte Charlottes Arm, mehr konnte ich nicht. Dann neigte ich mich ein letztes Mal über das Bett.

»Adieu, Mrs Preston.« Ich konnte nicht »auf Wiedersehen« sagen, denn ich wusste, dass es das nicht mehr geben würde.

Als ich die Tür zum Schlafzimmer hinter mir geschlossen hatte, blieb ich stehen und atmete tief ein. Immer noch weinte ich, lautlose Tränen, die Millie galten, Charlotte, meiner Mutter und auch mir. Dann hörte ich eine leise Stimme aus dem angrenzenden Zimmer.

»Ich schaff das schon. Ich bin dafür ausgebildet. Aber es ist schwer. Ich mag die alte Dame und ich mag ihre Familie. Sie brauchen mich jetzt.«

Ana, dachte ich.

»Ich weiß. Ich vermisse dich auch und ich liebe dich. Ich liebe dich mehr als alles andere. Bald werde ich mehr Zeit haben, als ich mir gerade wünsche. Und dann werden wir uns endlich wiedersehen, mein Herz.«

Lautlos schlich ich mich zur Tür und versuchte, sie so sanft wie möglich hinter mir ins Schloss zu ziehen. Und egal was ich tat, ich konnte nicht aufhören zu weinen.

Kapitel 56

Hugh saß in der Küche, ein Buch in der Hand, das er sofort weglegte, als ich hereinkam. Wortlos stand er auf und nahm mich in den Arm. Ach, Hugh, hätte ich dich doch nur schon damals gehabt, dachte ich. Als ich meine Mutter gehen lassen musste, war er auch schon mein Freund und ein Trost, doch nicht so sehr wie heute. Wahrscheinlich, weil es heute nur ein Abbild des Schmerzes war, den ich damals fühlte. Heute hatte er die Macht, alles ein wenig besser zu machen. Seine Hände konnten mir Trost spenden, wie sie fest und sicher um meinen Rücken lagen. Und sein Mund, der sachte meinen Kopf streifte, konnte die Tränen trocknen, die damals allmächtig gewesen waren, immun gegen jede Linderung.

Wir standen lange da, dann zog er mich mit sich auf das Sofa und legte seinen Arm um mich.

»Charlotte tut mir so leid.« Ich schniefte. »Dave ist jetzt da.«

»Er wird ihr beistehen.«

Ja, das wird er, dachte ich. Und Ana.

Dann schwiegen wir wieder. Ich wollte nicht reden, wollte nur, dass er mich noch ein wenig hielt und mir sein warmer, fester Körper versprach, dass das Leben weiterging, schön werden würde.

»Es war großartig von dir, mit ihr zu gehen. Ich weiß, dass das nicht leicht war.«

Ich schüttelte den Kopf. Nein, das war es nicht, ich

hatte es unterschätzt.

»Dafür hat man Freunde, oder? Nicht nur für die guten Momente.«

»Allerdings.«

Wieder saßen wir einfach da. Ich dachte an meine Mutter, Charlotte und Ana. Und Hugh.

»Du bist genauso, oder? Auch in schlechten Zeiten ein Freund.«

»Ich bemühe mich. Ich bezweifle allerdings, dass ich Charlotte so helfen könnte wie du.«

»Aber Ana?«

»Ana? Ich versuche es.«

»Sie ist toll, wie sie das macht. Charlotte lobt sie in den höchsten Tönen.«

»Ich wollte sie vorher mal anrufen, habe es dann jedoch gelassen. Sie braucht ihren Schlaf.«

»Du wolltest? Aber du hast sie doch angerufen, oder?«

»Nein.« Er klang nachdenklich. »Wir haben vereinbart, dass sie sich meldet, wenn sie Zeit hat. Sie kann im Moment keinen Dienst nach Vorschrift machen und sie ist ein großes Mädchen. Sie ruft mich an, wenn sie reden will.«

»Aber ...« Ich sah auf meine Hände und wollte nicht begreifen, was sich eben in meinem Kopf zusammensetzte.

Hughs Worte klangen absolut plausibel. Und wenn er sagte, dass er nicht mit ihr gesprochen hatte, dann war es so. Die Frage war nur, mit wem sie dann telefoniert hatte. Wen sie »mein Herz« nannte und wen sie so sehr vermisste und liebte. Ich sah zu Hugh und die Gefühle kamen mit aller Macht. Neue Gefühle, die ich nicht haben wollte. Hätte ich nur nie dieses Gespräch gehört. Wie konnte sie einen Mann wie ihn hintergehen? Und wie konnte ich ihm das jemals sagen? Meine Zuneigung und Hochachtung für diese Frau waren wie weggeblasen. Stattdessen gab ich der Wut nach, denn sie war besser zu ertragen als alles andere.

Ich schlief schlecht in dieser Nacht und der Tag war nicht besser. Ich war in Gedanken bei Charlotte, bei Hugh und bei Ana. Der Zorn war noch immer da und er trieb mich an, ließ mich weitermachen. Früher hätte ich gedacht, es müsse einmal passieren, bei seinem Lebenswandel. Irgendwann müsse es ihn erwischen, musste er das erleiden, was er sonst den Frauen zufügte. Aber heute dachte ich, dass er es nicht verdient hatte. Er war nicht so, nie gewesen. Er hatte stets ehrlich gesagt, was er wollte und was nicht. Ich konnte mich nicht erinnern, dass er einer Frau willentlich Schaden zugefügt hatte, sie dreist hinterging. Er hatte eine Menge Freundinnen gehabt, aber, soweit ich wusste, hintereinander und nie zur selben Zeit.

Ich ging früh aus dem Büro, denn heute war ich sowieso keine große Hilfe. Und ich spürte, dass es Zeit war zu gehen. Als ich unser Haus betrat, wusste ich, dass ich recht gehabt hatte. Ich sah es in Hughs Augen.

»Sie ist heute Mittag gestorben. Edward hat es geschafft, er war rechtzeitig da.«

Ich nickte.

»Ana hat vor einer Stunde angerufen und Bescheid gesagt. Die Familie ist dort, sie haben eine Menge zu klären und zu besprechen.«

Ja, das kannte ich. Man stürzte sich in die Aufgaben, die nun kamen, um nicht nachdenken zu müssen. Um etwas zu tun zu haben, damit man noch nicht das ganze Ausmaß aufnehmen musste.

»Ana kommt gleich. Sie will die Angehörigen nicht stören.«

»Oh.« Ich schluckte.

»Du isst doch hoffentlich mit uns?«

Langsam nickte ich. Ich hatte absolut keine Lust darauf, aber mir fiel auf die Schnelle keine Ausrede ein.

Hugh öffnete die Tür und nahm Ana stumm in den Arm. Ich drehte mich weg. Dann kamen die beiden in die Küche und ich räusperte mich.

»Hallo.«

»Holly. Wie geht es dir?« Sie sah aus, als interessiere es sie wirklich. »Es war nett, dass du gestern Charlotte begleitet hast.«

»Ja.« Ich sah Hughs fragenden Blick und trat an den Herd. Ich wollte nicht diejenige sein, die ihm die Wahrheit steckte, aber ich konnte auch nicht so tun, als wäre alles in Ordnung.

»Setz dich.« Fürsorglich zog er ihr einen Stuhl zurück und legte seine Hand auf ihre Schulter. »Wie geht es dir denn?«

»Gut.« Sie hob eine Hand, legte sie einen Moment

auf seine, die noch auf ihrer Schulter ruhte. »Es ist nicht das erste Mal. Aber es geht nie spurlos an dir vorbei. Ich mochte sie.«

Und ihn, dachte ich? Mochtest du ihn auch?

»Was hast du jetzt vor?« Meine Stimme klang zu laut und wieder warf Hugh mir einen Blick zu. Vorwurfsvoll, meinte ich.

»Holly.«

»Nein, schon gut.« Ihre Hand drückte seine und ich sah, wie sie ihn anlächelte. »Das ist schon eine berechtigte Frage. Ich werde von meiner Agentur einen neuen Auftrag angeboten bekommen und dann muss ich entscheiden, ob ich ihn annehmen werde.«

»Aber das ist doch dein Job, oder? Da stellt sich die Frage doch kaum?« Ich sah sie an.

»Ja und nein. Ich weiß es nicht. Immer, wenn ich an diesem Punkt bin, überlege ich, ob ich es noch einmal schaffe. Oder ob ich Schluss damit mache, wieder eine Anstellung in einem Krankenhaus annehme. Irgendwo hingehe und dort bleibe, mir ein festes Leben aufbaue.«

Mit wem denn bitte, dachte ich. Mit Hugh? Oder deinem »Herz«? Hatte ich etwas falsch verstanden? Nicht in Hughs Antwort, das war klar. Er hatte gestern nicht mit ihr gesprochen. Aber vielleicht in ihren Aussagen? Nein, unmöglich.

»Ich versteh dich gut.« Hughs Stimme war weich und er sah sie mit so viel Zärtlichkeit an, dass mir schlecht wurde. Dieses Luder.

»Ich werde hier sein bis nach der Beerdigung. Bis dahin muss ich mich entscheiden. Obwohl ich längst weiß, was ich will.« Sie holte tief Luft. »Ich glaube, ich weiß bereits, dass ich mich von der Agentur trenne.«

Hughs Augen leuchteten auf. »Das ist eine gute Nachricht.«

Ich bin nicht stolz drauf, aber ich sprengte das geplante romantische Essen definitiv. Ich war zickig und vorlaut und mehr als einmal sah ich Hughs überraschten Blick. Er verstand ganz offensichtlich nicht, was ich da tat. Wie auch? Er war so glücklich, dass sie nicht mehr weiterziehen würde, und hatte keine Ahnung, dass er nur ein Zeitvertreib war. Ich schreckte noch immer davor zurück, es auszusprechen, und wollte auch nicht, dass er es erfuhr. Nicht so, nicht von mir.

Auch Ana tat verwirrt. Natürlich, sie wusste ebenfalls nicht, dass ich sie aus Versehen belauscht hatte. Sie war überrascht, denn auch wenn wir uns nicht oft getroffen hatten, war ich immer nett zu ihr gewesen, weil ich dachte, sie wäre es auch und sie hätte es verdient. Hugh begann, unruhig auf seinem Stuhl hin und her zu rutschen. Ganz offensichtlich hatte er dringende Bedürfnisse und Angst, ihnen nachzugehen, Ana mit mir alleine zu lassen. Nach dem Dessert sprang er endlich auf.

»Ich bin gleich wieder da.« Ich sah den warnenden Blick, mit dem er mich noch einmal streifte, ehe er verschwand. Reiß dich zusammen, schien es zu heißen. Ich atmete tief durch. Ich hatte mich schon viel zu lange zusammengerissen und Hugh würde sich sicherlich beeilen, um uns nicht allzu lange alleine zu lassen.

Kaum war er zur Tür hinaus, wandte ich mich Ana zu. Mein Gesicht war hart. Ich hatte nicht vor, mich länger zurückzuhalten.

Kapitel 57

»Was für ein Spiel spielst du hier?« Hugh war kaum zur Tür hinaus, als ich mich wie der Blitz zu Ana umdrehte.

»Bitte?« Sie war gut, sie sah richtig überrascht aus.

»Tu doch nicht so. Was soll das?«

»Holly, ich weiß jetzt nicht genau …«

»Du weißt jetzt nicht genau«, höhnte ich und machte sogar ihren schwachen Akzent nach. »Natürlich weißt du es ganz genau. Und Hugh wird es auch bald wissen.«

»Was denn? Was wird er bald wissen?«

»Welches Spiel du treibst.«

»Welches Spiel? Was denn für ein Spiel?«

»Tu doch nicht so scheinheilig. Ich habe dich gehört. Gestern Abend. Am Telefon.« Ich sagte Te-le-fon, damit sie es ja verstand.

»Und?« Mit unschuldigen Augen sah sie mich an. Direkt an. Meine Wut nahm ganz neue Dimensionen an.

»U-und?« Ich kannte mich gar nicht mehr, so zischend und bissig und mit so vielen »Us« in einem einzigen Wort. »Und ich weiß, dass du nicht mit Hugh gesprochen hast.« Triumphierend sah ich sie an.

»Das weiß ich selbst. Holly, was ich nicht weiß, ist, wo dein Problem liegt.« Sie war immer noch ruhig, fast freundlich. Nun gut, ihr Blick war mittlerweile leicht umwölkt und einen Moment dachte ich, sie wolle nach meinem Handgelenk greifen und meinen Puls fühlen. »Geht es dir gut?« Das war doch die Höhe.

»Oh ja, mir geht es bestens. Aber dir gleich nicht mehr und Hugh auch nicht, wenn die Bombe platzt.«

»Wieso denn?«, fragte Ana, immer noch nervtötend unschuldig.

»Das würde ich aber auch gerne wissen.« Ich erstarrte. Hugh war schneller zurück als erwartet.

Und plötzlich war ich die Böse. Ich stand da, die Arme vor der Brust verschränkt, und sah auf die Mauer vor mir. Zwei Körper, Schulter an Schulter, die Blicke ungläubig bis wütend.

»Was ist los, Holly?« Hugh begann das Verhör.

»Das solltest du Ana fragen«, gab ich trotzig zurück.

»Aber ich weiß es doch auch nicht.« Langsam wurde ihre Stimme anders, klang nicht mehr ganz so ruhig.

»Soll ich dir einen Tipp geben? Telefonat!«

»Das sagst du immer wieder. Ich weiß nicht, was genau dich daran aufregt.« Sie drehte sich zu Hugh um. »Sie hat gestern mitbekommen, wie ich telefonierte.«

»Mit einem Mann«, warf ich ein.

»Mit einem Mann«, bestätigte Ana.

»Und du hast gesagt, dass du ihn liebst.«

»Natürlich habe ich das gesagt.« Sie schien immer noch nicht zu begreifen, aber in Hughs Gesicht zuckte es. Gut. Nein, gar nicht gut. Scheiße. Ich wollte nicht miterleben, was gleich kam.

»Es tut mir leid.« Ich wandte mich jetzt direkt an

meinen Freund. »Ich wollte das nicht, aber ich habe es zufällig mitbekommen. Wie sie telefonierte. Sie liebt ihn und sie hat nicht vor, hierzubleiben. Sie will zu ihm zurück.« Ich hole tief Luft, nachdem alles in einem einzigen langen Wortverband aus mir herausgeströmt war.

»Und?«, fragte Ana.

»U–und?« Ich dachte, jetzt muss ich gleich platzen. »Du bist so ein durchtriebenes Luder. Das hat Hugh nicht verdient. Er hat eine verdient, die ihn liebt und es ehrlich mit ihm meint, und keine, die ihn mit anderen betrügt. Er ist ein guter Kerl, der Beste, und du bist … ahhh.« Mir fiel nichts ein, was sie war, was schlimm genug war, um sie zu bezeichnen.

»Holly?« Hughs Miene war ganz seltsam und ich schluckte.

»Es tut mir leid. Ich kann das nicht mit ansehen, was sie treibt. Mit dir.« Ich senkte den Blick, um nicht in seine Augen sehen zu müssen.

»Du hast also mit angehört, wie Ana telefonierte. Das ist alles?«

»Reicht das nicht?«

»Nein.« Er schnaubte kurz und ich wusste, dass es ein Schnauben war, das ein Lachen begleitete.

»Nein? Dann weiß ich ja Bescheid.« Plötzlich war ich einfach nur müde. »Gut.«

Ich drehte mich um und marschierte zur Treppe. Hugh kam hinter mir her.

»Holly, warte. Ich will mit dir reden.«

»Nein, du solltest mit ihr reden.«

»Holly, hör mir zu ...«

»Bitte, Hugh. Nicht jetzt, ja?« Ich ging die Stufen hinauf, weg von ihm. Wie konnte er das nur so locker sehen? Wie konnte sie so dreist sein? Und wieso fühlte ich mich jetzt schlecht?

»Geh weg!«

»Komm schon, mach auf.«

»Nein. Geh! Und außerdem bin nicht ich die, mit der du Redebedarf hast.«

Ich konnte es genau hören, er lachte. »Doch, Holly. Ich fürchte, genau das haben wir.«

»Nein. Geh zu deinem Flittchen und lass mich in Ruhe.«

»Ana ist kein Flittchen. Sie ist eine tolle Frau, die ich sehr gerne ...«

Ich riss die Tür auf.

»Du ... Mann!« Wütend funkelte ich ihn an.

Und er? Lachte! So laut, dass sich die Balken zu biegen schienen.

»Holly, ich muss dir was erklären. Komm schon, hör mir wenigstens zu.«

»Du hast zwei Minuten.« Hochmütig sah ich ihn an. Diesen Satz hatte ich schon so oft gelesen und nun konnte ich ihn endlich mal anwenden. Es fühlte sich cool an, auch wenn er schon wieder grinste.

»Gut. Also, Ana und ich sind nicht zusammen. Das waren wir nie. Sie ist verlobt, seit einem Jahr. Er heißt Bertram und ist Berufssoldat. Im Moment ist er in einem Auslandseinsatz, aber nächste Woche kommt er auf Urlaub. Ich wusste das und ich wollte nie etwas von ihr, also nicht so. Aber ich mag sie und sie tat mir leid, deshalb habe ich mich um sie gekümmert. Dieses Leben kann ganz schön einsam machen, weißt du? Kein eigenes Heim, keine Freunde und tagelang nicht einmal telefonischen Kontakt zu dem Menschen, den du liebst.«

Ich musste das mal eben sacken lassen. Nicht zusammen? Nie? Und das am Telefon war ihr Freund? Dann war ich … die Doofe, die sich eben unsäglich blamiert hatte.

»Ich finde es total süß, dass du dich so aufregst.« Hughs Stimme wurde weich und sein Blick dunkel und irgendwie hypnotisch.

»Süß?« Ich nahm Zuflucht in meinem Zorn, der noch immer griffbereit war. »Süß? Ich find's allerdings scheiße, dass du mich glauben lässt, ihr zwei …«

»Ich habe immer gesagt, da wäre nichts.«

»Na und? Das glaub ich doch nicht. Du weißt doch, wie wir von dir denken.«

»Ja, leider.«

»Und außerdem hattest du die ganze Zeit über auch keine andere. Ich meine, seit einem dreiviertel Jahr.«

»Und? Ich habe doch gesagt, dass ich andere Pläne habe für mein Leben, als der ewige Casanova zu sein.«

»Du hast nie gesagt, dass da nichts läuft.«

»Ich habe nie gesagt, dass etwas läuft. Ich dachte, das ist klar.«

Ich schnaufte. Nun, er hatte tatsächlich nie gesagt, dass er und Ana … Aber andererseits hatte er so viel

Zeit mit ihr verbracht, sie so behandelt, als wäre sie etwas ganz Besonderes.

»Wo ist sie?«

»Sie ist gegangen. Sie meinte, ich soll mit dir reden.«

»Wir müssen nicht reden. Ich habe mich geirrt und ich habe mich schrecklich blamiert. Gut, danke. Das war es dann. Oder?«

»Holly, nein ...«

»Hugh, bitte. Mir geht es nicht gut. Mir schwebt den ganzen Tag die Erinnerung an Mum durch den Kopf. Ich habe seit der Hochzeit nicht mehr mit Doug gesprochen, obwohl ich ihn gerade jetzt bräuchte. Ich kann nicht riskieren, dass unsere Freundschaft auch noch einen Schaden nimmt. Bitte, lach einfach über mich und mach dann weiter, ja?« Ich drückte die Tür zu, ehe er etwas sagen konnte. Ich fühlte mich traurig, verletzt und unbeschreiblich blöd.

Kapitel 58

Am nächsten Morgen fühlte ich mich zusätzlich noch wie gerädert und zum ersten Mal beschloss ich, mich krankzumelden. Ich wäre heute sowieso nicht in der Lage, etwas zu tun oder einen klaren Gedanken zu fassen. Hugh verließ das Haus wie immer und ich wartete eine Weile, ehe ich aufstand und nach unten ging.

Auf dem Tisch stand Tee in einer Thermoskanne. Er hatte die schöne, geblümte Tasse dazugestellt, die ich so mochte, und in einem Korb lagen zwei frische Brötchen. Neben der Teekanne stand eine Vase, in der ein paar der spät blühenden, kleinen Rosen standen. Ich heulte zur Abwechslung ein wenig, weil es so schön aussah und so liebevoll arrangiert wurde.

Später beschloss ich, Charlotte zu besuchen und ihr mein Beileid auszusprechen. Sie war nicht zu Hause und da sie garantiert nicht in der Boutique war, gab es nur einen Ort, an dem sie sein konnte. Ich stieß die Luft aus und machte mich auf den Weg zu Primrose Cottage.

Natürlich öffnete Ana die Tür, bei meinem Glück. Sie sah mich an und lächelte freundlich.

»Holly.«

»Ist Charlotte da?«

»Ja. Komm rein.« Sie trat zur Seite und ließ mich vorbei.

»Ana … Wegen gestern. Es tut mir leid. Ich hatte da wohl etwas falsch verstanden.«

»Ist schon in Ordnung.« Sie winkte ab.

»Nein, das ist es nicht. Ich hätte fragen müssen. Ich dachte, du vertreibst dir die Zeit.«

»Du magst ihn sehr, oder?« Sie sah mich nachdenklich an.

»Er ist mein bester Freund.«

»Ja.« Sie machte eine kleine Pause. »Ja, das ist er wohl. Und er hat Glück. Nicht jeder Freund tut das.«

»Sich total blamieren?«

»Nein. Sich dafür interessieren, dass dich niemand verletzt. Weißt du, es ist nicht immer leicht, meine Arbeit. Und ich bin oft alleine. Aber diesmal nicht. Diesmal war Hugh da, und das war schön. Er wusste, dass ich verlobt bin, und es ging nie darum. Es war einfach nur schön, einen Freund zu haben. Und ganz nebenbei, auch Hugh fühlt sich manchmal ziemlich einsam, weißt du. Wir haben uns geholfen und wir sind Freunde.«

»Es tut mir leid, was ich da alles gesagt habe.«

»Vergessen und vorbei. Soll ich Charlotte Bescheid sagen, dass du hier bist?«

»Ich bin so froh, dass ich Dave habe.« Charlotte stapfte neben mir den alten Weg zum Fluss entlang. Butler führte sie an der Leine neben sich. »Mit ihm ist alles nicht ganz so schlimm.«

Wir hatten über ihre Tante gesprochen, über die Sachen, die es nun zu regeln galt, über die bevorstehende Beerdigung.

»Natürlich kümmert sich Edward um das meiste

und Grace ist eine große Hilfe. So wie sie bisher den Haushalt meiner Tante führte, kümmert sie sich nun um deren Verabschiedung.«

»Oh, Grace. Was wird nun aus ihr?«

»Sie meint, da findet sich schon etwas. Ich glaube ja, dass sie schon Angebote hat, es aber pietätlos fände, jetzt schon darüber zu sprechen.«

»Was zu verstehen ist.« Mir ging auch so einiges im Kopf herum, das ich gerne mit ihr besprochen hätte, mir aber auch pietätlos erschien. Ich konnte schlecht erzählen, dass ich mich, während sie um ihre Tante trauerte und sich um die Beerdigung kümmerte, wegen Hugh und Ana so aufgeregt hatte. Dass ich total ausgetickt war wegen einer Sache, die mich nicht einmal etwas anging. Warum es mich so sehr verletzte, anzunehmen, dass jemand Hugh zum Narren hielt.

»Millicent Preston ist gestorben.« Ich hatte beschlossen, über meinen Schatten zu springen und meinen Bruder anzurufen.

»Ich weiß, Hugh hat es mir gesagt.«

»Ach?« Ich war überrascht.

»Ja, er hat angerufen und gesagt, dass die Beerdigung am Freitag ist.«

»Kommst du?«

»Natürlich.« Er hüstelte. »Geht es dir gut?«

»Es geht so.«

»Ich habe gehört, dass du dich von deinem Freund getrennt hast.«

»Ach ja? Nun, solche Dinge passieren, oder?«

»Es tut mir leid, dass es nicht geklappt hat.«

Ich schloss die Augen. Mir auch, irgendwie. Ich hatte nämlich immer mehr das Gefühl, dass alles, was sich positiv verändert hatte, wieder langsam zum Alten wurde. Mein Überschwang war dahin, meine Selbstsicherheit löste sich mehr und mehr auf und mit jedem Tag kam die alte, langweilige Holly mehr zum Vorschein. Ein halbes Jahr war ich eine andere, toughere Frau gewesen und nun wurde ich wieder zur durchschnittlichen, übersehbaren Frau.

»Ich muss Schluss machen. Wir sehen uns Freitag.«

Das einzig Gute an diesen Tagen war mein Mitbewohner. Er schien der Einzige zu sein, der wusste, wie es mir wirklich ging. Er hatte abgewunken, als ich mich mit hochrotem Kopf bei ihm entschuldigen wollte, weil ich seinen Besuch angegangen war und dass ich so ausflippte.

»Vergiss es, Holly. Ich weiß, dass dir gerade viel im Kopf herumgeht. Und unter uns, ich finde es toll, dass du dich so benommen hast. Das zeigt doch, dass ich dir wichtig bin. Wer setzt sich denn heute noch für andere ein, vor allem, wenn es unbequem wird? Du solltest dich nicht dafür schämen.«

Nein, ich sollte mich nicht dafür schämen, dass ich ihn vor Schmerzen schützen wollte. Aber dafür, dass ich in ihm immer noch den Kerl sah, der Frauen im Vorbeigehen nahm und der immer nur den leichten Weg ging. Dafür, dass ich seine positive Einstellung, seine Art, immer nach der Sonnenseite zu suchen, als oberflächlich abtat. Denn in letzter Zeit hatten wir uns oft genug über ernste Themen unterhalten und Hugh hatte mich hinter seine Maske schauen lassen. Und auch wenn ich es kopfschüttelnd abtat, war da ein ernster, reflektierender Mensch, den ich sehr schätzte. Hugh war so viel mehr als der Dorfcasanova und langsam begann ich, das zu begreifen. Und auch wenn ich den gut aufgeräumten, stets charmanten Freund immer sehr gemocht hatte, merkte ich nun, tief in meinem Herzen, dass dieser andere Hugh mich mehr und mehr beschäftigte. Und dass er mir fast noch lieber war.

Kapitel 59

Die Trauerfeier für Millie war wunderschön, tief bewegend und todtraurig. Alleine das blasse, stoische Gesicht Charlottes mit den rot verweinten Augen reichte, um auch mir einen Kloß im Hals zu bescheren und stumme Tränen zu vergießen. Die kleine Kirche war bis auf den letzten Platz besetzt und hinten standen die Menschen, die keinen Sitzplatz mehr bekommen hatten. Alle trugen sie ihre besten Sachen, waren sorgfältig zurechtgemacht. Die älteren Herren hatten einen Hut in der Hand, den sie aus Respekt abgenommen hatten, und viele trugen förmliche, dunkle Anzüge. Dazwischen waren einige junge Gesichter zu sehen, nicht minder bewegt. Der Zug der Kondolierenden hatte sich langsam am Sarg vorbei bewegt und ich sah viele, die sich die Augen rieben, als sie zum letzten Mal Millie trafen.

Nun begann die Zeremonie und der Pfarrer stimmte ein Lied an. Ich kannte es, wir hatten es auch bei der Beerdigung meiner Mutter gesungen. Und da war ich wieder, an ihrem Sarg, und die Tränen liefen mir die Wangen hinab. Hugh, der neben mir stand, nahm meine Hand und drückte sie. Ohne zu überlegen, rückte ich näher an ihn heran, bis sich unsere Schultern berührten. Dann standen wir einfach so da, Hand in Hand, und der Schmerz war leichter zu ertragen. Er sollte nicht in der Kirche meine Hand halten, dachte ich. Doch dann drückte ich meinen Rücken durch.

Doch, das sollte er. Weil er mein Freund war und es mir guttat. Wieso sollte ich das ablehnen, nur weil sich irgendwelche Lästermäuler vielleicht darüber mokierten? Nein, er hatte recht. Es war egal, was die anderen sagten oder dachten. Wichtig war nur, ob es mir gefiel.

Beim anschließenden Fest, dem sogenannten Leichenschmaus, war die »Ente« brechend voll. Die Familie und ein paar enge Freunde, darunter wir, waren im Nebenzimmer untergebracht und bekamen ein einfaches, aber gutes Mahl vorgesetzt. Drüben im Schankraum jedoch hatte sich das halbe Dorf versammelt und alle ergingen sich in Erinnerungen. Hauptsächlich an Millie, aber auch an die vielen anderen, die in ihren Reihen fehlten. Früher hatte ich diese Sitte immer als ein wenig unpassend empfunden, so kurz nach der Beisetzung zu trinken, reden und lachen, aber nun merkte ich, wie gut es allen tat. Man ehrte die Toten, in dem man sich an die schönen Momente mit ihnen erinnerte, ihrer Eigenheiten gedachte. Das Leben ging weiter und es musste auch weitergehen, doch diejenigen, die in unseren Herzen waren, blieben bei uns. Und es tat gut, diese ganzen Geschichten zu hören. Jede Erzählung, jedes Erinnern war eine Wohltat. Zu spüren, dass man nicht alleine war, zu hören, wie andere den Menschen wertschätzten, den man eben gehen lassen musste, war wie eine sanfte Umarmung, und oft genug folgte auch eben diese den Worten. Ich war froh, es mitzuerleben, froh, zu sehen, wie Charlotte und Edward und die anderen davongetragen wurden. Und ich war froh, ein Teil des Ganzen zu sein. Ja, es war richtig, wieder hier zu sein. In diesem kleinen Dorf waren meine Wurzeln und hier wurde ich aufgefangen und geliebt, egal, ob ich in der Kirche Hughs Hand hielt oder nicht. Diesen Menschen waren ihre Mitbewohner wichtig und auch wenn sie manchmal ihre Nasen in Dinge steckten, die sie nichts angingen, waren sie da, wenn es hart auf hart kam.

Diese Erkenntnis half mir, auf Doug zuzugehen. Er war mein Bruder und ich konnte den Gedanken nicht ertragen, dass wir nicht miteinander sprachen.

»Doug, es tut mir leid. Was ich da gesagt habe ... es ist deine Sache. Ich hatte kein Recht, dich zu verurteilen.«

Er nickte. »Schon gut, Holly. Du hast ja recht. Aber es ist nicht so einfach, wie es sein sollte. In mir steckt wohl zu viel Pemberton.«

»Siehst du die beiden da hinten? Martin und Angus? Sie leben hier. Zusammen. Sie sind vor knapp zwei Jahren ins Dorf gezogen. Und, regt sich jemand darüber auf? Mittlerweile nicht mehr. Auch in Pemberton verändern sich die Dinge. Übrigens war es Millie, die die beiden als Erste zum Kirchenfest eingeladen hat. Und sie damit sozusagen etablierte.« Das wusste ich ebenfalls von Hugh. Es war nämlich anfangs tatsächlich nicht besonders leicht gewesen, als gleichgeschlechtliches Paar hier zu leben, und es gab wohl einige böse Bemerkungen und ablehnende Reaktionen auf die beiden Männer. Besonders, weil sie sich in der Kirche engagiert hatten, was einigen ganz Frommen nicht gefiel. Und dann war Millie nach dem Gottesdienst auf die beiden zumarschiert und hatte sie mit ihrer dröhnenden Stimme zum Kirchenfest am kommenden Sonntag eingeladen. Und damit dafür gesorgt, dass sie ein Teil der Gemeinde wurden. Die beiden hatten ihr das nie vergessen und waren stets fleißige Helfer, wenn sie wieder einmal ein Fest organisierte. Und mit der Zeit wurde es zweitrangig, dass sie ein Paar waren.

Doug seufzte. »Nun, auf ihre Hilfe kann ich nun nicht mehr bauen, was?«

»Nein. Aber auf unsere. Wir sind deine Freunde und wir stehen zu dir, das weißt du doch.«

Kapitel 60

So seltsam es klang, aber dieser Todesfall hatte mir sehr geholfen. Die Aufregung und wilde Euphorie, die mich durch die erste Jahreshälfte gepeitscht hatten, war immer noch verschwunden, aber das tiefe Loch, in das ich gefallen war, als mein Leben plötzlich wieder normal wurde, hatte mich ebenfalls freigegeben. Ich begann, wieder eine neue Holly zu entdecken. Ich stellte fest, dass ich mutiger war als früher, aber nicht mehr so auf Adrenalin aus. Ich sah mich selbst mit mehr Wert als früher, ohne mich für unbesiegbar zu halten. Und ich war zum ersten Mal wirklich zufrieden mit mir, so, wie ich war. Ich musste nicht ständig beweisen, was ich konnte, aber ich musste mich auch nicht mehr kleiner machen, als ich war. Ich war gut, genau so, wie ich war.

»Also, wie sieht es aus? Lass uns übernächste Woche eine Party schmeißen.« Hughs Augen blitzten mich an.

»Eine Party? Hier?«

»Nein. Eine richtige Party. Wir fragen Sean und Lucy, ob sie uns den Partyraum zur Verfügung stellen, kaufen Unmengen Bier und Wein und feiern uns und das Leben.« Er lachte.

Hugh und ich hatten beide im November Geburtstag, er nur zwei Tage vor mir. Und nun war er auf die Idee verfallen, dass wir das gemeinsam feiern konnten.

Ich war nicht abgeneigt. Es bot sich an, da wir denselben Freundeskreis hatten, im Großen zumindest. Und ich hatte noch nie eine richtige Party gegeben. Irgendwie hatte ich immer gedacht, das passe nicht zu mir. Nun aber steckte mich sein Enthusiasmus an.

»Ja, ich bin dabei. Lass uns feiern.«

Den Raum zu bekommen war kein Problem. Lucy freute sich, weil sie dann ebenfalls mitfeiern konnten und in der Nähe der Kinder waren.

»Meine Schwiegereltern können bei uns übernachten, dann ist jemand im Haus. Das ist eine tolle Idee.«

Und so begannen wir zu telefonieren und wieder einmal alle einzuladen, die uns einfielen.

»Du hast doch Jason nicht eingeladen, oder?« Ich sah auf meine Liste, auf der er ganz sicher nicht stand.

»Nein. Aber ich habe Doris und Jim angerufen und wenn sie ihn mitbringen, dann können wir nichts tun, außer uns wieder verstecken.« Er lachte. »Komm schon, mit dem wirst du locker fertig.«

»Dein Wort in Gottes Ohr. Aber ich warne dich, falls er auftaucht, wirst du nicht von meiner Seite weichen.«

»Versprochen.« Er grinste und ich spürte die Vorfreude auf den Abend. Fast hoffte ich in diesem Moment sogar, dass Jason kommen würde. Was ja albern war.

Zwei wunderbare Wochen verbrachten wir damit, einzukaufen, zu planen, den Raum ein wenig herzurichten und uns einfach zu freuen. Idealerweise war mein Geburtstag dieses Jahr am Samstag, dem Tag, an dem wir auch feierten.

An Hughs Geburtstag gingen wir essen, nur wir beide, weil er meinte, zwei Partys wären doch übertrieben. Ich stimmte zu und nahm seine Einladung an, mit ihm in ein nettes kleines Pub zwei Ortschaften weiter zu gehen. Es war seltsam, wir hatten in letzter Zeit oft zusammen gegessen, und doch war es anders, in einem Pub zu sitzen und zu speisen. Das hatten wir immer nur in größerer Runde gemacht. Daheim war es normal, hier aber merkte ich, dass es plötzlich in meinem Bauch kribbelte, wenn ich ihn ansah. Ich spürte, wie mich seine Blicke trafen, und freute mich, dass seine Augen strahlten, wenn er mich ansah. Ich bemerkte, wie er betrachtet wurde, wie die Frauen sich veränderten, wenn sie ihn ansahen. Sie saßen plötzlich gerade, strichen sich fahrig durch ihr Haar und lachten lauter. Auch ich strich meine Haare häufiger zurück als sonst und auch mein Lachen klang heller und lauter. Ich sah ihn mit ihren Augen und er gefiel mir gut. Und er sagte immer genau das Richtige. Er machte mir Komplimente, hörte sich meine Geschichten aus dem Büro an, als wären sie etwas ganz Neues, und gab mir das Gefühl, etwas Besonderes zu sein, die eine inmitten all der Frauen hier, die ihn interessierte. Früher hätte ich darüber gelacht, hätte gesagt, schau dich um, du machst schon wieder eine ganze Kneipe wuschig, aber heute tat ich das nicht. Heute genoss ich es, denn ich war ein Teil davon. Und ich wollte, dass er es tat, was mich ziemlich verwirrte. Ich meine, ich wollte, dass Hugh so tat, als wäre ich die Frau in seinem Leben. Ich wollte, dass er mich so ansah, dass seine Hand immer mal wieder meine streifte und es sich plötzlich ganz anders anfühlte. Ich wollte, dass der Abend nie endete, wir nie zurückkehrten in unser Haus, in dem wir wieder Mitbewohner waren und alte Freunde. Und gleichzeitig wollte ich fliehen, denn was sich da ganz plötzlich in mir zusammenbraute, machte mir Angst.

Den letzten Abend verbrachten wir damit, der Party den finalen Feinschliff zu verpassen. Hugh fuhr zur Farm und befüllte mit Seans Hilfe die Kühlschränke. Es dauerte lange und ich vermutete, dass die beiden auch schon die ersten Flaschen leerten, denn Hugh hatte seinen Pick-up dort stehen lassen und kam spät zu Fuß zurück. Ich schrieb meine Einkaufslisten, um alles für die geplanten Speisen einzukaufen, und dachte an ihn. Seit seinem Geburtstag tat ich das ununterbrochen und auch wenn ich mich bemühte, es zu lassen, konnte ich nicht anders. Wann hatte ich damit angefangen, ihn so zu sehen? Als Mann, der mich nicht nur freundschaftlich in den Arm nehmen sollte, sondern leidenschaftlich? Als Mann, mit dem ich abends nicht nur ein Bier trinken wollte, sondern hinterher auch die Nacht verbringen? Dieser Gedanke hatte mich sehr erschreckt, als ich ihn zum ersten Mal zuließ. Aber danach bekam ich ihn einfach nicht mehr aus dem Kopf. Ich sah ihn an und wollte, dass er mich an sich zog. Ich hörte seine Stimme und wollte, dass er ganz andere Sachen zu mir sagte. Ich spürte seine Hände, die ab und zu meine Schulter streiften, wenn wir redeten, und wollte, dass er sie an meinem Körper entlangwandern ließ. Ich hatte es mir nie eingestanden und schlagartig war es eine Tatsache: Ich hatte mich in Hugh verliebt. Und um ehrlich zu sein, wohl nicht erst gestern. Himmel, wie oft hatte ich daran gedacht, ihn zu küssen, und mir dabei eingeredet, es wäre wegen der Situation oder weil ich mir versichern wollte, dass dieser eine Kuss damals nichts Besonderes gewesen war. Ich war deshalb so sauer auf Ana gewesen, weil ich dachte, sie behandle den Menschen schlecht, dem ich alles Glück wünschte. Ich hatte gedacht, es wären freundschaftliche Gefühle, aber es war längst schon mehr gewesen. Und das war ein Problem, denn plötzlich war ich angespannt. Seit dem Pubbesuch war ich ständig in Atemnot, wenn er da war, und unfähig, einfach nur zu plaudern. Ich analysierte auf einmal jedes Wort, jede Geste, suchte nach Anzeichen, dass es ihm ähnlich erging. Aber da er schon immer so nett gewesen war, mich schon immer behandelte, als wäre ich etwas Einzigartiges, fiel es mir schwer, seine Reaktionen zu deuten. Seine Worte, seine Blicke, seine sanfte Stimme gaben mir Hoffnung. Seine Verabschiedungen, wenn er sich in sein Zimmer zurückzog und er mich lediglich auf die Wange küsste, leicht und fast flüchtig, zerstörten sie wieder. Und dennoch war ich glücklich, einfach, weil er in meiner Nähe war, weil er mich ansah und mit mir sprach.

Und dann war es endlich so weit. Wir hatten uns zu

Fuß aufgemacht und Hugh nahm mich lachend in den Arm, weil ich nicht auf den Weg geachtet hatte und beinahe über einen Stein stolperte. Ich spürte seinen Körper überdeutlich, seine Wärme und das Leben, das in ihm pulsierte. Wir waren überdreht, als wären wir wieder siebzehn und lachten über alles Mögliche. Diesen Abend, dachte ich, diesen Abend werde ich genießen. Ich werde mir keine Gedanken machen, was die anderen denken, und einfach leben. Am liebsten hätte ich mein Handy gezückt und Jason angerufen, ihn gefragt, ob er nicht spontan Zeit hätte, auf eine Party zu gehen. Aber ich hatte seine Nummer nicht, was wahrscheinlich gut war. Auch wenn er mir die Möglichkeit verschafft hätte, noch einmal mit Hugh in die berüchtigte Knutschecke zu verschwinden.

Kapitel 61

Der Raum füllte sich überraschend zügig. Lucy und Sean hatten uns schon erwartet und auch George und Liz kamen kurz nach uns, gefolgt von Dave und Charlotte, die immer noch blass und ein wenig spitz aussah. Und dann ging die Tür auf und Doug betrat den Raum, aufrecht und lächelnd, und an der Hand hielt er einen gut aussehenden Mann mit schwarzen Locken und fast ebenso schwarzen Augen.

»Holly, alles Gute zum Geburtstag.« Er nahm mich in den Arm und drückte mich fest. »Ich habe noch jemanden mitgebracht, ich hoffe, dass es dir recht ist. Das ist Tomasin, mein Freund.«

»Wie schön, dich endlich kennenzulernen.« Ich sah den Mann, dessen Bild uns diesen Streit eingebracht hatte, der mein Leben einmal mehr durcheinandergewirbelt hatte.

»Hallo, ich bin Hugh.« Mein Mitbewohner streckte seine Hand aus und begrüßte den neuen Gast ohne große Aufregung. Ob er es gewusst hatte? Ich meine, es war doch eine Überraschung, oder? Ich sah es den anderen an, dass sie eben das waren, also überrascht. Nicht unangenehm berührt, aber eben überrascht, weil es nie im Raum gestanden hatte, dass Doug auf Männer abfuhr. Doch sie taten das, was Freunde tun: Sie begrüßten ihn, stellten eine Menge Fragen, die man nicht beantworten wollte, und redeten alle gleichzeitig. Schon nach kurzer Zeit war klar, dass Tomasin sich gut einfügen würde, und ich war mir sicher, dass in ein paar Wochen jeder ganz beiläufig davon reden würde, als wäre es nie anders gewesen. Und dennoch wusste ich, was es meinem Bruder abverlangt hatte, ihn heute mitzubringen, und ich küsste ihn noch einmal auf die Wange.

»Ich bin stolz auf dich. Er ist wirklich nett.«

»Ja, das ist er. Und ich dachte, als großer Bruder sollte ich ein Vorbild sein.«

»Vorbild für was?«

»Sich zu seinen Gefühlen zu bekennen.«

»Das habe ich. Ich habe mich schon lange von Oscar getrennt.«

»Das meine ich doch nicht. Ich meine, zu deinen echten Gefühlen. Zu denen, die schon vor deinem Oscar da waren und ihn auch überdauerten.« Er lachte überdreht und küsste seinen sichtlich entzückten Freund mitten auf den Mund. »Komm schon, Holly, das ist gar nicht so schwer und macht wirklich Spaß. Und wenn du heute Abend noch für eine Neuigkeit sorgst, dann ist meine nur halb so interessant.«

Ich konnte nicht anders, ich musste Hugh einen kurzen Seitenblick zuwerfen. Er stand drüben bei ein paar alten Mitschülern und strich sich eben das Haar aus der Stirn.

»Ich bau auf dich, Holly. Trau dich endlich mal was.«

Ich ignorierte seine eindeutigen Bemerkungen. »Ich habe mich in letzter Zeit sehr viel getraut. Schon vergessen?«

»Nein, das habe ich nicht. Übrigens, mir ist da noch was eingefallen. Als wir Kinder waren, da sind wir einmal draußen bei den alten Weiden hinter dem Haus gewesen. Du warst zwei und ich war acht und Mum war im Garten und hing Wäsche auf. Da kam der alte Harris den Weg entlang, mit seinem verrückten schwarzen Hund. Du erinnerst dich wahrscheinlich nicht mehr daran. Wir spielten und dieser Hund rannte bellend auf uns zu. Und ich, na ja ...« Er senkte kurz den Blick. »Ich bin nicht stolz, aber ich hatte Angst, das Tier war ja als unberechenbar bekannt. Alle sagten das, nur der alte Kauz hat es nicht eingesehen, dass sein Hund eine Gefahr ist. Auf alle Fälle«, er holte erneut tief Luft, »habe ich in meiner Angst einfach dich gepackt und vor mich gehalten. Der Hund hat wie verrückt gebellt und ist an dir hochgesprungen und ich habe dich einfach weiter vor meine Brust gehalten und ihn machen lassen, bis Mum endlich angerannt kam. Du hast geschrien wie verrückt, weil er dir immer mit der Schnauze ins Gesicht ist, dich besabberte und dabei wie wild bellte und sprang, und Mum hat geschrien, weil der Alte keine Anstalten machte, ihn zurückzupfeifen. Der Hund wurde natürlich immer aufgedrehter bei all dem Geschrei und endlich war sein Herrchen da und hat ihn an die Leine genommen. Mum hat ihn zur Schnecke gemacht, doch es war schon zu spät. Wir konnten dich kaum beruhigen und von dem Tag an hattest du Angst vor Hunden. Mum sagte immer, dass es sich wieder geben würde, und hat versucht, dich mit anderen Tieren in Kontakt zu bringen, aber seit damals wurdest du immer panisch, wenn ein Hund in der Nähe war.«

Ich hatte aufmerksam zugehört. Ich erinnerte mich nicht daran, aber es passte. Ich hatte bei jedem Hund Angst gehabt, dass er mich anspringen würde. Und ich traute keinem Menschen, der einen Hund führte. Ich wusste manchmal nicht, vor wem ich mich mehr fürchtete, dem Hund oder seinem Besitzer.

»Wieso hast du es mir nie erzählt?«

Mein Bruder zuckte die Achseln und sah ein wenig beschämt aus. »Weil ich nicht stolz darauf war. Es hätte umgekehrt sein müssen, ich hätte dich beschützen müssen, nicht du mich. Aber ich war selbst ein Kind und hatte Angst. Und ich habe es besser verdrängt als du. Ich habe es geschafft, meine Angst zu überwinden, einfach so. Aber der Hauptgrund ist, dass ich mich wirklich nicht daran erinnert habe, bis es mir vor ein paar Tagen einfiel, als ich zusah, wie ein Hund an einem kleinen Mädchen hochsprang.«

»Es ist gut, dass ich das weiß. Es war das Teil, das mir fehlte. Die Frage, was mir zugestoßen war, dass ich so wurde, wie ich war. Danke, Doug.«

Diese Geschichte verpasste mir einen zusätzlichen Auftrieb. Nicht, dass ein sturer, unsensibler alter Mann seinen Hund nicht von zwei verängstigten Kindern zurückrief oder dass ich dieses Erlebnis hatte. Aber die Tatsache, dass es da etwas gab, das meine Angst begründete. Ich hatte nie gewusst, woran es lag, dass ich so panisch auf Hunde reagierte. Nun wusste ich, dass dieses Erlebnis tief in mir abgespeichert war, und nun wusste ich, gegen was ich ankämpfte, welche Situation ich entschärfen musste. Ich war nicht einfach ein Angsthase, sondern hatte einen Grund, Angst zu haben. Und Mitch hatte mich gelehrt, dass man diese Situationen eben nicht verdrängen sollte, sondern sie bewusst angehen, sie zulassen und dann versuchen musste, sie in positive Erlebnisse umzuwandeln, sich ihnen noch einmal zu stellen und zu erleben, dass sie auch anders enden konnten. Dass man die Macht hatte, sie zu ändern, anders zu reagieren, und vor allem zu erfahren, dass sie nicht stark genug waren, dich dauerhaft zu beschäftigen. Er hatte immer wieder nach der Ursache der Angst gefragt, aber ich kannte die Wurzel selbst nicht. Ich kannte nur die Situationen, in denen ich schon voller Panik war. Nun war ich bereit, den Weg wirklich zu Ende zu gehen. Es würde nicht leicht werden, das wusste ich schon länger. Die erste panische Angst in den Griff zu bekommen war verhältnismäßig einfach gewesen, doch diese Restangst, dieses Gefühl, wenn ein Hund kam, das zu überwinden, würde mich noch eine Weile beschäftigen. Aber ich akzeptierte endlich, dass ich mir Zeit geben musste und nichts erzwingen durfte. Und dass es völlig in Ordnung war, dass ich eben nie die perfekte Frau aus der Werbung sein würde mit dem perfekten Mann und dem perfekten Hund. Weil ich es nicht sein musste. Nicht sein wollte, wenn ich ganz ehrlich war. Es reichte völlig, normal leben zu können.

Meine Stimmung war tatsächlich noch einmal gestiegen und ich nahm mir ein Bier aus dem Kühlschrank. Hugh stand ein paar Schritte weiter und zwinkerte mir zu und zu der Aufregung über die Geschichte kam ein leichtes Ziehen in meinem Bauch. Ich zwinkerte zurück und überlegte, ob ich einfach hingehen sollte, als Charlotte neben mich trat und mit einem Seufzen eine Flasche Mineralwasser aus dem Kühlschrank nahm.

»Charlotte? Wasser?« Ich sah sie übermütig an.

»Mir ist nicht nach Alkohol heute.«

»Oh. Tut mir leid, ich habe vergessen, du ...« Ich brach ab und suchte nach den richtigen Worten.

»Nein, alles gut. Ich bin immer noch traurig, aber wenn ich zu lange heulend in der Gegend stehe, dann trau ich es Millie zu, dass sie wiederkehrt und mich ausschimpft, weil ich das Leben nicht genieße.« Sie lächelte wehmütig. »Nein, ich weiß, dass es für sie besser war. Sie fehlt mir, aber so ist es eben. Ich bin heute nur nicht in Schnapslaune.«

»Du siehst erschöpft aus.«

»Wie reizend, danke.« Sie lachte. »Aber leider trifft es zu. Ich bin im Moment einfach fertig und nicht ganz ich selbst.«

Ich überlegte, ob ich mich mit ihr nach draußen verdrücken sollte. Irgendetwas war da, ich konnte es spüren, und als richtige Freundin sollte ich mich danach erkundigen, selbst wenn es meine gute Laune zerstören könnte.

»Es ist aber doch nichts mit Dave, oder?«, fragte ich

vorsichtig.

»Nein, ganz sicher nicht.«

»Was ist mit mir?« Ihr Ehemann war neben uns getreten und legte seine Arme um sie. Wie sie so dastanden, er hinter ihr, seine Arme um ihre Mitte, und sein fürsorglicher Blick, wusste ich, dass ich mir um sie keine Sorgen machen musste.

»Nichts ist mit dir. Du bist der Beste, das weißt du doch.«

Ich wandte mich ab. Die beiden brauchten mich nicht. Unentschlossen sah ich mich im Raum um, ob ich mich nun doch langsam der Gruppe um Hugh nähern sollte oder hinübergehen zu Liz und George, die mit ein paar alten Freunden mächtig Spaß hatten und laut lachten. Dann wurde mein Blick abgelenkt, als ich aus dem Augenwinkel sah, dass sich die Tür öffnete und ein paar späte Gäste eintraten. Doris und Jim und dicht hinter ihnen Jason, der so breit lächelte, dass niemand seine teuren Jacketkronen übersehen konnte.

Kapitel 62 🐾

»Du hast Jason mitgebracht.« Ich sah Doris fassungslos an. Sie war eigentlich eine sehr vernünftige Person und ich hatte insgeheim gedacht, dass sie ihn auch anstrengend fand, obwohl oder gerade weil er mit ihrem Mann befreundet war.

»Klar.« Sie sah ein wenig verwirrt aus. »Ich dachte, das sollen wir.«

»Ihr sollt ihn mitbringen?« Ich lachte und hoffte, es klang nicht zu spöttisch.

»Na ja, Hugh sagte, wir seien eingeladen und sollen Jason mitbringen.«

»Da musst du etwas falsch verstanden haben.«

»Eigentlich nicht. Er hat sich ziemlich deutlich ausgedrückt. Er meinte, ihr beide würdet euch sehr freuen, wenn Jason mitkäme. Es war ihm sogar recht wichtig. Ich weiß es genau, weil ich ebenso verwundert war wie du.«

»Hugh hat das gesagt?«

»Er hat extra noch einmal angerufen, vorgestern, und hat gesagt, vergesst bitte Jason nicht. Und soweit ich weiß, hat er ihn auch persönlich eingeladen. Er hat zumindest nach seiner Nummer gefragt.«

»Er hat nach Jasons Nummer gefragt?« Nachdenklich sah ich zu den Jungs hinüber. Hugh sah zufrieden aus. Ich spürte, wie es langsam anfing zu kribbeln. Es begann in meinem Magen und breitete sich rasch in den gesamten Bauchbereich aus. Dann erreichte es meine Brust, meine Fingerspitzen und dann mein Gehirn. Ein irres Kribbeln und Ziehen und ein Gefühl, das mich grinsen ließ wie eine Blöde. Er hatte Jason eingeladen. Nun, das war eine tolle Nachricht.

»Alles in Ordnung?« Doris betrachtete mich jetzt sichtlich nervös, wie ich dastand, debil grinste und Schwierigkeiten hatte, nicht zu hüpfen.

»Super in Ordnung. Schön, dass ihr da seid.« Ich umarmte sie schnell.

»Na dann … alles Gute zum Geburtstag. Mögen sich alle deine Wünsche erfüllen.«

»Danke.« Ich grinste noch mehr. Sah ganz so aus, als würde genau das passieren.

Ich überließ Doris den anderen aus unserer ehemaligen Klasse, nickte Jason zu, der sich interessiert umsah, wen er als Erstes mit seinen Geschichten langweilen konnte, und ließ meinen Blick noch einmal zu Hugh wandern. Er hob den Kopf, sah ebenfalls zu mir rüber, zuckte dann kurz in Jasons Richtung und verdrehte die Augen. Ich verzog den Mund und wandte mich ab, um ihn mein Lachen nicht sehen zu lassen. Am liebsten hätte ich mich Jason in den Weg gestellt, um sofort von ihm zugetextet zu werden und mich dann von Hugh retten zu lassen. Doch dafür war das Spiel plötzlich viel zu aufregend. Nein, ich würde mich gedulden und sehen, was passierte. Und solange die Party auskosten.

Eine Weile tanzten wir wie zwei Boxer umeinander herum. Hugh mit seinen Jungs, ich mit ein paar Mädels. Wir warfen uns Seitenblicke zu, taten so, als wäre alles normal, und beobachteten Jason, der noch immer in der Nähe der Tür war und sich noch immer mit Liz unterhielt. Hallo? Ich hatte heute Geburtstag und es war meine Party. Wollte der Kerl mir nicht endlich gratulieren und mir dann ein paar öde Stories aus seinem tollen Leben erzählen, damit ich endlich die Lady in Not war, die man retten konnte? Ich war kurz davor, selbst zu ihm zu gehen, als es in meiner Tasche vibrierte. Ich zog das Handy heraus und nahm das Gespräch an, ohne auf das Display zu sehen.

»Hallo?«

»Holly? Alles Gute zum Geburtstag.«

»Oscar?«

»Eben der. Wie geht es dir? Feierst du?«

»Gut. Ja, warte ...« Ich schob mich an Jason vorbei aus dem Raum und ging rasch ein paar Schritte. »Jetzt ist es besser.«

»Schmeißt du eine Party?«

»Ja.« Einen Moment lang war mir das peinlich. »Ich wollte dich einladen, aber ich wusste nicht so recht ...«

»Schon gut. Obwohl, ich wäre gekommen. Du hörst dich an, als wärst du glücklich.«

»Mir geht es auch wirklich gut. Was ist mit dir?«

»Oh, ich kann nicht klagen.«

Ich hörte es, dass er die Wahrheit sagte, und atmete automatisch auf. »Toll. Gibt es etwa etwas Neues an der Janie-Front?«

Er lachte, ein Lachen, wie ich es selten gehört hatte, sehr glücklich und ein wenig überdreht.

»Nun, sie hat beschlossen, dass Frodo an einer Marktstudie teilnimmt. Ein neues Futter, extra für ältere Hunde. Und sie überwacht es persönlich. Das heißt, sie kommt jeden Abend bei uns vorbei und schaut nach, ob er schon agiler ist und fitter. Was natürlich schwierig zu beurteilen ist, denn Frodo war nie träge. Und sie besteht darauf, uns auf den Spaziergängen zu begleiten, um zu sehen, ob er mehr Spaß an der Bewegung hat. Und natürlich muss sie dann auch sehen, wie lange es dauert, bis er danach zur Ruhe kommt.«

»Gibt es so etwas? Marktstudien, meine ich? Die einfach so durchgeführt werden? Von Laien?«

»Unter uns, ich denke nicht.« Ich hörte, wie er grinste. »Janie arbeitet in einem Laden für Tierbedarf. Sie nimmt ihre Arbeit ernst und sie macht sie gut. Sie hat immer schon mal was mitgebracht, wenn es was Neues gab, um zu sehen, ob er es mag. Diese umfassende Studie ist allerdings neu.«

»Also läuft es gut.«

»Ich hoffe. Sie braucht Zeit, und die bekommt sie. Aber ich weiß jetzt, dass sie nun mal die Frau ist, die ich möchte.« Er räusperte sich.

»Das ist toll.« Und das war es wirklich. Oscar und ich, das hatte nie gepasst, und außerdem war ich auch eine Weile fehlgeleitet gewesen und wusste nun, wer zu mir passte.

»Und Frodo? Wie geht es ihm?«

»Hervorragend.« Wieder lachte er. »Ich denke, du solltest ihn irgendwann einmal besuchen kommen. Er würde sich freuen. Und ich ebenfalls.«

»Und Janie auch?« Das konnte ich mir nicht verkneifen.

»Wenn sie mir endlich glaubt, dass sie die Einzige ist, dann wird sie sich auch freuen. Unter uns, ich denke, die Sache mit dir hat sie ein wenig aufgeschreckt. Auch wenn ich es nie deshalb tat, das musst du mir glauben.«

»Ich wünsche dir, dass es bald so weit ist. Und mach dir bitte keine Gedanken. Ich glaube, du bist nicht der Einzige, der jemanden aufgeschreckt hat. Danke für deinen Anruf. Ich habe mich wirklich gefreut.«

»Ich auch. Ach, und Holly?«

»Ja?«

»Wusstest du, dass es Seminare gegen Flugangst gibt?«

»Ja. Heißt das, dass du dich dafür interessierst?«

»Ich denke, ich sollte mir das zumindest einmal ansehen. Ich meine, es könnte doch nicht schaden, oder?«

»Oscar, das ist toll. Danke, dass du mich angerufen hast. Ich mag dich wirklich, weißt du? So als Freund.«

»Dito. Alles Gute noch mal. Und viel Glück. Du hast es verdient.«

Der große Kühlschrank war mittlerweile brechend voll. Die Leute hatten, wie es hier Sitte war, Bier und Ähnliches mitgebracht und einfach zu den anderen Sachen gepackt. Auch Jasons Cocktaildosen waren wieder da. In einer Kiste, in der eigentlich billiger Dosenprosecco aus dem Discounter sein sollte. Wie passend für ihn. Schon letztes Mal hatte er ihn versteckt, damit bloß nicht die Falschen in den Genuss seines edlen Tropfens kamen. Die Versuchung war groß, aber heute Abend wollte ich mich nicht betrinken. Ich musste es auch nicht, denn ich fühlte mich auch so wie betrunken, nur besser.

Und dann stellte ich mich mit meiner Cola in eine Ecke und wartete, bis Jason mich endlich erspähte.

Wenn man jemandem aus dem Weg gehen will, dann kommt diese Person mit ziemlicher Sicherheit ganz zielstrebig auf dich zu. Wenn du willst, dass eine Person kommt, dann kannst du alles Mögliche probieren. Macht der Gedanken. Lockende Blicke. Nichts hilft. Jason hatte ein neues Opfer und kein Interesse an mir. Hugh war immer noch bei den anderen, aber er wirkte ebenfalls ein wenig nervös und schielte auffallend oft zu unserem Ehrengast, der einmal mehr tat, was er wollte. Ich seufzte. Sollte ich mich so weit erniedrigen, hinüberzugehen und mich zum Gespräch anzubiedern? Oder einfach hoffen, dass Hugh auch ohne Jasons Hilfe irgendwann zu mir kam? Normalerweise wäre ich einfach zu ihm gegangen, also zu Hugh, aber nun, da ich wusste, dass er extra unseren nervtötenden Klassenkameraden eingeladen hatte, wollte ich nicht. Doch was, wenn ich das falsch verstanden hatte und Hugh Jason nur deshalb eine Einladung gab, weil er sonst der Einzige gewesen war, der keine bekam? Das Kribbeln wurde ein wenig hektisch.

Dann löste sich mein Mitbewohner aus seiner Clique und steuerte zielstrebig Jason an, der noch immer mit der inzwischen leicht verzweifelt wirkenden Susan in einer Ecke stand. Hugh umarmte sie und sie war sichtlich erleichtert und recht entzückt. Sie wandte sich ihm zu, lachte laut und nutzte ihre Chance, Jason den Rücken zu kehren. Und der sah sich um, wen er als Nächstes beglücken könnte. Ich brachte mich in Position. Und hoffte, dass es das Opfer wert war.

Kapitel 63

Eine halbe Stunde später gab ich auf und machte mich auf den Weg zu einer Gruppe, die ziemlich Spaß zu haben schien. Ich meine, ernsthaft jetzt? Wer war ich denn? Jason hatte mir nur knapp zugenickt und sich dann eine andere gesucht, der er sein fabelhaftes Leben erzählen konnte, und Hugh stand immer noch bei Susan herum. Das war mein Geburtstag und ich hatte keine Lust, nur dazustehen und zu warten, bis etwas passierte. Dazu fühlte ich heute das Leben viel zu sehr.

Ich tauschte meine Cola nun doch wieder gegen ein Bier aus und ließ mich von den anderen unterhalten. George verstand es blendend, eine Gruppe zum Lachen zu bringen. Und als Liz dann endlich begann, die Mitte des Raumes zur Tanzfläche umzufunktionieren, vergaß ich meine Skrupel, dass mich alle ansehen könnten oder über mich lachen, und tat es ihr nach. Und ich genoss es. Ich genoss das Tanzen, die Musik, das Lachen. Und Hughs Blicke, die mich immer wieder trafen. Er stand immer noch drüben bei Susan und mittlerweile war er es, der ziemlich verzweifelt wirkte. Ich erinnerte mich daran, dass sie schon früher ganz angetan von ihm gewesen war, und offensichtlich hatte sie vor, jetzt ihre Chance zu nutzen. Sie stand dicht bei ihm, eine Hand lag auf seinem Arm und ihr Körper schien ihn von den anderen abschotten zu wollen. Eine Weile sah ich zu, dann beschloss ich, ihn zu erlösen.

»Sorry, Sue, ich fürchte, ich muss ihn dir jetzt entführen, denn Hugh hat mir einen Tanz versprochen.«

»Einen Tanz? Hast du nicht eben gesagt, du tanzt nie?« Susan sah beleidigt aus.

»Nun, tut mir leid«, trällerte ich, obwohl es glatt gelogen war, nahm seine Hand und zog ihn mit mir davon.

»Jetzt kann ich wirklich nachvollziehen, wie es dir mit Jason erging«, seufzte er, als wir begannen, uns im Takt der Musik zu bewegen.

»Jason«, erwiderte ich lang gezogen. »Seltsam, oder? Dass er jetzt doch hier aufgetaucht ist?«

»In der Tat. Anscheinend dachte er, er wäre eingeladen.«

»Wie er darauf wohl gekommen ist.« Ich sah auf und klimperte unschuldig mit den Wimpern.

»Keine Ahnung.« Hugh sah weg. »Aber er und Susan, das würde echt passen. Oh nein, sie kommt.« Leichte Panik schwang in seiner Stimme mit. »Lass uns verschwinden.« Er packte meine Hand und zog mich entschlossen Richtung Tür.

»Du hast ja richtig Angst vor ihr.« Ich lachte, als wir endlich draußen stoppten. Wir hatten uns kichernd aus dem Raum und hinter die angrenzende Scheune geflüchtet.

»Die bekommt man auch. Was die mir alles erzählt hat.« Er schüttelte den Kopf und schlug sich leicht auf sein rechtes Ohr. »Das will ich gar nicht wissen. Und ich weiß nicht, ob und wie ich das wieder vergessen kann.«

»Armer Hugh. So schlimm?«

»Schlimmer. Wie ertragt ihr das nur? Diese blöden Sprüche und plumpen Andeutungen?«

»Keine Ahnung.«

»Ich weiß jetzt Sachen von ihr, die ich definitiv nie wissen wollte. Und wenn ich jemals ihrem Ex begegne, werde ich vermutlich vor Scham tot umfallen.«

»Armer Hugh.« Ich hörte selbst, dass meine Stimme anders wurde, lockender. Aber ich fand ihn gerade so süß in seiner Verzweiflung, die ganz echt war.

»Lach mich nur aus.« Auch seine Stimme wurde anders, dunkler. »Das war nicht so geplant.«

»Wie war es denn dann geplant?« Ich beugte mich ein wenig näher zu ihm.

»Was? Ach … was soll's. Was ist mit dir passiert, Holly? Du bist nicht mehr die Frau, die Anfang des Jahres nach Pemberton zog. Damals warst du auch schon total süß, aber so unsicher. Damals konnte ich dich noch retten, vor Hunden und Blödmännern wie Jason. Und jetzt?« Er strich mir über die Wange und das Kribbeln und Prickeln, das ich den ganzen Abend schon spürte, vervielfachte sich auf einen Schlag. »Und jetzt ist es so, dass du mich retten musst.«

»Vor Susan.« Ich hatte definitiv Probleme mit meiner Stimme, die mir gar nicht mehr gehorchen wollte und rau klang und nicht süß, wie ich das beabsichtigte.

»Vor Susan«, bestätigte er.

»Und gibt es sonst noch etwas, wovor ich dich retten kann, jetzt, wo ich gerade dabei bin?«

»Ich weiß es nicht. Kannst du mich auch vor meinen

Gedanken retten? Davor, dass ich immerzu an diesen Kuss denke? Dass ich mich immer frage, ob er wirklich so gut war, wie ich denke?«

»Nun, ich könnte es versuchen.« Das Prickeln war jetzt so stark, dass ich dachte, er müsse es spüren, dass kleine Blitze zwischen unseren Körpern zu sehen sein mussten. Ich dachte, er müsse es fühlen, wie mein Körper vibrierte, bis ich nicht mehr wusste, ob ich noch Bodenkontakt hatte oder schon ein paar Zentimeter in der Luft schwebte. Und dann trafen sich unsere Lippen und ich wusste definitiv, dass ich schwebte. Dieser Kuss war keine Frage nach Rettung. Nicht vor mir und nicht vor ihm. Und dennoch war er der beste Kuss meines Lebens. Auf einmal war alles leicht und einfach. Wenn man so geküsst wurde, dann war man bereits gerettet, vor allem. Außer davor, sich mitten im November in einer feuchten, kalten Nacht hinter einer Scheune den Tod zu holen. Hugh presste mich an die klamme Holzwand und küsste mir im wahrsten Sinne des Wortes jeglichen Verstand aus dem Kopf. Ich vergaß, dass er mein bester Freund war und dass ich ihn all die Jahre wirklich fast als Bruder angesehen hatte, dass ich immer dachte, ihn zu küssen wäre fast, wie Doug zu küssen. Sorry, Bruderherz, aber das hier war ganz anders. Ich vergaß, dass ich zurückhaltend war, und forderte ihn heraus, mir immer mehr zu geben. Ich ließ meine Hand unter sein Shirt wandern und stieß die Luft aus, als er seine Hände unter meine Bluse schob. Wie lange hatten wir nur nebeneinander her gelebt, hatten wir uns zum Abschied in den Arm genommen, den anderen auf die Wange geküsst. Und nun, ganz plötzlich, wollte ich alles, und zwar sofort. Wen störte es schon, dass die Wand rau war und man sich vielleicht einen Holzsplitter einzog. Mich nicht und ihn offensichtlich auch nicht. Wir wussten jetzt, was wir wollten und brauchten, und nach all den Jahren hatten wir das Gefühl, keine Sekunde länger warten zu können.

Wir waren so weggetreten, dass wir die Schritte nicht hörten. Wir hörten auch die leisen Stimmen nicht, die sich näherten. Erst ein lautes »Ohh« drang zu uns vor. Widerwillig löste ich meine Lippen von seinen, meine Hände allerdings weigerten sich, seine warme Haut zu verlassen. Unwillig drehten wir die Köpfe und sahen in Charlottes bleiches, spitzes Gesicht, hörten ihren keuchenden Atem. Hinter ihr sah Dave zu uns und in seinem Gesicht lag Besorgnis, vermischt mit einer Art Erheiterung. Ich wusste, wem welches Gefühl galt.

»Sorry, ich wusste nicht, dass ihr hier seid«, keuchte Charlotte und krümmte sich leicht zusammen. »Wollte nicht stören, aber ...ahhh.« Sie neigte sich noch weiter nach vorne und begann, uns herzhaft vor die Füße zu spucken.

»Hey, alles in Ordnung?« Hugh und ich hatten uns nun doch ganz gelöst, waren entsetzt einen Schritt auseinandergesprungen, als Charlotte unvermittelt loslegte. »So schlimm waren wir doch auch nicht, oder?« Er beäugte vorsichtig die Pfütze, dann Charlottes Gesicht.

»Nein. Es tut mir leid. Da habt ihr es endlich geschafft, euch euren Gefühlen zu stellen, und dann komm ich und kotz euch vor die Füße. Das ist ziemlich peinlich.«

Dave drückte sie an sich. »Geht's wieder?«

Sie schüttelte den Kopf.

»Was soll das heißen, euch endlich den Gefühlen zu stellen?« Ich sah sie an.

»Na, wir wissen natürlich längst, dass es so kommen muss. Ihr habt euch ganz schön Zeit gelassen.«

»Ihr wisst das? Wer? Du?«

»Natürlich.« Sie richtete sich ein wenig auf. »Ich spüre so etwas.«

»Und was spürst du sonst noch?«, fragte Hugh und betrachtete wieder die Pfütze.

»Dass mir schlecht ist«, stöhnte sie und verdrehte die Augen. »Und dass ich gerade rechtzeitig gekommen bin, um zu verhindern, dass ihr es hinter der Scheune treibt.«

»Charlotte!« Ich war gelinde gesagt überrascht, so etwas aus ihrem Mund zu hören. »Was um Himmels willen ist denn mit dir los?«

»Siehst du das denn nicht?« Dave grinste uns zufrieden an, was etwas seltsam war, weil es seiner Frau so schlecht ging.

»Auf alle Fälle erinnerst du mich gerade schwer an meine Mutter. Bis auf das Kotzen.« Hugh war sorgsam um die Pfütze herum zu mir getreten und zog mich wieder an sich. Dann sah er plötzlich zu Dave und begann ebenfalls zu grinsen. »Das ist es! Du bist schwanger.«

»Erraten«, sagte Charlotte, ehe sie sich wieder zusammenkrümmte. »Und es wäre nett, wenn ihr es noch etwas für euch behalten könntet. Wir wissen es selbst erst seit ein paar Tagen und eigentlich sollte das unsere Weihnachtsüberraschung werden.«

»Kein Problem. Aber ich fürchte, wenn du es nicht schaffst, deinen Mageninhalt bei dir zu behalten, dann wird das nicht lange ein Geheimnis sein.«

»Das würde ich auch tun, keine Frage. Mir war zwar schon den ganzen Abend ein wenig flau, aber mehr nicht. Bis dieser blöde Jason direkt neben mir ...« Sie wedelte mit der Hand.

»Er hat es gewagt, sich einen Zimtkaugummi in den Mund zu schieben.«

»Sag es nicht.« Charlotte begann erneut zu würgen und wieder griff ich nach Hughs Hand.

»Ich denke, hier stören wir nur. Lass uns verschwinden.«

Kapitel 64

Kichernd liefen wir Hand in Hand weg von Charlotte und ihrer Not mit dem Zimtgeruch und weg von Dave, der sie tapfer stützte. Wir betraten Hand in Hand den Partyraum und lachten, als wir Dougs Blick sahen. Mein Bruder sah interessiert zu, wie ich mich eng an seinen alten Freund schmiegte und nicht genug davon bekommen konnte, wie seine Barthaare die Haut seitlich an meinem Hals streiften und reizten, wenn er sich von hinten an mich drückte und mir etwas ins Ohr flüsterte. Ich wusste nicht so recht, ob Doug angetan war von dem, was er da sah. Ich wusste aber ziemlich sicher, dass er nicht angetan wäre von dem, was Hugh mir da einflüsterte. Nun, auch egal, denn ich war es, angetan und angetörnt, und es war mir ziemlich gleichgültig, ob das den anderen passte oder nicht.

»Na endlich. Hat ja lange genug gedauert.«

»Wie, du auch?« Ich sah meinen Bruder an, der mich jetzt eher amüsiert betrachtete.

»Nun, ich wusste, dass er hoffnungslos in dich verliebt ist.«

»Und woher?«

»Weil er es mir erzählt hat.« Doug hob die Augenbrauen, als wäre das die normalste Sache der Welt. »Wir haben oft telefoniert seit dieser Hochzeit und er hat mir sein Leid geklagt. Und ich habe ihm gesagt, er solle es einfach probieren, denn so oft, wie sein Name in deinen Erzählungen gefallen ist ...«

»Doug!«

»Was denn? Stimmt doch.«

Ich grinste leicht beschämt. Es war zumindest was dran.

»Ich finde es gut«, gab er uns seinen Segen und sah dabei feierlich von einem zum anderen. »Auch wenn es mir lieber wäre, ihr würdet verschwinden und euch endlich eine ungestörte Ecke suchen. Ach, und ehe ich es vergesse, ihr braucht euch wegen uns keine Gedanken zu machen. Tomasin und ich haben uns drüben in Bourton ein Hotelzimmer genommen. Ich habe keine Lust, meiner Schwester und meinem besten Freund dabei zuzuhören ...«

»Doug!«

Er lachte. »Los, verschwindet. Ich sag allen, ihr musstet los, euer persönliches Geburtstagsgeschenk abholen. Wir sehen uns morgen. Erwartet uns zum Frühstück, wenn die Sonne am höchsten Punkt steht.« Er war schon dabei zu gehen, hatte eine Hand erhoben und eine pathetische Stimme beim letzten Satz, die mich an der Zauberer im »Herr der Ringe« erinnerte. Ich wusste, dass er diese Filme auswendig kannte, und auch, dass er es genoss, sie zu imitieren.

Hughs Bartstoppeln kitzelten erneut meinen Hals. »Er hat recht. Verschwinden wir endlich.«

»Aber das ist unsere Party.«

»Eben. Wir sind die Gastgeber und wir können tun und lassen, was wir wollen. Und ich denke, dass wir so ziemlich dasselbe wollen.«

Was ich nicht wollte, war, zu Fuß nach Hause zu

gehen. Nichts gegen einen Spaziergang, aber alles zu seiner Zeit. Wenigstens lag Hughs Arm um meine Schultern, doch die Nacht war nun richtig kalt und ungemütlich.

»Ein Taxi wäre jetzt nicht schlecht.«

»Allerdings. Doch ich fürchte, der alte Jimbo würde uns kräftig was husten, wenn wir um diese Zeit anrufen.«

Jimbo, eigentlich Jimmy Bob Felton, war das örtliche Taxiunternehmen und angesehenes Mitglied im Kirchenrat. Und es war allgemein bekannt, dass er nach zwanzig Uhr keine Fahrten mehr machte, die nicht mindestens drei Tage vorher abgesprochen und gebucht wurden.

Aber eigentlich war es ganz schön, so durch die Nacht zu gehen. Wir gingen zügig, um uns die Kälte vom Leib zu halten, und trotz der dicken Jacke meinte ich, seine Finger zu spüren, die auf meinen Arm auf und ab wanderten und gelegentlich einen kleinen Abstecher zu meinem Nacken machten. Wir wussten beide, wie dieser Abend enden würde, und die Verzögerung durch den Weg vergrößerte nur die Vorfreude.

»Ich würde dich jetzt wirklich gerne küssen«, raunte Hugh an meinem Ohr. »Allerdings fürchte ich, dass wir es dann nicht mehr nach Hause schaffen.«

Es hatte eine Zeit gegeben, da mich solche Sprüche immer ein wenig die Augen verdrehen ließen. Ich meine, hallo, eine neblige Nacht, Temperaturen um den Gefrierpunkt und harte, umgepflügte Felder als Unterlage? Klar, hatte ich immer gedacht, aber so was von verlockend, diese Situation. Doch als Hugh das nun sagte, wusste ich, dass diese Zeiten vorbei waren. Es war mir egal, dass meine Nase eiskalt war und dass die feuchte Nachtluft langsam durch meine Jeans drang. Wenn er mich wieder so küssen würde wie vorher, dann würde ich persönlich dafür sorgen, dass wir es nicht mehr bis nach Hause schafften. Zum Glück kamen schon die ersten Lichter in Sicht. Wir sahen uns an und beschleunigten unsere Schritte, bis wir fast rannten.

Es hat schon was, völlig außer Atem anzukommen. Wir keuchten und lachten, als wir die Haustür hinter uns ins Schloss fallen ließen. Ich lehnte mich an die Wand rechts neben der Tür, Hugh sich gegen das Türblatt. Beide stützten wir kurz unsere Hände auf den Schenkeln ab und dann sahen wir uns an. Das Lachen erstarb und das Keuchen wurde anders. Und dann war es nur noch eine einzige Bewegung, die uns aufeinander zu stürzen ließ, und es gab nichts mehr, was uns jetzt noch einmal dazu gebracht hätte, die Hände vom anderen zu lassen. Die Schuhe flogen in die Ecke, die Jacken zu Boden, ehe wir den Weg von der Haustür zur Treppe hinter uns gebracht hatten. Die vertrauten Stufen fühlten sich ganz anders an, wenn man sie rückwärts hochging und dabei an den Mann dachte, der einen gerade küsste. Oben blieb er einen Moment stehen und grinste mich frech an.

»Zu dir oder zu mir?«

»Zu mir.« Ich sagte das nicht nur, weil mein Zimmer gleich hier war und seines am Ende des Flures. Aber vielleicht auch deswegen.

Ich glaube ja, dass man schon beim ersten Kuss weiß, ob man zueinander passt oder nicht. Wenn man darauf achtet und ehrlich genug mit sich selbst ist, dann spürt man es einfach. Ein Kuss, der richtige Kuss, berührt deine Seele und gibt dir die Zuversicht, dass alles gut wird. Beim Sex muss diese Regel nicht zutreffen. Manchmal braucht man eben ein wenig Zeit, um zu merken, was der andere will und was ihm nicht gefällt. Ich meine, die Wenigsten besprechen das ja vorher und es ist dann ja auch schön, nach und nach herauszufinden, was zusammen am meisten Spaß macht. Das war zumindest meine bisherige Erfahrung. Ich hatte nicht wirklich so viele Partner gehabt, um umfassende Studien anzustellen zu können, aber genug, um diese Aussage zu treffen. Und mit den meisten war es eben so gewesen. Bis auf Oscar, ganz am Anfang, als mich die falschen Gründe glauben ließen, es wäre perfekt. Deshalb dachte ich auch, dass er der Eine ist, der für mich bestimmt war. Ehe ich erkannte, dass es an Frodo lag. Ja, ich weiß, ich wollte diese peinliche Nummer nie mehr ansprechen, aber was ich auch eigentlich sagen wollte: Hugh brauchte definitiv keinen Hund, um mich in Fahrt zu bringen. Ich benötigte keinen Kick, um mich fallen zu lassen. Keinen außer ihn. Es war, als hätte mein Körper immer nur auf ihn gewartet. Auf seine Hände, die ihn nun aufweckten und meine Haut übersensibel machten für jede Berührung. Seine

Lippen, die eine brennende Spur auf meinem Körper hinterließen und jedem Zentimeter, den sie berührten, einen Stempel aufzudrücken schienen. Einen Stempel, der dafür sorgen würde, dass kein anderer Mann mehr neben ihm bestehen konnte.

Ich hatte ihn beobachtet, wie er im Sommer die Pflanzen hegte, wie sorgsam seine Hände die jungen Schösslinge hielten, wie kraftvoll seine Arme die Buchsbaumhecken kürzten, wie zärtlich er die Rosen beschnitt. Ich hatte gesehen, mit welcher Leidenschaft er allem nachging, was ihm am Herzen lag. Und nun erlebte ich, dass er mich genauso behandelte. Wenn ich früher gedacht hatte, er würde mich umsorgen, dann merkte ich jetzt, dass ich ihn auch in dieser Hinsicht unterschätzt hatte. Das hier war Umsorgen, Umwerben, Lieben. Hugh machte keinen Hehl aus seinem Verlangen und auch ich tat es nicht. Warum auch? Es war richtig und es war das, was wir beide wollten. Es erschien mir nicht einen Moment seltsam, mit ihm in diesem Bett zu liegen. Die lange Vertrautheit gab uns die Sicherheit, nichts falsch machen zu können, ganz zu vertrauen. Wie hatte ich jemals denken können, wir beide wären nur Freunde? Wie hatte ich so lange diese Anziehungskraft, die unsere Körper zu Magneten werden ließ, ignorieren können? Und wie um alles in der Welt sollte ich morgen dieses Bett verlassen, um mit meinem Bruder zu frühstücken?

Natürlich standen wir auf, ehe Doug kam, aber wir wussten beide, dass wir sofort wieder nach oben verschwinden würden, wenn wir alleine waren. Ich hatte gerade die beste Nacht meines Lebens hinter mich gebracht und ich wusste, dass es Hugh genauso erging. Mit Oscar hatte ich die Erinnerung an Thor, den Monsterhund, vertrieben. Hugh jedoch hatte eben die Angst vertrieben, damals den besten Sex meines Lebens verpasst zu haben. Bill war ganz gut gewesen, aber Hugh ... Hugh war unglaublich und auch wenn keiner von uns etwas sagte, wussten wir, dass wir füreinander heute eine ganz neue Welt erschaffen hatten. Auch so eine Sache. Ich meine, wer will denn ernsthaft nach dem Sex gefragt werden, ob es gut war? Niemand, denn wenn es gut war, dann bekommt man das doch mit, und wenn nicht, nun, dann will man es doch auch nicht hören, oder? Ich meine, dass es eben nicht so der Knaller gewesen ist. Ich glaube, ich habe diese Frage noch nie gestellt bekommen und dachte dann: »Oh ja, du warst sooo gut. Sorry, ich habe das nicht so richtig zum Ausdruck gebracht, aber du warst echt der Beste, Babe.«

Hugh fragte jedenfalls nicht, weil er das nicht brauchte. Wenn er nicht mitbekommen hatte, dass es mir gefiel, dann weiß ich auch nicht. Ich für meinen Teil sah es in seinen Augen, dass es gut war, und mehr als das. Ich hörte es und ich spürte es, dass es etwas ganz Besonderes war, was da mit uns passierte.

Kapitel 65

Heute, ein paar Wochen nach dieser Nacht, muss ich das revidieren, was ich sagte. Ich hatte an meinem Geburtstag nicht die beste Nacht meines Lebens. Jedes Mal, wenn ich das denke, kommt eine, die noch besser ist als die davor. Hugh scheint immer ganz genau zu spüren, was ich gerade brauche. Er konnte mich so zärtlich lieben, so sanft und ausdauernd, dass ich dachte, ich müsse unter seinen Händen zerfließen. Er wusste, wann er mich überraschend packen und mit seiner Leidenschaft mitreißen durfte. Er scheute sich nicht, eine kleine Nummer in der Küche zu schieben, wenn wir uns unvermittelt ansahen und wussten, jetzt und hier sofort den anderen spüren zu müssen. Er genoss es, sich von mir verwöhnen zu lassen, so wie ich mich völlig bei ihm fallen lassen konnte.

Was ich heute, nach ein paar Wochen, außerdem sagen muss, ist, dass ich mit Hugh nicht nur immer wieder die beste Nacht meines Lebens habe, sondern auch den besten Tag. Und wenn ein Tag einmal nicht der beste war, dann schaffte er es, ihn noch zu drehen. Einfach, weil er bei mir ist, sich um mich sorgt, mich aufheitert, mich küsst und so liebt, wie ich bin, mit all meinen Macken und Fehlern und Vorzügen. Endlich konnte ich es von Herzen genießen, mit ihm zusammen zu sein. Er blieb mein bester Freund und wurde dazu noch der beste Liebhaber, den ich je hatte. Wir beide zusammen würden alles meistern. Mit ihm zusammen war ich endlich ganz Holly. Ich musste nicht tapferer sein, als ich war, aber auch nicht ängstlicher. Er würde mich beschützen, wenn es nötig war, aber er zwang mir diesen Schutz nicht auf. Er würde für mich einstehen, wenn es die Situation erforderte, aber nicht, ohne abzuwarten, ob ich die Sache alleine klären konnte. Und das machte mich stark. Dieses Wissen, dass jemand da war, der fest an mich glaubte. Und der mir immer wieder sagte, wie großartig und wunderbar ich war.

Apropos wunderbar: Ich habe die Tage Mitch angerufen und ihm endlich erzählt, was mein Bruder mir gestanden hatte. Wir hatten ja vereinbart, in losem Kontakt zu bleiben und dass ich ihn gelegentlich über meine Fortschritte unterrichten würde. Und ebenso natürlich hatte ich das nicht gemacht. Zu viele meiner Fortschritte hingen mit Frodo und Oscar zusammen, und das war nichts, was ich ihm erzählen wollte. Ich meine, tief in meinem Herzen hatte ich wohl immer gespürt, dass ich ein wenig übers Ziel hinausgeschossen war, was die Art meiner Fortschritte anging. Jetzt aber, dieses Gespräch mit Doug, davon wollte ich ihm berichten. Er war nicht wirklich überrascht gewesen.

»Ich dachte mir schon, dass es da so etwas gab in deinem Leben. So eine tiefe Angst hat man nicht ohne Grund. Wie geht es dir denn? Machst du Fortschritte?«

Ich dachte nach. Seit ich Frodo nicht mehr traf, waren meine Hundekontakte ziemlich eingeschränkt. Butler und dann und wann einen beim Spazierengehen.

»Hmm, ich fürchte, nur ganz kleine. Und ich habe noch immer keinen eigenen Hund.« Ich lachte.

»Du musst auch keinen eigenen Hund haben. Ich glaube nicht, dass das dein Ziel ist. Und kleine Schritte sind gut. Solange du immer in die richtige Richtung gehst, ist das super. Vergiss endlich deinen Anspruch, alles sofort zu erreichen. Gib dir Zeit. Und wenn du merkst, dass es plötzlich wieder in die falsche Richtung geht, dann ruf mich an. Es ist keine Schande, einen Rückschritt einzugestehen. Solange man den Mut hat, die Richtung wieder zu ändern. Du schaffst das schon, Holly. In dir steckt viel mehr Kraft, als du weißt.«

Und so endete mein erstes Jahr in Pemberton in einem Taumel aus Mut, Glück, Liebe und Vertrauen. Ich war hierher zurückgekommen, um meine Heimat wiederzufinden, und ich hatte dabei mich entdeckt. Mich, wie ich wirklich war. Nicht wie ich sein wollte oder die anderen mich sehen sollten, sondern so, wie ich eben war. Ich hatte alte Freundschaften aufgefrischt und vertieft und neue Freunde gefunden, die allesamt mein Leben bereicherten, und auch solche, die es nicht taten, aber dennoch irgendwie dazugehörten. Ich hatte endlich entdeckt, dass ich meinen Job liebte. Und ich hatte mich aus meiner Komfortzone herausbewegt, mich meinen Ängsten gestellt und gelernt, dass ich viel mehr ertragen konnte, als ich dachte.

Und nun bricht ein neues Jahr an. Eines, das hoffentlich ruhiger werden wird, auch wenn ich mir da nicht mehr sicher bin. Manche Veränderungen waren bereits abzusehen. Charlotte und Dave hatten an Weihnachten wie geplant bekanntgegeben, dass sie Nachwuchs erwarteten. Alle waren glücklich und freuten sich mit ihnen, aber wirklich neu war die Nachricht für keinen. Die arme Charlotte plagte sich immer noch mit der plötzlichen und völlig unerklärlichen Abneigung gegen Zimt herum, was natürlich in der Vorweihnachtszeit sehr ungünstig war. Und irgendwann dämmerte es sogar George, dass diese Attacken nichts mehr mit einem einfachen Magen-Darm-Infekt zu tun hatten. Wenn kein Zimtgeruch in der Luft lag, ging es ihr gut und ihr Gesicht war nicht mehr so spitz und blass wie vor ein paar Wochen. Dave konnte es kaum abwarten, endlich Vater zu werden, und platzte fast vor Glück.

»Ich sag dir, das ist toll. Ihr seid die Nächsten.« Er schlug Hugh auf die Schulter.

»Von mir aus sofort.«

Charlotte stieß mich sanft in die Rippen, als sie Hughs Antwort hörte.

»Lass mal, Charlotte. Ich will nichts überstürzen. Wir sind doch erst seit Kurzem zusammen.«

»Das vergisst man immer, wenn man euch so zusammen erlebt. Ihr wirkt so vertraut miteinander.«

Ich hob den Kopf und sah hinüber zu Dave und Hugh. Mein Freund, mein echter Freund, hatte eben den Blick erhoben und sah mich an.

»Was denkst du, Holly. Sollen wir dieses Jahr zu unserem machen? Ein Kind, eine Hochzeit, ein Hund?

Die Reihenfolge kannst du gerne tauschen, da bin ich offen.«

»Ich weiß nicht. Ich habe mir erst neulich eingestanden, dass ich doch nicht dazu geboren bin, einen eigenen Hund zu haben. Ich fürchte also, ich bin nicht die Richtige für deine Pläne.«

»Über den Hund können wir reden. Bei den beiden anderen Punkten allerdings ...« Er zog mich an sich und das vertraute Gefühl der Bartstoppeln an meinem Hals sorgte dafür, dass ich wieder anfing zu grinsen. »Auf den beiden anderen Punkten muss ich bestehen. Ich bin bereit, über den zeitlichen Rahmen zu sprechen, wenn dir das Sorgen macht. Aber es ist nicht verhandelbar.«

»Dann«, ich sah Charlotte an und zuckte entschuldigend die Achseln. »Dann werde ich mich am besten schon einmal mit dem Gedanken vertraut machen, dass ich den Dorfcasanova gezähmt und domestiziert habe.«

»Du hast mich nicht domestiziert. Du hast mich verzaubert, eingefangen, verhext. Und du hast mir Mut gegeben. Den Mut, das zu tun, was ich wirklich will.«

Habe ich schon erwähnt, dass ich diesen Mann liebe? Dass ich einfach nicht genug davon bekommen kann, was er sagt und tut und nicht tut, sondern nur mit seinen Augen verspricht? So wie jetzt. Wenn er mich so ansieht, dann bin ich plötzlich die schönste, mutigste, reichste und beneidenswerteste Frau dieser Welt. Und das, obwohl wir keine großen Besitztümer haben. Wir haben genug, um gut zu leben, aber wir werden nie in Geld schwimmen wie zum Beispiel der gute Jason. Obwohl ich nie so schön aussehen werde wie Lucy, fühle ich mich dann, als könne keine andere Frau neben mir bestehen, weil ich weiß, dass es für ihn keine gibt, die neben mir besteht. Und obwohl ich inzwischen weiß, dass ich ewig gegen diese Angst ankämpfen werde, mir vermutlich bis zum Ende meines Lebens immer selbst versichern muss, dass Hunde mir erst einmal nichts tun, fühle ich mich mutig, wenn er an meiner Seite ist, weil er mir Kraft gibt, um aus dem Schatten zu treten, wenn es sein muss, oder aber auch mal dort stehen zu bleiben und zuzugeben, dass ich eben in manchen Bereichen ein Schattenkind bin. Und weil ich endlich erkannt habe, was wirklich wichtig ist im Leben – und was nicht. Und weil es, seit ich mit ihm zusammen bin, so einfach ist.

»Ich liebe dich.« Ich drehte mich in seinen Armen, um sein schönes, vertrautes Gesicht zu sehen. Wie leicht es war, ihm das zu sagen. Schon am ersten Abend hatte ich es gesagt und mir nicht einen Moment darüber Gedanken gemacht, ob es zu früh war, ob er es erwidern würde, ob es angebracht war. Ich liebte ihn und ich wollte, dass er es wusste, so einfach war das plötzlich.

»Und ich liebe dich. Seit ich denken kann vermutlich. Ganz sicher aber seit unserem Kuss. Auch wenn ich versucht habe, es nicht wahrzuhaben, besonders, als du Oscar kennengelernt hast. Aber Tatsache ist, dass ich dich schon immer liebte, und ich werde es tun, bis ich alt und grau und zitterig bin.«

Muss ich dazu noch etwas sagen? Außer vielleicht, dass man manchmal eben einen Umweg machen muss, um ans Ziel zu kommen? Dass man manchmal auch einen Fehler machen muss. Fehler sind nicht schlimm, wenn man bereit ist, sie zuzugeben. Es ist auch nicht schlimm, nur Durchschnitt zu sein. Ganz im Gegenteil. Unter dem Alltäglichen, Gewohnten, Unspektakulären kann so vieles schlummern, das unser Leben großartig macht. Man muss nur den Mut haben, danach zu suchen.

4 Pfoten und ein Halleluja

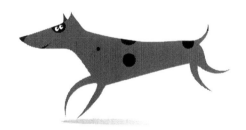

DIE ECHTE HUNDEANGST-THERAPIE

Wie immer sind alle Figuren und Handlungen in dieser Geschichte frei erfunden. Eine Sache basiert allerdings auf Tatsachen: die Therapie, der sich Holly stellt. Diese Therapie gab es wirklich.

Auch ich hatte, seit ich denken kann, Angst vor Hunden. Das hat mein Leben sehr beeinflusst und wirklich manchmal schwierig gemacht. Und doch habe ich es hingenommen, weil die Angst, es anzugehen, einfach noch größer war als die Angst vor Hunden. Ich erarbeitete mir also Mechanismen und Methoden, um diesen Tieren so gut wie möglich aus dem Weg zu gehen. Ich hatte keine engen Freunde, die Hundebesitzer waren, weil das einfach ein Ausschlusskriterium war. Als ich meinen Mann kennenlernte, war unter meinen ersten Fragen diese: »Hast du einen Hund?« und »Willst du mal einen Hund?« Zum Glück hat er beides verneint.

Wahrscheinlich wäre das noch immer so, aber leider hat sich meine Angst auf unsere Tochter übertragen. Im Gegensatz zu unserem Sohn, der völlig unbekümmert mit Hunden umgeht, hat sie es sich abgeschaut, hatte ohne jede schlechte Erfahrung plötzlich Angst. Ich sah sie und wusste, wie ihr Leben aussehen, welche Einschränkungen sie sich auferlegen würde. Und dann stand die erste Klassenfahrt an und es war klar, der Lehrer würde seine Hunde mitbringen. Und für meine Tochter war klar, dass sie zwar wirklich gerne mitgehen würde, es aber wegen der Hunde nicht tun könne. Das war der Moment, in dem ich wusste, dass ich etwas ändern musste. Und da ich schlecht ein neunjähriges Kind zu so einer Therapie überreden konnte, ohne mich selbst meiner Angst zu stellen, musste ich es eben auch tun. Und unter uns, das war wahrscheinlich der einzige Motivator, der stark genug sein konnte: die Liebe zu meinem Kind und der Wunsch, ihm zu helfen.

Unser Therapeut war nicht Mitch, auch wenn wir das große Glück hatten, einen ähnlich tollen Mann zu finden. Aber ich habe viele der schlauen Sprüche, die ich dort hörte, in diesem Buch verwendet. Ich hoffe, er verzeiht mir das. Unseren Therapiehund Lasse habe ich allerdings ziemlich eins zu eins übernommen, weil er wirklich ein ganz besonderes Tier ist, der es geschafft hat, nicht nur meine Tochter, sondern auch mich zu verzaubern. Auch viele Situationen, die Holly meistern muss, habe ich diesen Stunden entnommen und sie mit ein wenig künstlerischer Freiheit vermischt. Ich habe nicht alles erlebt, was sie erlebt hat, aber ich kann jede Situation nachvollziehen.

Nach jeder Stunde habe ich meine Erfahrungen, Gedanken und Ängste aufgeschrieben und es ist ein toller Erfahrungsbericht entstanden, der aufzeigt, was ich alles überlebt habe. Ich hatte mich entschieden, diese Berichte direkt nach den Stunden für die Dauer der Therapie auf Facebook zu posten, weil ich wusste, wenn ich das alles öffentlich mache, dann ist der Druck größer, es durchzuziehen. Und manchmal, auch das muss ich zugeben, habe ich diesen Druck auch gebraucht. Und das Feedback, das kam, hat mir nicht nur geholfen, sondern mich auch stolz gemacht. Die richtige Art von Stolz.

Inzwischen, ein Jahr nach der Therapie, habe ich meine Angst gut im Griff. Ich bin immer noch nicht begeistert, wenn ein Hund plötzlich um die Ecke kommt, das gebe ich zu, aber ich kann damit umgehen. Ich streichle Hunde, wenn mir danach ist, und ich gehe zu Bekannten ins Haus, die einen Hund haben. Ob ich irgendwann völlig entspannt sein werde, weiß ich nicht, aber unser Leben ist definitiv einfacher geworden. Meiner Tochter geht es ähnlich. Sie ist nach wie vor vorsichtig, aber sie freut sich gerade auf die zweite Klassenfahrt, in der sie eine ganze Woche mit den Hunden ihres Lehrers zusammen sein darf.

Mein großer Dank in dieser Sache gilt dir, lieber Harry Wohlbold, dass du es mit mir aufgenommen hast. Ich war sicherlich kein leichter Fall, aber du hast einfach so lange an mich geglaubt, bis ich es auch tat. Du hast mich gefordert, motiviert, zum Lachen gebracht und mutig werden lassen. Nie im Leben hätte ich gedacht, dass ich das einmal schaffen würde, und ich hoffe, dass es noch sehr viele andere ebenfalls packen. Und einen ganz besonderen Dank an Lasse, den wunderbaren und wunderschönen Flat Coated Retriever. Noch nie hat es ein Hund geschafft, dass ich mich fast darauf freute, ihn zu treffen.

Tschakaaa! Ich hab's getan!

Facebook-Eintrag vom 22.02.2017

Ich habe gerade einen Hunde-Angst-Trainer angerufen und einen Termin ausgemacht!

Ja, ich habe Angst vor Hunden, seit ich denken kann. Und meine Kleine hat das nun auch. Um ihr diese Angst zu nehmen, die irgendwann das ganze Leben, Besuche, Freundschaften und Ausflüge bestimmt, habe ich beschlossen, mich mit ihr gemeinsam zur Therapie anzumelden. Keiner, der das nicht hat, weiß, was das für ein Gefühl ist, wenn da irgendwo ein Hund auftaucht und das Herz einfach einen Schlag aussetzt. Und ihr ahnt nicht, wie lange die Telefonnummer schon am Kühlschrank hängt, ohne dass ich die Nummer wählte, weil ... ja, weil ich versprochen habe, meine Angst auch anzugehen.

Am Wochenende geht's los und ich bin gerade sehr aufgeregt, aber auf eine gute Art.

Und bald werden die Erhard-Damen ganz entspannt spazieren gehen und freudig lächeln, wenn irgendwo ein Hund bellt. Und mein Mann wird nicht mehr wie bisher ständig hin und her hüpfen müssen, weil er sich gleich vor zwei panische Ladies stellen muss, um sie zu beschützen ...

Ich – habe – einen – Hund - gestreichelt!!!

Facebook-Eintrag vom 25.02.2017

Tag 1 der Hunde-Angst-Therapie:

Unfassbar. Als wir ankommen, ist wie verabredet kein Hund anwesend. Und meine Tochter ist sich sicher, dass es heute auch so bleibt. Erst mal kennenlernen und vielleicht ein Foto anschauen. Fünfundvierzig Minuten später sitzt sie auf dem Boden und streichelt Lasse. Und die Leine liegt neben ihr.

Ich kann es nicht fassen, wie schnell dieser Mann einen Draht zu ihr aufbauen kann. Sie bestimmt das Tempo, wann der Hund dazukommt, wie weit sie sich nähert. Und wann sie ihn anfassen will. Nach der Stunde verlässt sie strahlend das Haus und kann es kaum erwarten, Lasse wieder zu treffen.

Ich halte mich im Hintergrund, denn ich habe schnell erkannt, dass der Rat, den wir zu Anfang bekommen haben, stimmt. Wir werden nicht zusammen weitermachen. Es ist wichtig, dass meine Tochter das alleine schafft, ohne die Mama im Rücken. Und alleine das Tempo bestimmt, dass alles ganz auf sie zugeschnitten ist. Gleichzeitig muss ich auch zugeben, dass ihr Tempo nicht meins ist. Aber dann werde ich doch noch gefordert. Traue ich mich ebenfalls, den Hund zu streicheln? Ich muss kurz überlegen, dann knie ich neben der Kleinen und streichle das weiche Fell.

Die nächsten freien Stunden wird sie bekommen. Sie hat eingewilligt, alleine zu kommen. Und Lasse darf schon im Zimmer sein, wenn sie kommt. Ich kann es nicht glauben. Den riesigen Eisbecher, den wir im Vorfeld versprochen haben, mit dem wir sie erst dazu brachten, es überhaupt zu versuchen, gibt es natürlich trotzdem.

Und ich? Ich werde jetzt halt noch ein paar Wochen warten müssen. Aber der erste Kontakt war großartig. Und ich werde auf alle Fälle ebenfalls auch noch das eine oder andere Date mit Lasse haben ... nur halt etwas später.

Not my girl

Facebook-Eintrag vom 01.03.2017

Tag 2 der Hunde-Angst-Therapie:

Ein bisschen mulmig ist mir schon, als ich meine Tochter an der Haustür »abgebe«. In ein Haus mit Hund. Aber sie ist relativ entspannt, will die Stunde von Anfang an alleine machen.

Ich verbringe die nächste Stunde mit einer Tasse Kaffee und einem guten Buch. Immer wieder geht jemand mit einem Hund vorbei und ich schaue und überlege, was mir denn so Angst macht an diesen Tieren. Das Bellen, das Jagen, das Herumspringen? Oder doch das Herrchen mit dem »Der will nur spielen«-Spruch? Ich glaube, ich muss mir noch über einiges klar werden …

Eine Stunde später hole ich ein sehr glückliches Kind ab. Sie sprudelt über vor neuen Gefühlen, sagt aber auch so kluge Dinge wie: »Leider sind da ja nicht nur Lasses unterwegs. Ich muss jetzt lernen, die anderen Hunde auch zu verstehen.«

Und dann kommt das Bild. Meine Tochter hat Lasse nicht nur aus der Hand gefüttert, sie hat auch mit ihm gekuschelt. Und beide sehen so entspannt aus, dass ich schlucken muss.

Gerade eben kommt noch eine Nachricht. »Bald können Sie das auch.« Ich denke noch immer darüber nach, was ich antworten soll ...

Ich bin doch nicht ... ?

Facebook-Eintrag vom 03.03.2017

Tag 3 der Hunde-Angst-Therapie:

Ein ganz neues Gefühl schleicht sich heute an mich ran, als ich mich an der Haustür verabschiede. Ich gehe einen Kaffee trinken, meine Tochter eine Etage nach oben, wo Lasse freudig bellt. Und ich spüre so etwas wie ... Neid.

Nein, natürlich bin ich nicht neidisch. Ich freue mich für sie und ich wünsche ihr, dass sie in diesem Tempo weiter Fortschritte macht. Beim nächsten Mal soll es schon rausgehen mit dem Hund, spazieren, mit dem Wissen, dabei vielleicht auf andere Hunde zu treffen. Das ist toll.

Aber diese Nachricht vom letzten Mal, die habe ich immer noch nicht beantwortet. Noch nie war mir meine Angst so bewusst wie seit dem Tag, an dem wir anfingen, uns ernsthaft mit ihr auseinanderzusetzen. Und ich merke, dass ich mir noch nie die Frage gestellt habe, ob ich ihr wirklich entgegentreten will. Weglaufen war so viel einfacher. Oder auch nicht.

Amazing Alma

Facebook-Eintrag vom 08.03.2017

Tag 4 der Hunde-Angst-Therapie:

Eigentlich stand heute ja der erste Spaziergang mit Hund auf dem Plan. Da das Wetter aber nicht wirklich einladend war, wurden wir mit einer Überraschung empfangen. Kleine spontane Änderung, der Spaziergang wird auf Samstag verschoben, dafür ist heute schon Alma da. Meine Kleine überlegt kurz, nickt dann. Alles klar, das geht in Ordnung. Oben bellen die Hunde und ich weiche langsam zurück Richtung Tür. Meine fabelhafte Tochter winkt kurz und geht dann ziemlich entspannt mit nach oben, um Alma kennenzulernen.

Es dauert wohl nur fünf Minuten, bis sie mit beiden Hunden am Boden sitzt. Alma hat ihr Herz ganz schnell gewonnen. Später erzählt sie mir, dass sie heute geübt hat, sich umzudrehen und wegzugehen, den Hund aus dem Blick zu lassen. Sie hat gelernt, Leckerlis anzubieten und stehen zu bleiben, wenn die Hunde auf sie zukommen. Sie hat gespielt (»Lasse gewinnt immer beim Würfeln«), gestreichelt und aus der Hand gefüttert. Und sie ist heute auf dem Nachhauseweg von der Schule zwei Hunden begegnet und alleine an ihnen vorbeigegangen.

Als »Hausaufgabe« sollen wir im Laden für Tierbedarf eine kleine Belohnung für Lasse besorgen und sehen, ob wir auf einen Hundebesitzer treffen. Und dann fragen, ob der Hund lieb sei, man ihn streicheln kann, und es dann auch machen. Meine Tochter wisse Bescheid, wie man das macht bei fremden Hunden, ich soll ihr also vertrauen und mich führen lassen. Und was sagt sie?

»Mal sehen. Könnte schon sein, dass ich mich das traue ...«

Walking on sunshine

Facebook-Eintrag vom 11.03.2017

Tag 5 der Hunde-Angst-Therapie:

Um es kurz zu machen: Das Kind entwickelt sich zum Streber. Unglaublich, in welchem Tempo sie durch diese Stunden prescht. Sie hat jetzt wohl schon alle Rekorde gebrochen, und dabei war am Anfang schon das Beratungstelefonat ein Grund, in Tränen auszubrechen.

Heute war sie bei strahlendem Sonnenschein zum ersten Mal mit dem Hund draußen, durfte ihn an der Leine führen. Und auch ohne Leine mit ihm gehen. Sie hat wieder viele Vertrauensübungen gemacht und bewegt sich inzwischen vollkommen frei, wenn Lasse um sie herum ist.

Demnächst, hat sie mir strahlend erzählt, leiht sich ihr Trainer noch vier Hunde zu Lasse dazu, dann gehen sie mit den fünf Hunden raus.

»Und ein paar davon nehme ich an die Leine, ist ja klar. Er kann ja unmöglich fünf alleine ausführen.«

Außerdem hat sie auf der Straße ganz höflich einen Spaziergänger mit Hund gefragt, ob sie den mal streicheln kann, und dann einen ganz fremden Hund gekrault. Ohne Trainer, da war nur ich dabei, mit Sicherheitsabstand.

Das Ganze ist so ein toller Erfolg und wir sind mächtig stolz auf das, was unsere Kleine macht und wie tapfer sie sich ihrer Angst stellt.

Nur eine einzige Sache macht mir ein wenig Sorge: Wie sie es verkraften wird, wenn irgendwann der Tag kommt, an dem sie sich von Lasse verabschieden muss. Denn die beiden sind inzwischen ganz dicke Freunde und jede Stunde ist ein Fest. Merkt ihr was? Dass ich jemals diesen Satz schreiben würde, hätte ich nie gedacht.

Armes Mama-Mäuschen

Facebook-Eintrag vom 15.03.2017

Tag 6 der Hunde-Angst-Therapie:

Das Ende rückt näher. Ein Termin steht noch an und dann wird das Hunde-Angst-Training vorbei sein. Es ist unglaublich, was sechs Stunden Zeit doch ausrichten können. In die eine und in die andere Richtung.

Für meine Kleine war es ein Weg ins Licht, in die Sonne und in ein großes Stück Unbeschwertheit. Und für mich?

Diese Stunden laufen immer gleich ab, zumindest äußerlich. Ich bringe meine Tochter zur Tür, übergebe sie und gehe. Eine Stunde später klingle ich wieder, um sie abzuholen. So weit, so gut. Jedes Mal geht die Kleine fröhlicher auf das Haus zu. Und ich? Mir fällt es mit jedem Mal schwerer, auch nur den Flur zu betreten. Ich weiß, der Hund kommt nicht und ich vertraue, dass mir nichts passiert. Und dennoch habe ich das Gefühl, dass meine Angst in den letzten Wochen zugenommen hat. Ich habe zu viel nachgedacht darüber, was genau diese Angst ausmacht, wovor ich mich fürchte und weshalb. Und der Gedanke, dass mit dem Therapieende meiner Tochter nun Stunden für mich frei werden, kreist unablässig. Was ist heute nur los mit mir? Ich freue mich von ganzem Herzen, dass meine Kleine es gepackt hat. Aber ich spüre auch, dass ich selbst immer mehr Fluchtgedanken habe und nicht weiß, wie ich mit all dem umgehen soll.

Nach der Therapie waren wir noch kurz eine Erledigung machen. Wir schlendern also über den Marktplatz, als uns ein (angeleinter) Hund entgegenkommt, der übermütig an der Leine zerrt. Meine Tochter sieht mich kurz an, dann schiebt sie sich so vor mich, dass sie zwischen mir und dem Hund ist. Das hat mich unglaublich berührt und gleichzeitig unglaublich fertiggemacht.

»Armes Mama-Mäuschen«, sagt sie ernst. »Ich weiß, du willst dich drücken. Ich wollte da auch nicht hin. Aber wenn du willst, begleite ich dich zu deiner ersten Stunde.«

Wenn ich will ...

Die große Abschlussprüfung

Facebook-Eintrag vom 24.03.2017

Tag 7 der Hunde-Angst-Therapie:

Statt der angekündigten vier Zusatz-Hunde waren es dann doch nur drei, aber auch das hat gereicht: Einen Moment war die Lage kritisch. Vier aufgeregte Hunde, die sich freuen, sich zu sehen, waren eine große Herausforderung. Und der Fluchtreflex kam schnell und unerwartet. Aber genauso schnell hatte der Therapeut die Sache wieder im Griff und, so wurde mir übereinstimmend berichtet, nach ein paar Minuten war auch schon der erste Kontakt zu den fremden Hunden da.

Nach zwanzig Minuten rannte die Kleine mit den nicht angeleinten Hunden um die Wette und sie hat sie sogar gefüttert. Mission erfolgreich.

Was für mich aber der größte Erfolg heute war: Obwohl es zu diesem Schreckmoment kam, hat sie mir versichert, dass sie keine Angst mehr hat. Sie ist vorsichtig und zurückhaltend gegenüber fremden Hunden, aber auch aufgeschlossen genug, um langsam Kontakt herzustellen. Und auch wenn sie wirklich, wirklich traurig ist, dass sie Lasse nun nicht mehr treffen wird, haben sie und der großartige Trainer beschlossen, dass dies ihre Abschlussstunde war. Das hätte ich vor einem Monat nie für möglich gehalten, dass sieben Stunden so viel verändern. Wir sind mächtig stolz auf unser Mädchen!

Und weil ihr sowieso fragen werdet: Ja, die Frau Erhard wird sich auch ihrer Angst stellen. Und da der Trainer ziemlich schlau ist und sieht, was ich hier an Zweifeln mit mir herumtrage, hat er mich direkt für morgen früh einbestellt. Dachte wohl, es ist besser so, möglichst wenig Zeit geben zum Nachdenken und Ausreden einfallen lassen ...

Nun, ich muss zugeben, da hat er recht. Aber ich habe es versprochen, also werde ich morgen mit zitternden Händen und klopfendem Herzen den Weg antreten und sehen, ob es auch für mich einen Weg aus dieser lebenslangen Angst gibt.

Wünscht mir Glück!

Alles auf Anfang

Facebook-Eintrag vom 25.03.2017

Tag 1 der Hunde- Angst-Therapie:

Kennt ihr das? Dass man gerade überall sonst sein will, sogar beim Zahnarzt, nur nicht hier? Dass man sich fragt, warum man so blöd war, sich in diese Situation zu bringen? Genau so war es heute.

Der erste Schreck ist zu bemerken, wie mein Körper reagiert. Es geht mir wirklich nicht gut und ich würde zu gerne heulen. Nur ein Rest Stolz hält mich davon ab.

Also reden wir erst einmal darüber, wo diese Angst herkommt, konkrete Erlebnisse, und was genau mir Angst macht.

Dann kommt der Hund. Ich soll jetzt einfach mal vertrauen. Leichter gesagt als getan, trotz allem, was ich hier schon erlebt habe. Ich verpasse ein paar kluge Sätze, aber ich muss das Tier im Auge behalten. Himmel, ich dachte, ich hätte das im Griff. Ich dachte, dass man die Sache mit Verstand schon irgendwie überleben kann, aber das war leider ein Trugschluss.

Und doch schafft es dieser Mann, dass ich direkten Kontakt aufnehme. Ich denke, mir hätte es gereicht, das Tier zu sehen und weiterzuatmen, aber er weiß es natürlich besser. Heute muss also das erste Streicheln sein, damit es bis nächste Woche nicht noch schlimmer wird. Und das so, dass ich mir sicher bin, es auch zu wollen. Natürlich schafft er es, mich dazu zu bringen, es zu wollen. Nun ja, oder so etwas Ähnliches. Aber das Wichtigste: Ja, ich habe es getan!

Ich habe diesen Hund gekrault und sein wunderschönes Fell gestreichelt und nebenher sogar geredet. Und ich habe ausgehalten, dass der unangeleinte Hund auf mich zukommt, bis ich ihm anzeige, stopp, jetzt reicht es. Ich habe mich nicht getraut, ihm Futter anzubieten, und ich habe ihn nicht an meiner Hand schnuppern lassen. Aber man braucht ja auch Ziele ...

Als ich endlich aus dem Haus trete, merke ich erst, wie fertig ich bin. Ich fühle mich so erledigt, als wäre ich gerade einen Marathon gelaufen, aber mindestens zwei Mal. Dieser Morgen hat mich unglaublich viel Kraft gekostet und wenn ich ganz ehrlich bin, dann sind meine Beine auch jetzt, fast vier Stunden später, noch ziemlich wackelig. Aber: Trotz allem grinse ich. Dauerhaft. Und vielleicht hat der Trainer ja recht: Ich darf jetzt, verdammt noch mal, ganz stolz auf mich sein!!!

Und ehe ihr fragt und weil wir gerade ehrlich miteinander sind: Es wird vorerst keine Bilder dazu geben. Ich kann im Moment einfach nicht beides, diesen Hund aushalten und nebenbei darauf achten, kein Doppelkinn oder keinen bescheuerten Gesichtsausdruck zu haben. Ihr müsst mir vorerst also einfach mal vertrauen. Wo habe ich das heute schon einmal gehört? Ah, richtig ...

Forever eighteen?

Facebook-Eintrag vom 29.03.2017

Tag 2 der Hund-Angst-Therapie:

Manchmal, wenn ich mit meiner besten Freundin und einem Glas Weißwein zusammensitze, schweifen die Gespräche von den großen und kleinen Problemen, Sorgen und Freuden des Alltags ab in längst vergangene Zeiten. Dann werden wir wieder zu Teenies, kichern und lachen, und irgendwann fällt er, dieser Satz: »Mensch, noch einmal achtzehn sein!«

Nun, heute war ich plötzlich wieder achtzehn, aber schön war es nicht. Da war wieder dieser große schwarze Hund, der in der Dunkelheit bellend auf mich zuläuft, und dieses Gefühl, keine Luft mehr zu bekommen. Im Kopf läuft die tierische Version des Kettensägen-Massakers und ich stehe wie erstarrt und denke, so, das war es jetzt also.

Nun, natürlich war es nicht ganz so. Ich bin nicht im Dunkeln und ich stehe nicht einsam auf der Straße. Es ist hell, ich bin in einer Wohnung und vor allem nicht alleine. Und dieser Hund, der mich durch die Glastür betrachtet, bellt zwar einmal, hat im Gegensatz zu jenem anderen aber noch nie einen Menschen angefallen oder gar gebissen. Aber die Kettensäge in meinem Kopf heult trotzdem auf.

Der Therapeut steht daneben und gibt mir das Mantra vor. »Vertrauen.« Leider ist mein Mantra gerade lauter. »Raus hier. Wie bescheuert bist du eigentlich, das hier zu wollen.« Und ich bin erst im Flur.

Wir haben uns darauf verständigt, die Angst auf einer Skala von eins bis zehn einzuordnen, und ich bin im Moment bei elf. Das bleibt auch eine Weile so, in der wir reden. Nun ja, ich weniger, er mehr, aber es hilft. Als ich endlich bei einer Fünf angekommen bin, darf Lasse sich nähern. Streicheln, das geht. Ich kann ihm auch Leckerlis anbieten, auf einem Löffel, aber hey. Dazwischen versuche ich, mir so einfache Befehle wie »aus« oder »bleib« zu merken, um sie im Bedarfsfall einzusetzen, aber selbst das überfordert gerade meinen Verstand. Überhaupt, was mein Verstand gerade alles leisten soll. Ich soll vertrauen, mich entspannen, nicht so laut sein, wenn ich mit dem Tier rede, ihm Ruhe vermitteln. Hä? Ich bin ein eher lauter Mensch, mein Mann würde das sofort bestätigen. Und hier muss ich ganz sicher sein, dass das, was ich sage, sofort ankommt. Ich soll meinen Stolz vergessen und zugeben, wie es mir geht. Ich soll versuchen, mit dem Hund zu sprechen, und mir nicht Gedanken darum machen, ob ich dabei vielleicht peinlich bin. Und noch so ein paar Dinge mehr. Langsam beschleicht mich der Verdacht, dass ich hier noch ganz anderen Wahrheiten als nur meiner Hundeangst begegne, und einige davon gefallen mir gar nicht.

Dann hebt Lasse die Pfote und reicht sie mir. Und ich nehme sie, ein Reflex, der mich selbst überrascht. Woran es liegt, weiß ich nicht. Vielleicht will ich nicht unhöflich sein oder es liegt daran, dass Lasse sich so zu bemühen scheint, diese Sache gut ausgehen zu lassen.

Von da an wird es leichter. Ich kann ihn endlich an meiner Hand schnuppern lassen und sogar zulassen, dass seine Nase meine Handfläche berührt. Auch das Füttern probieren wir wieder, aber das will nicht klappen. Meine Hand will es einfach nicht. Und dann, die Stunde ist eigentlich vorbei, kommt doch wieder dieser dumme Stolz um die Ecke. Plötzlich will ich unbedingt, dass ich das heute noch schaffe. Und: Es klappt! Es ist überraschend unspektakulär, als er sein erstes Leckerli aus meiner Hand frisst. Und dann noch drei, zur Sicherheit, dass ich mir das nicht eingebildet habe. Und plötzlich ist er da, dieser Gedanke: Ich kann das schaffen. Ich werde nicht so schnell sein wie unsere Tochter, aber ich kann das schaffen. Und dieses Gefühl ist so unglaublich, dass ich ein wenig damit alleine sein will. Weil ich es selbst erst begreifen muss, ehe ich es laut sage.

Und wisst ihr was? An dem, was ich heute erlebt habe, habt ihr eine nicht unerhebliche Mitschuld! Ich sag es jetzt mal, wie es ist: Ich weiß nicht, ob ich mich unter anderen Umständen heute nicht einfach krankgemeldet hätte. Ich habe es mir ernsthaft überlegt. Ich hätte damit leben können, irgendwie, dass meine Familie mich für schwach hält, zumindest, was dieses Hunde-Ding betrifft.

Ich hätte auch damit leben können, meinen fabelhaften Therapeuten zu enttäuschen und ihm seine erstklassige Erfolgsquote zu versauen – sorry, Mister, aber ich muss auch damit leben, dass immer mal wieder jemand kommt und meine Bücher, an die ich glaube, mit einer miesen Rezension beglückt und meinen Schnitt in den Keller zieht. Aber ich war natürlich blöd genug, diese ganze Sache direkt hier auszubreiten. Und ihr, eure Kommentare, eure Anfeuerungen, euer Mitgehen auf diesem Weg, das hat mitgeholfen, es doch nicht so schnell aufzugeben.

Ich werde jetzt noch ein wenig dieses Gefühl genießen, das überraschend leise ist. Na, doch nicht noch ein Fortschritt?

Let me entertain you!

Facebook-Eintrag vom 31.03.2017

Tag 3 der Hund-Angst-Therapie:

Ladies und Gentlemen, lehnen Sie sich zurück, halten Sie das Popcorn und den Sekt bereit und genießen Sie die Show!

Ich will jetzt ja nicht sagen, dass ich die Hunde-Göttin bin, aber hey, ich war gerade eben einfach mal verdammt gut!

Ich bin alleine in das Zimmer mit Hund, der heute übrigens ganz schön aufgeregt war, als ob er spürte, dass ich große Pläne hatte, und sich dachte, na, dann zeig doch mal, was du so kannst. Ich bin ganz lässig an ihm vorbei (na ja, so ähnlich, aber trotzdem hey!) und durch den Raum. Ich habe ihn gestreichelt und eine ganze Schale Möhren verfüttert. Ich habe ihn natürlich an der Hand schnuppern lassen. Ich habe ihn auf mich zulaufen lassen, als es um mich herum Karotten regnete, um ihn anzulocken. Wir haben mit dem Tau gespielt und ihn so dazu gebracht, mal ein bisschen schneller zur lässigen Frau Erhard zu rennen. Ich habe ihn Vitaminpaste von meiner Hand schlecken lassen. UND: Ich habe ihm den Rücken zugedreht! Und ihn gerufen! Und überlebt, dass er von hinten auf mich zurennt! Himmel, ich muss das jetzt mal sagen, ich grinse noch immer und ich habe mich heute so richtig beeindruckt.

Wo dieser plötzliche Mut-Schub herkommt? Keine Ahnung, und ehrlich, im Moment ist mir das auch ganz egal. Ich habe einfach meinem Gefühl vertraut, dass es heute großes Kino werden könnte, und mein Bestes gegeben.

Es war anstrengend, gebe ich zu. Es hat mich zwischendurch ziemlich gefordert, wenn der Hund zu freudig war. Und am Ende der Stunde war ich auch erledigt. Aber ich schwöre, ich war heute eine ganz lässige Vier auf der Skala des Schreckens. Und nun werde ich mir auch das Popcorn und den Sekt holen. Und mit Freuden eurem Applaus lauschen ...

Gott sei Dank, sie spricht wieder ...

Facebook-Eintrag vom 05.04.2017

Tag 4 der Hunde-Angst-Therapie:

Heute mache ich es kurz: Ich bin auf dem besten Weg, den Rekord meiner Tochter einzustellen. Ich füttere inzwischen ganz lässig aus der Hand, und das sogar im Pinzettengriff, falls das jemandem was sagt. Ich habe mich heute anspringen lassen. Von einem Hund, der, ich schwöre, dann fast so groß ist wie ich, wenn nicht gar größer. Und, mein persönliches Most-Überwindungsdings (ja, ich weiß, dass es dieses Wort nicht gibt, aber hey): Ich habe mich alleine an die Haustür gestellt, alleine geklingelt und ganz alleine den freudig antrabenden Hund begrüßt. (Und ja, das »alleine« ist sehr wichtig.)

Und ganz nebenbei werden auch noch Hirnkapazitäten frei. Ich kann langsam wieder denken, wenn ich mit diesem Hund in einem Raum bin, auch wenn ich nach wie vor Schwierigkeiten habe, mir die richtigen Worte zu merken. Und ich fange an, mit ihm zu reden. Gut, im Moment ähnelt meine Performance noch der einer netten alten Omi im Supermarkt, die sich über einen Kinderwagen beugt, und ich sage so peinliche Sachen wie »Na, du hübscher Hund«. Aber noch mal hey, das ist mehr, als ich noch vor einer Woche erwartet hätte.

Nächstes Mal werde ich gleich an der Haustür von Lasse begrüßt werden. Alleine. Ich habe die Zusage von meinem Therapeuten, dass er mir einen Spickzettel an die Tür legt, auf dem die wichtigsten Kommandos stehen. Und dass er wie der Blitz die Treppe runtersaust, wenn ich schreie. Aber das wird er nicht müssen. Sag ich jetzt mal so. Und außerdem wird neben Lasse noch ein weiterer Hund da sein. Und ich? Ich werde auch zwei Hunde schaffen. Weil ich es jetzt unbedingt schaffen will. Denn dieses Gefühl nach der Stunde, wenn die Glücksgefühle nur so durchrauschen und das Grinsen gar nicht mehr aufhören will, ist unbezahlbar.

Notiz an mich: Schlafmangel hilft

Facebook-Eintrag vom 07.04.2017

Tag 5 der Hunde-Angst-Therapie:

Ich hatte es ja erwähnt: Heute sollte was ganz Großes passieren. Die Begrüßung. Alleine. An der Haustür. Alleine. Mit Hund. Alleine.

Der Auftakt ist gut. Sowohl Leckerlis als auch mein Spickzettel liegen da. Ich lese, atme, lese noch einmal, nicke und läute. Und dann geht es los.

Ich sag es jetzt mal so: Es ist toll, wie sehr Lasse mich inzwischen wohl mag. Nicht so toll ist, dass er das sehr laut und mit viel Herumspringen und überhaupt einigem Enthusiasmus deutlich macht. Ich bin einen Moment wirklich komplett überfordert. »Nicht gut« läuft als Dauerschleife in meinem Kopf und sicherheitshalber sage ich es auch laut, weil ich verdammt noch mal aus dieser Situation gerettet werden will.

Mein Therapeut steht im Treppenhaus und sieht, aha, sie atmet noch, und wohl noch etwas, was ich nicht sehen kann, denn er denkt gar nicht daran, mich zu retten. Und das ist auch gut so, denn langsam werden beide, Hund und ich, etwas ruhiger. Schließlich kann ich sogar das Leckerli geben, wenn auch ziemlich zittrig. Nur die nette Begrüßung geht nicht, stattdessen sage ich: »Du verrückter Hund, gut gemacht.« Aber es kommt von Herzen. Und ich weiß, das nächste Mal wird diese Situation mir nicht mehr so viel ausmachen.

Nach diesem Adrenalin-Auftakt ist Alma, Hund Nummer zwei, die oben auf mich wartet, fast schon ein Klacks. Ich sehe sie mir mal vorsichtig durch die Glastür an und seufze. Hat ja keinen Zweck, ich muss da rein, und zwar als Erste. Und alleine, welche Überraschung.

Erstaunlicherweise macht mir Alma recht wenig Angst und schon nach kurzer Zeit verstehen wir uns richtig gut, wir Mädels. Und deshalb darf ich heute mit beiden Hunden an meiner Angst arbeiten. Ich sitze wie die Queen auf dem Stuhl, links ein Hund, rechts ein Hund, und habe nicht genug Augen, um zu sehen, wer mich gerade wo anstupst. Ich lasse beide Hunde auf mich zurennen, sogar von hinten. Und schließlich sitze ich tatsächlich mit zwei Hunden am Boden, streichle, rede sogar ein wenig nebenher und bin eine entspannte Drei auf der berühmten Skala des Schreckens. Selbst als wir dann anfangen, die Hunde um mich herumlaufen zu lassen, es mal vorne, mal hinten stupst, bleibe ich relativ gelassen. Ich bin einfach zu müde heute, um mich jetzt in größere Aufregung zu steigern, und ich merke, hey, das ist ja auch gar nicht nötig. Nach der Stunde bin ich jedenfalls der Meinung, es heute ganz gut gemacht zu haben.

Nur einen Fehler, den kann ich nicht mehr zurücknehmen. Es könnte sein, dass ich im Überschwang der

Glücksgefühle mal so was Ähnliches gesagt habe wie: »Nächstes Mal was ganz Spektakuläres.« Und dieser Satz hat sich fest eingegraben im Kopf dieses Mannes, der immer genau weiß, wie viel ich gerade aushalten kann. Jedenfalls hat er nun mächtig Spaß daran, sich jede Stunde was ganz Tolles auszudenken. Und er findet immer genau das, was mich schlucken lässt. Und dann nicken, blöd, aber ist so. Ich verrate euch jetzt nicht, was mir nächstes Mal bevorsteht. Nur so viel: Es wird wieder aufregend, fordernd und (spätestens wenn es vorbei ist) sicher auch einfach nur gut.

Der Welpe des Schreckens

Facebook-Eintrag vom 10.04.2017

Tag 6 der Hunde-Angst-Therapie:

Heute soll ich mich einfach mal schockverlieben. In einen Hund. Genauer gesagt in einen siebzehn Wochen alten Shetland Sheepdog namens Abigail. Aber bevor ihr hier jetzt in kollektives Seufzen und »Ahhhs« und »Ohhhs« ausbrecht, will ich mal was klarstellen: Mein Gehirn funktioniert nicht so. Es denkt nicht »Uihhh«, wenn es sich diese Situation ausmalt. Es denkt eher, okay, ein Welpe ist erst mal und vor allem ein Hund. Noch dazu einer, der noch nicht gelernt hat, auf Befehle zu hören. Der vermutlich ein wenig übermütig ist und nicht weiß, dass man nicht einfach so an jemandem hochspringt. Und der wahrscheinlich ziemlich verrückt um mich herumzappeln wird und prinzipiell eher unberechenbar ist.

Natürlich ist das auch dem Therapeuten klar und diese fehlende Erziehung ist Sinn und Zweck der Übung. Schließlich sind ja genau diese Hunde meine größte Angst, die mir draußen begegnen und eben nicht auf Kommando hören. Also soll der Welpe heute diese Situation kontrolliert simulieren. Und ich gestehe, dass ich diesmal ziemlich lange gebraucht habe, um blöde zu nicken und einzuwilligen.

Bevor Abigail kommt, treffe ich erst kurz auf Lasse und Alma. Nicht an der Haustür, aber das macht es nicht besser. Himmel, dieses Hunde-Begrüßungs-Ding habe ich immer noch nicht drauf. Das Bellen, Springen und Freuen überfordert mich schon wieder. Ich betrete zwar tapfer als Erste – und alleine – den Raum, aber zwei Hunde, die um mich herum ihre Freude ausleben, sind zu viel. Es ist laut und wild und erschreckend. Ich kann nicht denken, ich kann meine Vokabeln immer noch nicht und ich bin wirklich froh, als es endlich ruhig wird um mich.

Dann verlassen uns die beiden großen Hunde und Abigail hat ihren Auftritt. So ein winziges Ding, und sie hat dennoch die Macht über mich. Wir lassen es langsam angehen, worüber ich echt froh bin. Ganz langsam annähern, mal streicheln, ein Leckerli verfüttern. Dann darf die Kleine von der Leine und ich mache mich auf das Schlimmste gefasst.

Aber irgendwie ist es in letzter Zeit immer so, dass die Begrüßung mich dermaßen fordert, dass nichts, was hinterher kommt, mich noch einmal so richtig in Panik versetzt. Ich habe ja langsam den Verdacht, dass das Methode hat, die Hunde noch mal eben ein bisschen extra-wuschig gemacht werden, ehe ich komme, damit ich dann für den Tag durch bin mit dem Schrecken. Und ja, das funktioniert prima.

Abigail wuselt ein wenig hin und her und ich darf sie mit Futter anlocken. Sie frisst überraschend zart aus meinen Fingern und sie ist eigentlich wirklich eine ganz Süße. Auch ihr Frauchen ist ganz bezaubernd, was mir sehr dabei hilft, mir nicht allzu bescheuert vorzukommen, weil mich so ein bisschen Hund so sehr schrecken kann. Wir reden sogar, ich stelle ein paar Fragen und wir lachen. Ich finde ja, wenn gar nichts mehr geht, sollte man es mal mit Lachen versuchen, wenn auch nur aus Verzweiflung. Und rückblickend muss ich sagen, ich habe hier schon oft gelacht.

Auch heute sitzen wir wieder auf dem Boden, für mich immer noch eine Überwindung, weil ich damit dem Hund einfach noch näher bin. Aber Abigail weiß nicht, dass sie heute die Rolle des Schreckens-Hundes hat, und benimmt sich besser als von mir befürchtet. Schließlich bin ich wieder eine entspannte Drei, sogar als die Süße einfach mal kurz an mir hochkrabbelt.

Dann kommt Lasse dazu und jetzt muss ich doch erst mal eine Weile aufstehen. Ich beobachte, wie die beiden miteinander ausmachen, wer das Sagen hat und welches Verhalten nicht erwünscht ist. Ich bin den beiden im Moment völlig egal und darüber bin ich froh. Ich beziehe Lasses Standpunkt nämlich auf mich, als wäre ich es, die ihn zu forsch anstupst oder ärgert, und lasse mich von seinem Knurren mehr beeindrucken als die Kleine. Aber auch das gehört zur Therapie, dass ich immer mal wieder ein wenig Theorie lerne, erklärt bekomme, was der Hund gerade wieso macht. Ich soll sein Verhalten verstehen und darüber nachdenken, welche Reaktion meine jeweilige Aktion nach sich zieht. Und welches Verhalten meinerseits in einer bestimmten Situation besser wäre, weil ich dem Hund dadurch ein anderes Signal sende.

Am Ende der Stunde muss ich zugeben, dass ich mich nicht schockverliebt habe, aber Abigail schon eine ganz, ganz Süße ist. Ich bin wieder einen Schritt weiter und diese blöde Begrüßungs-Sache werde ich irgendwann auch noch in den Griff bekommen.

Jetzt habe ich erst mal Osterferien. Ich werde die Therapie-Pause nutzen, um vielleicht mal ein paar Hunde zu streicheln, wenn es sich ergibt und ich Lust dazu habe. Mich beschleicht nämlich langsam das Gefühl, dass ich es mal im wahren Leben ausprobieren sollte und sehen, ob sich schon was geändert hat. Ich werde also vielleicht die verrückte Hunde-Lady sein, die auf der Straße abhängt und ahnungslose Hundebesitzer fragt, ob der Hund denn lieb ist und ich ihn eventuell mal streicheln kann.

Mein Therapeut wird die Zeit nutzen, um sich von mir zu erholen und, so fürchte ich, um sich noch ein paar Sachen auszudenken, die mich an meine Grenzen führen. Und ich werde das meiste vermutlich abnicken. Und es mit Lachen versuchen, wenn's zu spektakulär wird ...

Wutschen und Wedeln

Facebook-Eintrag vom 26.04.2017

Tag 7 der Hunde-Angst-Therapie:

Irgendwie merke ich heute schon bei meiner Ankunft, dass ich in eine extrem chillige Atmosphäre gerate. Lasse bellt zwar und springt hinter der Glastür, doch ehe ich fertig bin mit Nicken und Atmen und Denken, legt er sich schon hin und schaut einfach nur treuherzig. Als ich dann den Raum betrete, springt er zwar noch einmal auf, aber so richtig Lust auf einen wilden Freudentanz hat er nicht und ich komme nicht über eine Vier auf unserer Schreckensskala.

Auch mein Therapeut wirkt heute extrem relaxed und spätestens, als er mir einen Kaffee anbietet, ahne ich, was nun passieren wird. Er neigt ja zu so charmant-verrückten Wortkombinationen wie »entspannte Hundezeit« oder »den Hund genießen« und vertritt seit Wochen tapfer die Meinung, dass es nicht jedes Mal besser-höher-schneller sein muss, sondern auch mal einfach ein »Innehalten« und »die Fortschritte genießen« sein sollte. Ich dagegen bin zugegebenermaßen wie ein Adrenalin-Junkie auf Entzug, wenn ich hier auflaufe, und hätte gerne sofort eine kleine Sensation, die mich so richtig fordert und mir hinterher das gute Gefühl gibt, was ganz Außergewöhnliches geleistet zu haben.

Und nun soll ich Kaffee trinken. Und reden. Ich soll so tun, als wäre das eine ganz normale Situation mit einem Hund in einem Raum und gar nicht daran denken, dass er da ist. Ich soll jetzt eben nichts Spektakuläres machen, sondern zulassen, dass ein Hund etwas ganz Unspektakuläres ist.

Also trinke ich Kaffee und gebe ein bisschen an. Ja, die Frau Erhard hatte in den Ferien drei echte Hundekontakte. Fremde Hunde, die ich gestreichelt habe. Und wir hatten letztes Wochenende eine Feier. In einem tollen Lokal. Am Tisch neben uns feierten andere Menschen. Und während ich so dastehe, den Sekt in der Hand, sehe ich, wie die Gäste des Nebentisches eintreffen. Mit Hund. Einen Moment denkt mein Gehirn etwas, was ich hier nicht schreiben werde. Aber dann schaltet sich mein neues Ich ein und rät, einfach mal abzuwarten. Das mache ich und sehe, Gast zwei bringt Hund zwei mit. »Bravo«, sagt mein neues Ich, »gut zum Üben«. Und was soll ich sagen? Ich habe die ganze Feier mit dem Rücken zu den Tieren verbracht und nicht, wie ich es noch vor Kurzem getan hätte, darauf bestanden, sofort die Tischordnung zu ändern, um die Tiere im Blick zu haben. Ich habe das ausgezeichnete Essen genossen und sogar vergessen, dass Hunde im Raum sind. Und unsere Tochter ebenfalls, die vor ein paar Monaten in dieser Situation vermutlich komplett erstarrt wäre.

Während ich rede und Kaffee trinke, sitzt der Hund

vor mir und lässt sich streicheln. Mein Therapeut nickt beeindruckt und freut sich, dass wir so chillig sind. Ein bisschen füttern, beschließt er endlich, das könnten wir machen. Und dabei üben, mit der richtigen Körpersprache und dem richtigen Selbstvertrauen zu agieren, denn bisher nimmt der Hund meine Wünsche nicht immer richtig an.

Also üben wir. Ich versuche alle möglichen Betonungen, aber es klappt halt nicht wirklich. Dann bekomme ich es noch einmal vorgeführt und natürlich wartet Lasse brav ab und frisst erst nach dem entsprechenden Befehl. Und plötzlich muss ich an diese Szene aus Harry Potter denken. Als Ron im ersten Teil versucht, diese dämliche Feder zum Schweben zu bringen, kennt ihr? Der Lehrer, Flitwick, sagt: »Wutschen und wedeln, so«, aber es klappt einfach nicht. Dann kommt die fabelhafte Hermine und zack, die Feder schwebt. Bei uns ist es ähnlich. Ich wutsche und wedle mir eins ab, aber immer wieder frisst der Hund zu früh.

Irgendwann ist es mir zu dumm, dieses chillige Rumsitzen und Füttern. Der Kaffee ist alle und ich will jetzt bitte schön noch ein wenig Action haben. Also lassen wir den Hund wieder auf mich zurennen und wir spielen mit dem Tau, damit er mal ein wenig Zähne zeigt und knurrt. Ich lasse den Hund durch meine Beine laufen, was mich dann doch ein wenig beunruhigt, denn das Tier passt da gerade so durch. Wenn es den Kopf senkt. Und schließlich mache ich sogar noch den

Karottentrick. Dazu nehme ich eine Karotte in den Mund und der Hund frisst am anderen Ende. So Susi und Strolch-mäßig, nur dass ich loslasse, ehe es zu nah wird.

Insgesamt ist die Gesamtatmosphäre deutlich entspannter als sonst und ich lerne viel über Körpersprache und Körperhaltung. Vieles mache ich unbewusst falsch und wenn ich es korrigiere, klappt es plötzlich. Das ist nicht ganz leicht, denn Hund ist immer noch Hund, aber mit jedem Hinweis kann ich es ein wenig besser umsetzen. Und am Ende der Stunde wutsche und wedle ich Hermine-mäßig und Lasse wartet, bis ich ihm sage, dass er jetzt fressen darf.

Ihr seht, keine großen Sensationen heute. War ja klar, dass er sich irgendwann durchsetzen würde mit seiner Hunde-Genusszeit. Für das nächste Mal aber darf ich wieder ein bisschen mehr erwarten. Mehr Hunde, mehr Adrenalin. Allerdings werden wir die Therapiestunden in Zukunft mit deutlich größerem zeitlichen Abstand machen. Damit ich Zeit habe, um ein wenig über alles nachzudenken und auch, um eventuell durch die Pause wieder etwas Angst zu bekommen. Oder eben auch nicht.

Eine weitere skurrile Wortkombination meines Therapeuten ist übrigens »freuen - zu-uns-zu-kommen". Und das ist das erklärte Therapieziel. Das ist jetzt nichts Persönliches, denn prinzipiell sind sie ja beide wirklich sehr nett, Mensch und Hund. Und wenn ich erst mal eine Weile da bin, habe ich auch ehrlich Spaß mit den beiden. Aber wenn ich mich mal so richtig darauf freue, hinzugehen, dann bin ich wirklich durch.

Hilfe, ich habe ein Hä?

Facebook-Eintrag vom 11.05.2017

Tag 8 der Hunde-Angst-Therapie:

Ich sag es euch lieber gleich: Heute war komisch. Also irgendwie, obwohl ich selbst nicht so genau weiß, warum. Normalerweise fällt mir direkt auf dem Heimweg ein guter Satz ein, den ich als Überschrift verwenden kann. Das Einzige, was ich heute denke, ist Hä?, und das ist sicher nicht geeignet.

In dieser Stunde ist alles anders. Wir sind zum ersten Mal draußen, eine ganz neue Situation, die der Therapeut nur bedingt planen und ich nicht einschätzen kann. Und was ich noch weniger einschätzen kann, bin ich selbst.

Heute Morgen, als mein Handy den Termin meldet, denke ich: »Ah, der Hund. Kein Problem«. Auf dem Weg zur Stunde bin ich entspannt wie nie. Als ich an der Tür stehe und entscheiden muss, ob Lasse schnell oder langsam runterkommt, ist plötzlich meine ganze Lockerheit weg und ich entscheide mich für Variante zwei.

Dann geht's los, Spaziergang mit Hund. Ich darf die Leine nehmen und während wir marschieren, bekomme ich ein paar Infos. Dies ist eine beliebte Hunderoute, deshalb sind wir hier und es ist gut möglich, dass wir auf andere Tiere treffen. »Kann aber auch sein, du hast Pech und es kommt keiner", sagt mein Therapeut. Humor hat er ja.

Aber ich habe Glück und wir begegnen gleich zwei anderen. Allerdings sind beide angeleint, worüber ich einerseits froh bin. Andererseits muckt schon wieder mein anderes Ich auf, das findet, angeleinte Hunde sind ja auch nicht so der Schrecken.

Ich finde, dass ich die Aufgabe, Lasse an ihnen vorbeizuführen, gut meistere. Mein Therapeut findet, dass ich nächstes Mal versuchen könnte, meine Hand nicht so doll an meinen Körper zu pressen, um möglichst weit weg zu sein vom anderen Tier.

Etwas aufregender wird es, als wir den Hund ableinen und er mal vor, mal hinter uns ist, aber auch nur minimal. Dann bekommen wir Besuch. Flash ist ein Australien Shepherd und mag keine schwarzen Hunde. Die findet er doof, er bellt dann und macht ein wenig Theater und da Lasse schwarz ist, findet mein Therapeut, das wäre doch was für mich. Mal so zum Mitbekommen, wie das ist, und dabei könnte ich prima lernen, dass ich nicht jede Hundereaktion auf mich beziehen muss. Allerdings könnte es auch hier sein, dass ich Pech habe, denn der Trick, die beiden aufeinandertreffen zu lassen, um eine Therapiestunde aufzumischen, funktioniert nur zu neunzig Prozent. So langsam fange ich an, mich für seinen Humor zu erwärmen.

Flash bellt und macht, was er soll, nämlich ein wenig Theater. Aber auch hier kann ich mich nur halbherzig aufregen, denn er ist angeleint und damit keine echte Gefahr. Und von nun an wird es ein wenig skurril. Wir sind, habe ich das schon erwähnt, am örtlichen Hundeübungsplatz, ein Ort, den ich freiwillig noch nie besucht habe. (»Weißt du, wo das ist? Warst du schon mal in der Ecke?«, hatte der Therapeut gefragt, ehe wir uns auf den Weg machten. Sein Humor ist wirklich köstlich.)

Da die Hunde sich nicht so dolle mögen, geht der eine in Umzäunung eins, der andere in Umzäunung zwei. Ich darf zwischen eins und zwei wechseln. Und wisst ihr was? Wieder nur halbherzige Aufregung. Gut, zu Flash reinzugehen ist eine kleine Überwindung, weil ich ihn nicht kenne, aber dann füttere und streichle ich ihn recht entspannt. Adrenalin ist anders.

Und so endet die Stunde auch. Mit, ja, ich kann es nicht anders sagen, einem Hä? Einzig, als ich noch kurz Abigail wiedersehe, wird es ein wenig spannend. Abigail und Flash sind nämlich eine Familie und zum Abschluss will sie auch noch Hallo sagen. Sie freut sich mächtig und springt übermütig an uns hoch. Halleluja, wenigstens so etwas Ähnliches wie Action.

Und nun sitze ich hier und überlege, wo ich mir dieses dämliche Hä? eingefangen habe. Ich meine, die Stunde war gut. Ich bin freiwillig auf einem Weg gelaufen, auf dem Hunde sind. Das war vor Kurzem undenkbar. Ich habe einen Hund an der Leine geführt und bin mit ihm an anderen Hunden vorbei. Ich habe einen ganz fremden Hund gestreichelt, und zwar einen, das habe ich auch noch nicht erwähnt, mit echt krassen Augen, die schon ein wenig beängstigend sind. Ich bin in einen umzäunten Bereich, in dem ein Hund frei rumläuft. Und in einen anderen, in dem ein anderer Hund war. Alles Dinge, die ich mir nie vorgestellt hätte. Aber wenn ich ehrlich bin, dann habe ich heute erkannt, dass ich selbst gerade nicht passe. Ich bin gedanklich schon weiter, und dann kommen diese Momente, in denen ich zurückzucke, ehe ich es verhindern kann. Es ist kein Dummdidumm mehr, einen Hund zu füttern. Höchstens noch ein Dummdidümmchen. Ich bin zu weit, um darauf stolz zu sein, aber noch nicht weit genug, um endlich mal entspannt den Hund an der Tür zu begrüßen. Ich bin zu weit, um so richtig stolz zu sein, an einem angeleinten Hund vorbeizugehen, und noch nicht weit genug, um zu wünschen, dass der nächste ohne Leine um die Ecke prescht. Aber das sage ich jetzt nur euch. Ich habe nämlich in dieser Therapie nicht nur gelernt, dass ich Hunde aushalten kann, sondern auch, dass es nicht gut ist, immer seine Klappe zu weit aufzureißen. Als die beiden, mein Therapeut und das nette Frauchen von Flash, am Ende so ganz entspannt diskutieren, wo noch eine tolle Hunderoute wäre (»Ah, ja, da sind immer mindestens zehn, und nie ist einer angeleint«), halte ich mich endlich mal dezent zurück. Obwohl ich weiß, dass ich eigentlich Ja rufen sollte.

Ich bin auf diesem Weg wirklich schon weit gekommen und ich spüre, es ist nur noch ein kleines Stück bis zum Ziel. Aber dieses Stückchen wird nicht leicht, denn nun wird es Zeit fürs Eingemachte. Ich muss jetzt endlich fremde Hunde treffen, die einfach auf mich zulaufen. Ich muss lernen, nicht alles kontrollieren zu können. Und ich muss jetzt endlich diese verdammte Begrüßung auf die Reihe bekommen.

Nicht falsch verstehen, ich will hier gar nichts kleinreden. Aber nach diesen ganzen Stunden, in denen ich jedes Mal etwas ganz Tolles, Neues geschafft habe, bin ich jetzt plötzlich in einem Stillstand gelandet. Ich bin weder Fisch noch Fleisch, wenn ihr versteht, was ich meine. Und damit habe ich dich, du dämliches Hä? Heute Abend darfst du noch bleiben, aber ab morgen solltest du dich vorsehen. Nach all den Stunden Angst und Überwindung und Glück und Stolz habe ich nämlich nicht vor, dich hier dauerhaft die Regie übernehmen zu lassen. Dann doch lieber die Route mit den unangeleinten Hunden ...

Aber so was von ... BESTANDEN!

Facebook-Eintrag vom 19.05.2017

Tag 9 und Ende, Schluss und aus die Maus mit der Hunde-Angst-Therapie:

Ich kann es nicht anders formulieren: Heute war leider geil.

Fünf Hunde und die Frau Erhard. Im Wald. Frei laufend. Also die Hunde, nicht ich. Also, ich schon auch, mal mehr und mal weniger. Aber von Anfang an ...

Nach dem Hä? der letzten Woche hatte ich mir für heute ja mal wieder etwas Action gewünscht. Und da mein Therapeut wirklich nett und unglaublich bemüht ist, für jeden das Passende zu finden, bekomme ich meinen Wunsch erfüllt. Deshalb hatten wir heute ein Date mit einer tollen Frau, die gleich vier Hunde mitbrachte. Und ja, dieser Moment, wenn du dastehst und sie die Klappe des Kofferraums öffnet, um eben diese vier Hunde rauszulassen, der ist schon ... uih. Und dieser Moment, wenn die dann alle rausspringen und losflitzen ... uihuih. Und wenn sie dann dich entdecken und denken, mal sehen, wer die denn ist, und einfach mal auf dich zurennen ... uihuihuih.

Aber ich bin relativ schnell einigermaßen entspannt. Ich bemühe mich, nicht immer den Kopf zu drehen, um den Überblick zu behalten, und konzentriere mich einfach darauf, weiter zu atmen, dann geht es ganz gut. Außerdem bin ich gerade etwas stolz, denn ich hätte auch sagen dürfen, einer nach dem anderen oder bitte erst mal angeleint. Aber ich habe mich für die Alle-auf-einmal-und-ganz-ohne-alles-Variante entschieden und damit nicht nur mächtig Respekt geerntet, sondern mir selbst bewiesen, dass ich das hier kann.

Wir marschieren durch den Wald und allein das ist schon ein Wahnsinns-Ding. Ich meine, hallo? Das bin ich, die da mit diesen Tieren durch den Regen stapft. Unglaublich.
Dann fangen wir an, uns etwas näher kennenzulernen. Ich rufe erst mal nur zwei Hunde zu mir, um sie zu füttern. Und wieder denke ich: Wahnsinn! Ich steh im Wald und rufe Hunde zu mir! Die flitzen auf mich zu und ich schaffe es irgendwie, stehen zu bleiben. Gut, ich bete, dass sie abbremsen und nicht an mir hochspringen, aber ich bleib stehen. Beim nächsten Mal sind es dann schon drei und schließlich alle fünf. Um das ganz klar zu machen: Ich gehe voraus und stehe da ganz alleine, während meine Begleiter die Hunde zurückhalten. Und dann stehe ich da ganz alleine (ja, wirklich ganz alleine) und rufe fünf Hunde, damit sie auf mich zurennen. Und die machen das, denn die sind nicht blöd. Die haben schnell erkannt, dass ich heute diejenige bin mit den Leckerlis in der Tasche, und das macht uns zu Freunden. So sehr, dass sie jetzt immer um mich herumwuseln, auch wenn wir nur gehen.

Und da die immer denken, dass ich mit ihnen spielen will, weil ich die Hände hochreiße, wenn sie schnuppern, lerne ich nebenbei sogar, relativ entspannt meine Arme baumeln zu lassen, um nicht angesprungen zu werden. Gut, wenn meine Hände dann unerwartet von hinten angeleckt werden, dann mache ich doch einen kleinen Hüpfer und unterhalte die anderen mit einem Schrei, aber sogar das wird besser. Und ich kann es nicht verhindern: Ich grinse wie ein Honigkuchenpferd, während wir die Runde beenden, und ich bin sogar kurz davor, ein kleines Tänzchen zu veranstalten. Ich weiß nicht genau, wie und wann das passiert ist, aber plötzlich geht diese Hunde-Sache so richtig gut. Ich hocke da, fünf Hunde vor mir, und füttere einen nach dem anderen, während aufgeregte Hundeschnauzen um mich sind. Ich strecke meine Hand mitten in dieses Schnauzen-Szenario, um auch die Kleine hinten zu füttern, und ich streichle ganz spontan Hundeköpfe, nachdem sie brav aus meiner Hand gefressen haben. Ich habe mich in dieser Therapie ja schon oft selbst überrascht, aber noch nie so sehr wie heute.

(Unter uns, ich wusste natürlich durch die Stunden unserer Tochter, dass irgendwann das Hunderudel ansteht. Und jetzt kann ich es ja zugeben: Das, dachte ich immer, das werde ich nie schaffen. Nie im Leben werde ich mich freiwillig mit diesen Hunden im Wald treffen. Ein Hund, an den ich mich langsam gewöhnt habe, nun gut. Aber alles andere ... Und dann habe ich gelernt, in Etappen zu denken. Nicht schon das Rudel im

Sinn haben, sondern immer nur das nächste Mal. Alma, die mir so Angst gemacht hatte und dann so wunderbar war. Der Welpe, der mich erst ängstigte und dann bezauberte. Und Flash, der mir gezeigt hat, dass ich schon weiter bin als gedacht. Und nun habe ich das Hunderudel hinter mir und erstaunt festgestellt, dass es gar nicht schlimm war. Die schlimmsten Dinge sind immer die gewesen, die ich mir vorher ausgemalt habe. Das kann ich nämlich gut, mir Sachen ausmalen, in Farbe und bunt. In Zukunft werde ich mich bemühen, diese Fähigkeit auf meine Bücher zu beschränken und nicht auf Hunde oder andere Sachen, die mich ängstigen.)

Und nun kommt es. Am Ende der Stunde haben wir etwas Spektakuläres festgestellt: Ich bin durch. Nun ja, nicht ganz, aber ich bin so weit durch, dass ich alleine weitermachen kann. Mein großartiger Therapeut hat im Freundeskreis niemanden mehr, der das Rudel toppen kann, und alles andere wäre jetzt unter meinem Niveau. Und ich, ich habe heute wieder festgestellt, dass ich einfach ein paar Mal durchatmen muss, wenn unerwartet ein Hund kommt, und mein Gehirn einschalten. Das weiß nämlich besser als mein Körper, dass ich mich einfach locker machen muss.

Also haben wir nach der Stunde spontan entschieden: Hey, das war es. Ich habe hier alles erlebt, was es zu erleben gibt. Und wenn ich dann doch merke, hoppla, ist doch noch nicht so ganz locker, dann darf ich mich wieder melden. Und so haben wir heute im Regen erst mal Abschied genommen, der Hund, mein Therapeut und ich. Wir hatten eine tolle, großartige, witzige, beängstigende, fordernde und stark machende Zeit miteinander. Also ich auf alle Fälle, und die beiden wahrscheinlich auch manchmal mit mir. Wenn ich zurückblicke auf die erste Stunde und dann sehe, wo ich heute bin, dann packt mich endlich das, was er jede Stunde forderte: Stolz. Ja, ich bin stolz auf mich und das, was ich erreicht habe. Ich weiß noch nicht, ob ich tatsächlich angstfrei bin, aber das finde ich in der nächsten Zeit heraus. Auf alle Fälle bin ich nicht mehr in Schockstarre, wenn ein Hund auch nur irgendwo bellt. Ich habe ein deutlich jugendfreieres Spontan-Vokabular, wenn ein Hund auftaucht. Und ich habe tatsächlich einen Hund in mein Herz geschlossen. Und das ist das Größte und Beste, was ich dazu sagen kann.

Das Einzige, was ich jetzt doch nicht geschafft habe, ist ein Bild mit Hund. Das wollte ich euch zum Abschluss präsentieren, aber heute war es zu nass und schnell und plötzlich vorbei. Aber ihr stellt es euch einfach vor, so in Farbe und bunt … und die, die grinst, das bin ich.

Ihr Lieben, zum Abschluss dieser Reise möchte ich euch ermutigen: Probiert es selbst aus. Gebt euch die Chance, dieses unglaubliche Gefühl zu erleben, dass man etwas geschafft hat, von dem man dachte, es nie zu können. Wir haben doch alle irgendwo einen stillen Wunsch, den wir immer wieder zurückdrängen. Egal, ob es die Überwindung der Angst vor einem Tier ist, einmal einen Fallschirmsprung wagen, den Wunsch, ein Buch zu veröffentlichen, vor einer großen Menschenmenge zu reden oder etwas ganz Neues zu beginnen: Probiert es! Ich weiß, dass der Anfang nicht leicht ist und man zu gerne den Zweifeln nachgibt. Aber ich weiß jetzt auch, dass man es dennoch versuchen muss. Und ihr werdet sehen, man ist nicht alleine. Wir hatten das Glück, einen wirklich, wirklich großartigen Mann an unserer Seite zu haben, der sowohl für mich als auch für unsere Tochter genau den richtigen Weg fand. Der mir von Anfang an Mut machte, mich bestärkt hat, mich gelobt und immer motiviert hat. Der mich zum Lachen brachte mit seinem originellen Humor, wenn mir eigentlich zum Heulen war. Der einfach vertraute, dass ich das kann. Und der so viel Einsatz, Energie und Organisationstalent in diese Stunden steckte, um meinen Adrenalin-Bedarf zu decken, und seine Hundemafia-ähnlichen Kontakte nutzte, um mir immer wieder neue Tiere zu präsentieren.

Ihr werdet sehen, dass es für euch ebenfalls solche Menschen gibt. Habt Vertrauen in euch und in die, die euch Hilfe anbieten. Und dann macht es. Ich wünsche jedem Einzelnen von Herzen alles Gute auf seinem Weg.

Verwünscht – Manchmal ist das Falsche richtig

Was, wenn eine unbedachte Bemerkung plötzlich dein Leben ändert? Dann kannst du alles tun, um sie zurückzunehmen. Oder darüber nachdenken, wie unbedacht sie wirklich war.

In Charlottes perfektem Leben läuft auf einen Schlag gar nichts mehr rund. Eben hat sie aus Versehen mit ihrem Freund Josh Schluss gemacht, und schon wird sie von der Familie aus dem pulsierenden Bristol in die malerischen Cotswolds geschickt, als Betreuung für die »Drachentante«, die dieses Arrangement genauso wenig mag wie ihre Nichte.

Gut nur, das Charlotte einen Plan hat, wie sie die Zeit dort rumbringen will. Sie wird sich ganz der Aufgabe widmen, eine bessere Frau zu werden, nein, eine Traumfrau. Und wenn Josh dann an Weihnachten kommen und sie holen wird, gar nicht anders kann als endlich auf die Knie zu sinken.

Als sie dann noch Dave kennenlernt, der ebenfalls in einer Beziehungsflaute zu stecken scheint, ist sich Charlotte sicher: Zu zweit schaffen sie das, und am Ende werden beide wieder glücklich vereint sein

.Nur gibt es da ein paar Dinge, die sie nicht einkalkuliert hat, und so werden die nächsten Wochen zu den schönsten und schrecklichsten ihres Lebens. Denn wer sich mit Drachen, sich selbst und der Liebe anlegt, braucht mehr Mut, als Charlotte bisher hatte.

Ein bezaubernder Roman über das Leben, die Liebe und was alles passieren kann, wenn man sich mit sich selbst anlegt.

Weitere Bücher der Autorin:

Alles nur Ansichtssache ?!
Alles nur Familiensache ?!
Alles nur Vertrauenssache ?!
Flamingo-Sommer
99 Tage mit Julie
Verwünscht - Manchmal ist das Falsche richtig
Drei Väter sind dann doch zu viel
Maxi - Wer will schon einen Mann mit Porsche?
Das Christkind wohnt in Hütte 7
Das Glück wohnt in der Hütte 7
Die Liebe wohnt in Hütte 7
Believe - Mit dir kamen die Wunder (Sammelband)

Impressum

1. Auflage Mai 2018
Copyright © 2018 by Franziska Erhard

Cover-/Umschlaggestaltung: Buchgewand | www.buch-gewand.de
Verwendete Grafiken/Fotos:
© GL_Sonts - depositphotos.com
© Ullithemrg - depositphotos.com
© Marinka - depositphotos.com
© UniBackground - depositphotos.com
© arkela - depositphotos.com
© meduzzza - depositphotos.com
© binik1 - depositphotos.com
© Dmitry Natashin / shutterstock
© Pylypchuk / shutterstock
© Karinag / shutterstock

Korrektorat: Doris Eichhorn-Zeller, perfektetexte.coburg@gmail.com

Verwendete Grafiken Innengestaltung:
© gdakaska / pixabay
© ©Clker-Free-Vector-Images / pixabay

Franziska Erhard
Rosenstr. 21
76337 Waldbronn

franziska.erhard@gmx.de

ISBN: 9781980982197
Imprint: Independently published

Printed in Poland
by Amazon Fulfillment
Poland Sp. z o.o., Wrocław